中国学术批评书系

理论的历险

朱立元

河南大学出版社

图书在版编目(CIP)数据

理论的历险/朱立元. —开封:河南大学出版社,2013.8
(中国学术批评书系)

ISBN978-7-5649-1303-8

Ⅰ.①理… Ⅱ.①朱… Ⅲ.①文艺学—文集 ②美学—文集
Ⅳ.①I0-53 ②B83-53

中国版本图书馆 CIP 数据核字(2013)第 186339 号

责任编辑 贾怀廷
责任校对 田 园
封面设计 马 龙

出 版	河南大学出版社 地址:郑州市郑东新区商务外环中华大厦 2401 号 邮编:450046 电话:0371—86059701(营销部) 网址:www.hupress.com		
排 版	郑州市今日文教印制有限公司		
印 刷	郑州市今日文教印制有限公司		
版 次	2013 年 8 月第 1 版	**印 次**	2013 年 8 月第 1 次印刷
开 本	690mm×980mm 1/16	**印 张**	21.5
字 数	363 千字	**定 价**	43.00 元

(本书如有印装质量问题,请与河南大学出版社营销部联系调换)

目　　录

美学新探索与存在论转换

批评的实践与阅读的感言

自　序

朱立元

新世纪以来，笔者致力于实践存在论文论、美学探索，《理论的历险》基本上是这些探索成果中比较重要部分的汇集。之所以取这个书名，一是因为探险本来就是理论研究的本性，理论探索若要有所发现、有所创新，必定要走一条充满荆棘的崎岖险峻的小路，希冀迈步在一马平川的康庄大道上而能取得理论研究的突破和推进，无疑是痴人说梦；二是由于本书相当一部分论文是在论争中产生的：有的是笔者主动参与文艺学、美学的有关重要话题的讨论，自己的某种主张和观点，往往与另外一些主张、观点发生矛盾、分歧、碰撞、争论，能否有助于对所涉学术问题研究的深化或拓展，笔者心里始终是惴惴不安的，这大约属于一种“历险”的心情；有的则是笔者遭到非学术的批判（不是正常的学术批评，而是政治化的批判）时的被迫应答，个中的“历险”滋味笔者深有体会。但是，有一点是令人欣慰的，无论哪一种意义上的理论“历险”，在笔者看来，都是有收获的，尤其是那种“被迫应答”，往往迫使你去读更多的书，做更深入的思考，把思路理得更清楚，把原本停留在浅表层次的看法想得更明白透彻。这不仅有利于是非的辨明、理论的推进和问题的深化，也有助于自我的提升，包括理论思维和思想水平的提升。

全书共分四部分。第一部分主要是马克思主义文艺理论中国化及相关问题的研究，其中关于对“文学是人学”命题的重新思考和论述笔者自以为是有点新意的。第二部分主要是文艺理论思维方式、现代性等问题和文艺学学科建设、创新问题的研究，有关文章发表时大都有现实针对性，或直接参与了当时热点问题的讨论。第三部分主要是美学论文，比较集中于美学本体论（亦即存在论，Ontology）及相关问题的探讨，其中多篇记录了笔者“走向”实践存在论美学的足迹，也有与批评者论争的文章。由此可见，迄今为止，笔者仍然在“走向”实践存在论美学的途中，远远没有完成对实践存在论美学的理论建构和系统论述。第四部分是几本书的读后感或书评，笔者认为这几本书都是好书，对笔者的启发也较大。

特别感谢河南大学出版社社长张云鹏教授，在市场经济的现实条件下，在出版系统企业化改革的大潮中，学术著作的出版面临许多实际的困难，当此之时，云鹏先生鼎力支持本书出版，确实令我感动，在此特表衷心感谢！河南大学文学院张清民教授在本书编辑出版过程中给予了具体、实际的帮助，谨表谢意。

是为序。

2013 年 4 月 10 日

文艺学创新与本土化经验

略论马克思主义文艺理论中国化研究

一　一个科学的命题

我们正在进行教育部重大攻关项目“马克思主义文艺理论中国化”的研究。但是，最近读到一篇文章，批评“马克思主义中国化”的提法“不科学”①。如果这个批评是正确的，那么我们这个课题的研究就失去了存在的基础和前提，因为马克思主义文艺理论属于整个马克思主义理论的一个有机组成部分；如果“马克思主义中国化”的提法不能成立，那么“马克思主义文艺理论中国化”的提法更无从谈起，即所谓“皮之不存，毛将焉附”。然而，在我们看来，这种批评是难以成立的。

据我所知，“马克思主义中国化”的思想来自毛泽东。早在 1938 年 10 月，毛泽东在《论新阶段》的第 7 部分谈学习马克思主义和学习民族的历史遗产问题时，明确指出：“马克思主义的中国化，使之在其每一表现中带着中国的特性，即是说，按照中国的特点去应用它，成为全党亟待了解并亟须解决的问题。”②我认为，这里“使之在其每一表现中带着中国的特性”，“按照中国的特点去应用它”，就是对“马克思主义中国化”命题的简要而明确的解释。

需要说明的是，毛泽东并不是随意提出“马克思主义中国化”这个命题的，而是有现实的针对性和中国革命紧迫的客观需要。首先，它主要针对当时党内“左”的教条主义倾向，即不是把马克思主义当做中国革命的指导思

---

① 易杰雄：《科学地对待马克思主义》，《江苏大学学报（社会科学版）》2005 年第 6 期，第 1～5 页。

② 毛泽东：《论新阶段》，《解放》1938 年 11 月 25 日第 57 期。

想和行动指南，而是当做教条加以生搬硬套，全然不顾中国的国情和具体实践，结果给中国革命造成了巨大而惨痛的损失。所以，使马克思主义中国化，与中国革命的具体实践相结合，在当时已经是刻不容缓的客观要求。这个口号的提出，有其历史的必然性和客观性，因而有其符合客观规律的科学性和真理性。其次，毛泽东提出这个命题，实际上已经明确地把马克思主义定位在西方或外来的思想传统范围内，虽然马克思主义是普遍的真理，但作为外来的异质文化，如果不能与中国的具体实践、具体特点相结合，不能取得中国的民族形式，就不可能得到真正的应用和实现，这样才有"中国化"的客观要求。所以毛泽东才会在同一篇报告中提出相对于外来（包括西方）思想、传统的"民族形式"的问题。他说的"马克思主义必须和我国的具体特点相结合并通过一定的民族形式才能实现"①这句话，在我看来，其中包括了"中国化"的内容（中国的具体特点）和形式（民族形式）这两个主要方面和基本要素，因而是对"马克思主义中国化"命题的更加准确而科学的界说。

批评此命题者的理由之一是毛泽东后来放弃了这个提法。确实，毛泽东后来在正式文件中没有再用"中国化"的提法。他的《论新阶段》后来改题为《中国共产党在民族战争中的地位》（收入《毛泽东选集》第 2 卷），这段话也有修改，主要是把"马克思主义中国化"改为"使马克思主义在中国具体化"。笔者不敢妄猜毛泽东为何做此修改，但至少认为他并没有真正放弃"马克思主义中国化"的思想和提法，因为这个提法后来不但没有消失，反而在全党得到广泛的传播和应用。其中最值得重视的是，1945 年在中共七大上刘少奇代表中央讲话时明确提出"要使马克思主义系统地中国化"，这实际上是要求马克思主义在各个领域、各个方面、各项工作中全面、系统地中国化，比之毛泽东的提法又有推进。这说明 7 年来的抗日战争实践已经完全证明了毛泽东这个命题的正确性和科学性。而且，用"使马克思主义在中国具体化"来代替"马克思主义中国化"的提法，虽然没有改变其基本意思，但在表达上述内容和形式两个方面的含义时，却不如"中国化"来得准确和明晰。之所以在新中国成立后收入《毛泽东选集》时做这一修改，肯定与当时的国际国内形势有关，特别可能与处理好当时同苏联"老大哥"的关系密切相关（这一点批评者也承认），或者出于某种策略上的考虑。但无论从理

① 毛泽东：《中国共产党在民族战争中的地位》，《毛泽东选集》（4 卷合订本），人民出版社 1969 年版，第 499 页。

论还是实践上说,“马克思主义中国化”的命题是站得住和经得起历史检验的。

批评者的理由之二,也即“根本原因”,是“马克思主义中国化”的命题“不科学”。他们认为科学“就是具有普遍性的东西”,进而理直气壮地责问道:“这样的东西要不要中国化,能不能中国化?平面几何、普通物理、高等数学等需要中国化、能够中国化吗?”我认为,这个责问犯了双重错误:第一,混淆了自然科学与人文社会科学的区别。马克思主义理论的核心思想是唯物主义历史观。恩格斯指出,这一新的历史观“不仅对于经济学,而且对于一切历史科学(凡不是自然科学的科学都是历史科学)都是一个具有革命意义的发现”①。恩格斯明确区分了自然科学(平面几何、普通物理、高等数学等)和历史科学(人文社会科学),虽然两者都是科学,都有普遍性,但性质完全不一样:自然科学的普遍性是针对自然界的客观规律而言的,是独立于人类社会的,与唯物史观无关;而历史科学(人文社会科学)的普遍性则体现在揭示人类社会历史发展的规律上,即使涉及自然界问题,也纳入人类社会的历史视野,因而以唯物史观为哲学基础。显然,这是与上述批评者混淆了自然科学与人文社会科学的区别的看法是针锋相对的。第二,用自然科学的科学性来要求、衡量和建设属于历史科学的问题。自然科学既然独立于人类社会,一般说来对于所有民族、国家都是一样的(也有特例,如中、西医学),所以一般不存在民族、国家特色问题,也就不存在“中国化”问题。而历史科学是关于人类社会历史发展的科学,人类社会的发展虽然有普遍规律可寻,但这种发展在不同时期、不同民族、不同国家里,是不平衡的,因而马克思主义作为“放之四海而皆准”的普遍真理,就有了在不同时期、不同民族、不同国家里进行不同应用、不同实践的问题,提出“中国化”也就是理所当然、势所必然了。所以,批评者的上述责问在理论上是完全站不住脚的。

此外,这篇题为《科学地对待马克思主义》的批评文章,在我看来恰恰缺乏对马克思主义的科学态度。毛泽东一再强调“马克思列宁主义是科学,科学是老老实实的学问”,对待马克思主义的科学态度“就是理论和实际统一的马克思列宁主义的作风”②。这种理论与实际相结合的科学作风,就是在

① 《马克思恩格斯选集》第2卷,人民出版社1972年版,第117页。

② 毛泽东:《改造我们的学习》,《毛泽东选集》(4卷合订本),人民出版社1969年版,第758~759页。

中国应用马克思主义时“必须将马克思主义的普遍真理和中国革命的具体实践完全地恰当地统一起来，就是说，和民族的特点相结合，经过一定的民族形式，才有用处”①。这样一种和民族特点、民族形式相结合的创造性的应用，不正是“中国化”的工作吗？或者说，“中国化”不正是集中体现在将马克思主义紧密结合在中国历史和革命实际、具有民族特点和民族形式的理论应用和理论创造上吗？毛泽东的这一系列论述，进一步证明了他始终是坚持马克思主义中国化理念的。

“马克思主义中国化”命题的科学性确立之后，“马克思主义文艺理论中国化”命题的科学性与合法性也就不言自明了。

二 两个命题的辩证关系

关于马克思主义文艺理论中国化，我觉得首先要明确的是，它与整个马克思主义中国化历史进程的关系问题。这个问题，我以为又包括两个主要方面：一方面是马克思主义文艺理论中国化乃是整个马克思主义中国化的社会实践和历史进程的一个不可分割的有机组成部分；另一方面也应该看到，马克思主义文艺理论中国化进程与作为整体的马克思主义中国化进程在方向大体一致的前提下，具体的内容、方式、进度、路径、阶段等并不完全一致，不能对等照套。

先说第一方面。这里只以五四到抗日战争这一段历史时期为例，简要叙述一下这两者基本一致的发展趋向。总体上说，马克思主义中国化的历程从“五四”时期马克思主义开始传播到中国时就起步了。自从1840年鸦片战争以来，一直到20世纪初期，“先进的中国人，经过千辛万苦，向西方国家寻找真理”，但是都失败了，直到1917年俄国十月革命的成功，“给我们送来了马克思列宁主义”，“这时，也只是在这时，中国人从思想到生活，才出现了一个崭新的时期。中国人找到了马克思列宁主义这个放之四海而皆准的普遍真理，中国的面目就起了变化了”②。1919年的五四运动和1921年中

① 毛泽东：《新民主主义论》，《毛泽东选集》（4卷合订本），人民出版社1969年版，第667页。

② 毛泽东：《论人民民主专政》，《毛泽东选集》（4卷合订本），人民出版社1969年版，第1359～1360页。

国共产党的成立就是马克思主义与中国革命实践相结合初期的伟大成果；在中国共产党的领导下形成了第一次国共合作，开展了轰轰烈烈的大革命运动；1927 年蒋介石背叛革命，导致了长达 10 年的内战，中国共产党经历了几次“左”倾和右倾错误路线的曲折和考验，领导和开展了武装革命斗争，胜利完成了史无前例的长征，确立了毛泽东在全党的领导地位；中国共产党高举抗日大旗，促成了国共第二次合作，从 1937 年起进行了艰苦卓绝的八年抗战，同时大力开展新民主主义革命，巩固和扩大解放区，奠定了全国胜利的基础，在长期斗争中形成了马克思主义与中国革命实践相结合的毛泽东思想。

这 20 多年的新民主主义革命史，就是马克思主义与中国革命实践不断结合的历史，也就是马克思主义中国化从起始到逐步深入、历经曲折不断走向胜利的历史。毛泽东后来总结这一段历史，说道：“中国人找到马克思主义是经过俄国人介绍的。……走俄国人的路——这就是结论。”①作为马克思主义中国化的重要一翼的马克思主义文艺理论中国化，也沿着上述这个大方向经历了大致相同的历程。它同样开始于五四时期，同样是从十月革命后学习苏俄起步的，同样也是“经过俄国人介绍的”，从开始到发展、深化阶段也是“走俄国人的路”。中国共产党的创始人之一、中国最早接受与传播马克思主义的知识分子的杰出代表李大钊，早在五四新文化运动中就从苏俄十月革命胜利中汲取营养，写出了一系列宣传马克思主义唯物史观的文章，给包括文艺理论在内的文学艺术以一个历史唯物主义的准确定位。特别是写于 1918 年的《俄罗斯文学与革命》一文，更是明确提出了文学与政治一样应当“以俄为师”的主张。而从五四开始的文学革命一直到 1928 年后的“革命文学”之争，从李大钊、陈独秀、瞿秋白、恽代英、萧楚女等早期共产党人到鲁迅、郭沫若、沈雁冰、郑振铎等一批左翼作家、理论家，从大量译介苏俄文艺理论到结合中国新文学的创作实际阐述、推广现实主义文艺理论，一直到毛泽东《在延安文艺座谈会上的讲话》这一新民主主义革命时期马克思主义文艺理论中国化的光辉典范的诞生，无疑也是在“走俄国人的路”。毛泽东曾经对从五四运动、十年内战一直到抗战时期革命的文化和文学艺术运动给予高度评价，指出“在‘五四’以来的文化战线上，文学和艺术

① 毛泽东：《论人民民主专政》，《毛泽东选集》(4 卷合订本)，人民出版社 1969 年版，第 1359～1360 页。

是一个重要的有成绩的部门。革命的文学艺术运动，在十年内战时期有了大的发展”①。还说五四运动和中国共产党成立以后，中国的“文化生力军”以马克思主义的“新的装束和新的武器，联合一切可能的同盟军，摆开了自己的阵势，向着帝国主义文化和封建文化展开了英勇的进攻。这支生力军在社会科学领域和文学艺术领域中……都有了极大的发展。二十年来，这个文化新军的锋芒所向，从思想到形式（文字等），无不起了极大的革命。其声势之浩大，威力之猛烈，简直是所向无敌的。其动员之广大，超过中国任何历史时代。而鲁迅，就是这个文化新军的最伟大和最英勇的旗手”②。毫无疑问，这里当然包括革命的、马克思主义的文艺理论在那个时期也“有了大的发展”。对于国统区内来说，这种大发展的一个最主要标志就是马克思主义文艺理论中国化取得了重要进展。我认为，毛泽东的上述评价是符合当时的历史实际的。就此而言，马克思主义文艺理论中国化的进程属于整个马克思主义中国化进程的重要一翼和有机组成部分，两者的大方向是一致的。

再说第二方面，上述两者在方向大体一致的前提下，具体的内容、方式、进度、路径、阶段等并不完全一致，也不完全同步，体现了两者的辩证关系。这在十年内战时期两种反“围剿”斗争中表现得最为典型。总体上看，十年内战，中国革命是处于一个低潮时期，一则由于蒋介石叛变革命，对中共领导的苏区和红军实施了一次又一次的大规模军事围剿和政治迫害，二则中共内部先后出现了几次统治全党的“左”的和右的错误路线，给国民党反动派的血腥镇压提供了可乘之机，迫使中央红军在第五次反“围剿”失利之后进行万里长征，几十万军队抵达陕北时仅剩 3 万人。直到 1935 年遵义会议确立了毛泽东在全党、全军的领导地位后，这种危难的局面才有了根本的改变。与此不同的是，在这 10 年中，国统区内革命的文化艺术运动却“有了大的发展”，虽然那里的反动力量在“一切文化机关中”占有绝对优势和统治地位，却不但没能阻止左翼文化艺术运动的蓬勃发展，反而被进步的、革命的文化艺术打得落花流水、一败涂地，革命文艺呈现出某种“高潮”的迹象和态

① 毛泽东：《在延安文艺座谈会上的讲话》，《毛泽东选集》（4 卷合订本），人民出版社 1969 年版，第 804～805 页。

② 毛泽东：《新民主主义论》，《毛泽东选集》（4 卷合订本），人民出版社 1969 年版，第 658 页。

势。这种情况显然同当时中国革命(军事、政治)处于低潮的总体形势是不同步、不一致、不平衡的。

综上所述,马克思主义文艺理论中国化乃是整个马克思主义中国化的总过程和大系统的一个不可分割的有机组成部分,虽然其中有时两者的进程不完全同步,但总体上是一致的。我们不能离开整个马克思主义中国化这一总过程来孤立地看待马克思主义文艺理论中国化,不能将之从整个马克思主义中国化的大系统中割裂出来。可以说,马克思主义文艺理论中国化过程,亦即中国特色马克思主义现代文论的构建过程,其社会背景是马克思主义与中国革命和建设的实践日益结合、中国的现代化事业从理想追求一步步走向现实实施的过程,也就是整个马克思主义中国化的过程。因此,离开了上述总过程和大系统,马克思主义文艺理论中国化乃至中国现代文论史上许多重大事件和问题就都得不到正确合理的理解与说明。

三 解决当代中国语境中的中国文艺问题

马克思主义中国化的根本目的,是要回答和解决中国革命与现代化建设的种种实际问题,在与中国革命和建设的具体实践的不断结合中,应用、发展马克思主义,并使之具有鲜明的中国特色。关于这一点毛泽东多次作过深刻的论述。他强调指出:学习、研究马克思主义不是抽象的、无目的的,应该“要有目的地去研究马克思列宁主义的理论,要使马克思列宁主义的理论和中国革命的实际运动结合起来,是为着解决中国革命的理论问题和策略问题而去从它找立场,找观点,找方法的”,这“就是有的放矢的态度。‘的’就是中国革命,‘矢’就是马克思列宁主义。我们中国共产党人所以要找这根‘矢’,就是为了要射中国革命和东方革命这个‘的’的”①。他还说:“马克思列宁主义和中国革命的关系就是箭和靶的关系”,理论联系实际,就是要有的放矢,就是要“善于应用马克思列宁主义的立场、观点和方法……从中国的历史实际和革命实际的认真研究中,在各方面作出合乎中国需要

① 毛泽东:《改造我们的学习》,《毛泽东选集》(4卷合订本),人民出版社1969年版,第759页。

的理论性的创造"①。很清楚,马克思主义中国化不是纯粹的理论问题,不是为了使马克思主义在形式上取得某些中国化的表面特色,而是为了根本上解决当时中国革命和现时现代化建设的具体实践问题,当然,同时也是为了使马克思主义逐渐取得中国的民族形式,使之更好地为亿万中国人民所接受和应用,成为他们认识和改造世界的强大思想武器。

同样道理,马克思主义文艺理论中国化也不是纯粹的理论问题,不是为了使马克思主义文艺理论仅仅在形式上取得某些中国化的表面特色,而是为了从根本上解决中国新民主主义革命和现代化建设语境中的中国文艺问题。80 多年来马克思主义文艺理论中国化的曲折历程已经证明了这一点。

现在的问题是,进入新世纪,马克思主义文艺理论如何进一步中国化?这种中国化如何更加深入?如何取得更加实质性的进展?我认为,我们应当遵循毛泽东上述"有的放矢"的基本态度和思路,即有目的地去应用马克思主义文艺理论的基本原则、观点和方法,来回答和解决当代中国语境中的各种文艺问题。这是马克思主义文艺理论中国化唯一的正确途径,也是使马克思主义文艺理论在解决当代中国语境中的中国文艺问题的过程中,能得到进一步的创新和发展,从而成为推动这种中国化进程的主要方式。那么,我们面对的是怎样一种中国文艺的现实语境呢?我认为,一方面,应当看到马克思主义文艺理论中国化不自今日始,经过 80 多年的实践,马克思主义文艺理论已经初步中国化了。与此同时,中国文艺学经过百年的发展、革新、积累、创造,特别是在马克思主义文艺理论的指导下,逐渐形成了不同于 19 世纪末之前的可概括为"古典文论"传统的一个新传统。这个新传统,尤其在 20 世纪最后 20 多年即新时期以来获得了长足的多元的发展,它的异于古典传统之"新",得到了充分的体现。这就是我们所立足的当代新文论传统。另一方面,是当前中国文学、文化发展的现实语境(包括当代中国文学创作和理论、批评的现状、中国古典文学与文论研究现状等)产生和提出了一系列"中国"文艺(或与文艺问题相关的)问题,比如,具体来说,我们拟紧密结合中国文学、文化发展的现实语境,着力思考以下紧迫的"中国"问题:(1)文学的主体性和主体间性问题;(2)文学研究的方法论问题;(3)拨乱反正、批判极"左"文艺思想问题;(4)人文精神问题;(5)中国文学艺术中的

---

① 毛泽东:《整顿党的作风》,《毛泽东选集》(4 卷合订本),人民出版社 1969 年版,第 777～778 页。

现代性与后现代性问题;(6)后现代主义、解构主义与中国文艺理论问题;(7)文学的“语言哲学”问题;(8)全球化与“文化殖民主义”问题;(9)市场经济、大众文化、消费主义与文学、文论的关系问题;(10)“新理性”、“新感性”问题;(11)“性”与当代文学、文论问题;(12)中国古典文学、文论的现代转型问题;(13)虚拟世界、网络文学问题;(14)加强与当代西方马克思主义的对话和交流问题;(15)中国特色的马克思主义文艺理论体系(包括基本思路、框架结构、逻辑起点、主要范畴、推演理路、叙述方式等)的建构问题。如此等等。

密切关注当代中国语境中的中国文化、文艺问题,有的放矢,努力用马克思主义文艺理论基本原则为之做出科学的回答和创造性的阐释,我认为,这将是把马克思主义文艺理论中国化推向深入、提升到新高度的最重要的途径之一。

原载《中山大学学报》2006 年第 3 期

马克思主义文艺理论中国化与文艺学的创新建构

近年来文艺理论界一直在对当前文艺学学科的问题和危机进行严肃认真的反思，并就新世纪文艺学的建设和建构提出了种种设想和方略。我认为，努力探索马克思主义文艺理论的中国化和文艺学的理论创新，是当代文艺学走出困境、完成创新建构的必由之路。

有关理论创新的问题，不独关乎文艺学，也是涉及所有人文学科发展的重大课题，因而是目前学术界共同关注的热点话题。但是，如何理解理论创新，学术界却存在不同意见。有一种观点认为，创新主要指原创性，而所谓原创性则是指提出前人（传统）和同时代人从未说过或涉及过的意见、主张、观点、理论、学说等。对此，我不敢完全苟同。我们每一个人，总是不由自主地处于或进入某种特定的社会关系和特定的思想文化传统之中，要想凭着个人的独创（创新）或原创，摆脱这种关系和传统的先在的制约和影响，正如鲁迅所说，就像一个人想拉着自己的头发脱离地球一样是不可能的。创新或原创，并不意味着撇开传统和他人，完全无根地凭空创造。把创新与对传统和同时代人的借鉴、吸收截然对立起来是错误的。歌德深明此理，他曾经对爱克曼说："我们老是在谈独创性，但是什么才是独创性？我们一生下来，世界就开始对我们发生影响，而这种影响一直要发生下去，直到我们过完了这一生。除掉精力、气力和意志以外，还有什么可以叫做我们自己的呢？如果我能算一算我应归功于一切伟大的前辈和同辈的东西，此外剩下来的东西也就不多了。"①这当然是歌德的谦虚之辞，歌德无论在文艺创作和理论建树上，都有许多超越前人和同时代人的独创性、原创性，但这恰恰是他在尊重传统和同时代人、善于从中汲取营养，并在此基础上进行综合创造的结

① 《歌德谈话录》，爱克曼辑录，朱光潜译，人民文学出版社 1982 年版，第 88 页。

果。

另外，当代西方解构主义的"互文性"(intertex-tuality)理论对此也有值得我们重视的解释。德里达从其"异延"、"播撒"说出发，认为任何文本都不是一个意义明确的封闭单元，而是都与别的文本互相交织、吸收的，正如克里斯蒂娃所解释，"任何作品的文本都像许多行文的镶嵌品那样构成的，任何文本都是其他文本的吸收和转化"①。这里"互文性"不仅指某个文本明显借用前人或他人的现成词句，而且指构成文本的每个语言符号和词、句都与文本以外的其他符号、词、句相关联，在形成差异中显出自己的意义和价值。在此意义上，世界上不存在所谓"独创性"的东西，也不存在什么可以称为"第一部"的作品，因为所有作品(包括文学与非文学的)都是互为文本即"互文"的。此言固然有些绝对，但确实道出一个真理，即任何创新、独创和原创，其实都离不开对前人和他人的吸收、转化，离不开对传统和同时代思想资源的创造性汲取、综合、改造、转化和重构。同样，文艺学的理论创新也应作如是观。

从上述原则出发，我认为马克思主义文艺理论中国化正是我们文艺学理论创新的根本途径，从而也是当代文艺学创新建构的根本途径。从大的方面看，现代中国最伟大的理论创新，就是近百年来马克思主义的不断中国化，毛泽东思想、邓小平理论就是这种理论创新的重要里程碑。马克思主义的中国化，用毛泽东的话来说，就是"将马克思主义的普遍真理和中国革命的具体实践完全地恰当地统一起来，也就是说，和民族的特点相结合，经过一定的民族形式"②。就理论创新而言，毛泽东思想、邓小平理论，就是把来自西方思想文化传统的马克思主义的普遍真理，作为最根本的思想资源，与中国(民族的)革命和建设的具体实践结合起来，为着解决中国新民主主义革命和社会主义现代化建设这一中国本土语境中的现实问题，来应用马克思主义基本原理的。这样一种将马克思主义理论应用于中国革命与建设现实语境的做法，不但推动了中国革命与建设实践的发展，而且也在中国本土的、民族的条件下丰富、发展了马克思主义，本身就是伟大的理论创新。

具体到文艺学学科，也是同样道理。把马克思主义文艺理论作为基本

① 克里斯蒂娃:《符号学:意义分析研究》,巴黎 1969 年版,第 146 页。

② 毛泽东:《新民主主义论》,《毛泽东选集》(一卷本),人民出版社 1969 年版,第 667 页。

的思想资源，为着解决中国现实思想文化语境中的文艺实践和理论发展的实际问题而加以应用，并在应用中加以发展，这就是实实在在的、也是本来意义上的文艺学的理论创新。这种理论创新，可以是全面的、系统的，也可以是局部的、个别的。但对于当代文艺学新理论体系的建构都是非常必要的。限于篇幅，这里只想就一个比较重大的问题——以人为本和人的全面发展——来探讨文艺学如何进行理论创新，并进而推进文艺学理论的创新建构。我想从两个方面来讨论。

首先，从我国文艺学发展的现状来看，正面临着一个由认识论向实践论（或价值论）的重要转换。我国一批知名文艺理论家如王元骧、杜书瀛等学者就力主这一观点。我本人则正在思考将文艺学奠基在马克思的实践论与存在论相结合，即我称之为“实践存在论”的哲学根基上。王元骧多年来在一系列论著中批评了那种把马克思主义经典作家的文艺理论误读成单纯的认识论文艺观的观点，而认为经典作家在文艺批评中不是持科学的、认识论的标准，而是持价值论的、实践论的立场，强调文艺的作用主要不在于向人们传授知识，而是通过提升人的精神，从内部去激励人的行动。杜书瀛则强调被当代文艺学忽视的价值论维度，认为价值论文艺学应该跟随哲学的价值论转向，不仅追求客观知识，更要关心人与人类的生存状况和命运，建设一个更加美好的、合乎人性的、自由和全面发展的世界。① 实践存在论认为文艺和审美活动是人的基本存在方式和基本的人生实践之一，文学艺术应当成为改善人的生存、推进人生实践、促进人类文明的进化的重要方式。具体来说，文艺在关怀人的生存和命运、展示人性的善恶、打动人的情感、沟通人们的心灵、净化和改善人性、使人性获得自由全面的发展、塑造美好健全的灵魂、协调与和谐人际关系等等方面，发挥着其他种种方式所无法取代的独特功用。最近，有一位学者作家把文学艺术的这种担当和功用精辟地概括为“为人类构筑良好的人性基础”②，我觉得是切中时弊的。这些就呼唤当代文艺学的创新建构必须将马克思主义以人为本和促进人的全面发展的人学理论作为基础和出发点。因为中国当前的思想文化语境（如全球化语境与本土化追求并行，市场经济的发展和消费文化的勃兴，拜金主义、科技

① 杜书瀛：《“价值论转向”与文艺学和美学》，《比较文学报》2005年12月15日。

② 曹文轩：《文学：为人类构筑良好的人性基础》，《文艺争鸣》2006年第3期，第1～3页。

至上的盛行，人文精神的失落、人性的扭曲和单面化，现代性和后现代性的同时高扬，等等）也是我们建构当代文艺学理论所面对的现实语境，是我们无法回避的。

其次，马克思主义文艺理论正是在这方面提供了极为重要的思想理论资源。马克思主义理论中有许多内容既具有现代性，同时又具有对现代性负面效应的批判性，关于以人为本和人的自由、全面发展的思想就属于这种情况。在我看来，马克思主义的核心思想之一就是人的自由、全面发展的理想。《共产党宣言》提出，在共产主义理想社会中，应是"每个人的自由发展是一切人的自由发展的条件"。恩格斯甚至把这一思想直接概括为马克思主义，1894 年，当《新纪元》杂志要求恩格斯用一段话来表达未来社会主义新纪元的基本思想时，他说："除了从《共产党宣言》中摘出下列一段话外，我再也找不出合适的了：'代替那存在着阶级和阶级对立的资产阶级旧社会的，将是这样一个联合体，在那里，每个人的自由发展是一切人的自由发展的条件。'"①另外，马克思在论述人类社会发展经历的三种社会形态和与之相适应的人的发展三种状态时，进一步明确把社会主义的人的发展定位为"个人全面发展"。他说：与最初的社会形态和第二大形态"以物的依赖性为基础的人的独立性"的资本主义社会不同，社会主义社会是"建立在个人全面发展和他们共同的社会生产能力成为他们的社会财富这一基础上的自由个性，是第三个阶段"②。在此，"个人全面发展"就是人本身"自由个性"的发展。当前，作为建设有中国特色的社会主义理论的新发展的科学发展观的核心就是以人为本和人的全面发展的思想。我觉得，以马克思主义这一人学理论为指导，紧密联系当代中国思想文化的现实语境，来思考如何建构具有鲜明现代性和深厚人文精神底蕴的文艺学创新体系的问题，乃是当前马克思主义文艺理论中国化一个非常好的切入点。

综合上述两个方面，将马克思主义关于以人为本和人的自由、全面发展的思想应用于解释和解决当代文艺理论所面临的重大问题，这既是马克思主义文艺理论中国化的过程，也是当代中国文艺学体系的创新建构之路。根据上述思路，我们可以作如下构想：从人的自由、全面发展的总体目标出发，以文学活动为文艺学的研究中心，把文学活动纳入人类整个实践活动的

① 《马克思恩格斯全集》第 39 卷，人民出版社 1972 年版，第 189 页。

② 《马克思恩格斯全集》第 46 卷（上），人民出版社 1979 年版，第 104 页。

一个环节，从实践存在论、价值论（而不仅仅是认识论）的角度来反思文学活动的性质和功能，并且将整个文学活动视为一个从生产到消费、从创造到接受的完整流程。这只是从一个角度、一个方面所作的一个初步的设想，挂一漏万，在所难免，欢迎专家同仁批评指正。

原载《学术月刊》2006年12期，
《马克思主义文摘》2007年2期详摘

新时期文论大发展与马克思主义文论中国化

在中国文艺理论的百年历程中，新时期文艺理论无疑是其中最为耀眼最为壮观的阶段之一，对此，学界给予了充分评价，然而也有观点将新时期，尤其是上世纪80年代文论的成就仅仅局限在新时期文论对“审美自律论”主导范式的建构上，局限在对于革命功利主义极左意识形态的批判和颠覆上，并由此进一步将其归纳为导致90年代以来文艺学学科危机的重要根源。上述观点固然注意到新时期文论在百年文论历史行程中发生、发展的社会文化语境的特殊性，然而客观上却缩小乃至贬低了80年代以来我国文艺理论所取得的全方位的巨大成就，同时也忽略了对于我国百年文论历史行程本身的认识。

对当前文艺学学科危机的性质、程度以及具体表现等问题的认识，以及对于新世纪文艺学建设和发展的思考和前瞻，都离不开对整个新时期以来我国文艺学现状的基本估计与判断。整体上看，新时期20余年，文艺理论界在反思过去的基础上，思想解放，视野开阔，取得一系列的前所未有重大成果，与新中国建立以后的30年相比较，用“收获巨大，成就辉煌”来概括毫不为过。文艺理论的这种大发展主要表现在文学观念冲破旧有束缚、张扬人文精神，在自律与他律的辩证统一中探索和把握文学的审美意识形态本质，并在此基础上促使文学理论走向多元和成熟；文学研究方法也在借鉴中外文论和其他学科研究方法的基础上取得突破和创新，有力地推动了文艺学研究方法的多元化，反过来又促进了新时期文学观念的拓展和更新。因此，把新时期文艺理论的成就仅仅归结为“审美自律论”主导范式的建立上恐怕远远不够，也与历史事实不符。

如果把新时期文论放置在百年中国文论的历史格局和发展脉络中加以审视，一个重要的关节点就是应当将这一脉络植根于中国社会运动复杂洪流中，具体到中国特定的政治文化结构和现实中。就此可以说，中国文艺理论百年历程是在马克思主义指导下不断借鉴、改造、吸收现代西方文艺理论并与中国文艺实践相结合的历程，也是不断汲取、融合中国古代文论理论资源并对之进行现代转换的历程，在一定意义上也是曲折前进的马克思主义文艺理论中国化的历程。在这一视角下，新时期文艺理论作为马克思主义文艺理论中国化的重要阶段，就是在马克思主义文论的指导下，不断发现、应对、回答、解决中国当代社会、历史、文化语境下文艺、文论所出现的各种新的现实问题的结果，在一定意义上，这也就是马克思主义文艺理论在新的历史时期中国化的重大成果，这一成果本身构成了马克思主义文艺理论的当代形态之一。从马克思主义文艺论中国化历史进程来考察新时期文论，对于新时期以来中国当代文论的大发展做出实事求是的梳理和评估，不仅是当代文艺学学科建设的需要，也是直面并应答现实语境提出的新问题、新挑战，进一步推动中国马克思主义文艺理论建设和发展的必然选择。由于该论题涉及甚广，本文将仅就新时期文论发展进程中文学与政治的关系、人性与人学、审美意识形态论等问题作一简要阐述。

一　关于文学与政治的关系

新时期以来，文学观念首先突破文艺对于政治的工具论、从属论、服务论的偏颇和束缚，结束了长期禁锢文艺生命的错误文艺路线和“左”的极端化思想。这是新时期马克思主义文艺理论中国化迈出的第一步。

首先是为文艺正名。1979 年上海《戏剧艺术》发表《工具论还是反映论——关于文艺与政治的关系》的文章，在肯定文学反映论的前提下，批判文艺“工具论”，向“文艺是阶级斗争的工具”这一权威观点发难；接着，《上海文学》发表了本报评论员文章，全面剖析了“工具说”的理论本质和现实危害，呼吁要繁荣社会主义文艺，必须为文艺正名。“为文艺正名”讨论的实质是如何看待和理解文艺与政治的关系问题，因此围绕文艺与政治的关系问题，讨论逐步扩展、集中到“文艺是阶级斗争的工具”、“文艺从属于政治”、“文艺为政治服务”等三种长期以来占主流地位的传统观点上，并在其后的两年时间里，引起学界深入持久的学术讨论甚至激烈的学术论争。究其根源，无论是文艺“工具论”、“从属论”还是“服务论”，它们都与毛泽东《在延安文艺座谈会上的讲话》有着直接的理论接受和推演关系。毛泽东提出，文艺“从属于一定的政治路线”，“是从属于政治的，但又反转来给与伟大的影响于政治。革命文艺是整个革命事业的一部分，是齿轮和螺丝钉”。[①] 应该说，这一论断在民族矛盾和阶级矛盾极为激烈、复杂的抗日战争时期，有其特定的历史意义，但是，新中国成立后毛泽东文艺思想的宣传者和阐释者却对于这一论断进行了简单化、庸俗化、绝对化和无限普泛化的推演，进一步提出文艺“必须为政治服务”、“为政策服务”，甚至为“中心任务服务”，并在“文革”中达到登峰造极的荒谬地步，从而给文艺实践和文艺发展造成极大损害。痛定思痛，新时期伊始文艺界对于文艺和政治的关系进行了深入和批判性的反思。文艺与政治关系问题的讨论，首先是指向对于“四人帮”的批判，但是讨论终无法绕开对于过去很长历史时期内党的文艺政策的反思和认识，这不能不引起权力话语的参与和裁判。1979 年 10 月，邓小平在第四次全国文代会上的讲话提出不再提“文艺必须从属于无产阶级政治”、“文艺必须为无产阶级服务”的口号。次年《人民日报》发表社论，以“文艺为人民服务，为社会主义服务”取而代之，随后周扬、胡乔木相继发表讲话，围绕文艺与政治问题做出详尽阐述。虽然至此文艺与政治关系问题的讨论是由政治话语的裁断而结束的，虽然这场讨论本身也由于思维惯性和理论定势而存在明显的缺陷，但是，不能不看到，关于文艺与政治关系问题的这个新的提法，是那个特定时代能够做到的最好的理论表述，也是当时马克思主义文艺理论中国化的重要标志。整体上看，这场讨论本身作为一种学术行为，它不仅认真清算了文艺与政治问题上的简单化、庸俗化和片面化倾向，为文艺正了名，而且为文艺的突破和发展创造了必要的社会氛围和文化前提，为文艺回归自身、恢复自身的审美特性清理了必需的地基。

问题还远不至于此。虽然自 80 年代初起，从属论、工具论已经不再提了，但是文艺与政治的密切关系在创作和批评的实践中仍然客观地存在，在特定的历史条件下（如 89 风波后）甚至会以突出、尖锐的形式表现出来。进入新世纪以来，文艺与政治的关系表面上趋于淡化，实际上在主流意识形态调控下政治对文艺控制某种程度的强化，与在娱乐至上思潮推动下文艺有意淡出政治，这样两种相反的倾向都还是有忽隐忽显的表现。而且，在我看来，这种状况在相当长的历史时期内不会改变。这就给马克思主义文艺理论提出了新的现实课题，如何在新的历史条件下妥善、辩证地处理好这个关

① 毛泽东：《在延安文艺座谈会上的讲话》，《毛泽东选集》（4 卷合订本），人民出版社 1969 年版，第 822～823 页。

系，是社会主义初级阶段文艺得以和谐、健康、蓬勃发展的关键之一，也是马克思主义文艺理论中国化的题中应有之义。

二　关于人性与人学

新时期以来我国文论关注的另一个焦点是人性、人道主义问题，以及与此相关的对马克思主义人学理论的重新认识。上世纪80年代，通过对马克思主义经典文艺理论的重新学习和思考，"人"的意识开始复苏和觉醒，表现为人性、人道主义、异化等问题的讨论突破了原有的理论禁区，"文学是人学"的命题得以确立。这是对马克思主义人学理论的新思考，是应用马克思主义人学理论来批判根本否定人性、人道主义的极"左"思想，正确总结、反思新中国成立以来文艺创作和理论、批评的历史实践和经验教训所取得的重大进展，也是新时期马克思主义文艺理论中国化更加重要的体现，为中国文艺学的进一步发展提供了极为重要的理论依据。

这一进程的第一步是禁区的突破。在"文化大革命"前的17年和整个"文革"时期，关于人性、人道主义等问题在学术界包括文艺理论界基本上是不允许讨论的。自从毛泽东《在延安文艺座谈会上的讲话》对人性论展开批判以后，人性论一直被不加区分地看作为资产阶级的反动理论遭到彻底否定；在新中国建立以后，这种否定不但没有丝毫降温，在历次政治运动和思想文化界的整肃中，人性论反而遭到更加变本加厉的批判。在极"左"思潮看来，人性论、人道主义问题涉及对文艺阶级性的淡化或否定，涉及对文艺作为阶级斗争工具性质的取消，是关系到如何对待毛泽东文艺思想的大是大非问题，因而成为禁区。新时期文艺领域关于人性问题的讨论主要涉及人性本质内涵及其普遍性、人道主义和异化等问题，通过讨论，开始突破这个理论禁区。

人性问题的理论探讨是以新时期文艺创作实践为先导的。"伤痕文学"、"反思文学"等以关注人、关注人性、呼唤人的价值和尊严为主导倾向的创作实践成为社会和时代思潮的代言人，与此相呼应，关于人性问题的理论探讨也一时成为学术热点。讨论涉及人性的具体内涵、人性普遍性与阶级性的关系等问题。由于主流意识形态政治上的干预，讨论在当时没有达成共识，却在一定程度上丰富了人们对"人"的本质和人性内涵的理解，为当时文学创作实践从理论上提供了支持，也开始了对马克思主义人性观的再认识。这些不仅冲破了庸俗社会学文艺理论的束缚，为当时及以后的文艺创作实践营造了较好的舆论氛围，而且拓宽了用马克思主义人学理论研究文艺的思路。

学界在人性问题讨论的同时也重新开始了人道主义问题讨论，讨论主要是围绕马克思主义有无人道主义的问题展开的，基本是两种观点对立：肯定的观点认为马克思主义学说本身不仅不忽视人，而且始终以解决有关人的问题作为自己的出发点和中心任务，马克思从没否定过人道主义；针锋相对的观点则认为人道主义和科学社会主义是两个对立的概念，即使是青年时期的马克思、恩格斯也都是否定了人道主义的。由于涉及对于马克思主义本身的理解，人性和人道主义问题讨论中一直伴随着意识形态和政治话语的考量，后期更是由于政治上的干预，尤其是主管意识形态的领导人胡乔木《关于人道主义和异化问题》文章的发表而使讨论一度带有更加浓重的政治批判色彩，讨论因而出现波折和反复。尽管如此，历史地来看，能够在文学领域公开张扬人道主义的合理内核，肯定和倡导人的独立、尊严、价值和地位，在那个特定的历史时期已经是一个难能可贵的理论突破，其重要意义是毋庸置疑的。

人性、人道主义讨论逻辑地要求对于历史和现实中的人性异化加以揭露、批判和克服，哲学、美学界对于马克思《巴黎手稿》的热烈讨论，也使人们更加关注人性异化问题。该问题早在上世纪 50 年代前期有过初步的短暂的讨论，先后发表了一些正面阐述的文章，呼唤人性、人道主义，批判异化。从 50 年代中后期始，这些观点被打成修正主义而受到批判，并经 60 年代周扬在第三届文代会上的阐述而成为此后近 30 年间思想和理论的又一禁区。新时期伊始，汝信、周扬等发表文章重提并肯定了马克思主义中的人道主义思想以及异化思想，随即引起广泛争鸣。然而整体来看，讨论中观点分歧严重，无法达成共识，而且很快就因为政治干预而出现了波折。先是周扬被迫就发表论述异化和人道主义文章作公开的检讨和自我批评，随后胡乔木《关于人道主义和异化问题》文章发表，对于这次讨论进行了总结和定性。由此，学界对于异化问题的讨论越出了学术讨论而染上强烈的政治色彩。异化问题本身就与意识形态存在着某种本质的关联，因而异化问题讨论中一直或多或少掺杂着政治和权力话语，甚至后期遭到政治权力的直接干预和压制。虽然异化问题的讨论未能正常开展下去，但是由于人性、人道主义和异化问题的讨论，将维系文学艺术内在生命的人性和人的地位问题突出地提了出来，并在价值层面关注和张扬人的价值和独立，从而一方面为以后文学主体性观点的提出做了必要的理论铺垫，另一方面也有力地支持了当时的文学创作更好地描写和剖析人性。正是有这场人性、人道主义和异化问题的讨论为重新认识马克思主义人学理论作了必要的舆论准备，到 80 年代中后期，以人性、人道主义为基本线索概括、论述新时期文学逐渐成为文艺理论界的主流话语。

这一进程的第二步是“文学是人学”命题的确立。随着人性、人道主义和异化问题的讨论，文学应不应当表现人性和人道主义精神，要表现什么样的人性和人道主义，以及如何表现等问题就被突现出来，文学的人学命题于是被再度关注。早在 1957 年钱谷融就论述了“文学是人学”以及文学与人性、人道主义的内在联系，但该文发表后长期作为修正主义文艺纲领受到批判并成为禁区。新时期伊始，钱谷融在《〈论“文学是人学”〉一文的自我批判提纲》中再次提出这一问题，并得到学界响应，且从关注人的尊严和人格开始，逐步扩展到关注人性、人的价值、人性异化等进入文学的合法性问题。与此同时，马克思主义人学理论被重新解读并引入文艺学领域。文艺要表现具体的人性、要关注人、“文学是人学”等人学命题逐步确立和人道主义思想的再度张扬，标志着新时期文学观念上的重要突破，也显示出文艺理论领域对马克思主义人学思想的新认识，从而为新时期文艺创作和理论的进一步发展确立了正确的方向。历史地看，“文学是人学”命题的确立展现了它本身的生命力和理论概括力，它把描写人和人性作为文学的出发点，不但牢固确立了文学的人学基础，也为其后文学主体性观点的提出和对于文学审美本质的探索提供了重要的理论准备，为文艺学研究的整体推进和突破创新清理出了必需的场地，是新时期文艺理论的一个重大收获，同样是马克思主义文艺理论中国化的重要进展和突破。

回顾历史，审视当前，我们发现，新世纪文艺学的理论建设和马克思主义文艺理论的中国化也同样绕不开人学这个根本问题。要确立马克思主义文艺理论的人学基础，必须理直气壮地真正确立“以人为本”的根本理念，要承认人除了有具体的、变化的、社会集团（一定历史时期内阶级、阶层等）的人性外，同时还有一般的、共同的、普遍的人性；如果承认文学责无旁贷地具有为人类构筑良好的人性基础的功能，就有必要、有权利、也有义务去表现这种一般、普遍的人性。马克思无论在前期还是后期，都明确承认存在着“合乎人性的人”即合乎人的一般、普遍本性的一般的人，同时把人的一般本性看成是“通过人并且为了人而对人的本质的真正占有”。概而言之，马克思共产主义理论的内在逻辑是：“一般的人和人的一般本性——私有制下人和人的一般本性的异化——共产主义即私有财产的扬弃，即一般的人和人的一般本性在更高阶段和层次上的复归。”这实际上是马克思从人的异化和异化的扬弃（人—异化—完整的人）的特定角度对人类历史发展规律的总体概括和宏观描述。应当指出，上述马克思的异化劳动理论关于“人—异化—完整的人”的历史概括，有着极为深刻的理论和实践意义。首先，它所包含的对资本主义私有制的批判意义和社会主义的革命意义远远超越了以往一切（包括资本主义）的人道主义和人本主义。其次，它提供了人的解放的伟大理想目标，并在这一理想的烛照下赋予人的一般本质以富有革命性的内涵。再次，它在当代世界和中国的现实语境中，对于人的全面发展与和谐社会的建设，具有特别重要、极为紧迫的理论和实践意义。我觉得，这正是马克思主义人学理论在当代中国社会语境下被全面激活并获得强大生命力的现实依据和最佳时机，也为马克思主义文艺理论中国化提供了极为重要的理论基石。

三　关于审美意识形态论

人性、人道主义禁区的逐渐突破，文学的人学基础的牢固确立，促使学界对文学本质的认识也开始向深处挺进。文艺理论努力挣脱政治工具主义的枷锁，逐步从机械反映论走向能动的、审美的反映论，并进一步通过对于艺术反映论、艺术生产论的思考与探索，恢复了文艺的审美特性而使文学真正回归自身，从而为审美意识形态论的提出奠定了基础。审美反映论更贴近了文艺的本质，它不但恢复了长期以来被政治功利主义扭曲、篡改的反映论文艺观的本来面貌，而且克服了其全面政治化、抛弃真实性的偏向，给它注入了审美的新鲜血液，使反映论文艺观获得了新生。因此，从反映论到审美反映论是文学本质认识上的重大突破，它突出了文学自身的特质和规律，标志着文学研究向其自身的回归，并为走向审美意识形态论奠定了基础. 对此学界给予了较高评价，但同时也认为以“审美反映”来概括文学的本质还略显不足，还没有具体到文学的层次，不能完全包含文学的诸多特征；也未理清“反映”所要求的真实性与“意识形态”所坚持的倾向性、审美所追求的主体性之间的复杂关系；且即使是能动的审美的反映论总还是局限于认识论层面，而文学不仅仅是认识。可见反映论文艺观存在着较明显的理论局限。80年代中期，随着“文学是人学”观念的深入人心以及文学创作中“人”的意识的不断觉醒，文艺理论的思考从对于人的一般肯定走向对于文学主体性的张扬。文学主体性理论是在“文学是人学”之根上的自然萌芽和生长，是人性、人道主义和异化讨论的必然延伸和结果。从学理上说，对人的肯定逻辑地呼唤着人的主体性；而从实践上说，长期以来，特别是“文革”中达到顶峰的“左”的政治功利主义和庸俗反映论畸形结合，主导着中国文艺界和理论界，严重压抑着文学创作和接受的主体性。中国文艺要有大发展，非要破除这一切障碍，也必然要求文学主体性的出场。文学主体性理论的较早提倡者和主要阐发者是刘再复。80年代中期刘再复提出的文学主体性理论是对李泽厚主体性实践哲学的文艺学演绎，它批判了长期以来庸俗社会学和政治功利主义对主体创造性的压抑，高扬人性与人的主体精神，要求无限释放人的精神主体的主观能动性；又批判了来自苏联影响的所谓“社会主义现实主义”理论中的机械反映论倾向，分析了在文学活动中创作主体、文学对象主体和接受主体的主体性的主导地位，论证了“人既是实践主体，又是精神主体”的主体性理论，深化了“文学是人学”的观念。①

然而在今天看来，无论是主体性文艺观还是反映论文艺观，二者总体上都处于相同的主客二分思维方式的逻辑平台上。反映论文艺观的一些缺陷在主体性文艺观那里会以隐性的方式同样表现出来，比如说，基于二元对立的主体性文艺观和反映论文艺观都有整体否定、整体承诺的特点，当社会文化、文学存在等情况发生变化时往往都表现出某种程度的片面性或独断性。主体性文艺观强调文学艺术的审美本质、非功利性，其主要批判的对象是新中国成立以来政治对文学、文学研究的干涉和压制，但是当大众文化兴起，市场化、商业化使文学艺术的非功利性成为奢望时，主体性文艺观往往转而将批判的矛头指向其原本乐于见到的市场化本身，没看到两个批判对象质的不同，使得其与新兴的大众文化没有进行对话的可能性，在这一点上，与反映论文艺观的不足异曲同工。实际上，这两者自身都有理论缺陷，都不足以承担起为中国新世纪文论奠基的重任。与以上两种文艺观不同，随着对文学自身认识的逐步深入，学界于80年代提出、90年代形成的审美意识形态论文艺观则有了新的突破，并在比较大的范围内得到认同。这既体现了

① 刘再复：《论文学的主体性》，《文学评论》1985年第6期，第11～26页。

文学基本观念上的重大推进,也是在自律与他律的辩证统一中阐述文学的动态本质的创新成果,成为新时期以来文艺理论研究最重大的理论成就之一。

意识形态问题一直是马克思主义文艺理论中的一个重要问题,80 年代以来学界就此展开了深入讨论,逐渐明确了文艺属于一种社会意识形态,但同时具有非意识形态性,这就已经注意到了文艺本身具有某种不能为意识形态所涵盖的特殊性,即审美性。经过审美反映论和文学主体性的讨论,学界对文艺的审美特性有了更为深刻的认识,同时也注意到了单纯从反映论框架或主体论思路来概括和阐述文学的本质还有局限。所以,人们力图从一种更为宏观的视角考察文学现象,推进对文学本质的深入理解和把握。到 80 年代中后期,文学审美意识形态论于是应运而生。1987 年,钱中文在总结当时苏联及我国学界关于文学本质的观点的基础上,提出"文学是审美意识形态",力图把文学的意识形态性和审美性有机结合起来,达到对文学本质更具说服力的表述。他说:"从社会文化系统来观察文学,从审美的哲学的观点出发,把文学视为一种审美文化,一种审美意识形态,把文学的第一层次的本质特性界定为审美的意识形态,是比较适宜的。"又说:"文学作为审美的意识形态,以感情为中心,但它是感情和思想认识的结合;它是一种自由想象的虚构,但又具有特殊形态的多样的真实性;它是有目的的,但又具有不以实利为目的的无目的性;它具有社会性,但又是一种具有广泛的全人类性的审美意识的形态。"①应当说,"审美意识形态"这一提法的确能够比较完整地概括文艺的本质特征,并具有较为广阔的包容性和理论涵盖性,能够适应新时期以来文艺多元发展的基本态势。之后,王元骧在其《文学原理》中也提出文艺是一种审美意识形态的观点,并以此来探讨文艺的本质。还有学者从马克思的掌握世界的方式的理论出发,认为"艺术的意识形态属性和审美属性不是各自孤立地存在于作品中,而是融合为有机的统一体,可以说是一种审美的意识形态","正是在艺术的意识形态属性和审美属性的统一中显示了艺术与其他意识形态和审美对象的区别,显示了艺术的

① 钱中文:《论文学观念的系统性特征》,《文艺研究》1987 年第 6 期,第 13～30 页。

深层本质"①。一句话,"审美意识形态"论的提出标志着对文艺本质认识的重大突破。

进入90年代以来,钱中文对"审美意识形态"的观点进行了进一步的阐发,认为文学作为审美意识形态是以感情为中心、感情与思想的结合,是一种具有特殊形态真实性的虚构,具有不以实利为目的的目的性,具有阶级性和广泛的社会性、全人类性。文学作为审美意识形态是一个审美的本体系统,它的存在形式是艺术语言的审美创造、审美主体的创造系统、审美价值和功能系统以及接受中的审美价值再创造三者的结合,由此形成文学本体。文学本体的三个组成部分逻辑的历史的展开构成文学的第三层次的本质特征。② 这样就把审美意识形态和文学的本体、文学的本质统一起来,形成了一个完整的系统,更加符合文艺的存在方式和本质特征,使审美意识形态理论更趋完善和成熟。童庆炳进一步认为,"从社会结构这个层面,从上层建筑和社会意识形态这个层面去把握文学的特性"③,还是最为恰当的;文学的审美意识形态理论既着眼于文学的对象的审美特性,也重视把握对象的审美方式,因此,审美意识形态论可以作为文艺学的第一原理,为新时期文艺学的进一步发展奠定坚实的理论基础。笔者认为,"审美意识形态"的文学本质观的提出并逐步为学界较多人所认同,也是马克思主义文艺理论中国化的又一重大收获。

当然,我们注意到,进入新世纪以来,随着对于新时期文学反思的深入,有学者引经据典,对于文学"审美意识形态"论提出尖锐批评和质疑,认为它不符合马克思主义经典作家的思想观点。目前双方的论争仍在继续。笔者认为,从学术的健康发展和推进来说,这场论争为新世纪马克思主义文艺理论中国化留下了进一步思考和探讨的空间。

从上述历史的简要阐述可以得出两个重要结论:第一,新时期我国文艺学取得的前所未有的巨大成就,不能仅仅归结为审美自律性"主导范式"的确立。应当看到,那个时期文学理论在一系列重大问题上取得了突破性进

① 王怀通、王钦韶、田文信、张凌、张维麟、董学文:《马列文论教程》,河南大学出版社1989年,第86页。

② 钱中文:《文学发展论》(增订本),经济科学出版社1998年版。

③ 童庆炳:《审美意识形态论作为文艺学的第一原理》,《学术研究》2000年第1期,第112页。

展，除了上述三方面外，还有文学研究的方法论问题，现实主义问题，文艺心理学问题，文学接受和文学存在论问题，文学的人文精神和新理性精神问题，文学的语言和形式问题，如此等等。其中审美自主、自律固然是一个重要方面，但并不是最主要的，更不是唯一的，而且，它也始终与其他种种问题（包括非自律、非自主性问题）联系、纠缠在一起。那种把审美自主性理论夸大、上升为整个新时期文艺理论的主要收获和"主导范式"，实际上冲淡了那个时期文艺理论全方位、多层次的重大突破，遮蔽了新时期文论生动活泼、丰富多彩的发展的现状，进一步，将造成 90 年代文艺学学科危机归罪于其上就更加违背历史事实。第二，新时期我国文艺学取得的一系列巨大成就，基本上都是在马克思主义文艺理论的指导下取得的，其中理论上的主要突破和进展，在一定意义上都是马克思主义文艺理论中国化的成果和体现。我们不能把新时期以来文艺学的发展与马克思主义文艺理论中国化的进程人为地对立起来，虽然二者之间不能完全画等号。新时期文艺理论大发展的经验告诉我们，新世纪的文艺理论建设，更应当自觉追求文艺学的理论建设与马克思主义文艺理论中国化这两方面的有机结合。总体上说，就是要以马克思主义唯物史观为指导，以"现代性"及其内部冲突为理论视角，采取以实证为基础的历史与逻辑统一的方法，立足当代文学和文艺理论、批评发展的现实，正视新历史条件下文艺领域提出的紧迫的"中国"问题，探索马克思主义文艺理论中国化的现实途径；具体来说，就是要把马克思主义文艺理论作为基本的思想资源，为着解决中国现实思想文化语境中的文艺实践和理论发展的实际问题而加以创造性的应用，并在应用中发展马克思主义文艺理论。归根结底，马克思主义文艺理论中国化是当前文艺学理论创新的根本途径，从而也是当代文艺学创新建构的根本途径。

原载《文艺争鸣》2008 年第 7 期

从新时期到新世纪:“文学是人学”命题的再阐释

——兼论马克思主义文艺理论的人学基础

新时期开始阶段(1978 年至 20 世纪 80 年代中期)是中国社会发展进程一个十分重要的时期。在这一时期,“文革”结束、拨乱反正开始,真理标准大讨论展开,特别是十一届三中全会的胜利召开,中国社会开始走上改革开放的道路,思想束缚逐渐解除,全民性的思想解放运动逐步兴起。这是一个经济、政治、文化、思想、历史等的转型时期,也是重新确定文艺身份的转型时期。批判僵化的话语环境和扭曲的文化思想路径,反思文艺的本质、价值、地位,重新争取曾一度失去的学术话语权力和启蒙地位,成为人文知识分子的共同行动。

正是在这样的社会思想背景下,从“文革”摧残中走出的文艺理论对文学与政治的关系以及人性、人道主义等问题展开批判性反思,从而开始了新时期文艺学的批判反思期:文艺逐渐摆脱政治的工具论、从属论、服务论的偏颇和束缚,“人”的意识开始复苏和觉醒,表现为人性、人道主义、异化问题讨论突破原有的理论禁区,“文学是人学”的命题得以确立,对于文学本质的认识也开始向深处挺进。

本文拟从“文学是人学”的命题入手,重点探讨新时期以来我国文论关于人性、人道主义问题的新思考,以及与此相关的对马克思主义人学理论的重新认识。

一

20 世纪 80 年代初,我国文艺理论的最重要突破之一就是“文学是人学”的命题的重新确立。这是人们通过对马克思主义人学理论的重新学习和思考,并应用于批判根本否定人性、人道主义的极“左”思想,正确总结、反思新中国成立以来文艺创作和理论、批评的历史实践和经验教训所取得的重大进展,也是新时期马克思主义文艺理论中国化的重要体现。

这一进程是以1980年第3期《文艺研究》发表钱谷融先生写于1957年10月26日的《〈论“文学是人学”〉一文的自我批判提纲》为开端的。《论“文学是人学”》一文是钱谷融先生1957年2月在“双百方针”鼓舞下所写的一篇在中国当代文艺理论史上具有重大理论意义的文章。该文在1957年5月号《文艺月报》发表后不久,就遭到了文艺界和理论界的广泛批判,后来被定性为“反党反社会主义的修正主义的大毒草”。从此,一直到“文革”时期,关于人性、人道主义等问题成为理论禁区,在学术界包括文艺理论界基本上不允许讨论。

那么,《论“文学是人学”》一文究竟提出了什么观点?何以会在政治上遭到如此批判和封杀?这里试对此文的主要思想作简要的概述:第一,该文借用高尔基的有关说法,在中国首次明确提出了“文学是人学”这一符合马克思主义人道主义思想的重要命题,并从几个重要方面以符合文艺自身规律的方式对这个命题作了有说服力的阐述,在中国当代文论史上写下了浓墨重彩的一笔。第二,阐述之一,是批评了季摩菲耶夫关于“人的描写是反映整体现实所使用的工具”的“人是工具”的观点,提出了文学“必须从人出发,必须以人为注意的中心”,确立了人在文学里的中心地位,强调指出人的描写不是“工具”和“手段”,而是“文学的目的所在,任务所在”。第三,阐述之二,是进一步从价值论角度论述文学作为人学的思想内涵:即“不仅要把人当作文学描写的中心,而且还要把怎样描写人、怎样对待人作为评价作家和他的作品的标准”;并首次突破长期以来把一些思想倾向落后的作家能够创作出伟大作品归因于现实主义创作方法战胜落后世界观的结果的主张,明确提出“在文学领域内……作家的对人的看法,作家的美学理想和人道主义精神,就是作家世界观中起决定作用的部分”,认为托尔斯泰、巴尔扎克的成功,与其“说成是现实主义的胜利,倒不如把它当作人道主义的胜利来得更恰当些”。第四,阐述之三,是论述了人道主义精神的核心内涵,特别突出了人道主义精神在文学中的巨大、根本的作用。

在第四点中,作者首先区分了作为历史思潮的人道主义和作为人类普遍精神的人道主义,指出“人道主义,作为一种思潮来说,虽是十六、十七世纪时在欧洲为了反对中世纪的专制主义而兴起的,但人道主义精神、人道主义理想却是从古以来一直活在人们的心里……我们无论从东方的孔子、墨子，还是从西方的苏格拉底、柏拉图等人的言论著作中都可以发现这种精神、这种理想"，就是说，人道主义的精神、理想是贯穿古今、跨越东西的人类普遍精神。

其二，作者精辟地概括了人道主义精神的核心内容，指出，"虽然随着时代、社会等条件的不同，人道主义的内容也时时有所变动，有所损益，但我们还是可以从其中找出一点共同的东西来的，那就是：把人当作人。把人当作人，对自己来说，就意味着要维护自己的独立自主的权利；对别人来说，又意味着人与人之间要互相承认、互相尊重"；在文学艺术中，这种人道主义精神就体现为"是用一种尊重人同情人的态度来描写人、对待人的"，"一切都是以人来对待人，以心来接触心的"。

其三，作者高度推崇人道主义精神在文艺中的巨大作用，认为"一切被我们当作宝贵的遗产而继承下来的过去的文学作品，其所以到今天还能为我们所喜爱、所珍视，原因可能有很多，但最基本的一点却是因为其中浸润着深厚的人道主义精神"，换言之，人道主义精神是全人类文学艺术宝贵遗产的精髓所在；所以，"在文学作品中一切都是从解放人、美化人的理想出发的，一切都是为了人的。……伟大的文学家必然也是个伟大的人道主义者"。

其四，作者通过与人民性、爱国主义、现实主义等当时流行的理论概念和评价标准的比较，明确把人道主义作为评价文艺作品价值的"最基本的、最必要的标准"，认为如果其他概念"并不是在每一篇古典文学作品的评价上都是适用的话，那么，人道主义这一概念，却是永远可以适用于任何一篇古典文学作品上的"，如果说人民性是评价文学作品的最高标准的话，"人道主义精神则是我们评价文学作品的最低标准……是任何时候都必须坚持的，而且是任何人都在自觉不自觉地运用着的(按：此话不确，极"左"的大批判就与人道主义相对抗)"。实际上，这里作者是把人道主义作为衡量文艺作品成就最基本、最核心的标准，即"最根本的和普遍适用的原则"，这一观点至今仍然是极富启发性的。

其五，肯定共同人性、普遍人性的存在。作者指出，"人性是随着时代、社会等等条件的发展而发展，因阶级性、个性的不同而有其不同的表现的。但尽管如此，仍不排除纵的方面的继承性，横的方面的普遍性，没有这种继承性与普遍性，人类的一切交往便都不可能，也就不可能组成社会，不可能有历史。而这种继承性与普遍性的基础就是共同人性"；当然，作者并没有将普遍人性与阶级性截然对立起来,他强调“只有历史上的先进阶级才能发展人性……而那些落后的、反动的阶级,就只能阻碍人性的发展,甚至戕害人性”①。

现在看来,钱谷融先生上述关于“文学是人学”的一系列观点,大部分已经被人们接受,这个命题本身也已经成为常识,甚至被认为比较空洞。但当时提出这些主张是要冒极大的政治风险的,需要有很大的理论勇气和胆识的。因为自从毛泽东《在延安文艺座谈会上的讲话》对人性论作了严厉的批判(在那个民族、阶级矛盾极为尖锐的特殊时期,这种批判可以理解)以后,延伸到新中国成立后 17 年(和平建设时期)和 10 年“文革”,在极“左”思潮支配下,人道主义、人性论一直被不加区分地看作资产阶级的反动理论遭到彻底否定和批判。正因为这样,1957 年钱谷融先生的《论“文学是人学”》一文一经发表,便遭到大量批评,1959 年更被作为修正主义的文艺纲领进行了集中的政治批判,上海文艺出版社还出版了《〈论“文学是人学”〉批判集》。1960 年周扬在第三届文代会上所做的题为《我国社会主义文学艺术的道路》的报告中,更是明确把人性论、人道主义驳斥为资产阶级文艺观和修正主义思想,批判其“以抽象的共同人性来解释各种历史现象和社会现象,以人性或‘人道主义’来作为道德和艺术的标准,反对文艺为无产阶级和劳动人民的解放事业服务”②。人性、人道主义思想于是被彻底否定,从此成为思想和理论的禁区。

二

新时期初文艺领域重提“文学是人学”的命题是有着改革开放、思想解放的政治、文化和学术背景的,这集中体现在当时关于人性、人道主义和异化问题的讨论中。诚如何西来所说:“人的尊严、人的价值、人的权利,人性、人情、人道主义在遭到长期的压制、摧残和践踏以后,在差不多已经从理论家的视界中和艺术家创作中消失以后,又重新被提起,被发现,不仅逐渐活

① 钱谷融:《〈论‘文学是人学’〉一文的自我批判提纲》,《文艺研究》1980 年第 3 期,第 11 页。

② 周扬:《我国社会主义文学艺术的道路》,人民文学出版社 1960 年版,第 49 页。

跃在艺术家的笔底，而且成为理论界探讨的重要课题。”①

人性问题的理论探讨是以新时期文艺创作实践为先导的。“伤痕文学”、“反思文学”等以关注人、关注人性、呼唤人的价值和尊严为主导倾向的创作实践而成为社会和时代思潮的代言人。与此相呼应，关于人性问题的理论探讨也一时成为学术热点。讨论涉及人性的具体内涵、人性普遍性与阶级性的关系等问题。朱光潜以马克思《1844 年经济学－哲学手稿》为理论依据，认为马克思整部书都是从人性论出发来论证无产阶级革命的必要性和必然性的，要使人的本质力量得到充分的自由发展，就必须消除私有制，他从文艺创作和美学的角度，呼吁文艺冲破人性、人道主义的禁区。②由于众所周知的原因，这些讨论在当时并没有完全达成共识，但是在承认共同（普遍）人性的存在这一点上，有了比较一致的看法。程代熙指出：“一定时代的人们，包括不同阶级的人们是生活在一个共同体内的。这个共同体就是社会、国家等等，所以一切人才有可能具有‘现实的普遍性’，即共同人性。”“共同人性也只是一个历史的范畴，是随着历史的变化而变化，随着社会的发展而发展的。世界上不存在固定不变的共同人性。”“在阶级社会，人性既具有阶级性、社会性，又具有共同人性，他们相反相成，浑然一体。”③钱中文认为，人性，主要指共同人性而言，它和阶级性一样，是现实的人的根本特征。从社会历史文化的演化来看，人经历了大致相同的阶段，在物质生活的需求、心理、感情、审美意识等方面积累了共同的因素，并保留至今天。共同的人性也是社会现实关系的组成部分，人并不只生活在阶级关系中，除了阶级关系，还有伦理、道德、宗教等非阶级关系，它们虽然受阶级关系的制约，但并不等同于阶级关系。对人性共同形态的描写，可以从真实的、历史的、道德的要求进行评价。④ 这些讨论大致肯定了共同人性的存在，确认即使在阶级社会里也有非阶级的共同人性，对于阶级性与共同人性关系的认识逐步走向辩证，这就丰富了人们对“人”的本质和人性内涵的理解，深化了

---

① 何西来：《人的重新发现——论新时期的文学潮流》，《红岩》1980 年第 3 期。

② 朱光潜：《关于人性、人道主义、人情味和共同美问题》，《文艺研究》1979 年第 3 期，第 39 页。

③ 程代熙：《人性问题——介绍〈马克思恩格斯论人生和人道主义〉》，《文艺理论研究》1982 年第 3 期，第 118～119 页。

④ 钱中文：《论人性共同形态描写及其评价问题》，文学评论 1982 年第 6 期，第 82～124 页。

对于当时文学创作实践的理论观照,为新时期文学创作描写和表现人性做好了理论准备,同时,也拓宽了用马克思主义人学理论研究文艺的思路。

学界在人性问题讨论的同时也重新开始了人道主义问题讨论,讨论主要是围绕马克思主义有无人道主义的问题而展开的。肯定的观点认为马克思主义学说本身不仅不忽视人,而且始终以解决有关人的问题作为自己的出发点和中心任务。朱光潜认为,“人道主义在西方是历史的产物,在不同的时代具有不同的具体内容,却有一个总的核心思想,就是尊重人的尊严,把人放在高于一切的地位”,“马克思不但没有否定过人道主义,而且始终把人道主义与自然主义的统一看作真正共产主义的体现”。① 汝信等人支持这个观点,认为广义的人道主义“泛指一般主张维护人的尊严、权力和自由,重视人的价值,要求人能得到充分的自由发展等等的思想和观点”,“就是主张要把人当作人来看待,人本身就是人的最高目的,人的价值也就在于他自身”,并强调指出,“马克思主义学说本身,则不仅不忽视人,而且始终是以解决有关人的问题作为自己的出发点和中心任务的”,“不应该把把马克思主义融化在人道主义之中,或者把马克思主义完全归结为人道主义,因为马克思主义不仅仅研究人的问题。但是,马克思主义应该包含人道主义的原则于自身之中”。② 王若水更是明确地主张“马克思主义的人道主义”,他指出,人道主义“共同的原则简单地说就是人的价值”,“马克思的确批判了费尔巴哈的人道主义,然而我认为他并没有从根本上否定人道主义,而是把人道主义发展到一个新的阶段”;“马克思始终是把无产阶级革命、共产主义同人的价值、人的尊严、人的解放、人的自由等问题联系在一起的。这是最彻底的人道主义。”人道主义并不只能是资产阶级的意识形态,“社会主义需要人道主义”③。

与以上看法针锋相对的观点则认为人道主义和科学社会主义是两个对立的概念,即使是青年时期的马克思、恩格斯也都是否定了人道主义的。由于涉及对于马克思主义本身的理解,人性和人道主义问题讨论中一直伴随着意识形态和政治话语的考量,后期更是由于政治上的干预,尤其是主管意

① 朱光潜:《关于人性、人道主义、人情味和共同美问题》,《文艺研究》1979 年第 3 期,第 40 页。

② 汝信:《人道主义就是修正主义吗?》,人民日报 1980 年 8 月 5 日。

③ 王若水:《为人道主义辩护》,文汇报 1983 年 1 月 17 日。

识形态的领导人胡乔木《关于人道主义和异化问题》文章的发表而使讨论一度带有更加浓重的政治批判色彩,讨论因而出现波折和反复。尽管如此,历史地来看,能够在文学、哲学领域公开张扬人道主义的合理内核,将维系文学艺术内在生命的人性和人的地位问题突出地提了出来,并在价值层面关注和张扬人的价值和独立,在那个特定时期无疑是一个难能可贵的理论突破,从而一方面为以后文学主体性观点的提出做了必要的理论铺垫,另一方面也有力地支持了当时的文学创作更好地描写和剖析人性。正因为有了这场人性、人道主义和异化问题的讨论为重新认识马克思主义人学理论作了必要的舆论准备,到1980年代中后期,以人性、人道主义为基本线索概括、论述新时期文学逐渐成为文艺理论界的主流话语。

正是在新时期之初这一思想解放运动的大背景下,随着人性、人道主义和异化问题的讨论,文学应不应当表现人性和人道主义精神,要表现什么样的人性和人道主义,以及如何表现等问题就被突现出来,"文学是人学"的命题于是被再度关注。新时期伊始,钱谷融再次强调:"文学既然以人为对象,当然非以人性为基础不可,离开人性,不但很难引起人的兴趣,而且也是人所无法理解的。不同时代、不同民族、不同阶级所产生的伟大作品之所以能为全人类所爱好,其原因就是由于有普遍人性作为共同基础。""作家的美学理想和人道主义精神,就应该是其世界观中对创作起决定作用的部分。"在文学领域,"一切都是为了人,一切都是从人出发的","一切都决定于作家怎样描写人、对待人"。① 这个思想很快得到学界广泛响应,且从关注人的尊严和人格开始,逐步扩展到关注人性、人的价值、人性异化等能否和如何进入文学的合法性和美学方法的问题。如王蒙指出,"三中全会以来的文学作品中,人道主义精神的发扬,对于人性和人情的诸多方面的关注、刻画或美化,对于人的尊严的维护和召唤,成为一个重要的特点",马克思从未反对也不拒绝真正的人性和人道主义,不敢描写具体的活生生的人性就不可避免地导致创作的模式化、概念化而走向反艺术的道路。② 刘锡诚认为,新时期文学创作中人的主题的出现,从关注人的尊严和人格开始,后扩展到关注人的价值、人性和异化等问题,这是我国当代文学中的社会主义人道主义的全

① 钱谷融:《〈论"文学是人学"〉一文的自我批判提纲》,《文艺研究》1980年第3期,第9页。

② 王蒙:《"人性"断想》,《文学评论》1982年第4期,第116页。

面发展。①

与此同时,马克思主义人学理论被重新解读并引入文艺学领域,文艺要关注人、表现具体的人性的观点,被广泛接受,文学与人学之间不可分割的内在关系凸现出来,"文学是人学"的命题于是逐步得到确立和公认。历史地看,"文学是人学"命题的确立的确展现了它本身的生命力和理论概括力,它把描写人和人性作为文学的出发点,把张扬人道主义精神作为文学的基本要求,不但牢固确立了文学的人学基础,也为其后文学主体性观点的提出和对于文学审美本质的探索提供了重要的理论准备,为文艺学研究的整体推进和突破创新清理出了必要的空间,是新时期文艺理论的一个重大收获,也是马克思主义文艺理论中国化的重要进展和突破。

三

回顾历史,审视当前,我们发现,"文学是人学"这个命题并没有过时,而是面对新的现实,产生了新的意义。

进入新世纪,"文革"结束前那种谈人性、人道主义色变的时代早已过去。然而,我们也不能不注意到,在当代中国,进入 1990 年代之后,随着经济全球化浪潮的奔涌和中国市场经济的迅速走向成熟,在西方消费主义思潮的影响和大众传媒的助推下,大众文化以不可阻挡之势席卷神州大地,"三消(消费、消闲、消遣)文化"迅速上升到文化艺术市场的主流地位,但人性问题却以想象不到的另外一种方式在文艺和审美中再次迷失。这突出表现为部分文学创作中感官欲望的无度扩张和享乐主义的大肆泛滥,有的甚至突破了人类共同的道德底线。这不但颠覆了文学的审美特性,而且向文学提升人生境界、塑造美好心灵、构筑人性家园的本性发起挑战。更加令人担忧的是,文艺理论和批评界也有人从理论上对这种倾向给予支持,把这种无限扩张感官欲望的文艺现象美化为"恢复"美学的感性学本义。这实际上是从相反的方向对人性和人道主义精神的扭曲和损害。

另外,当代中国处于世界性的全球化历史环境中,随着我国经济全面融入全球化的进程,文化全球化的浪潮已经越来越逼近我国。我们当前所面

① 刘锡诚:《谈新时期文学中的人道主义问题》,《文学评论》1982 年第 4 期,第 120～125 页。

对的种种问题，有许多已经大大超越阶级、阶层，经济、政治制度，甚至国家、民族、宗教等等的范围，而带有全人类亦即“一般的人”的共同性。就当前国际的形势看，虽然局部的冲突乃至战争不断发生，但是，和平与发展逐渐成为我们时代不同地区、不同社会制度、不同宗教信仰、不同文明系统、不同生活方式等的所有民族国家的共同主题。于是，“人”的一般的、共同的问题，全人类的共同问题，以前所未有的紧迫性迅速凸显出来。比如对人权问题的重视就在全世界扩展，中国也比以往任何时候更加重视人权问题，越来越注意加强保护人权的法制建设；比如保持生态平衡一直是人类生存和发展的基本条件，但是，中国作为现代化建设的后续国家，生态的破坏、环境的污染十分严重，中国政府在这方面做了很大努力，承担了发展中国家应尽的义务，还在继续从制度建设方面下大工夫；比如各种资源（当前特别是能源）也是人类在地球上共同生存的物质基础，中国地大人多物不博，资源匮乏十分突出，就全世界而言，资源枯竭问题也日益尖锐，当前，克服石油、能源危机已经日益成为世界各国面对的最紧迫的共同使命；再如社会公共生活领域中，也存在大量属于人类共同利益和需要的问题，像金融、市场、投资、消费、旅游、交通、治安等等，特别是对自然灾害的防御和救治，如前几年印尼的海啸、今年我国的汶川大地震等，完全打破了民族和国家的界限，成为全人类的共同事业。更加重要的是，在精神文化领域，为了保证人类社会向更高的文明迈进，各国、各民族都需要普及教育、提升教育程度；都需要大力发展满足各个层次、各种类型需要的文化艺术事业；都需要民主化、法制化的建设，并需要这种建设具有越来越多的共同性和可交流性，还需要适合于全社会遵守的公共道德的规范和建设，如此等等。在当代中国，这些情况、这个现实语境，都促使全人类的共同利益和需要比以往任何时候都成为现实的、紧迫的问题，也就使一般的人、人的一般本质（性）、共同人性等问题凸现出来。

以上两个方面所构成的不仅是当代中国经济社会现代化建设的现实状况，而且也是当代中国文化艺术的现实语境，向当前的中国文论、美学提出了一系列新的问题，迫切需要马克思主义给予理论的回应、科学的阐释和指明切实可行的解决之途，这是自觉将马克思主义人学理论、文艺理论与中国当代经济、社会、文化语境下的中国文艺的实际问题相结合的必由之路。

在此背景下，我认为，“文学是人学”这个命题所包含的一些基本思想仍然没有过时，仍然有再解读和进一步阐发的空间。从前面对钱谷融先生“文学是人学”主要观点的概括介绍中我们发现，其核心和基础是文学应当“以人为本”、以人道主义精神为灵魂的观念,即强调文学“必须从人出发,必须以人为注意的中心”,反对将人的描写作为“工具”和“手段”,而是将人看成“文学的目的所在”;肯定共同人性、普遍人性的存在;把人道主义作为衡量文艺作品成就“最根本的和普遍适用的原则”。这些观点至今仍然极富生命力和启发性,但还需要给予马克思主义人学的理论阐释。

在我看来,马克思主义人学理论的核心就是“以人为本”的根本理念,具体而言,一要将人看成根本、看成目的;二要承认这里的“人”是普遍、一般的人,要承认人有普遍、一般的本质(性),即共同人性。

这里首先要明确“以人为本”到底是不是马克思主义的基本观点。长期以来,国内的主流看法是,“以人为本”是西方近代以来资产阶级人道主义或人本主义的主张,而不是马克思主义的观点,理由是“以人为本”的“人”是抽象的、一般的人,同样,“人性”也是抽象的、一般的、普遍的人性或人的一般、普遍的共同性,而马克思主义则只承认现实的社会关系中的具体的人和具体的人性,即在阶级社会中只承认阶级(阶层和其他社会集团、群体)的人和人的阶级(阶层和其他社会集团、群体)性。近年来,随着“以人为本”和“人的自由、全面发展”成为主流话语的关键词之一、成为国家意识形态的战略目标之一后,理论界对这个口号(命题)也改变了反对和批判的态度,而采取了重新阐释的策略,即把“以人为本”的“人”仅仅解释为广大人民群众即“人民”,于是这个命题实际上变成“以民为本”了。然而我以为,“以民为本”与“以人为本”之间虽然有密切联系,但不完全可以画等号,画等号并不完全符合马克思主义的原意。第一,虽然从数量看,人民是“人”的主体部分,但“人”的范围显然要大于人民,人的利益有时大于、高于人民的利益,汶川大地震的情况就是如此;第二,人民的概念是相对于统治者或管理者即“官”(干部)而言的,“以民为本”是从管理者即“官”(干部)视角提出的,而“以人为本”则适合于要求每一个人。可见,这是两个有联系却内涵不同的概念。而且,如前所说,在当代全球化的语境中,“以人为本”的重要性和迫切性比以往任何时候都突出,用“以民为本”来取代“以人为本”在我看来是不合适的。无独有偶,其实钱谷融先生在提出“文学是人学”命题时实际上也已经接触到这个问题了,他将人道主义与人民性等概念相比较,强调尊重人、同情人、关怀人的人道主义精神比人民性的概念更普遍、广泛。所以,我认为,用“民”替换“人”、用“以民为本”替换“以人为本”,实际上把马克思主义“以人为本”思想的丰富、深广的内涵大大缩小和狭隘化了;在今天,就可能造成对于我们党和政府在处理内外经济社会文化发展事务的一系列方针、政策、举措感到不甚理解，甚至产生误解。“以民为本”代替“以人为本”，其要害在于没有看到马克思主义人学理论由于肯定普遍、一般的人和普遍、共同人性的存在，因而它内在地包含着人道主义和人本主义的基本原则，从而实际上把马克思主义与人道主义、人本主义人为地对立起来。似乎人道主义、人本主义成了资产阶级的专利。这是我们认识“以人为本”思想的一个误区。

以我的理解，在某种意义上，马克思主义的核心思想之一就是以人为本和人的自由、全面发展的理想。其实，马克思主义社会革命理论一开始就是从以人为本的思想出发的，在《〈黑格尔法哲学批判〉导言》中，马克思明确提出应该“实现一个不但能把德国提高到现代各国的现有水平，而且提高到这些国家即将达到的人的高度的革命”，他对费尔巴哈的宗教批判理论作了革命性的阐发，指出“人的根本就是人本身”，“对宗教的批判最后归结为人是人的最高本质这样一个学说，从而也归结为这样一条绝对命令：必须推翻那些使人成为受屈辱、被奴役、被遗弃和被蔑视的东西的一切关系”①。这里，人就是最高目的、最高本质，社会革命就是为了彻底推翻压迫、奴役人的旧的社会关系，达到人和人类的彻底解放。在此，“以人为本”的批判性、革命性是毋庸置疑的。《共产党宣言》进一步提出，共产主义社会彻底解放全人类的最高理想和目标是“每个人的自由发展是一切人的自由发展的条件”。另外，马克思在论述人类社会发展经历的三种社会形态和与之相适应的人的发展三种状态时，更加明确地把社会主义的人的发展定位为“个人全面发展”。他说：与最初的社会形态和第二大形态“以物的依赖性为基础的人的独立性”的资本主义社会不同，社会主义社会是“建立在个人全面发展和他们共同的社会生产能力成为他们的社会财富这一基础上的自由个性，是第三个阶段”②。在此，“个人全面发展”就是人本身“自由个性”的发展。

这里，问题的关键是马克思“以人为本”思想中的“人”究竟是普遍的、一般的人，还是具体的阶级的人。其实，只要我们不带任何偏见，那么从上面引文中不难发现，马克思说的“人的根本就是人本身”、“人是人的最高本质”等，就是也只能是指普遍的、一般的人，而不是指具体的、阶级的人。换言之，马克思明确承认存在着普遍的、一般的人，当然，也顺理成章地承认存在

① 《马克思恩格斯全集》第 1 卷，人民出版社 1979 年版，第 9 页。

② 《马克思恩格斯全集》第 46 卷(上)，人民出版社 1979 年版，第 104 页。

着普遍的、一般的人性,即人的族类性或共同人性。这一思想马克思不但在早期,而且在其成熟著作《资本论》中也有清晰的阐述。马克思在批评英国哲学家边沁的“效用原则”时明确指出:“效用原则并不是边沁的发明。他不过把爱尔维修和18世纪其他法国人的才气横溢的言论平庸无味地重复一下而已。假如我们想知道什么东西对狗有用,我们就必须探究狗的本性。这种本性本身是不能从‘效用原则’中虚构出来的。如果我们想把这一原则运用到人身上来,想根据效用原则来评价人的一切行为、运动和关系等等,就首先要研究人的一般本性,然后要研究在每个时代历史地发生了变化的人的本性。但是边沁不管这些。他幼稚而乏味地把现代的市侩,特别是英国的市侩说成是标准人。凡是对这种古怪的标准人和他的世界有用的东西,本身就是有用的。他还用这种尺度来评价过去、现在和将来。”①

在此,马克思告诉我们:第一,“效用原则”并非边沁的发明。第二,效用只是相对于所发生效用的主体而言的,是对于特定主体的一种特定关系,离开了特定主体,无所谓效用和效用原则。第三,而要研究效用的具体内容,就必须对所发生效用的特定主体的一般本性做深入研究,因为特定效用只能产生于特定主体的本性,马克思以狗这种比喻性主体(非真正主体)为例,认为“假如我们想知道什么东西对狗有用,我们就必须探究狗的本性”。第四,据此作出“如果我们想把这一原则运用到人身上来,想根据效用原则来评价人的一切行为、运动和关系等等,就首先要研究人的一般本性,然后要研究在每个时代历史地发生了变化的人的本性”的重要推论,毫无疑问,这里的“人”是作为接受效用的主体的抽象、一般的人,这里的人性既有“人的一般本性”,又有“每个时代历史地发生了变化的人的本性”这样两个方面。这是马克思正面肯定存在着“人的一般本性”的确凿证据。第五,马克思批判边沁的核心观点是,认为边沁没有正确区别“人的一般本性”与历史变化着的人的本性,而是“把现代的市侩,特别是英国的市侩”打扮成“标准人”,即一般的人,把他们那种代表特定时期特定阶级、阶层狭隘利益的特殊的人性扩展为人的一般本性,并以此为处处时时适用的普遍原则和永恒尺度,应用于现实的方方面面和“过去、现在和将来”的一切时代。对边沁的上述批判从另一侧面证明马克思肯定了一般的人(但绝不是边沁的“标准人”)和人的一般本性的存在,同时揭露了边沁把特定时期狭隘的具体的人性冒充为

① 马克思:《资本论》第1卷,人民出版社2004年版,第704页。

普遍、永恒的一般人性（“人的一般本性”）的卑劣伎俩。

那么，马克思是在何种意义上承认普遍的、一般的人和人性呢？大致而言，一是相对于神和神性而言的，这是马克思继承和发展了西方近代以来的启蒙思想传统，包括对近代人本主义思潮，特别是费尔巴哈人本主义思想的吸收和改造。二是相对于自然界特别是相对于动物而言的，是强调作为族类（即社会）的人对动物的整体超越和质的飞跃。因此，“以人为本”的“人”正是上述两种意义的综合，特别是后一种意义上的“人”和人性（人的一般本质）。在马克思看来，人一方面是自然界的一部分，另一方面又通过实践活动既创造了人自身，超越自然界而成为社会的人，同时又改变自然界，使自然人化，成为人的自然。这样，实践就成为人与动物的分水岭，是人之为人的根本标志。对此，马克思在《巴黎手稿》中作了极为深刻、充分的论述。马克思曾经深刻地揭示出人与动物的根本区别在于两者的生命活动的性质不同，“动物和它的生命活动是直接同一的”，而人的生命活动的“类特性恰恰就是自由的自觉的活动”。① 这里“人的类特性”就是人区别于动物的一般本质，马克思还强调指出这是人的“精神本质，他的人的本质”。正是通过这种“自由的自觉的活动”，“人则使自己的生命活动变成自己的意志和意识的对象”；人的这种自由、自觉的生命活动，实质上就是“创造对象世界”，“改造无机界”，是“人的类生活的对象化”即人的本质力量的对象化；而人正是通过这种自由、自觉的生命活动，“证明了人是有意识的类存在物”。可见，这种自由、自觉的生命活动正是马克思心目中的普遍、共同的人性。

这种对普遍、共同人性存在的肯定，也贯彻到马克思对文学作品的评论中。比如在评价欧仁·苏的长篇小说《巴黎的秘密》中原本具有人性却被异化了的人物玛丽花时就清楚地体现了马克思对一般人性的承认和对非人环境（异化）的批判：“玛丽花所理解的善与恶不是善与恶的抽象道德观念。她之所以善良，是因为她不曾害过任何人，她总是合乎人性地对待非人的环境。她之所以善良，是因为太阳和花给她揭示了她自己的像太阳和花一样纯洁无瑕的天性。最后她之所以善良，是因为她还年轻，还充满着希望和朝气。她的境遇是不善的，因为它给她一种反常的强制，因为它不是她的人的本能的表露，不是她的人的愿望的实现。因为它令人痛苦和毫无乐趣。她用来衡量自己的生活境遇的量度不是善的理想，而是她固有的个性、她天赋

① 《马克思恩格斯全集》第42卷，人民出版社1979年版，第96页。

的本质。"在马克思看来，人的最深层的本性即"有意识的生命活动"、"自由自觉的活动"，一切有利于人的发展的都是合乎人性的，束缚了人性发展的道德、宗教、法律都是违反人性的。玛丽花的生活遭遇是不幸的，但这并不妨碍她的人性的发挥、对自然的热爱，反而是在她受了基督教的感化成为修女后，她丧失了人性，也失去了生命。"鲁道夫就是这样先把玛丽花变为悔悟的罪女，再把她由悔悟的罪女变为修女，最后把她由修女变为死尸。"①

对于文艺理论和美学尤为重要的是，马克思还从人的普遍本质（共同人性）出发来论述文艺的本质。他说，人正是凭借着上述这种普遍、共同的人性，即自由、自觉的生命活动，使"自然界才表现为他的作品和他的现实"；人通过这种自身本质的对象化活动，"人不仅像在意识中那样理智地复现自己，而且能动地、现实地复现自己，从而在他所创造的世界中直观自身"。这里的"复现"和"直观"，在我看来，正是艺术产生和存在的人学根基，因为艺术和审美活动乃是人的这种自由、自觉的生命活动的有机组成部分，而且是其中高级的、精神活动之一。由此我们就能比较准确地理解马克思的另外一段话：自然界的种种事物"作为艺术的对象，都是人的意识的一部分，是人的精神的无机界，是人事先进行加工以便享用和消化的精神食粮"，这里"进行加工"的意思无疑就是人通过自由、自觉的生命活动，将自己的"精神本质"对象化和复现出来，从中可以直观自身。② 由此可见，在马克思看来，艺术活动（创造和欣赏）是人类通过艺术品来能动地现实地复现自己，从而在创造的世界中直观自身。很清楚，这里马克思是从人的本质出发来规定艺术本质的。它告诉我们艺术确实存在人学本质这一存在论层面。对此，过去我们重视不够，现在应当给予重点关注。这实际上不仅为"文学是人学"的命题提供了存在论的哲学基础，而且也使这个命题具备了文学本质论的独特内涵：文学为什么、在什么意义上是人学？我们何以需要并且能够从人学层面揭示和概括文学的本质？在此得到了清楚的解答。

综上所述，我们可以看到，"文学是人学"的命题在新时期之初的重新确立到当前全球化语境下它的一系列新意义的绽开和显现，实际上从一个侧面见证了改革开放30年来，在思想解放运动的推动下，学界对马克思主义人学理论的重新学习和理解，以及当代我国文艺学的人学基础的创新建构，

---

① 《马克思恩格斯论艺术》第3卷，人民出版社1963年版，第49～61页。

② 《马克思恩格斯全集》第42卷，人民出版社1979年版，第95～97页。

见证了马克思主义文艺理论中国化的扎实推进。

原载《探索与争鸣》2008 年第 9 期，
人大复印资料《文艺理论》2009 年第 4 期全文转载

马克思主义人学理论和当代文艺学建设

一　人学：回顾与总结30年文学的一个视角

在纪念改革开放30周年之际，我国文艺界和文艺理论、批评界纷纷回顾、总结、反思30年的文艺经验和理论发展道路，这对于未来我国文艺创作和文艺理论、批评的建设和发展有着极为重要和迫切的现实意义。笔者认为，这种回顾、总结、反思可以从不同的角度、以不同的思路加以展开。比如，就文艺理论而言，许多学者从审美性和意识形态性及其相互关系入手来探讨文学的本质，这固然不错，而且确实取得了不少重要成果。但是，我们是否可以换一个角度、换一种思路，即以马克思主义人学理论为基础来阐述和揭示文学的本质的某些层次和方面呢？我想不仅是可能的，而且就"文学是人学"这一根本之点而论有可能更加切近文学的本质。关于这一点，可从两个方面加以考察。

一是从文学的发展实践来看。

毫无疑问，30年来我国的文学创作取得了远远超过新中国前17年的伟大成就。20世纪80年代从伤痕文学、知青文学、反思文学、改革文学、寻根文学到先锋文学，文学思潮此起彼伏，文学观念多元展开，文学景观多姿多彩，优秀作品大量涌现，出现了前所未有的繁荣局面。90年代在市场经济逐步建立、商品大潮不断涌动的大背景下，文学的整体格局出现了雅俗大分化，世俗化、通俗化、大众化迅速成为主流，但同时，引领时代潮流的高品位佳作仍然不时涌现，守望和维护着人文精神。进入新世纪以后，随着全球化的大趋势和信息、传媒、网络时代的到来，随着我国现代化、城镇化进程的加速，文学中物质化、欲望化、日常化、娱乐化倾向愈益彰显，但相反的精神抗争和审美抵御也从未终止，创作群体"70前"和"80后"的分野越来越明显，但都取得了令人瞩目的成绩。问题是，这30年中国文学有没有一以贯之的思想脉络？有没有始终不变的文学精神？我很赞同当代最著名的文学评论家之一雷达对这个问题的思考。他在回顾30年文学发展的历程后作出如下的概括：这30年的中国文学，“寻找人、发现人、肯定人就是贯穿性的主线”；“事实上，寻找‘人’和回答‘人是什么’是新时期文学最根本的一个精神向度”；他还进一步把这一人学主线具体化为“对民族灵魂的发现和重铸”①。我以为，雷达的这一概括是准确、深刻的，完全符合新时期以来我国文学发展的实际。

无独有偶，中国作家协会主席铁凝在回顾、总结自己30多年来学习东西文学经典、走上文学创作之路的经历时，也重点谈到了文学的人学本质。她将文学比喻为灯，认为“无论生活发生怎样的变化，无论我们的笔下是如何严酷的故事，文学最终还是应该去呼唤人类积极的美德”，“文学应该是有光亮的，如灯，照亮人性之美”；她还从普遍人性角度理解文学的本质，认为文学其实只需简单地分为两类，即“好的和不好的。而所有好的文学，不论是从一个岛，一座山，一个村子，一个小镇，一个人，一群人或者一座城市，一个国家出发，它都可以超越民族、地域、历史、文化和时间而抵达人心。也因此，我对文学的本质持乐观的态度”；所以，她坚定地表示，要“保持对人生和世界的惊异之情，和对人类命脉永不疲倦的摸索，以自己的文学实践去捍卫人类精神的健康和心灵的真正高贵”。② 这恰好是以作家个人亲身的创作体验呼应了雷达对新时期我国文学创作基本精神的人学概括。

上述两位作家、评论家都把文学的本质与人、人性、人心即与人学紧紧地联系在了一起。我想，这决不是巧合，而恰恰是从一个特定角度对文学的人学本质的有力揭示。

二是从文学理论的发展状况来看。与文学创作思潮的演进密切相关，30年来我国文艺理论也经历了一系列重大变化和发展。由于涉及的问题非常多，这里只从文学与人学的关系角度作一简要回溯。

在党的十一届三中全会胜利召开，全民性思想解放运动蓬勃兴起的社会背景下，从70年代末、80年代初起，文艺理论界对文学与政治的关系、人

---

① 雷达：《近三十年中国文学的精神》，《文艺研究》2008年第12期，第6～9页。

② 铁凝：《文学是灯——东西文学的经典与我的文学经历》，《人民文学》2009年第1期，第98～102页。

性、人道主义等问题展开批判性反思，逐渐摆脱政治的工具论、从属论、服务论的偏颇和束缚，"人"的意识开始复苏和觉醒，长期以来属于理论禁区的人性、人道主义、异化问题得到学界的广泛讨论，其中影响最大的文化事件是钱谷融 50 年代提出的"文学是人学"的重要命题得以重新确立。笔者认为，这是当时我国文艺理论最重要的突破之一，是重新思考和认识马克思主义人学理论，并应用于批判否定人性、人道主义的极"左"思想，正确总结、反思新中国成立以来文艺创作和理论、批评的历史实践和经验教训所取得的重大进展。①

90 年代以后，在市场化、商品化大潮的奔涌和冲击下，文学的世俗化、欲望化、娱乐化进程加速从边缘走向中心，而其内含的人文精神却日趋萎缩、匮乏和空虚。于是，引发了一场围绕文学和人文精神危机问题的大讨论。讨论主要涉及人文精神的理解、人文精神的种种危机征兆、人文精神重建的迫切性和具体途径、在重建人文精神的同时如何认识和对待中国传统文化以及人文精神与终极关怀等一系列重大问题。讨论中尽管存在种种不同意见和分歧，包括对人文精神含义的不同理解，但总体上多数人基本上是将人文精神与人的生存及其价值联系起来考虑，或认为人文精神显示了人的终极价值，它是道德价值的基础和出发点，或认为人文精神主要指一种追求人生意义或价值的理性态度，换言之，主要还是从人、人的价值、人的精神追求等人学视角来思考和理解人文精神的，也是在人学这个层面主张重建文学中的人文精神的。因此，在某种意义上可以说这场人文精神大讨论乃是 80 年代关于人性、人道主义问题讨论在新的历史条件下的延续和深化。可以作为笔者这一观点旁证的是，将这一讨论的积极成果运用于文艺理论建设而构建起来的新理性精神文论。钱中文等倡导的新理性精神文论的核心仍然在于按照马克思主义人学理论的基本思路，把新人文精神视为自身的内涵和血肉，在大视野的历史唯物主义、进步的人道主义的观照下，弘扬人文精神，以新的人文精神充实人的精神，以批判的精神对抗人的生存的平庸与精神的堕落。

进入新世纪以来，党的十六届三中全会提出了"坚持以人为本，树立全面、协调、可持续的发展观，促进经济社会和人的全面发展"的科学发展观，

① 朱立元：《从新时期到新世纪："文学是人学"命题的再阐释》，《探索与争鸣》2008 年第 9 期，第 4～10 页。

它不但深刻揭示了社会发展的内在统一关系以及人的发展作为社会发展的终极目的性，体现了党和国家发展战略的人本精神，而且也是对马克思主义人学理论基本精神的自觉继承和创造性发展。目前，学界也开始以科学发展观为指导，从以人为本的核心理念出发，把以人为本作为文学艺术活动的出发点、落脚点和着眼点，把实现人的自由、全面的发展作为文学艺术的最终目标，亦即以马克思主义人学理论为指导，来思考、研究和建设当代的文艺理论。

二 以人为本：马克思主义人学理论的核心

马克思主义人学理论是整个马克思主义哲学的一个重要组成部分。虽然学界对此存在不同意见，但是，诚如有的学者所说，强调马克思主义人学理论研究“一方面是为了回应西方学者对马克思哲学中所谓‘人学空场’的责难，另一方面也是为了适应当代社会发展的需要”，“虽然关于‘人学’的名称和人学的学科定位……其争论一直没有停止过，但它事实上已经成为一个相对独立的且有众多研究者参与其中的研究领域”①。而且，就一种理论、学说研究的问题域或主要对象而言，人学已经构成了对于人、人性、人的本质、人的自由、人的个性、人的发展、人的权利和义务、人的品质和能力、人的文化一心理结构等一系列基本问题进行专门研究的、相对独立的问题域。所以，“马克思主义人学”研究的提法在理论上是能够成立的，在实际研究中具有显见的合法性。

马克思主义人学理论的内容非常丰富、深刻，但其核心就是以人为本的理念。理由是，第一，马克思主义社会革命理论一开始就是从以人为本的思想出发的。在《〈黑格尔法哲学批判〉导言》中，马克思明确指出“人的根本就是人本身”，“对宗教的批判最后归结为人是人的最高本质这样一个学说”②，亦即以人为本的学说，从而推出社会革命就是为了彻底推翻压迫、奴役人的旧的社会关系，达到人和人类的彻底解放。第二，以人为本这一人学的核心理念还集中体现和展示了马克思的共产主义理想和愿景。《共产党

① 杨学功：《马克思主义哲学研究三十年：回顾与反思》，《光明日报》2009年1月20日。

② 《马克思恩格斯选集》第1卷，人民出版社1995年版，第9页。

宣言》明确把共产主义社会彻底解放全人类的最高理想和目标落实到“每个人的自由发展是一切人的自由发展的条件”上。马克思后期在论述人类社会发展经历的三种社会形态和与之相适应的人的发展三种状态时，更加明确地把社会主义（即共产主义）的人的发展定位为“个人全面发展”。他说，与最初的社会形态和第二大形态“以物的依赖性为基础的人的独立性”的资本主义社会不同，第三大形态社会主义（即共产主义）社会是“建立在个人全面发展和他们共同的社会生产能力成为他们的社会财富这一基础上的自由个性”①。马克思将共产主义社会的最根本标志归结为“个人全面发展”亦即人本身“自由个性”的发展，显而易见，在这个意义上，共产主义理想社会的核心仍然是以人为本。

以人为本，首先而且最重要的是对“人”这个概念的理解。“人”一向是一个含义极为复杂多样的范畴，从不同方面、不同层次理解，“人”的所指就有所不同。笔者认为，以人为本的“人”，可以从集体和个体两个层次加以理解。

作为一个集体概念，它意指全人类。马克思主义从根本上说是为了解放全人类的理论，作为社会发展理想形态的共产主义就是人的普遍的全面的自由发展。这里的“人”是从全世界和全人类的共同命运着眼的。人类有超越阶级、阶层、民族、国家、地域、制度、信仰等等之上的共同需求、共同利益和共同特性。当前，在经济全球化、中国的社会发展日益融入世界发展的大格局中的趋势下，在我们面临各种过去不多见而今天却层出不穷的，超越阶级、阶层、民族、地域、国家等的，涉及全人类共同利益的问题和矛盾时，从宏观意义上重新提出以人为本的理念，并从全人类的理论视野来看待“人”，这是对马克思主义人学理论的创造性继承与发展。

作为一个个体概念，它指每一个个体的人，是生存在“地球村”里的每一个个体生命。以人为本在这个意义上就是从个体角度关注人、人性，关注个体的生存境况，高扬对个体生命的尊重和珍视。这是在“人”的层面上对人类诸个体的价值认同，也是对人的深层次关怀，是上述马克思关于“个人全面发展”思想的基础和出发点，体现了时代思想的巨大进步。对个体“人”的认同和个体生命的关爱，不但是全球化时代社会发展的重要维系之一，而且也在理论和实践的结合上发展了马克思主义人学理论。

① 《马克思恩格斯全集》第46卷（上），人民出版社1979年版，第104页。

以人为本的“人”，无论是集体的，还是个体的，都是指普遍的、一般的人，因此，马克思主义人学承认人有普遍的、一般的本质（性），即共同人性。这一点，长期以来在很大程度上被一些人有意无意地歪曲或遮蔽了，好像马克思主义只讲阶级性和阶级斗争，不讲人性，特别是共同人性。这是对马克思主义人学理论的严重误解。这种误解的实际后果是，新中国前面的将近30年，在“左”的路线支配下，人性论、人道主义不仅成为理论学术的禁区，而且成为政治上批判、禁锢、束缚、戕害广大人文知识分子的枷锁。实际上，马克思无论在早期还是后期，都明确肯定普遍、共同人性的存在。马克思在《巴黎手稿》中通过对人与动物生命活动性质的根本区别的比较，揭示出人的类本质或一般本质：“动物和它的生命活动是直接同一的”，而人的生命活动的“类特性恰恰就是自由的自觉的活动”①。这里“人的类特性”就是人区别于动物的一般本质，马克思还强调指出这是人的“精神本质，他的人的本质”。人正是通过这种“自由的自觉的活动”，“证明了人是有意识的类存在物”。可见，这种自由、自觉的生命活动正是马克思心目中的普遍、共同的人性。马克思在其成熟著作《资本论》中也明确指出：“首先要研究人的一般本性，然后要研究在每个时代历史地发生了变化的人的本性。”②他在论及未来共产主义社会人与自然进行“物质变换”的特点时还指出：“靠消耗最小的力量，在最无愧于和最适合于他们的人类本性的条件下来进行这种物质变换”，这时候，“作为目的本身的人类能力的发展，真正的自由王国，就开始了”③。这些都确凿无疑地证明了马克思一贯承认人存在普遍的、一般的本质、本性，即共同人性，而且是在以人为本（根本目的）的意义上，在描述共产主义理想蓝图的最高层次上加以论述的。笔者认为，认识到这一点，非常重要，对于文学艺术研究，尤为重要。

与承认共同人性密切相关的是，在新世纪新的时代和社会环境下，人性认同问题具有比以往任何时候都更为重要、紧迫的意义。我很赞同有的学者的以下看法：人性认同不同于意识形态认同，它是对超阶级、超国家、超文化、超地域、超党派、超贫富的共同人性的认同，即对人的生命的尊重与珍视，是凡是人都可以认同的作为人而对人类同类生命的一种深切关切；它是

---

① 《马克思恩格斯全集》第42卷，人民出版社1979年版，第96页。

② 马克思：《资本论》第1卷，人民出版社2004年版，第704页，注63。

③ 《马克思恩格斯全集》第25卷，人民出版社1979年版，第926～927页。

人的类属性的最基本和最普适的表达；人性中的这种对人的生命的尊重和珍视的自然倾向，是所有民族及其文化得以存在和延续的基础和源泉；由人性认同，对生命体的尊重和珍视，我们可以进而确认真善美的认同，确认有超阶级的共同的真善美，这是所有学科，包括伦理学、美学、哲学，应当承认、尊重和由此出发的基本事实。① 笔者认为，这种对共同人性的认同，不仅对于学术研究有重要理论意义，而且在当代世界和中国的现实语境中，具有特别重要的实践意义。当代中国处于世界性的全球化历史环境中，我们所面对的许多问题，已经大大超过阶级、阶层、国家、民族、地域、文化等等的范围，而带有全人类亦即“一般的人”的共同性。于是“人”的一般的、共同的问题逐渐凸现出来。这一方面迫切需要寻求马克思主义以人为本的人学理论给予回答，另一方面，也给马克思主义人学理论在新的历史条件下提供了进一步发展的机遇。

三　立足于马克思主义人学理论的当代文艺学建设

回到当代文艺学建设上来。笔者认为，文艺学的核心问题是文学的本质和功能问题。这方面的研究，几十年来，我国几代学者做了极大的努力，取得了许多重大的成果，比如反映论、意识形态论、审美反映论、审美意识形态论等等，都有其合理性，在不同历史条件下都发挥过重要作用；特别是新时期以来形成的审美意识形态论，得到了学界比较广泛的认同，产生了较大的影响，当然也有不同意见，至今仍在争论。在我看来，文学的本质、功能，本身乃是一个极其复杂的、多层次多向度的课题，人们完全可以从不同角度、不同层次、不同侧面加以研究。而马克思主义人学理论可以提供一个对于文学艺术本质、功能不同于以上几种探讨的另一种研究视角，而且是更加贴近文学自身的研究视角。因为，文学的本质、功能固然可以从反映、从意识形态等角度、层次去揭示，但是，反映只能是人的反映，意识形态也只能是人的意识形态，所以，从人、人学角度切入进去阐发，与上述这些角度、层次其实并不矛盾，反而可能更加贴近文学的本质、功能。唯其如此，在我国，1957 年首先由钱谷融提出的“文学是人学”这个看似非常普通、平常的描述

① 陆晓禾：《人性认同：发展健康的伦理学的基础》，《社会科学报》2008 年 9 月 11 日。

文学本质的命题，能够至今仍被普遍接受、深入人心，具有长久不衰的生命力。下面，笔者试应用马克思主义以人为本的人学理论从三方面对这个问题作概括论述。

首先，文学（文艺）活动作为人类审美活动和精神生活的重要形式，是人的基本存在方式和基本人生实践之一，我们应当把文艺活动提到人的存在方式的存在论高度来认识。

马克思的存在论首先把人与世界不是看成对立或主客二分的，而是融为一体的。马克思明确指出："……人不是抽象的蛰居于世界之外的存在物。人就是人的世界……"①更重要的是，马克思认为，人与世界的融合统一是通过不断的实践活动达到的，人是在世界中从事实际活动的人，而人"周围的感性世界决不是某种开天辟地以来就已存在的、始终如一的东西，而是工业和社会状况的产物，是历史的产物，是世世代代的结果"②。人正是在这种实践活动中诞生、发展、获得自己现实的社会存在的，而世界也是在实践活动中不断得到改变，愈益成为人的世界。所以，马克思的存在论是以实践为根基的，是与实践论紧密结合的实践存在论。而以文艺活动为最高、最典型方式的人的审美活动，乃是人生实践或人的存在方式中不可缺少的有机组成部分。人的审美活动的历史发生和发展，人的审美感觉、审美能力与现实的审美对象都是在长期实践活动中双向建构、同时形成、同步发展的，正如马克思所说："只是由于属人的本质的客观展开的丰富性，主体的、属人的感性的丰富性，即感受音乐的耳朵，感受形式美的眼睛，简言之，那些能感受人的快乐和确证自己是属人的本质力量的感受，才或者发展起来，或者产生出来。"③所以，我们应当从马克思的实践存在论高度，从人与世界的实践、动态的关系角度，来为文学艺术定位。这是探讨文学艺术本质、功能的必要前提。

其次，从文学（文艺）的本质看，文学作为人学，是人的本质力量的自由的、想象性和情感性的对象化和确证。

---

① 《马克思恩格斯选集》第1卷，人民出版社1995年版，第1页。

② 马克思、恩格斯：《德意志意识形态》，《马克思恩格斯选集》第1卷，人民出版社1995年版，第76页。

③ 马克思：《1844年经济学哲学手稿》，刘丕坤译，人民出版社1979年版，第79页。

在《巴黎手稿》中，马克思是从人的普遍本质（共同人性）出发来论述文艺本质的。他从人与自然（世界）的实践关系入手指出，人正是凭借普遍、共同的人性，即自由、自觉的生命活动，使“自然界才表现为**他的**作品和他的现实”；通过这种自身本质的对象化活动，“人不仅像在意识中那样理智地复现自己，而且能动地、现实地复现自己，从而在他所创造的世界中直观自身”。这里的“复现”和“直观”，不仅是对人自身本质力量的肯定和确证，而且正是文学艺术产生和存在的人学根基。艺术和审美活动乃是人的这种自由、自觉的生命活动中高级的精神活动之一。由此我们就能比较准确地理解马克思的另外一段话：自然界的种种事物“作为艺术的对象，都是人的意识的一部分，是人的精神的无机界，是人必须事先进行加工以便享用和消化的精神食粮”，这里“进行加工”的意思无疑就是人通过自由、自觉的生命活动，将自己的“精神本质”对象化和复现出来，从中可以直观自身。① 这种直观，实际上是一种感性的对象化方式，正如马克思所说：“人不仅通过思维，而且以**全部**感觉在对象世界中肯定自己。”②文学艺术活动是人的本质力量的一种独特的“以全部感觉”进行对象化的方式。由此可见，在马克思看来，文学艺术活动（创造和欣赏）是人类通过感性方式来能动地现实地复现自己，从而在创造的世界中直观自身。很清楚，马克思是从人的本质出发来规定文学艺术本质的。它告诉我们文学艺术确实存在人学本质这一存在论层面，也清楚地回答了文学为什么、在什么意义上是人学，我们何以需要并且能够从人学层面揭示和概括文学的本质等问题。这一点过去我们重视不够，现在应当给予重点关注。

关于文艺活动的感性方式，笔者认为，其最重要的特点是情感性和想象性。先说情感性。情感活动是艺术和审美活动中最为活跃的因素，它既构成了相关其他各种心理因素产生的诱因，又是它们进一步发展的动力，同时，它还作为一种弥漫性因素伴随、贯穿于文艺、审美活动的全过程，从而使整个审美活动都显示出明显的情感色彩。托尔斯泰在浓缩了其丰富创作经验的《艺术论》中强调：“艺术是一种人类活动，其中一个人有意识地用某种外在标志把自己体验的情感传达给别人，而别人被这种情感所感染，同时也

① 《马克思恩格斯全集》第 42 卷，人民出版社 1979 年版，第 95～97 页。

② 《马克思恩格斯全集》第 42 卷，人民出版社 1979 年版，第 125 页。

体验到这种情感。……它把人类联结在同样的情感中。”①可见，情感性是文艺活动作为人的感性存在的核心因素和内在动力。再说想象性。在文艺和审美活动中，人的心理活动与日常思维的最重要区别，是想象性的，而不是逻辑性的思维，是形象思维，而不是抽象思维，是将审美想象对象化的精神活动，无论创造还是接受都不例外。想象力是人类在长期的社会实践中发展起来的一种高级思维能力。早在人类社会的原始时期，人们就开始借助于想象力来改造和征服自然，将自然力形象化，从而创造了大量的神话和史诗。马克思在谈到作为“希腊艺术的前提”、“武库”和“土壤”的希腊神话时说，“任何神话都是用想象和借助想象以征服自然力，支配自然力，把自然力加以形象化”，希腊神话“就是已经通过人民的幻想用一种不自觉的艺术方式加工过的自然和社会形式本身”②。这里，想象和幻想就是“艺术方式”。因此，想象力乃是人类一切文艺创作和审美的必要和根本的条件，想象性当然就是文艺活动这种人的本质力量对象化的感性活动的基本特征。情感性和想象性在文艺和审美活动中互依互存、互补互动，想象诉之于人的感官，激起人的情感体验，而情感则成为激发和推动想象自由翱翔的强大动力，它们共同以感性的方式使人在对象世界中肯定和确证自己，“复现”和“直观”自身。

由此可见，是人的本质决定了文艺的本质，而不是相反；从人的本质入手探讨文艺的本质，正是马克思主义人学理论所提供的一个有价值的思路。

再次，按照马克思主义人学理论，文学艺术的功能，不仅仅是审美、认识、教育等，从最深层看，它的根本目的与共产主义的最终目标完全一致，是为了实现人的自由全面的发展。

在人的各种实践活动中，文学（艺术）是实现人的自由全面发展的最有效、最直接的途径和方式，因为在最内在的精神方面，文学与人、与人性具有紧密的联系。如前所述，人类的人性认同必然指向超越时空的、追求真善美的共同认同，而文学（艺术）正是追求真善美、建构美好人性、实现人的自由全面发展的最有效、最重要的方式之一。历史告诉我们，古今中外一切优秀的、经典的文学艺术作品，毫无例外地都用不同方式、从不同方面体现了追求真善美、追求充实完满的人性之美和建构美好人性的基本品格，它们极大

---

① 托尔斯泰：《艺术论》，中国人民大学出版社 2005 年版，第 41 页。

② 《马克思恩格斯选集》第 2 卷，人民出版社 1995 年版，第 28～29 页。

地丰富了人类的精神生活，使人性得到改善，精神趋向崇高，情感变得丰富，人格日益健全。这就是文艺最根本的社会功能。无论中外，人们都能够通过阅读和欣赏优秀的文学艺术作品，具体而丰富地感受、体验到真善美的真谛，获得精神的陶冶和人性的改善。在现代社会中，现代性的片面发展所导致的人的理性与感性的分裂以及人的精神世界完整性遭遇的破坏和分割，都能在人全身心投入文学艺术和审美活动时，部分和逐步得到修补、恢复，从而如席勒所言，文艺和审美活动乃是实现人从有限的、不自由、片面的人到审美的、自由的、完整的人，实现人性自由、全面发展的必经途径。

原载《学术研究》2009 年第 4 期，

人大复印资料《文艺理论》2009 年第 9 期全文转载

关于全面准确理解马克思主义哲学、美学的若干问题

近几个月来，董学文等先生连续发表了多篇文章集中批评笔者走向“实践存在论美学”的构想。对于这些指责，我们已作了部分答复和反驳，本文拟着重围绕董文所涉及的有关如何全面、准确理解马克思主义哲学、美学的几个重要问题展开商讨。

一 关于如何从发展、演进中把握前后期马克思思想的统一问题

关于如何在发展、演进中把握马克思前后期思想的内在一致性和统一性，是全面、准确理解马克思哲学、美学思想的原则问题。董文在这个问题上，提出用成熟期思想统一早期思想的观点：“马克思早期的美学思想，包括《1844 年经济学哲学手稿》中的美学思想，当然可以成为建设马克思主义新美学的理论资源。但是，对这种资源的开掘和利用，只有纳入成熟期的历史唯物主义和辩证唯物主义的阐释轨道，才能是科学的，符合马克思主义原理的。这不是制造‘两个马克思’的神话，恰恰是尊重经典作家思想发展的历史事实。譬如，19 世纪 50 年代之后，马克思基本上已经告别了资产阶级哲学和美学的问题性和提问方式，在他的思考中也很少再使用‘实践’、‘存在’这类古典哲学概念。”这段话问题很多，根本站不住脚，需要细致辨析。

首先，关于马克思思想的前期和成熟期究竟如何划分，学界虽然没有形成完全统一的意见，但一般都认为《关于费尔巴哈的提纲》（以下简称《提纲》）标志着马克思的思想开始走向成熟，恩格斯就明确指出《提纲》是“包含

着新世界观的天才萌芽的第一个文件”①。从董文看多数也是这么分期的，但上面这段话却提出了与众不同的看法：第一，将这个分期推后到了19世纪50年代，也就是说，一直到40年代末，马克思的思想都还不成熟。第二，分期推后主要理由是“50年代之后，马克思基本上已经告别了资产阶级哲学和美学的问题性和提问方式”，也即董文认为沿用还是告别了“资产阶级哲学和美学的问题性和提问方式”是划分马克思思想是否成熟的标准。

笔者认为，这两点都直接涉及对马克思思想乃至马克思主义的评价的原则性问题，不能不明辨是非。分期在时间上的推后，抹杀了40年代马克思唯物史观的形成以及对欧洲工人运动现实指导的伟大作用和实践意义；后一点则意味着马克思在40年代中后期仍然基本上保持或沿用了“资产阶级哲学和美学的问题性和提问方式”，直到50年代才“告别”，那么，我们不禁要问：如果40年代的马克思还停留于此，那他还能够代表无产阶级、还是无产阶级革命的伟大领袖和导师吗？他的思想还是马克思主义的吗？哪怕就是被董文判定为不成熟的《1844年经济学哲学手稿》（以下简称《手稿》）不也自始至终贯穿着对资本主义异化劳动和资产阶级残酷剥削工人阶级的深刻批判吗？你能够从中找到哪怕是一丝一毫的“资产阶级哲学和美学的问题性和提问方式”吗？而且，这一判断实质上把从《提纲》、《德意志意识形态》、《神圣家族》、《哲学的贫困》到《共产党宣言》、《雇佣劳动与资本》等马克思40年代的伟大著作一股脑儿打入“不成熟”乃至仍然保持着“资产阶级哲学和美学的问题性和提问方式”的“另类”中。我们不想随便扣政治帽子，但这确实是个大是大非的问题。

其次，这个标准清楚地表明董文以19世纪50年代为界，制造“两个马克思”，而且是两个截然对立（保持着与告别了“资产阶级哲学和美学的问题性和提问方式”）的马克思的神话。这两个马克思之间，不是从不成熟逐步走向、发展到成熟，而是理论上从资产阶级向无产阶级的突变和飞跃，用这种阶级的对立和鸿沟来区分和概括马克思的前后期思想是极为荒唐、完全错误的。关于董文制造“两个马克思”的神话，笔者另有专文讨论，此处不赘。

再次，董文关于用马克思成熟期思想统一早期思想的观点也值得商榷。马克思1845年以前的早期思想固然不完全成熟，但却并非没有价值，特别

---

① 《马克思恩格斯选集》第4卷，人民出版社1995年版，第213页。

是《手稿》不但对于理解马克思唯物史观的孕育和形成是极其重要、不可跳过的环节，而且对于当代马克思主义美学、文艺学的建设有着尤其重大、不可替代的指导意义。在马克思理论发展的过程中，随着现实语境和革命斗争任务、环境、策略等等的变化，研究重心和关注点也在不断变化，他只能在某个时期、某个阶段出于某些考虑重点发展前期的某些思想，而不可能同时全面发展其早期的全部思想，这样，其早期的许多思想，包括某些重要思想，在成熟期就不可避免地会被边缘化，甚至极少提及。比如，马克思曾经计划撰写一部《美学》专著，但是后来此计划未能实现。因此，从马克思早期著作和成熟期著作中发掘思想遗产并加以引申、发展，同样是符合马克思主义的原理，而不能仅仅局限于马克思成熟期的思想，更不能像董文所说的那样"只有"把马克思的早期思想纳入成熟期的历史唯物主义和辩证唯物主义的阐释轨道，"才能是科学的"，其他都是不科学的。原因在于，第一，马克思早期著作中已经包含着或孕育着唯物史观的基本要素和萌芽，他成熟期的历史唯物主义和辩证唯物主义正是从早期孕育、积累而形成和发展起来的，不能把这两个时期的思想割裂开来、对立起来，用成熟期思想来贬低和吞没早期思想。比如，马克思在《〈政治经济学批判〉序言》中回忆自己早期著作《黑格尔法哲学批判》（写于 1843 年底至 1844 年 1 月）时说道："我的研究得出这样一个结果：法的关系正像国家的形式一样，既不能从它们本身来理解，也不能从所谓人类精神的一般发展来理解，相反，它们根源于物质的生活关系，这种物质的生活关系的总和，黑格尔按照 18 世纪的英国人和法国人的先例，概括为'市民社会'，而对市民社会的解剖应该到政治经济学中去寻找。"①接下来，他作出了迄今为止对唯物史观最经典的表述。显而易见，马克思在此自己已经清晰地勾勒了他的唯物史观从早期的孕育到后期的成熟这样一个一脉相承（而非前后断裂）的思想历程。我们应该做的，只能是细致考察马克思从早期唯物史观的孕育如何一步步发展、积累而走向成熟，关注其前后期思想的内在一致性和继承性，而非割裂两个时期或贬低前期思想而一定要将前期思想"纳入"到后期思想中，如果前期某些思想并不能完全为后期思想"纳入"或包括怎么办？弃之不顾么？比如《手稿》中与人学、美学理论直接相关的论述非常多、非常集中，而成熟期著作中这方面论述相对分散，那么，是否能仅仅像董文所说的那样，必须"纳入"成熟期思想的阐

① 《马克思恩格斯选集》第 2 卷，人民出版社 1995 年版，第 32 页。

释轨道才是“科学”的呢？有许多论述成熟期没有能够集中地展开，是否就必须丢弃或置之不理呢？而且，董文此处同样隐含着把《手稿》等早期著作贬低为非唯物史观的、人本主义的著作，仍是“两个马克思”神话的重演。果真如此，《手稿》也就不可能真正成为建设马克思主义美学、文艺学的基本理论资源了。

因此，笔者认为，应该将马克思早期和成熟期的思想从历史发展和内在统一的高度加以辩证的把握，即着重从内在统一性上揭示马克思前后两个时期思想的继承性、连续性、一致性和不断地发展、深化，而绝不能将两个时期的思想人为地分割开来、对立起来，更不能简单地用前期思想去统一后期思想，或者用后期思想去统一前期思想，并冠以“科学”之名义。

二　马克思主义哲学最根本的是唯物主义的物质本体论吗？

纵观董先生的多篇文章，其批评实践存在论美学的最主要依据，是认为马克思主义最根本的观点是唯物主义的物质本体论。董文强调，理论创新“必须守住唯物主义的底线，这是坚持理论科学性的最基础性条件。突破什么理论框架都可以尝试，唯独突破‘唯物’和‘唯心’的界线是不可取的”。这句话透露出作者的一个基本的立场，就是把一般唯物主义等同于马克思主义。他更关注唯物主义和唯心主义的分别，认为这是区分马克思主义和非马克思主义的界线；至于新旧唯物主义之分，则似乎不涉及是否马克思主义的根本区别问题。这同样涉及马克思主义哲学最核心、最根本的观点究竟是物质本体论还是实践论的问题，涉及马克思主义与一切非马克思主义学说的根本区别，究竟在于仅仅承认物质本体论，还是更重要的承认“全部问题都在于使现存世界革命化，实际地反对和改变事物的现状”的实践论。

首先，董文主张的物质本体论是马克思一再批评的“抽象的唯物主义”，至多是脱离人类历史的、一般的、自然的唯物主义。比如董文引用了笔者一段阐释马克思“人就是人的世界”①的观点时强调源初人与世界一体化、不可分割的论述，将笔者“没有人的时候，有没有自然界都值得怀疑，没有人，自然界充其量只是一种存在而已”割裂出来，指责笔者否定物质（世界）的客

① 《马克思恩格斯选集》第1卷，人民出版社1995年版，第1页。

观性和先在性，并引用列宁引证恩格斯批判休谟和康德的观点来批判马赫主义的一长段话后说，列宁“得出结论：物是不依赖于我们的意识，不依赖于我们的感觉而在我们之外存在着的；在现象和自在之物之间没有而且也不可能有任何原则的差别。差别仅仅存在于已经认识的东西和尚未认识的东西之间”，这完全正确；然而，董文紧接着就说“拿列宁这段话与‘实践存在论美学’的观念相比，后者是不是有点像‘物体是感觉的复合’这种马赫理论的色彩呢?”换言之，笔者关于人的世界的阐述犯了类似马赫不承认物质的客观先在性的“物体是感觉的复合”唯心主义错误。我们要指出的是，董文这里犯了两个逻辑错误：一是把笔者对马克思关于“人就是人的世界”的观点所做的存在论阐释偷换成主客体的认识论关系；二是抹杀了“人的世界”的逻辑前提是人和人的实践的存在。所以，笔者在此不得不再次重申：我们从来没有怀疑“世界的物质统一性”，没有怀疑物质（自然界）先于（人的）意识而存在。相对于人的主观意识，物质（自然界）的先在性、客观性是不容置疑的。问题是，这是在物质与意识、思维与存在的关系即认识论范围内提出的问题，而非存在论的提问范围和方式。笔者这段话丝毫没有涉及人对世界的认识论问题，更没有半点董文强加的把物体看成“感觉的复合”的荒唐观点。请注意：笔者这段话中的一个前提是“没有人的时候”亦即人类形成或产生以前，比如在2.5亿年前的恐龙时代，现在被我们称之为“自然界”的一切事物、存在物都只不过存在着而已，它们不是作为人的生存环境或作为相对于人而言、与人相互作用和相互生成的对象世界而存在的，更非现在意义上的人的（人类学的）自然界（世界），正是在这个特定意义上，没有人，也就没有相对于人而言的世界（自然界），它们存在着，也只是存在着而已，但是并非真正作为与人相关的世界（自然界）而存在的，不是今天意义上的现实的、人（生活、实践于其中）的世界（自然界）。这丝毫不涉及世界（物体）相对于人的意识而言的先在性、客观性问题，因为在人还没有的时候，哪里来人的意识？没有人的（主观）意识，又哪来什么“客观存在”？董文对实践存在论所谓“典型的唯心主义”的指责不但毫无道理，而且恰恰暴露出他们主张的物质本体论是游离于人和人的社会实践的抽象的自然主义的物质本体论。

其实，这个问题马克思早有论述。在《德意志意识形态》中，马克思固然肯定了相对于人的“外部自然界的优先地位仍然会保存着”（物质第一性、先在性），但他紧接着强调，“而整个这一点当然不适用于原始的、通过自然发生的途径产生的人们。但是，这种区别只有在人被看作是某种与自然界不同的东西时才有意义”①。这就是说，这种外部世界的优先性只有在人已经把自己与自然界区别开来、把自然界作为自己的认识和实践的对象时才有意义。对于蒙昧时代最早的“原始的、通过自然发生的途径产生的人们”来说，因为他们刚刚开始走出动物界，还没有真正与自然界相分离，还没有形成把自然界作为自己对象的自我意识，所以，外部自然界的优先地位对于他们而言，并不适用；进一步说，如果自然界还没有作为与人发生认识和实践关系的对象时，这种优先性也就毫无意义。在人类产生之前，这种优先性(客观性、先在性)更加无从谈起，因为它的前提都不存在了。所以，董文基本不谈与人和人的实践活动结合为一体的“人的世界”，却把世界抽象化为与人无关，甚至无人存在的“物质”，强调这种抽象物质的客观性和先在性，这有什么意义呢？有意思的是，董文只有一处提到并解释了“人的世界”：“人通过艺术精神实现了对世界的掌握，艺术这种掌握世界的方式完成了世界、艺术、人之间的统一。艺术作为一种中介、一种实践、一种生产，完成了人与世界的‘存在’。这也就是马克思所说的‘人就是人的世界’。”联系马克思原著的上下文，董文的这种解释与马克思的原意风马牛不相及；由此倒是可以发现，在董文看来，“人的世界”只有在艺术这种掌握世界的方式中才完成并存在，在人的现实生活和实践中反倒失去或看不到“人的世界”了，真是奇怪至极的逻辑。

正如有学者所指出，“马克思一再明确地指出他不赞成那种脱离人的实践的纯粹自然主义的、或者说抽象的唯物主义，并认为后者实际上不能坚持唯物主义，反而会落入唯灵论等形式的唯心主义”②。早在1843年《黑格尔法哲学批判》中，马克思就已开始对这种抽象的唯物主义进行了批判，他指出“抽象唯灵论是抽象唯物主义；抽象唯物主义是物质的抽象唯灵论”③、“在官僚政治内部，唯灵论变成了粗陋的唯物主义，变成了消极服从的唯物主义，变成了信仰权威的唯物主义，变成了某种例行公事、成规、成见和传统

① 马克思、恩格斯：《德意志意识形态》，《马克思恩格斯选集》第1卷，人民出版社1995年版，第77页。

② 刘放桐：《正确认识还是否定马克思在哲学上的革命变革》，《湖南社会科学》2009年第5期，第11页。

③ 《马克思恩格斯全集》第3卷，人民出版社2002年，第111页。

的机械论的唯物主义。”①离开人及其现实社会实践去抽象地设定物质概念的唯物主义不过是粗陋的、自然的“抽象唯物主义”，它与黑格尔等人离开人及其现实生活去抽象地设定精神概念的粗陋的“抽象唯灵论”本质上是一致的，两者在性质上是可以互相转换的，抽象的物质本体论的唯物主义与唯心主义的唯灵论并无根本区别。

其次，董文把这种抽象的物质本体论置于马克思主义哲学的基础与核心地位，而把实践观置于次要、从属的地位，认为“毫无疑问，马克思主义的实践观是建立在彻底唯物主义哲学基础之上的”。问题在于，董文所理解的“彻底唯物主义(论)”实质上只是抽象的物质本体论。这样，马克思主义哲学革命变革的最重要、最核心、最基础内容——社会实践——就被降低到次要和从属的位置上。这不仅仅是对马克思主义哲学内容和重心理解上的分歧，更是是否承认马克思主义“新”哲学之新的问题，即是否承认马克思哲学与旧哲学，特别是旧唯物主义的根本区别在于后者“只是用不同的方式解释世界”，而马克思哲学之新就在于它重在“改变世界”②的实践。因此，从总体上说，在马克思的哲学体系中，人的社会实践和现实生活始终是起着基础和决定作用的东西，换言之，马克思的与其存在论紧密结合为一体的实践观，才是其新哲学的基础与核心。董文用抽象的物质本体论即所谓“彻底的唯物主义”来取代实践观在马克思哲学中的基础与核心的地位，实质上是在马克思实践的、历史的唯物主义与一般的、自然主义的唯物主义之间画等号，从而把马克思主义哲学降低到一般的旧唯物主义的水平，这种理论上的大倒退恐怕是董文始料未及的吧。

三　关于马克思主义能不能与海德格尔存在论对话和加以批判地改造吸收的问题

董文认为，马克思和海德格尔“存在较大甚或是根本性的对立”，实践存在论吸收海德格尔的结果是“海德格尔借马克思的外衣取得其合法性之后，马克思主义随即被完全淹没在存在主义的汪洋之中”。姑且毋论其对我们的误解和曲解，单说用“存在主义”、和马克思“根本性的对立”、借“马克思的

① 《马克思恩格斯全集》第 3 卷，人民出版社 2002 年版，第 60 页。

② 《马克思恩格斯选集》第 1 卷，人民出版社 1995 年版，第 57 页。

外衣”获得“合法性”这样一些判词轻易地否定被公认为20世纪西方最深刻的哲学家之一的海德格尔，无疑是太过武断和轻率了。

处于不同的历史和思想语境中的马克思和海德格尔所面临、思考和解决的问题并不也不可能完全相同，但这种不同并不构成马克思主义拒绝与海德格尔对话并批判地改造、吸收的理由。恐怕没有人会否认黑格尔、费尔巴哈之于马克思的影响，抑或认为他们之间不存在对立吧。但马克思主义哲学不正是在批判地改造和吸收黑格尔和费尔巴哈哲学思想的基础上形成和发展起来的吗？马克思主义的生命力来自它对一切既有的和未来的思想的开放性，“对立”不是拒绝的理由，关键是批判地改造、吸收的根基何在。尽管我们并不赞同董文对海德格尔的理解，但根本的分歧却在对马克思的理解上。在董文看来，存在论只属于海德格尔，而我们认为存在论(ontology)是贯穿西方哲学的基本问题，马克思不仅进入了这一论域，而且引发了革命性的变革；董文认为马克思的ontology是“物质本体论”，“实践”仅仅是物质和精神、人和自然、主观和客观的“中介”；而我们则认为在ontology更为源初和根本的含义——对“存在”的追问——的意义上，马克思的“实践”乃是“一切存在物的存在(和不存在)”的根据，也即“实践存在论”。正由于此，董文对实践存在论对海德格尔基础存在论的批判视而不见，却坚持认为实践存在论是用海德格尔的存在论“改造”马克思的实践观，并着力论述了二者的异质性。其实在董文那里，作为“中介”的“实践”是认识论的，海德格尔的“基础存在论”是“存在论”(本体论)的，用认识论范畴去比较本体论范畴，其有效性岂不值得怀疑？正确的方法只能是用马克思的与实践观结合为一体的存在论去批判地扬弃海氏此在在世的基础存在论，这正是我们这些年努力尝试和探索的工作。而在董先生的立场上处于海氏对立面的却是抽象的“物质本体论”，而非“实践观”。有趣的是，董先生同样认为“实践是人和社会存在的基础”，这岂非是对“实践”的存在论地位的认同？

实践存在论的“新的哲学根基”不是海德格尔的而是马克思的存在论，所以说是“新的”，原因在于，长期以来我们是在“对‘本原’的存在物”的追问的意义上理解ontology的，但ontology更为根本的含义却是对“存在”的追问。前者遮蔽了马克思“实践”的存在论维度，实践存在论是在“追问一切存在物的存在的根据”这一“新的”ontology的基础上展开的。海德格尔深刻地揭示了西方哲学之于“存在”的遗忘，而我们对此的了解在很大程度上正得益于他，所以强调海氏之于实践存在论的启发，这是重要原因之一。

包括海德格尔在内的西方现当代哲学家、美学家之于存在、美、艺术等等的思考是我们建构和发展马克思主义哲学、美学不能也无可回避的理论资源，唯其如此，才能更为深入和准确地理解和发展马克思主义，武断地用“主义”之别得出“根本对立”的结论，并由此轻率地否认吸收和借鉴的可能，无疑走向了马克思主义“批判地继承”的方法论的反面。

写于 2009 年 11 月

原载《文艺理论研究》2010 年第 5 期

对“文学是人学”命题之再认识

——对刘为钦先生观点的若干补充和商榷

刘为钦先生《“文学是人学”命题之反思》①一文，以广泛、翔实的资料，细致、严谨的论证，对钱谷融先生在20世纪50年代提出“文学是人学”命题的政治与文学生态，及其重大意义和深远影响作出了极具说服力的评述。不过，刘文对“文学是人学”命题在新时期初期的曲折遭遇没有给予足够的关注，而这恰恰是今天重提这一命题时必须予以重视和反思的地方。此外，刘文对“文学是人学”命题的含义和精神实质的理解也有值得推敲之处，特别是对文学与自然的关系的阐释，笔者认为还存在着明显失误。所有这些构成本文撰写的初衷。本文乃个人一得之见，不当之处，恳望刘先生和专家学者批评指正。

一

刘文以宏观的眼光，将“钱谷融版”的“文学是人学”命题（下称“钱说”）与现代文学史上的相关论争联系起来，作出了富有历史感的思考和评论，指出：“巴人、钱谷融和徐懋庸的‘人情’、‘人学’、‘共同的人性’，与此前的胡风，当年的王实味、梁实秋的‘谬论’有一定的区别，但在本质上却是一致的——都积极倡导文学艺术中的人道主义，都是对文学‘阶级性’的反动，都是对五四新文化运动启蒙精神的传承。”对“巴人、钱谷融、徐懋庸克服了革命文学片面强调文学的阶级性，新月派片面强调文学的人性的弊端，在充分肯定文学的阶级性的基础上，有针对性地阐释文学艺术中的人道主义精神”

① 刘为钦：《“文学是人学”命题之反思》，《中国社会科学》2010年第1期，第160～172页。

给予了高度评价。并深刻指出,“钱说”在当代中国学术史上的两大特别意义:一是在文艺要“为工农兵服务”,文学要“塑造新的英雄典型”的特定语境之下,强调文学“必须从人出发,必须以人为注意的中心”,为新中国文学理念回到正常轨道提供了理论保障;二是与同时出现的其他关涉“人性”的论述一道,促进了新时期文学对人性的发掘与探索。这些看法,笔者完全赞同。然而,刘文对钱说的完整内涵和深层意蕴未作全面的论述,对其人道主义的精神实质及其价值的估量也嫌乎不足,而这正是我们理解“钱说”何以会在“文革”前在政治上遭到批判,而在新时期初期又能够发生重要影响的关键所在。

在钱先生 90 华诞之时,笔者曾撰文对先生“文学是人学”观点的人道主义内涵作过如下概括:

> (钱先生)从以下几个重要方面以符合文艺自身规律的方式作了有说服力的阐述。第一,批评季摩菲耶夫“人的描写是反映整体现实所使用的工具”的“人是工具”观点……确立了人在文学里的中心地位……第二,从价值论角度论述文学作为人学的思想内涵……首次突破把思想倾向落后的作家创作出伟大作品归因于现实主义创作方法战胜落后世界观的主张,认为把托尔斯泰、巴尔扎克的成功“说成是现实主义的胜利,倒不如把它当作人道主义的胜利来得更恰当些”。第三,论述了人道主义精神的核心内涵,特别突出了人道主义精神在文学中巨大、根本的作用。首先,明确区分了作为历史思潮和作为人类普遍精神的人道主义……其次,精辟地概括了人道主义精神的核心内容:“……把人当作人……”;在文学艺术中,人道主义精神体现为“是用一种尊重人同情人的态度来描写人、对待人”;再次,高度推崇人道主义精神在文艺中的巨大作用……又次……明确把人道主义作为评价文艺作品价值的“最基本的、最必要的标准”……第四,肯定共同人性、普遍人性的存在……当然,作者并没有将普遍人性与阶级性截然对立起来,他强调“只有历史上的先进阶级才能发展人性……而那些落后的、反动的阶级,就只能阻碍人性的发展,甚至戕害人性”①。

① 朱立元:《从新时期到新世纪:“文学是人学”命题的再阐释》,《探索与争鸣》2008 年第 9 期,第 4~10 页。

如果上述概述符合钱先生原意，那么，显而易见，其“文学是人学”命题的核心内涵是以“以人为本”的人道主义精神来认识、理解、把握文学的本质特征、社会功能，确定评价文学作品的基本标准：人是目的，尊重人、解放人、把人当作人，肯定共同人性、普遍人性的存在，并以这种态度来描写人、揭示人性的广度和深度，真正把人作为文学描写的中心。笔者认为，对刘文没有充分展开的这一方面内容作如上的补充说明，也许并非多余，这至少有助于我们更好地理解这个命题在中国文艺理论史乃至思想、学术史上的重要意义。此外，还需要强调指出，这个命题之所以在1957年到1960年代屡遭批判，不仅仅是刘文所指出的是当时国际共运政治上批判“国际修正主义”相呼应的外部政治环境所致（当然，这是重要的外因），而且更直接的是国内实施狠抓阶级斗争的极“左”战略——1957年“反右”、1962年八届十中全会重新确立“以阶级斗争为纲”的政治路线，在全国各个领域逐步开展并强化社会主义教育运动——所导致的必然结果。在“阶级斗争天天讲、月月讲、年年讲”的国内政治环境中，有着鲜明人道主义性质的“文学是人学”命题除了遭到严厉政治批判外，不可能有其他命运。因为其人道主义性质，“文革”中被作为“黑八论”之一的“资产阶级人性论”的代表论点承受着更加猛烈的批判；也因为同样的原因，“文革”之后，“钱说”理所当然地成为新时期开始阶段人道主义思潮复苏的重要代表观点，受到社会各界，特别是哲学、人文社会科学界、文艺界的普遍关注和重视。

二

需要指出，刘文前半部分重点阐述了“文学是人学”命题产生及一再遭到政治批判的历史背景，但对“文革”结束后思想文化领域的拨乱反正和新时期初期该命题在思想、学术界的曲折遭遇并未给予必要的关注，只是在评价此命题的重要意义时一笔带过，好像进入新时期之后，这个问题已经自然解决并被学界广泛接受了。其实，20世纪80年代初期“文学是人学”命题以及与此相关的人道主义和异化问题的讨论远非一帆风顺。认真回顾和总结这段历史，对于我们更深刻地理解这一命题的丰富内涵，对于新世纪文艺学学科的理论建设，以及对于今天如何面对消费时代文学遭遇新的异化的侵袭，等等，都具有重要的现实意义和理论意义。所以，有必要在这个问题上对刘文作一补充。

1979年十一届三中全会以后，思想解放运动席卷全国，对"文革"个人崇拜和专制主义的反思逐渐展开，尊重人和人的价值的人道主义思想在人民群众中形成了深厚的社会心理（情绪）基础，更在知识界得到广泛认同。在此社会文化背景下，描写超越阶级性的"共同人性"、表现人道主义精神的文学作品不断涌现，"文学是人学"命题也被重新提出并得到重视。同时，哲学界和文艺理论、批评界关于人道主义问题的讨论也逐渐热烈起来。据不完全统计，从1978年下半年起到1982年底，学界发表关于人、人性、人权、人情、异化、人道主义等问题的论文有近500篇，其中文学、美学方面的文章超过一半。汝信、朱光潜、高尔太、程代熙、墨哲兰、包忠文、郑季翘、黄药眠、邢贲思、张奎良、刘梦溪、王元化、顾骧、王若水、王蒙、钱中文、何西来、刘锡诚、徐友渔、梁晓声、周原冰、丁学良、孙子威、白烨、罗国杰、蔡仪、杨春时、陆梅林、于光远、张炯、严北溟、薛德震、李连科等一大批各个学科的知名学者都参与对这一问题的讨论，发表了重要意见。

在彼时的文化条件下，人道主义同马克思主义的关系成为确立其自身存在合法性的首要议题。对此，朱光潜指出，"马克思不但没有否定过人道主义，而且始终把人道主义与自然主义的统一看作真正共产主义的体现"①，这一观点得到汝信等人的支持，他说，广义的人道主义"泛指一般主张维护人的尊严、权力和自由，重视人的价值，要求人能得到充分的自由发展等等的思想和观点"，并强调"马克思主义学说本身，则不仅不忽视人，而且始终是以解决有关人的问题作为自己的出发点和中心任务的"；"不应该把把马克思主义融化在人道主义之中，或者把马克思主义完全归结为人道主义，因为马克思主义不仅仅研究人的问题。但是，马克思主义应该包含人道主义的原则于自身之中。"②王若水则更明确主张"马克思主义的人道主义"。他指出，"马克思的确批判了费尔巴哈的人道主义，然而我认为他并没有从根本上否定人道主义，而是把人道主义发展到一个新的阶段"；"马克思始终是把无产阶级革命、共产主义同人的价值、人的尊严、人的解放、人的自由等问题联系在一起的。这是最彻底的人道主义。"人道主义并不只能是资

① 朱光潜：《关于人性、人道主义、人情味和共同美问题》，《文艺研究》1979年第3期，第40页。

② 汝信：《人道主义就是修正主义吗？》，《人民日报》1980年8月15日。

产阶级的意识形态,“社会主义需要人道主义”①。

在此基础上,学界对文学同“人道主义”的关系也展开了专门讨论。王蒙指出马克思从未反对也不拒绝真正的人性和人道主义,不敢描写具体的活生生的人性将不可避免地导致创作模式化、概念化而走向反艺术的道路。② 刘锡诚认为,新时期文学创作中人的主题的出现,从关注人的尊严和人格开始,扩展到关注人的价值、人性和异化等问题,是当代文学社会主义人道主义的全面发展。③ 也就在这一语境之中,钱谷融“文学是人学”命题开始“重提”。

不过,必须强调指出的是,这一时期对“人道主义”持不同观点的学者大有人在,邢贲思、周原冰、蔡仪、陆梅林、程代熙等就通过对马克思主义经典文献的征引,在马克思主义是否包含人道主义问题上提出了与前述主张相反的看法。以笔者有限的统计,持这种不同意见的文章至少占讨论文章的1/3以上。可以说,彼时的实际情况并不如一些年轻学者所说的“一边倒”(赞同人性论、人道主义)局面,至于这股人道主义思潮是否已经上升为当时社会主流的意识形态,或者说是“50—70年代边缘思想的主流化”④则更难判定。不过,在笔者看来,这场大讨论真正体现了“百花齐放、百家争鸣”的宽松而热烈的气氛,不同观点之间得到了严肃认真而又心平气和的商榷和争论,但是,即便如此,人道主义思想也未曾“主流化”。

1983年3月还是中共中央宣传部的主要领导人之一的周扬《关于马克思主义的几个理论问题的探讨》(《人民日报》1983年3月16日)一文的发表将这次讨论推向高潮,但那也是人道主义再度面临批判、压抑的转折点。“文革”之前的1960年,有着中央意识形态负责人身份的周扬在第三届文代会上做《我国社会主义文学艺术的道路》的报告,明确把人性论、人道主义界定为资产阶级文艺观和修正主义思想,批判其“以抽象的共同人性来解释各种历史现象和社会现象,以人性或‘人道主义’来作为道德和艺术的标准,反

① 王若水:《为人道主义辩护》,《文汇报》1983年1月17日。

② 王蒙:《“人性”断想》,《文学评论》1982年第4期,第115～119页。

③ 刘锡诚:《谈新时期文学中的人道主义问题》,《文学评论》1982年第4期,第120～125页。

④ 贺桂梅:《“新启蒙”知识档案》,北京大学出版社2010年版,第70页、第64页。

对文艺为无产阶级和劳动人民的解放事业服务。”①人性、人道主义遭到彻底否定，成为文艺界和理论界的禁区。钱谷融先生因《论“文学是人学”》第二次受到批判，与这篇报告恐怕也直接相关。1983年周扬这篇文章的发表，被当时学界大多数人视作是他的一次“自我批评”。

在这篇文章中，周扬首先承认，“在‘文化大革命’前的十七年，我们对人道主义与人性问题的研究，以及对有关文艺作品的评价，曾经走过一些弯路……那个时候，人性、人道主义，往往作为批判的对象，而不能作为科学研究和讨论的对象……这种批判有很大片面性，有些甚至是错误的”。同时，他也没有回避个人的责任，承认“我过去发表的有关这方面的文章和讲话，有些观点是不正确或者不完全正确的”(这样的自我批评今天看来还是比较肤浅的，但在当时已属不易)。在反思基础上，周扬提出了在笔者看来只是有限度地肯定马克思主义包括人道主义的观点，他说：“我不赞成把马克思主义纳入人道主义的体系之中，不赞成把马克思主义全部归结为人道主义；但是，我们应该承认，马克思主义是包含着人道主义的。当然，这是马克思主义的人道主义。”“在马克思主义中，人占有重要地位。马克思主义是关心人，重视人的，是主张解放全人类的。”“马克思批判了费尔巴哈的人道主义，但未从根本上否定人道主义。后来唯物史观和剩余价值论的创立，使马克思的人道主义思想放在更科学的基础上，而不是抛弃了人道主义思想。”并由此出发，他提出社会主义仍然存在“异化”(包括思想、政治领域存在异化)的观点：“肯定人的价值……那就要肯定社会主义和共产主义，反对一切形式的异化”，在社会主义条件下，“由于民主和法制的不健全，人民的公仆有时会滥用人民赋予的权力，转过来做人民的主人，这就是政治领域的异化，或者叫权力的异化。至于思想领域的异化，最典型的就是个人崇拜”，等等。

从周扬对政治、思想领域“异化”现象的描述来看，他是有总结和反思新中国成立以来，特别是“文革”极“左”路线、思潮的痛苦教训的主观意图在内的。这种努力无论在理论上还是实践上也都是极为必要的。报告发表以后，在学界和社会公众中产生了很大的影响，亦可视作此种必要性的彰显。

但是，仅仅十个月之后，1984年1月，胡乔木发表长文《关于人道主义和异化问题》(中央党校《理论月刊》1984年第二期，《人民日报》1月27日转载)对周扬等人进行直接批判。胡文首先提出要区分关于“人道主义”的两

① 周扬：《我国社会主义文学艺术的道路》，人民文学出版社1960年版，第49页。

种不同理解:"一个是作为世界观和历史观,一个是作为伦理原则和道德规范"。他认为周扬的文章是鼓吹"把人道主义作为解释历史、指导现实的世界观和历史观来理解和宣传";并对周扬认为社会主义存在"异化"的观点做了更加严厉的批判,认为这只不过是"关于人的本质的无谓思辨",对周扬用"思想异化"来说明"文革"的个人崇拜现象更以嘲讽的口吻指责说,它"除了给人一幅简单化的漫画以外,丝毫不能说明事件的原因,更不能说明党为什么能够这样顺利地拨乱反正"(笔者按:周扬批评个人崇拜本为总结"文革"的教训,怎么能用党在新时期"顺利地拨乱反正"的事实来否定对个人崇拜的批评——不管是否用异化理论——呢?)。更加上纲上线的批评是认为周扬"从异化的抽象公式出发,把社会主义社会中的种种消极现象统统纳入异化公式之中",并由此推论周扬所以如此论断是认为"产生这些异化的根本原因不在别处,恰恰就在社会主义制度本身"。至此,周扬以异化理论来总结党和毛泽东同志在"文革"中的严重失误、批评现实中不符合社会主义原则的消极现象、改善党的领导和党的建设的良好愿望,被视作是对社会主义制度的怀疑和否定,把思想上不同观点(主要是人道主义思想)的学术论争,当成政治上的大是大非问题开展批判。

乔木的文章发表后,产生相当直接、广泛的政治和文化影响。1984 年 3 月 30 日《人民日报》发表《首都高校决定把胡乔木重要文章作为形势教育课和共产主义思想品德课的教材》报道,说"首都高等院校新近决定把胡乔木同志《关于人道主义和异化问题》的文章,列为这一学期形势教育课和共产主义思想品德课的重要教材,从 4 月份开始组织学生学习,帮助大学生从理论上、思想上分清是非,树立共产主义的世界观和人生观,坚定社会主义方向",会议提出,"学习这篇文章,首先要突出重点,使学生掌握文章所阐述的马克思主义的基本观点,划清马克思主义的历史唯物主义同抽象人道主义的历史唯心主义这两种根本对立的世界观、历史观的界限,划清作为伦理原则和道德规范的社会主义人道主义同资产阶级人道主义的界限,弄明白资产阶级人道主义和所谓'社会主义异化论'在理论上的错误和实践上的危害"。教育部专门下发了《关于学习胡乔木同志重要文章〈关于人道主义和异化问题〉的通知》的文件,指出该文"深刻地揭示出这一场争论的实质","对于澄清一些文章宣传抽象的人道主义和社会主义异化论所引起的思想混乱,提供了很有说服力的论据",要求各级各类学校干部、师生组织学习这篇文章，并同“清除精神污染的工作密切结合起来”①。同年，解放军报理论处编撰出版《学习〈关于人道主义和异化问题〉问答》（中央党校出版社 1984 年）；《红旗》杂志编辑部还编辑了《〈关于人道主义和异化问题〉一文的注释》（红旗出版社 1984 年）。其在当时社会各界所产生的政治影响由此可见一斑。

同样，胡乔木的报告也直接影响到学术界。中国历史唯物主义研究会编选了《全国关于人道主义和异化问题讨论会暨中国历史唯物主义研究会第二届年会论文选》（北京出版社 1986 年出版），收文 31 篇；北京大学哲学系也编选了《人道主义和异化问题的研究》（1985 年出版），收文 21 篇，几乎清一色都是学习该文来批判“抽象的人道主义和社会主义异化论”的，并作了进一步论述和发挥。

乔木虽一再声称不同意见可以商讨，然而在这样的氛围中，“不同意见”的发表自然变得困难重重。而文艺界和文学理论界“关于文学是人学”的主张和讨论也由此偃旗息鼓，人道主义与异化问题讨论也步入终结，甚至当时一大批主张人道主义观点的学者被视作至少犯了认识上的错误。②

不过，比之“文革”的“极左”，1980 年代的政治意识形态对文艺界“清除精神污染”要宽容得多。1984 年 4 月 18 日《人民日报》发表题为《中国文联和中国作协座谈讨论人道主义和异化问题，文艺创作中要更好反映社会主义人道主义》报道，指出座谈会在肯定胡乔木重要文章“对于澄清前一阶段出现的某些思想混乱，指导我国的社会主义文艺实践，有着重要的意义”的同时，也对近年来文坛热烈讨论人性、人道、异化问题作了部分肯定，认为这场“讨论是有收获的，一些‘左’的禁锢被冲破了；文艺创作敢于理直气壮地描写丰富多采的人性、人情了；革命人道主义和社会主义人道主义的思想，也在我们的创作中有了更多的体现”。当然，这种“宽容”还是非常有限的，座谈会着重针对和批评的仍然是，“一些同志却不加分析地对人道主义进行

① 教育部政治思想司编撰：《关于人道主义和异化问题学习辅导》，中国人民大学出版社 1984 年版。

② 注：笔者清楚地记得，那个时期，各单位不但从上到下传达文件、进行学习，而且要求大家提供发表的文章，组织“审查组”进行审查，以便“清除精神污染”，一度搞得人心惶惶、人人自危，以为又要搞大批判的政治运动了。后来由于多方面原因，终以不了了之而结。

全盘颂扬，要以作为世界观、历史观的人道主义来指导我们的文艺创作。极少数作品甚至用资产阶级人道主义思想来批判革命斗争和无产阶级专政”，具体表现为“少数作品竭力超脱社会关系来写人，回避政治，回避重大社会问题，甚至离开人的社会属性专门写人的生理属性。有的作品把爱情描写降低为生理冲动的描写。有的作品热衷于写人的‘返回自然’，似乎只有自然形态下的人才具有最纯真的人性，一旦进入‘世俗’社会，人性就要受到污染”。座谈会还强调应当注意“异化”理论对文艺创作的负面影响，指出“把我国社会描写成走向异化的社会，是完全违背生活真实的”，如果这样写，“就会从根本上歪曲社会主义生活，就会对社会主义的前途得出悲观主义的结论，就会导致极端个人主义和无政府主义”。

大约正是因为文艺界对人道主义和异化论的批判相对不够“彻底”，才有了 1986 年刘再复等人“文学主体性”的提出和讨论的展开。在某种意义上也可以说是人道主义和“文学是人学”思想的延续和深化，当然其话题、重点或论域毕竟转移了，人道主义和“文学是人学”的思想退居到了边缘。到 1980 年代末，“文学主体性”的讨论被冠以“资产阶级自由化”，刘再复遭受更加严厉的批判。人道主义和“文学是人学”的思想自然也更加淡出了。

由此可见，在 20 世纪 80 年代的中国文艺界和学术界，“文学是人学”的人道主义思想并非一帆风顺地得到肯定和传播，而是经历了不少曲折和反复。那么，在今天重提这一问题又有着怎样的现实意义呢？笔者认为，“文学是人学”的人道主义思想的核心是“以人为本”，它不但在 20 世纪 80 年代初“拨乱反正”时，对于文艺纠正“左”的政治工具论方面起过很大的作用，而且自 90 年代以来它还有新的另一方面的作用，那就是对商业化、市场化、世俗化、功利化等的抵御和抗争，也就是从另外一个方面对人性扭曲、对人的本质力量摧残、损害的抵御和抗争。在当下的文学活动中如何以真正的人道主义精神来表现人性、人的欲望，文学批评怎么坚持“以人为本”，对当下文学中种种负面现象进行准确、科学、一针见血的批评……这些问题仍然十分尖锐地摆在我们面前。因此，就其精神实质而言，“文学是人学”的命题仍然没有过时，仍然具有强大的生命力。

三

与刘文对“文学是人学”命题的人道主义核心内涵关注和强调不够相

关，它对该命题局限和不足的分析，也仅仅从文学描写的对象角度（写什么和怎么写），批评该命题的主要问题在于对人以外的自然对象的忽视。刘文认为，从“写什么”的角度看，文学描写的中心虽然应该是“人”，但文学描写的对象还包括“大自然”，换言之，“文学描写对象的全部”应当包括人与自然两个不同的部分或成分。对此，笔者不敢苟同。

首先，“文学是人学”的命题的含义不仅仅是，或者主要不是文学描写的对象问题，而是强调文学应当深刻地描写、开掘、揭示人性，以体现深广的人道主义的精神。钱先生“必须从人出发，必须以人为注意的中心”有着明确的现实针对性：一是针对季摩菲耶夫关于文学描写中“人是工具”观点；二是针对当时创作实践中对物（机器等等）描写压倒了对人的性格、心灵的开掘的不良现象。就是说，它不但指明了文学描写的主要对象，更确立了人在文学里的中心地位和文学的根本目的，从而在某种意义上为文学确立了“人学”的基本属性。

需要附带要说明的是，“文学是人学”命题中的“人学”一词，在一定意义上是比喻用法，而非科学或学科意义上的用法。在中国，人学概念的提出及人学学科的形成，刘文作了比较充分的论述，笔者是赞同的。但是，他未区分“人学”在哲学、社会科学与文学中使用的含义。实际上两者是不一样的：在哲学、社会科学中，“人学”是作为一门理论的学科；而在文学中它实际上只是在比喻或引申意义上使用，是指文学根本上是描写人、刻画人的性格、思想、情感、精神，揭示人性的共同性与多样性、复杂性、丰富性，从最深处展示人的灵魂的真伪、美丑和善恶的一种特殊的艺术样式。当然，作为艺术门类的文学不可能不研究人，甚至在某种程度上要比作为社会科学的人学对人的研究深广、细致得多，但文学对人的研究，不像作为理论学科的“人学”那样用概念、逻辑和抽象思辨的理论方式加以思考和表达的，而是更多地以形象思维，或者更确切地说，以“意象－语符思维”（参阅笔者的《接受美学导论》）的方式加以构思和表述。

其次，在文学作品中，自然绝不是与人分离、独立、孤立存在的部分，而始终是为了表现人，表现人性、人心、人情、人格的。然而，刘文借助对康德“道德的自然”、“另一自然来”等提法，提出所谓“物理自然”和“心灵自然”的“二分”，并直接套用到对“文学是人学”命题的解释和批评中（关于这个问题笔者另有专文探讨）。根据这个“二分”，刘文强调文学描写的对象（“写什么”）除了人之外还有自然事物，认为只有前者（还包括所谓“心灵的自然”）

才属于人学范围，而后者则属于自然，不属于人学范围。笔者据此推测，作者是否想说文学不仅仅是人学，而应该是人学＋物（自然科）学？由此出发，刘文要求文学创作和欣赏都应当区分和识别作品中的人和自然："我们在欣赏文学作品中的自然之物时，要辨别作品中的自然之物，哪些成分是自然之物的本质属性，哪些成分是自然之物的外在形式，哪些成分是作家赋予它的艺术形态，否则，就会导致对知识本质的歪曲。"笔者认为，这种阅读、鉴赏、阐释文学作品的方法——可姑且概括为（人与自然）"二分解读法"——完全不符合文学艺术的审美特征。

文学和其他艺术中当然会出现自然事物、会描写到大自然的方方面面，但文学作品对自然的描写，不应该也不可能是与人无关的纯客观的自然或自然物的形式，把两者分离开来、孤立化是不对的；自然必定通过人性化、人情化、人格化、心灵化进入文学作品，即使是自然主义地描写自然，亦不例外。换言之，文学中大自然，一定也必须是人所经历、体验、观赏、理解的和对人有意义有价值的、作为人的审美创造和鉴赏对象而出现的自然事物，完全是人的本质能力之一（特别是审美情感）的对象化和艺术化，或者说，是自然的人化、自然的人性化、人情化、人格化、心灵化、审美情感化。一句话，文学描写自然物的目的全在于写人，写人心、人性、人情、人格。诚如朱光潜先生所说，自然进入文学艺术，必然被艺术化，"所谓艺术化，就是人情化和理想化"①。作家、艺术家只有将自然人情化，才能从一草一木中见出美来。朱先生并把移情作用看作在自然界艺术化过程中的关键因素，认为艺术作品中，无生命的自然现象之所以获得了生命、获得了美，乃是人的情感移植到自然中，也即使自然人情化的缘故。他说："大地山河以及风云星斗原来都是死板的东西，我们往往觉得它们有情感，有生命，有动作，这都是移情作用的结果。比如云何尝能飞？泉何尝能跃？我们却常说云飞泉跃。山何尝能鸣？谷何尝能后应？我们却常说山鸣谷应……"②更加能够说明问题的是，即使面对同样的自然景观，不同创作主体内在情趣的差异也会导致它在他们的作品中迥然不同的呈现。如朱光潜所说，"阿米尔（Amiel）说得好：'一片自然风景就是一种心情。'景是各人性格和情趣的返照"，"物的意蕴深浅与人的性分情趣深浅成正比例……同是一个世界，对于诗人常呈现新鲜

① 朱光潜：《谈美》，广西师范大学出版社2004年版，第40页。

② 朱光潜：《文艺心理学》，安徽教育出版社2006年版，第32页。

有趣的境界，对于常人则永远是那么一个平凡乏味的混乱体。”①同是秋天的枫叶，在怀着悠然闲适心情的杜牧眼里是“停车坐爱枫林晚，霜叶红于二月花”，在满怀离别愁绪的崔莺莺的眼里则是“晓来谁染霜林醉，总是离人泪”；在满腹忧国情思的戚继光眼里又是“繁霜尽是心头血，洒向千峰秋叶丹”。这些作品中的枫叶（自然），被不同诗人的不同人情化、人格化、艺术化，呈现出完全不同的面貌。人们又当从哪里找到完全脱离人情、人心、人性的单纯的自然和自然物形式的特性？

刘文把文学描写的自然从文学作品的生命整体中孤立、割裂出来，给予非人的纯粹物的属性，并批评作家、读者和批评家：“长期以来，人们在文学创作与鉴赏的过程中，关注于作家所赋予的形式多，而关注于自然之物所赐予的形式少，甚而至于将自然之物所赐予的形式与作品的内容等同起来，忽略了自然之物所赐予形式的存在”，认为这体现出文学家的不“尊重自然”。这种“二分解读法”对文学作品中所谓外部自然和心灵自然、内容和形式（人赋予作品的形式和自然带入作品的形式因素）做了人为的切割和分解，用它去构思、创作或者阅读、分析文学作品，在方法论上是把文学创作和欣赏这种充满生气的、有生命的心灵创造活动肢解和机械化了。

在笔者看来，无论理论上还是事实上，从文学创作还是接受（欣赏）角度，也无论从文学“写什么”还是“怎么写”角度，都不应当、也不可能要求人们真正（理智）地去区分和识别作品中的人和自然（物）两种“成分”，否则将有导致富有生命力的文学创作和欣赏活动趋于僵化的危险；至于要求读者在欣赏文学作品中的自然之物时须“辨别”和区分来自自然之物自身的形式属性与作家创作所赋予自然的形式，这种苛刻的“二分解读法”的阅读规则恐怕完全不符合文学艺术的审美特质和生命整体特征。在这种纯粹理智的分析性阅读中，文学作品的审美性可能完全被遮蔽或者消除了。

四

对这种“二分解读法”刘文还举了若干例子加以说明：“荷马笔下的那条狗阿尔戈斯（《奥德赛》），托尔斯泰笔下的那匹马（《马的故事》），骆宾王笔下的那只鹅（《咏鹅》），马致远笔下的枯藤、老树、昏鸦（《天净沙・秋思》），无不

---

① 朱光潜：《诗论》，广西师范大学出版社2004年版，第39页。

给人留下难以释怀的记忆，我们能说这不是文学对大自然的描写吗?"是的，这些作品都写到了自然(物)，但是没有一个例子能够证明这种"二分解读法"是正确的。

刘文所举《奥德赛》中的阿尔戈斯，出现在第十七卷。离家二十年的奥德修斯假装乞丐回家暗中探访，与阿尔戈斯重逢，他见到"它也无人照管，躺卧于堆积在院门外的一大堆秽土上"，"遍体生满虫虱"，但是，当"它一认出站在近旁的奥德修斯，便不断摆动尾巴，垂下两只耳朵，只是无力走到自己主人的身边"，当年，人们都"惊叹它的勇猛和迅捷。即使是高大幽深的树林里的野兽也难以逃脱它的追踪，因为它善于寻踪觅迹。现在它身受不幸，主人客死他乡，心地粗疏的女奴们对它不加照管"，然而，就在此刻，"阿尔戈斯立即被黑色的死亡带走，在时隔二十年，重见奥德修斯之后"①。这段描写，固然正面描写了阿尔戈斯这条狗(自然物)，但是，第一，它是两个人(牧猪奴欧迈奥斯与奥德修斯)、也是荷马眼中的义犬形象，而不是"心地粗疏的女奴们"不屑一顾的野狗，不是可以与人相分离的独立的动物形象；第二，它在与主人分离二十年之后的重逢时悄然死去，不仅衬托主人的伟大和魅力，而且反衬了许多忘恩负义、背信弃义的"人"的可恶和可悲——人不如狗，反衬了他们人性的堕落。这恰恰是自然在文学中仍然属于"人学"范围的有力例证。

再看骆宾王的《咏鹅》："鹅，鹅，鹅，曲项向天歌。白毛浮绿水，红掌拨清波"。表面上看，纯然是写鹅(自然物)，但实际上，它是一个笔力虽略显稚嫩却无比热爱生活、热爱生命的儿童眼中的鹅，一个具有敏锐的色彩感受能力的孩子所看到的在水中欢快嬉戏的色彩斑斓的鹅，他把鹅的啼鸣想象成人化的"向天歌"。在此，我们难道能将《咏鹅》中的鹅纯粹作为自然物赋予作品的而脱离小诗人的性情来孤立看待吗？显然不能。

马致远的《天净沙·秋思》亦然。"枯藤老树昏鸦，小桥流水人家，古道西风瘦马"，似乎纯然写物，然而，这两句其实只是罗列出数个景象或意象。按刘文"二分解读法"一个一个意象去读，恐怕什么文学性都没有，更不可能领会它们所蕴含的情感意绪；但是，如果我们把它们连在一起，并一气呵成读至末句"夕阳西下，断肠人在天涯"，透过这些联翩而来的自然景物，层层深入、细细品味，我们将会感受、体悟、把握到那位漂泊天涯的羁旅之人流离

① 荷马:《奥德赛》，王焕生译，人民文学出版社 1997 年版，第 321～322 页。

失所的苦楚，行行复行行的忧伤和前路茫茫的悲怆。可见，它所写到的所有自然物，都是作者“断肠”情绪、心境的对象化、外化，或者如前所说，是自然物的人化、人性化、人情化。

唐代大诗人李白专写动物（自然物）的《大鹏赋》云北溟有鱼名曰鲲：

> 化成大鹏，质凝胚浑。脱鬐鬣于海岛，张羽毛于天门。刷渤澥之春流，晞扶桑之朝暾。燀赫乎宇宙，凭陵乎昆仑。一鼓一舞，烟朦沙昏。五岳为之震荡，百川为之崩奔。
>
> 乃蹶厚地，揭太清。亘层霄，突重溟。激三千以崛起，向九万而迅征。背嶪太山之崔嵬，翼举长云之纵横。左回右旋，倏阴忽明。历汗漫以夭矫，羾阊阖之峥嵘。簸鸿蒙，扇雷霆。斗转而天动，山摇而海倾。怒无所搏，雄无所争。固可想象其势，仿佛其形。①

初看起来，纯写大鹏体形之巨、力量之大、气势之伟，转斗动天、撼山倒海；但实际上，却是写人，写李白自己的豪情雄心，写他胸中无比旺盛的生命力和昂扬无畏的斗志。这首“以讴歌生命为主的诗”是“对自然——自我的外化——的热爱”，“李白一再讴歌自己的抱负和巨大的才能，为自己的抱负不能实现而悲愤……他在自己诗中的形象是一个孤傲的形象。这种形象在屈原的作品里就出现过，但李白的自我形象却更富于冲击力”②。《大鹏赋》中的大鹏形象，实际上就是极富冲击力的李白自我形象的化身，是在特定意义上完成了人性化、人格化、人情化的自然物。李白写大鹏的至少还有《上李邕》和《临路歌》两首。依然是夫子自道，但由于写于不同时期、不同心境，大鹏形象也发生了重要变化：“大鹏一日同风起，扶摇直上九万里。假令风歇时下来，犹能簸却沧溟水”（《上李邕》），尚保留了《大鹏赋》的气势（已经小了不少）和傲骨；到《临路歌》，“大鹏飞兮振八裔，中天摧兮力不济。余风激兮万世，游扶桑兮挂石袂”，已见力不从心、无可奈何的悲哀。如果按刘文的“二分解读法”，把大鹏当作置入作品中自然物形式，与李白的人格精神相分

---

① 《李白集校注》（第一册），瞿蜕园、朱金城校注，上海古籍出版社1980年版，第1～14页。

② 章培恒、骆玉明：《中国文学史新著》（上卷），复旦大学出版社、上海文艺出版社2007年版，第468～469页。

离，那就根本无法理解这“一赋二诗”所体现的李白自身的“大鹏精神”（姑妄称之）了。

刘文还将这种“二分解读法”用于分析鲁迅的《狂人日记》，说其中“作家赋予作品的形式是一段文言的楔子和13则白话的日记，物理的自然之物赐予作品的形式是狗眼的怪异、月华的皎好等。人的心灵的自然赐予作品的形式是精神抑郁症患者的特殊心理。物理的自然为文本的叙述设置了场景和空间，它应该隶属于自然科学的范围；心灵的自然为文本的叙述提供了人的心理运作的规律，它应该隶属于‘人学’，而且是‘人学’之中的生理学、心理学的范围”。这可以说是作者实践“二分解读法”最清楚、明白的说明。然而，笔者认为这种分析同样不能成立。作者将“狗眼的怪异、月华的皎好等”看成外在于人的纯“物理的自然之物赐予作品的形式”并不符合作品的实际，它们并非“为文本的叙述设置了场景和空间”，而是始终离不开作为“精神抑郁症患者”的狂人的特殊眼光和特殊心理：当看到“今天晚上，很好的月光”时，他小心翼翼，怀疑“那赵家的狗，何以看我两眼呢？”而“今天全没月光”时他又产生“我知道不妙”的感觉；又一天，“黑漆漆的，不知是日是夜”，他却敏感地听到“赵家的狗又叫起来了”，并且产生“狮子似的凶心，兔子的怯弱，狐狸的狡猾……”的恐惧猜度；后面还由吃死肉的“海乙那”联想到狼，而“狼是狗的本家”，又联想到“前天赵家的狗，看我几眼，可见他也同谋，早已接洽”；如此等等。所有这些写到月亮和狗的地方，读者根本看不到它们“物理自然”的形式特征，而全部是狂人眼中、心中变异了的自然物，即“狂人化”的月亮和狗。《狂人日记》不但不能证明“二分解读法”的有效性，反而证明在文学中任何自然物都不能离开人、离开人性、人情、人格、人的心灵而独立地存在。

无独有偶，鲁迅《野草》中写动物（狗）的《狗的驳诘》，直接写梦中的“我”与一条拟人化的狗的相遇和对话，开始“我傲慢地回顾，叱咤”“我”以为的“这势利的狗”，但是，当狗承认“愧不如人”，而所惭愧的是“我终于还不知道分别铜和银；还不知道分别布和绸；还不知道分别官和民；还不知道分别主和奴；还不知道……”时，却是作为人的“我逃走了”①。鲁迅的命意十分清楚：表达一个先知者的“罪过”感和自责。此篇表达知识者的自我反思和惭愧之心，愧疚人甚至不如狗（虽然是拟人化的狗）来得明白。不言而喻，这里

① 鲁迅：《野草》，人民文学出版社2006年版，第41页。

的狗已经完全人化了,不再是自然物了,不属于“物理自然”了。

综上所述,文学所描写的不管是大自然还是人,都是人化的、人的心灵化的自然(自然与人类社会),不同于物质生产的物质自然的人化;自然界中无论有生命的还是无生命的事物,一旦进入文学,都必定已经是人化、人性化、人情化、人格化、心灵化的自然了,或者如康德所说的“像似”的“另一自然”①,打上了人的思想、性格、情感、心灵的烙印。因此,刘文的“二分解读法”显然是不符合文学创作和欣赏的审美特征、审美规律的。

五

与“二分解读法”密切相关,刘文把文学创作与科学创造看成同样的认知活动,把其成果文学作品与科学成果看作同样的知识形态,所以会得出如不对文学作品中的人与自然加以区分,不对作品中自然之物两个来源(自然之物本身与作家赋予)、两种成分加以严格区分,“就会导致对知识本质的歪曲”的结论。把文学创作和作品归结为认识论和知识形态。在笔者看来,这显然是片面的。

我们认为,文学当然包含认识成分,但决不仅仅是认识或者知识,而且主要不是认识或者知识。文学作品与科学成果的根本区别,恰恰在于后者是一种知识形态,而文学作品虽然包含某些知识成分,但它主要不是一种知识形态,而是一种审美形态。这里的关键是,对文学本质的理解不能仅仅局限于认识论或者知识论的框架内。

马克思在《〈政治经济学批判〉导言》中提出人类掌握世界的四种方式的理论应该有助于我们理解文学区别于一般认识的艺术、审美的特质。马克思说:“整体,当它在头脑中作为思想整体而出现时,是思维着的头脑的产物,这个头脑用它所专有的方式掌握世界,而这种方式是不同于对于世界的艺术精神的,宗教精神的,实践精神的掌握的。”②这里从人类“掌握”世界而不仅是认识世界的哲学高度,将人类掌握世界的认识或理论的方式与掌握世界的另外三种方式,即艺术精神的、宗教精神的、实践精神做了明确区分。“掌握”(德文 aneignent)一词的原义除了认识、理解以外,还有“获得”、“占

① 康德:《判断力批判》,宗白华译,商务印书馆 1964 年版,第 160 页。

② 《马克思恩格斯选集》第 2 卷,人民出版社 1995 年版,第 19 页。

有”等实践性含义。当然，马克思这段话是在精神层面讲人“掌握”世界的不同方式的。这里不拟具体分析这四种方式的区别和各自的特征，只想指出，在马克思看来，艺术精神的掌握世界的方式是不同于理论、认识掌握世界的方式的。文学属于艺术，是语言的艺术，它掌握世界的方式显然不同于、超越于理论、认识掌握世界的方式。这也明确无误地告诉我们，不能、也不应该像刘文那样，仅从认识论角度把文学看成一种与理论、科学成果——理论、认识的掌握世界的方式的成果——没有区别的知识(认识)形态。因为这无疑忽视了文学(精神)作为艺术(精神)掌握世界的特殊方式的艺术的和审美的特质。所以，刘文认为不遵循上述“二分解读法”“就会导致对知识本质的歪曲”的看法，是把文学作品与科学成果看成同样的知识(认识)形态，从而偏离了文学(精神)掌握世界这种特殊方式的艺术、审美特质或特殊性。

这一点从马克思关于艺术生产与物质生产的不平衡关系的有关论述中可以得到旁证。马克思论及古希腊神话和史诗时指出，“就某些艺术形式，例如史诗来说，甚至谁都承认：当艺术生产一旦作为艺术生产出现，它们就再不能以那种在世界史上划时代的、古典的形式创造出来”。他同时又指出：“但是，困难不在于理解希腊艺术和史诗同一定社会发展形式结合在一起。困难的是，它们何以仍然能够给我们以艺术享受，而且就某方面说还是一种规范和高不可及的范本。”①对此，以往多从较不发达时代的艺术与更加发达时代艺术之间的不平衡关系来理解；但是，笔者认为，这种不平衡背后还有更深刻的含义，那就是艺术审美特质的超时代性。这又可以回到普遍或共同人性的存在上：从古希腊到现代，社会发生了天翻地覆的变化，人们的审美观念也在不断地发展和变化，但是，人对“自由的自觉的”②生命活动的追求的本性没有变，因而，人们对自己儿童时期的审美创造仍然地充满热爱和向往。正如马克思对这个美学难题作出的回答：“为什么历史上的人类童年时代，在它发展得最完美的地方，不该作为永不复返的阶段而显示出永久的魅力呢？有粗野的儿童和早熟的儿童。古代民族中有许多是属于这一类的。希腊人是正常的儿童。他们的艺术对我们所产生的魅力，同这种艺术在其中生长的那个不发达的社会阶段并不矛盾。这种艺术倒是这个社

① 马克思：《政治经济学批判·导言》，《马克思恩格斯选集》第2卷，人民出版社1995年版，第29～30页。

② 《马克思恩格斯全集》第42卷，人民出版社1979年版，第96页。

会阶段的结果，并且是同这种艺术在其中产生而且只能在其中产生的那些未成熟的社会条件永远不能复返这一点分不开的。”①马克思告诉我们，希腊艺术同产生它的“那些未成熟的社会条件”并不矛盾，但恰恰由于这种条件的一去不复返，才使它对今天的人们产生巨大的、永恒的审美上的魅力，因为它呈现并吸引我们的已经不再是那个不成熟的社会条件，而是超越时空的艺术美，给予我们回归童年时代的审美喜悦。这是认识（知识）论地看待文学艺术所无法解释的。

明乎此，就比较容易理解马克思关于人的本质力量对象化的不同方式的论述了。马克思首先从人与现实世界的本质关系出发，指出人生活于其中的整个现实都越来越成为人的本质力量的对象化：“随着对象性的现实在社会中对人来说到处成为人的本质力量的现实，成为人的现实，因而成为人自己的本质力量的现实，一切对象对他来说也就成为他自身的对象化，成确证和实现他的个性的对象，成为他的对象，这就是说，对象成为他自身”；进而揭示出在对象化过程中，对象的性质与人的各种不同的本质力量之间存在着对应、互动的关系，“对象如何对他来说成为他的对象，这取决于对象的性质以及与之相适应的本质力量的性质；因为正是这种关系的规定性形成一种特殊的、现实的肯定方式”。这种“特殊的、现实的肯定方式”与人对世界的掌握方式有一定的相关性，具体来说，“眼睛对对象的感觉不同于耳朵，眼睛的对象是不同于耳朵的对象的。每一种本质力量的独特性，恰好就是这种本质力量的独特的本质，因而也是它的对象化的独特方式，它的对象性的、现实的、活生生的存在的独特方式。因此，人不仅通过思维，而且以全部感觉在对象世界中肯定自己”。在此，马克思明确地把人对现实的“思维”的肯定（掌握）方式与眼睛、耳朵等感觉的肯定（掌握）方式区分了开来。而这种感觉的方式恰恰是艺术的、审美的方式，所以马克思又说，“从主体方面来看：只有音乐才激起人的音乐感；对于没有音乐感的耳朵来说，最美的音乐毫无意义，不是对象，因为我的对象只能是我的一种本质力量的确证，也就是说，它只能像我的本质力量作为一种主体能力自为地存在着那样才对而存在，因为任何一个对象对我的意义（它只是对那个与它相适应的感觉来说

① 马克思：《政治经济学批判·导言》，《马克思恩格斯选集》第2卷，人民出版社1995年版，第28～29页。

才有意义)都以我的感觉所及的程度为限”①。把马克思这个思想用于分析文学艺术的美学(aesthetics 感性学)的特性,并区别于单纯认识论的科学特性,应该是再恰当不过了。刘文恰恰把作为审美形态的文学作品与作为知识形态的科学成果混为一谈,从而在理论上陷入了误区。

此外,从文学的阅读和接受角度看,“二分解读法”同样难以成立。对于读者,文学有认识作用,这是传统文学理论的常识,但文学的认识作用是指对社会、人生、历史的认识,不是指对文学作品中所描述的自然物的本质、方式和运动规律的认识,没有人从文学作品中学习空气动力学和天体物理学。普通读者主要是以审美态度对待文学作品的,在作品中出现的一切自然物和人工产品都和人一样都是审美对象,而且只是刻画人物、表现社会关系的辅助手段,不是独立的认识对象。如果真的有人到《红楼梦》中去学习治病药方或园林建筑技术,那就表明读者是以认识态度去对待《红楼梦》,二者之间的关系就是认识的对象性关系,这时《红楼梦》就已经不是审美对象,因之也不再是文学作品了。

据此,我们可以说,凡是具有文学性的东西都属人学范围,文学作品中的一切都具有文学性,因而也可以说都属人学范围。除文学作品之外,有许多非文学作品也具有文学性,如中医医书中以七言诗形式写的“汤头歌”,历史著作对人物的刻画,碑、誌、铭、表等等之中的多种修辞手法,用韵文写成的哲学、物理学著作(卢克莱修《物性论》)等都含有某些文学性(节奏、韵律、声调、音步、骈偶、比喻、夸张等),这些文学性都与人相关,只有人通过感官或感性方式才能接受、体验和领会,才能产生审美感受,所以也是人学的应有之义,而不属于自然科学的认知范围。

原载《文学评论》2012 年第 1 期

① 《马克思恩格斯全集》第 42 卷,人民出版社 1979 年版,第 125~126 页。

文艺学建构与理论多元化

超越二元对立的思维方式

——关于新世纪文艺学、美学研究突破之途的思考

20 世纪 90 年代，中西方的文论和美学都在经历一场深刻的震荡和变动。西方在经历了 30 多年的后现代主义、后结构主义、后殖民主义等思潮的冲击和洗礼之后，一股文化研究和文化批评的新潮迅速崛起，演出有声有色的活剧，正在对传统的文论、美学构成日益强烈的挑战。当然，这种文化研究和文化批评，与一系列“后……”思潮并非截然对立，毋宁说，它们是在“后……”思潮的怀抱中孕育出来的，在一定程度上是这些思潮在新历史条件下的必然延伸和产物。而中国，在清理、辨析、研讨、吸收西方现代主义与后现代主义诸种思潮的同时，认真总结一个世纪以来文艺学、美学的现代化历史和进程，反思其中的是非曲直和演变轨迹，从学科高度探索其内在的路径和根由，实际上使文艺学、美学整体上孕育着外表虽不剧烈、内在却很深刻的变动和革新。

21 世纪中国文艺学、美学向何处去？怎样寻求新世纪文艺学、美学变革、发展之途？……这些问题日益迫切地提到人们的面前。而在我看来，文艺学、美学要在学科上有整体的重大的突破，首要或关键的是研究者要冲破和超越传统形而上学二元对立的思维模式。

一　传统形而上学：从思维/存在的二元对立谈起

在西方哲学史上，“主客二分”（即主体与客体的二元对立）几乎从古希腊起就形成了，我们曾指出过“古希腊形成的这种主客二分的哲学思路为整个欧洲的哲学思想的发展奠定了基础，也限定了基本走向”；并描述了这种思路在随后的演进轨迹：中世纪是“神学框架中的主客二分”──→近代则“转向认识论的主体性形而上学”──→18 世纪是“以主客二分为前提的启蒙哲

学”—→德国古典时期才达到“主客二分认识论的完成”。① “主客二分”如还原为本体论问题，则是思维与存在的二分。正如恩格斯所概括的，“全部哲学，特别是近代哲学的重大的基本问题，是思维和存在的关系问题”，即何者为本原的问题；这问题的另一方面是认识论问题，即“思维和存在的同一性问题”②。正是关于思维/存在、主体/客体的二元对立的思维方式，导致了西方从近代以来哲学的其他一系列二元对立的产生：如心/物、彼岸/此岸、神/人、灵魂/肉体、人/世界（自然）、本质/现象、内容/形式、理性/感性、理智/情感、肯定/否定、自然/文化、善/恶、原型/模仿、言语/文字……西方近代以来的文论与美学基本上就浸淫于这种二元对立的思维方式之中。

近代西方哲学的奠基者之一的笛卡儿从怀疑论出发提出了“我思故我在”的思维/存在的二元对立命题。他认为，即使对一切知识领域都可加以怀疑和批判，但唯一不可怀疑的便是“我在怀疑”这一事实，而怀疑即一种思维活动。我作为思维、观察、怀疑着的人是有的，是存在的，是不可怀疑的，因而是可靠的。笛卡儿正是把这一证明当作自己哲学的出发点，并进而推出思维的理性（主体）能够认识世界（客体），发现可靠、正确的知识。可是这一命题及其认识论推演，已内在地包含着思维/存在、主体/客体、精神/物质等的二元对立；而且，在这种对立中，体现出笛卡儿对对立的一方（一元）的优先或绝对地位的潜在肯定，如上述诸二元对立中对思维、主体、精神等决定作用的肯定。这样就造成了思维方式上的二元对峙、一元优势的僵化程式，因而，这个命题在存在论上是缺乏根据而难以成立的。

海德格尔曾批评笛卡儿以为发现了“我思故我在”，“就认为已为哲学找到了一个新的可靠的基地，但是他在这个‘激进的’开端处没有规定清楚的就是这个能思之物的存在方式，说得再准确些，就是‘我在’的存在的意义”，因而“在存在论上陷入全无规定之境”③。

福柯从另一个“癫狂史”的角度剖析笛卡儿这个“第一原理”，指出笛卡儿对感觉与癫狂作了严格区分，认为感觉和梦也是“思”的对象（客体），它们

① 朱立元、王振复主编：《天人合一：中华审美文化之魂》，上海文艺出版社 1998 年版，第 35～50 页。

② 《马克思恩格斯选集》第 4 卷，人民出版社 1995 年版，第 223～225 页。

③ 马丁·海德格尔：《存在与时间》，陈嘉映、王庆节合译，三联书店 1987 年版，第 31 页。

中有确实可靠的东西，谬误中还包含某些真实、真理、理性的成分，而癫狂却不是“思”的对象（客体），而是威胁、破坏“思”的主体。由此可见，“笛卡儿”的“思”乃是一个理性的主体，它排斥、洗礼了非理性的癫狂，将非理性深深打入地下。诚如有的学者所指出，福柯认为笛卡儿开创和确立的肯定理性主体、鞭笞非理性的哲学传统“必是高踞于没有精神和思想的对象世界之上”，造成主客、心物二分，而“这一心物二元论的传统在当今一些哲学家看来，简直就是核武器、细菌战以及纳粹反犹太屠杀的罪魁祸首。前者是科学发达的结果，这是物。后者是伦理专断的结果，这是心。”笛卡儿拒绝怀疑理性本身，在这一传统中“首当其冲”，应有其历史责任。

到了德国古典哲学阶段，在思维/存在、主体/客体、主观性/客观性等一系列二元对立中，康德似乎代表了“思”的主体性立场。康德在《纯粹理性批判》中把人的认识能力分为感性、知性和理性。在“先验感性论”中研究感性认识的先验形式、可能条件和界限，他承认人之外有“自在之物”（自然界、客体）存在，但要认识客体，首先依赖人的先验感性直观形式（如时间、空间等）对客体、现象界经验的整理；而“先验分析论”主要研究知性的形式、可能条件和界限，如它提出十二个知性范畴为先天的认识形式，用以进一步整理、构成感性认识，而达到普遍性与必然性；“先验辩证论”研究理性认识的形式和可能条件及纯粹理性的一些二律背反，实际上是关于理念、关于认识无条件、绝对的东西的可能性的学说。康德这一先验认识论，将认识从与客体（对象）的符合转移到客体符合主体的先验认识形式能力上来，从而以实现“思”的主体性而完成了西方哲学史上的“哥白尼式革命”。康德说，“人们一向假定我们的一切知识必须符合于对象；可是通过概念先天地构成有关对象的某物以求扩展我们的知识的一切尝试，在上述假定下都失败了。因此，我们可以试试，如果我们假定对象必须符合于我们的知识……这样做已经更好地与所要求的关于对象的先天知识的可能性相一致了，这种知识应该在对象被给予我们之前就确定有关对象的某种东西”。但是，这种“哥白尼式革命”并未跳出主客二分的二元对立的怪圈，在存在论上并无进展，因此海德格尔说，通过哥白尼式革命，知识与存在者‘符合’（adaequatio）这种意义上的‘旧的’真理概念所受到的冲击是如此少，以致知识正好以这个概念为前提，选定首先建立起这概念。对于存在者（‘诸对象’，存在性的知识只有当这个作为存在者先已明白地、亦即在其存在机制中被认识了之后，才能去符合它”。海德格尔还指出，在康德那里，“存在问题一般地被耽误了，与此相关的是根本没有出现过以此在为专题的存在论，用康德的话说，就是根本没有人对主体之为主体的情况事先作过存在论分析。尽管康德在某些本质方面作出了推进，但它却并不曾进行过上面说的那种存在论分析，反而教条式地继承了笛卡儿的立场”。就是说，康德的主体论在存在论上仍继承了笛卡儿的思维/存在、主体/客体的二元对立思维的立场和模式。

黑格尔与康德相反，代表了“思”的客观性立场。这里不拟展开，只想指出，在存在论上，黑格尔的“理念论”的客观性同样奠基于上述二元对立的思维方式。

二　现代哲学：寻求对二元对立的思维方式的超越

20世纪西方哲学的现代性标志之一，是不断寻求对传统形而上学二元对立思维方式的超越。

这种寻求超越的努力，首先反映在胡塞尔的现象学中。胡塞尔现象学有两个中心概念——“生活世界”与“交互主体性”——的设定，体现了他对思维/存在、主体/客体的二元对立的思维方式的超越。

首先，关于“生活世界”，有的学者论述了其四个基本含义：1)它是一个非课题性的世界，是将现实世界的存在看成不言自明的前提的“自然态度”，“生活世界是一个始终在先被给予的、始终在先存在着的有效世界，但这种有效不是出于某个意图、某个课题，不是根据某个普遍的目的”；2)它是一个奠基性的世界，“生活世界”的态度是先于并构成“客观科学的态度”和“哲学反思的态度”的基础，后两者都以“生活世界”为根基；3)它是一个主观、相对的世界，是“始终在不断相对运动中为我的存在之物的总体”，它随主观视域的运动而发生变化；4)它是一个直观的世界，是“原则上可直观到的事物的总体”。① 综合起来看，“生活世界”应是置于主观、个体视域下的可直观到的、人生活于其中的客观世界。它虽有主观、相对性，但如胡塞尔所说，它“为所有客观证明提供对理论－逻辑存在有效性的最终论证”，因而它的主观性恰是“客观－科学世界”的客观性的最终逻辑根据。② 胡塞尔正是通过“生活世界”实现了对主客二分的形而上学思维方式的超越。

---

① 参阅倪梁康：《现象学及其效应》，三联书店1994年版，第130～132页。

② 参阅倪梁康：《现象学及其效应》，三联书店1994年版，第135页。

其次，关于“交互主体性”概念，包含两方面的含义：一是主体与其他主体、“自我”与“他我”（人）间的关系，即“主体间”的相互关系，涉及的是自我作为主体是否以及为何能认识另一主体（“他我”）、“他我”的存在如何对自我成为有效事实；二是各个主体之间存在着共同（共通）性，从而使一个“客观”世界先验地成为可能。① 胡塞尔认为，对这种“交互主体性”的研究，恰恰能为把握“科学一客观世界”、“社会世界”、“文化世界”等人类生存于其中的生活世界提供本质的说明。这同样是对主客二分思维方式的超越。此外，胡塞尔的“意向性”范畴也有异曲同工之妙，限于篇幅，这里不再展开了。

寻求超越的努力，更自觉地体现于海德格尔发展胡塞尔现象学思路，对“此在”的存在论分析中。关于这一点，他的基本命题是此在“在世界之中存在”。这个命题首先是针对长期以来“知识形而上学”主客二分，即二元对立的认识论而言的，这种认识论把人与世界设定为现成存在的主客体关系，“把这个‘主客体关系’设为前提”，设为某种“不言自明”的东西。然而，海德格尔则认为“它们仍旧是而且恰恰因此是一个不祥的前提”，因为它“把这种关系理解为现成存在”，那人（此在）与世界在“实际性”上被分割为“现成存在”的两个“存在者”——主体与客体，两者在分立、对立的“前提”下，“一个‘主体’同一个‘客体’发生关系或者反过来”。在海氏看来，这种预设的前提在存在论上是错误的，而且正“由于存在论上不适当的解释，在世（按：即“在世界之中存在”）却变得晦暗不明了”，造成“人们一任这个前提的存在论必然性尤其是它的存在论意义滞留在晦暗之中”②。海氏于是针锋相对地提出此在“在世界之中存在”（“在世”）的存在论命题。他首先强调这一命题与二元论相反，从其“复合名词的造词法就表示它意指着一个统一的现象”，而非主客二分式的；其次，他又指出，此在“在之中”不是人（身体物）在世界“一个现成存在者‘之中’现成存在”，而是“意指此在的一种存在机制，它是一种生存论性质”，是此在“把世界作为如此这般熟悉之所而依寓之，逗留之”，因而是“融身在世界之中”，所以“此在”与“世界”决非“现成共处”、“比肩并列”的两个“存在者”；再次，他用“此在生存论上的基本机制的亮光朗照”“此在

① 参阅倪梁康：《现象学及其效应》，三联书店 1994 年版，第 130～132、135、139～141 页。

② 马丁·海德格尔：《存在与时间》，陈嘉映、王庆节合译，三联书店 1987 年版，第 73 页。

在世”命题，揭示出此在“能够领会到自己在它的‘天命’中，已经同那些在它自己的世界之内同它照面的存在者的存在缚在一起了”，换言之，“这个此在具有在世界之中的本质性机制”①。显而易见，整部《存在与时间》，就是由此出发一步步建构起其“基础存在论”（亦译“基本本体论”）的。这是对思维/存在、主体/客体二元对立的又一个重大超越。

伽达默尔现代诠释学提出的“效果历史”原则，是超越主客二元对立的又一成功尝试。伽达默尔把“效果历史意识的任务”看成“是一般诠释学的中心问题”，因为这“是存在于一切理解中的应用问题”②。他首先批判“历史客观主义”从主客二分的思维方式出发，把历史现象看成与历史理解者无关的纯客观现象，“因而把历史意识本身就包容在效果历史之中这一点掩盖掉了”，而“这一点”恰恰是诠释学的基本出发点，即人们对历史现象的理解总是包含着理解者的历史意识（即历史现象对理解者的“效果”）。正因为历史客观主义“否认了那些支配它自身理解的并非任意的根本性前提，因而就未能达到真理”。

其次，在伽氏看来，当我们力图从对我们的诠释学处境具有根本性意义的历史距离出发去理解某个历史现象时，我们总是已受到效果历史的种种影响；在一切理解中，不管我们是否明确意识到，这种效果历史的影响总是在起作用；效果历史意识其实乃是理解活动过程本身的一个要素。他克服历史客观主义的具体思路亦即“效果历史原则”是：在“诠释学处境”中，以我们的“现在视域”（理解前业已存在的“前间”、“偏见”、“前理解”）不断与过去的“传统视域”（一般被认为是纯客观的历史现象）相融合，而达到一种新的理解。在历史客观主义眼里，“现在视域”与“传统视域”常常被当成理解主体和理解客体（对象）而加以孤立、对立起来，而伽氏则反其道而行之，指出“理解其时总是这样一些被误认为是独自存在的视域的融合过程”，“这种视域融合随着历史视域的筹划而同时消除了这视域。我们把这种融合的被控

① 马丁·海德格尔：《存在与时间》，陈嘉映、王庆节合译，三联书店 1987 年版，第 66～89 页。

② 汉斯·格奥尔塔·加达默尔：《真理与方法》（上卷），洪汉鼎译，上海译文出版社 1992 年版，第 393～394 页。

制的过程称之为效果历史意识的任务"①。对此，他进一步清楚地解释道："真正的历史对象根本就不是对象（按：客体），而是自己和他者的统一体，或一种关系，在这种关系中同时存在着历史的实在亦即历史理解的实在。一种名副其实的诠释学必须在理解本身中显示历史的实在性。因此我就把所需要的这样一种东西称之为'效果历史'。理解按其本性乃是一种效果历史事件。"②于是，"效果历史"意识就消除了主体/客体、自我/他者、现在/过去（传统）、理解者/被理解的历史现象等一系列的二元对立，而达于一种统一和超越。

德里达用解构主义策略来颠覆传统形而上学的一系列二元对立，则是超越的另一种独特路径。他认为，善/恶、真理/谬误、言语/文字、自然/文化、主体/客体、自我/他者等一系列二元对立，归根到底是传统形而上学用以把握世界、把握时间的一个基本模式。他发现这一系列对立的二元，并非平等、对等、不分高下的，在时间上也是有先有后的，在先的总是高于并决定在后的。他明确指出，"传统哲学的一个二元对立命题中，除了森严的等级高低，绝无两个对项的和平共处，一个单项在价值、逻辑等方面统治着另一单项，高居发号施令的地位"，而要解构这个二元对立命题，必须首先采用"颠覆"的手段，即"在一特定时机，把它的等级秩序颠倒过来"，这个"颠覆的阶段"是不可绕过、不可忽略的，否则"即是忘却了二元对立的冲突和隶属结构"。③ 譬如他在解构"逻各斯中心主义"的言语/文字二元对立时，首先用各种方法颠倒了二者的位置，把文字看成先于、高于言语的东西，并进而指出，"逻各斯中心主义"实即抬高语音、贬抑文字的"语音中心主义"，它"是参与了在历史中将存在的意义普遍地确定为'在场'，是参与了所有取决于这一普遍形式的二次确定，这些二次确定是'在场'的内部组织了它们的体系，它们的历史联系，如客体作为形相对视觉的在场；作为物质/本质存在的在场；作为现时一点或瞬息一刻的时间的在场；我思、意识、主体性的自我在

① 汉斯·格奥尔塔·加达默尔：《真理与方法》（上卷），洪汉鼎译，上海译文出版社 1992 年版，第 393～394 页。

② 汉斯·格奥尔塔·加达默尔：《真理与方法》（上卷），洪汉鼎译，上海译文出版社 1992 年版，第 384～385 页。

③ 德里达：《立场》，芝加哥 1981 年版，第 41 页，转引自陆扬《后现代性的文本阐释：福柯与德里达》，上海三联书店 2000 年版，第 2 页。

场；自我与他者、作为自我之某种意向现象的自我间性的协同在场等等。逻各斯中心主义因此注定将作为在场来作出确断”①。据此，德里达把以逻各斯中心主义为基础的整个传统哲学看成是一种“在场的形而上学”而予以批判和颠覆。这种颠覆虽是破坏性的，却亦是对传统形而上学二元对立思维方式的一种特殊的超越，其中包含着建设性的因素。

哈贝马斯的交往行为理论从语用学、社会学角度发展、改造了胡塞尔的“生活世界”和“交互主体性”命题，也超越了僵化的二元对立思维。首先，他指出，一直到当代，从笛卡儿到黑格尔的主客对立的二元论传统“仍然在不断地发挥作用”，“在这样的前提下，认知或行为主体同作为一切客体以及事实之总和的世界完全近于对立状态；与此同时，主体也必须把自己理解为世界众多客体（以及众多事实）中的一员”，这样，“在理论结构中，要么是主体在内部世界中的地位居先，要么是主体超越世界的地位得势”②。对这一“逻各斯中心主义”传统，他尝试将现象学与解构主义结合起来加以批判，认为它“在本体论上局限于追问存在者的存在，在认识论上只关注客观认识条件，在语义学上仅看重断言命题的真值效果”（按：即命题符合客观现实），并提出“从语用学的角度克服逻各斯中心主义传统”的设想，认为这样就“可以揭开变得更加复杂的世界的面纱，并彻底抛弃传统心一身问题所必须依靠的前提”③。其次，他重新阐释了马克思的实践观点，认为马克思勾画出人的“社会文化生活方式的发生过程”，“开始把一部分的客观自然一同考虑进去了”，这样，“作为具有言语和行为能力的主体，在一切科学之前我们就具有了进入由符号构成的生活世界以及社会个体的劳动结果和创造潜能的内在途径”④。再次，在此基础上，他提出了“交往行为理论”。他把社会看作“由符号建构起来的生活世界”，其中言语者与他者（包括言语者、听众、世界）的“三层世界关系”是互动的，而在“互动结构”中，主要是人际关系。哈

① 德里达：《论文字学》，巴尔的摩 1976 年版，第 12 页，转引自陆扬《后现代性的文本阐释：福柯与德里达》，上海三联书店 2000 年版，第 6～7 页。

② 哈贝马斯：《后形而上学思想》，曹卫东、付德根译，译林出版社 2001 年版，第 19 页。

③ 哈贝马斯：《后形而上学思想》，曹卫东、付德根译，译林出版社 2001 年版，第 20 页。

④ 哈贝马斯：《后形而上学思想》，曹卫东、付德根译，译林出版社 2001 年版，第 20～21 页。

贝马斯的交往行为理论力图“通过建立人际关系，互动参与者用他们的言语行为承担起协同的使命”，而“言语行为发挥协调行为功能的一般途径在于：它们使多个行为者之间能够达成合理共识”，其目的“是要在主体间共有的生活世界中实现社会整合”，从而促进“对于生活世界的再生”。据此，他得出了“社会的形成和再生也就的确只能依靠交往行为”的结论。① 这是在语用学与社会学的结合上克服、超越二元对立哲学传统的又一尝试。

总起来看，整个 20 世纪西方思想在一定意义上都是在不断寻求着克服传统二元对立、获得思维方式上重大突破的途径。

三　探寻新世纪中国文艺学美学研究的突破之途

上面所谈，都是西方的，也未涉及文艺学、美学的研究。但我认为，中国的文艺学、美学研究在 21 世纪要取得新的重大突破，还要从根本上下工夫。这就是说，我们要站在新世纪的高度对文艺学、美学所涉及的一系列重要问题进行重新审视，作出新的思考和研究，而且更重要的是，首先要对学术研究之“根”——我们用以进行重新审视的思维方式——进行重新审视。就是说，我们要对我们长期以来习惯使用的思维方式进行反思和变革。这是我们的文艺学和美学取得重大突破的前提和根本。

那么，我们长期以来习惯使用的思维方式究竟是什么？一个可能的回答是：“辩证思维”方式，亦即对立统一的思维方式。但在我看来，我们的文艺学、美学界乃至整个学界，由于长期以来受到前苏联学术界的重大影响，更受到毛泽东“一分为二”、“斗争哲学”的深远影响，在思维方式上其实并未摆脱二元对理论的阴影，远未真正达到马克思主义辩证思维的高度。事实上，我们对辩证思维的理解往往并非真是“辩证”的，而是二元对立论的，在文艺学美学的实际研究中，更是常常自觉不自觉地陷入二元对立的怪圈而不能自拔。我本人亦不例外。所以在思考、研究中常常会感到困惑与茫然，有时回过头来看看自己的某些研究成果，也会感到不充分自信。仔细想想，原因大约在于自己过去不少学术思考并未能摆脱二元对立的思维方式，因而局限性、片面性显而易见。

---

① 哈贝马斯：《后形而上学思想》，曹卫东、付德根译，译林出版社 2001 年版，第 81～83 页。

当然，我国文艺学、美学界在新中国建立以来也一直存在着一种努力突破二元对立思维的潜流，新时期以来，特别是90年代以来，这种努力更加明显，并取得一些重要进展，这为我们在新世纪进一步拓展超越二元对立思维方式之路奠定了基础。

譬如文艺学。长期以来，我们在内容/形式、主体/客体、表现/再现、情/理、理性/非理性、思想/形象、审美性/意识形态性、自律/他律、虚构/真实、艺术真实/生活(历史)真实、个性/共性等一系列二元对立中摇摆、徘徊，而80年代以来这种局面有所改观，如我国一些有影响的学者提出了有关文学本质的"审美意识形态"论①，开始打破这种二元对立的思维格局，此处限于篇幅，不拟展开论述。

90年代以来，钱中文先生针对当代文化商品化的趋势，文学艺术意义、价值的下滑和人文精神的淡化、贬抑的现状，率先提出和倡导文艺学研究的"新理性精神"，受到学界较广泛的认同和支持。我认为，这种新理性精神，在对文艺学一系列基本问题上体现了对二元对立思维方式的进一步突破和超越：首先，它采取了一种"大视野"，提倡"在历史唯物主义的观照下，弘扬人文精神"。它从人的生存和发展的基本需要出发，重释人文精神内涵，把人文精神定位在人的精神家园的营造，其要旨是"对民族、对人的关怀，对人的生存意义、价值的追求和确认"，以找到各国、各民族之间"共同的相互人际关系的契约式准则"，并共同遵守之。中文先生提出要建立这种新的理性、人文精神也必须突破二元论，一方面"必须发扬我国原有的人文精神的优秀传统"，另一方面"在此基础上，适度地汲取西方人文精神中的合理因素，融合成既有利于个人的进取，又使人际关系获得融合发展的、两者相辅相成互为依存的新的精神"。② 这种新理性精神与哈贝马斯的"交往行为理论"在寻求"共同的相互人际关系的契约式准则"这一点上不谋而合，体现了超越二元对立的狭窄视域的现代性大视野。

其次，新理性精神主张文学创造应从单纯语言形式的追求方面中跳出来，与更为宽厚、深刻的人文内涵因素有机地结合统一起来。这是针对80年代以来日益滋长的把文学"自律"与"他律"绝对对立起来，片面抬高"自

---

① 参阅钱中文、童庆炳、王元骧等先生的有关著作与论文。

② 见钱钟文《文学艺术价值、精神的重建：新理性精神》一文，载《文学理论：走向交往对话的时代》，北京大学出版社1999年版，第337～359页。

律”而贬抑“他律”的语言形式主义思潮而言的。

在此，新理性精神针对文艺界非理性主义、反理性主义的抬头而强调在文艺创作中把人的心理、认识中的非理性因素与理性因素有机地结合、统一起来。它既承认并充分重视非理性因素在历史、精神和文艺创造中的特殊作用，又反对把非理性绝对化而走向反理性主义；它既肯定理性对人类发展的积极作用，也反对把理性绝对化、异化，最终走向反面而堕为另一种形态的反理性主义。因此，它主张将理性因素与非理性因素统为一体以从整体上阐释世界与人生，指导文艺创作。

它主张在文艺创作中，使“最基础的与更高形态的人文精神”有机结合起来，“相辅相成”，“以在一定程度上调整现实生活的失衡”。人文精神最基础的部分是“人之为人的羞耻感，同情与怜悯，血性与良知，诚实与公正”等，更高的形态则是信仰与理想等等。提出这一点也是为了对抗当前文艺中的“精神堕落与平庸”现象。

它在“审美意识形态”论的基础上进一步深化，在更高的层面上重新阐释文学的审美内涵和语言形式的关系，令人信服地超越了审美/意义、价值，形式/内容等传统的二元对立。具体来说，新理性精神“将站在审美的、历史社会的观点上，着重借助与运用语言科学，融合其他理论与方法，重新探讨审美的内涵，阐释文艺的意义、价值”；它“极端重视审美，但不是所谓‘纯粹的审美’”即缺乏意义、价值的“语言游戏”，而是要突破纯语言游戏的“牢笼”，使文学的审美与意义、价值的交互融合得到完整的阐释。

它对传统的保存与革新也采取了融通、综合而非二元对立的态度。中文先生总结西方当代思想中过分强调与传统决裂的倾向所造成的危机，指出，“确实西方的精神危机，相当程度上是与对传统持虚无态度有关的”，认为“对传统采取全面颠覆的态度，一脚把它踢开，那实在是一种反理性主义”。他认为，“文化传统是人类几千年间积累起来的精神成果”，它不纯粹属于过去，“它是通向未来、构成未来的过去”，所以他主张对传统“完全可以给予改造，使之参与新理论的建设”。

它主张在文化交流中应“贯彻对话精神”。中文先生在许多地方都强调“对话”精神，如在巴赫金研究中主要凸现其“交往对话主义”思想；将1999年出版的论文集命名为《文学理论：走向交往对话的时代》。这里的交往对话主要指不同民族异质文化之间的沟通与交流。的确，异质文化间的异质成分存在绝然对立的东西，会形成文化冲突，但中文先生则主张通过对话

“求同存异”，互相“取长补短”，达到“汲取与融合”、“推陈与创新”。

总体上从文化精神来说，新理性精神“将是一种更高形态的综合”，它主张各民族文化艺术既保持独创性，又互相吸收，由综合而至融合，“在综合与融合中获得新质”，形成新的文化艺术和理论形态。①

我相信，在新世纪中，沿着这种“新理性精神”对二元对立思想方式超越之途，文艺学应当获得较重大的突破和发展。

再看美学。从50～60年代的美学大讨论起，二元对立与超越对立的两种思路就开始形成。关于“美”的本质的主观派与客观派分别代表了主客二分思路的两个方面或极端，而主客观统一派和“社会性与客观性统一”派则代表着超越二元论的最初努力。“文革”以后，这种格局并未根本改变，但前两派的影响大为缩小，而后两派在“实践美学”的旗帜下有所靠近，影响渐增。蒋孔阳先生以实践论为基础、创造论为核心的审美关系理论在90年代得到较充分的展开，对各派美学之长作了多方汲取与综合，开始从本体论上对二元对立思维方式的超越，达到了新的水平和高度。与此同时，年轻一代的美学家也提出了对实践美学的整体超越的主张，“生命美学”、“超越美学”、“生存美学”等便是这种主张的几种形态，其中确有一些突破和超越二元论思维的合理思想，但也有一些仍停留于此思维怪圈之中。新世纪中美学学科建设如要有大的突破，关键恐怕还是要突破、超越传统的二元对立思维方式。

本人主编、2001年出版的《美学》②，在这方面作了一些初步的尝试。我们吸取了现象学的某些思路，主张从实践本体论或实践存在论出发建构美学理论。(1) 主张从人的存在即存在论角度重新审视“实践”范畴，超越传统实践美学的认识论框架；(2) 拓展、恢复“实践”范畴的原初内涵，使之从单纯物质生产劳动的含义扩展为广义的人生实践，从而把人的存在与实践有机结合在一起；(3) 改变了美学研究基本问题的传统提问方式，把“美是什么”的本质主义思路改变为“美如何存在”的存在论思路，美学研究的中心课题于是也从“美的本质”转为“审美活动”；(4) 把审美活动看成人类的基本活动和生存方式之一，看成是人与世界的本己性交流，是最具个性化的

① 见钱钟文《文学艺术价值、精神的重建：新理性精神》一文，载《文学理论：走向交往对话的时代》，北京大学出版社1999年版，第337～359页。

② 朱立元主编：《美学》，高等教育出版社2001年版。

精神活动，是有限无功利与最高功利性的统一；(5) 美或审美对象(客体)并非先在地存在于人之外的纯客观实体及其审美属性，相反，审美对象与审美主体只存在于审美活动中，两者均只有在审美活动中才现实地生成。(6) 我们对美学研究的一切其他重要课题如审美形态、审美经验、艺术存在和活动、审美教育等等，均从审美活动所造成的人与世界现实的审美关系入手加以探讨、论述与阐发；(7) 我们提出："美学是研究人的基本存在方式之一——审美活动的人文学科"、"审美活动是一种基本的人生实践"、"审美是一种高级的人生境界"等基本命题，并努力将这些命题的基本精神贯彻到全书各章节中去。

这里我们并无自我炫耀之意，因为我们清楚，这一切都还不成熟，都还有待学长同行的批评指正。但我们据以尝试的基本思路，则是自觉地超越传统的二元对立思维方式，尤其是超越主客二分的认识论思维方式。从中我们得到的启示是，传统思维方式的变革，有可能是美学研究变革的前提和先导。

让我们呼唤对二元论思维方式的不断超越，迎接新世界文艺学、美学的灿烂春天吧！

急就于 2002 年元旦

原载《文艺理论研究》2002 年第 2 期，
《人大复印资料》2002 年第 6 期全文转载

以现代性为衡量的主要尺度

——也谈中国现代文学史的开端

一年多来，在章培恒、陈思和两位先生主持下，《复旦学报》就中国文学史的分期和古今文学流变的问题展开了有声有色、卓有成效的讨论，逐渐把问题引向深入。这场讨论引起了我们的极大兴趣。这里拟就中国现代文学与现代性的关系问题谈一点不一定成熟的看法，以就教于学界同仁，也算凑个热闹。

一　以现代性为主要标志

我们的一个基本看法是：中国现代文学之所以说是“现代”的而不再是“古典”的或“近代”的，其主要标志应是它具备了不同于以往一切文学的现代性。当然，它获取现代性是一个过程，是一个从无到有、从量变到质变、从初步具有到占据主导的发展过程。

中国现代文学应以现代性为主要标志的看法，并非我们独创，其实已暗含在这次讨论中不少专家的意见中，只是这些意见未充分展开而已。

譬如严家炎先生就明确指出，近七八十年的中国现代文学中“毕竟有一条现代性线索可寻——‘人的觉醒’，‘文的觉醒’就是其实际标志”；即使“我认为近百年来中国文学的发展尽管有曲折，一段时间内甚至还有严重的倒退，但确实贯穿着‘现代性’的线索，构成了有别于古代文学的独特段落”。①

又譬如，郜元宝教授认为中国现当代文学的分期上限应当在晚清，而其下限不应当止于 1949 年，“因为中国文学的现代性追求未止于 1949。1949 只是政治划界，此后中国文学的发展产生了许多激变，显现出复杂的现代性

---

①　严家炎：《文学史分期之我见》，《复旦学报》2001 年第 3 期，第 12～14 页。

样式”①。他并具体指出，“1949 和‘文革’并没有取消中国文学的现代性”的主张。因此他提出“应该重新解释‘当代文学’中‘十七年文学’与‘文革文学’的现代性”的主张。在此，我们可以推测元宝教授认同从晚清起中国文学已经开始了现代性的追求，而 1949 之后的“当代文学”并未终止这种现代的追求，而只是显示了中国当代文学现代性的复杂样式和内涵，并且，中国现当代文学中的这种现代性与“中国社会的现代性”是密切相关的。由于该文主题所限，元宝教授未对中国现当代文学中现代性的复杂内涵作充分阐释。

再譬如，范伯群先生，通过晚清精英文学与通俗文学两个界面的大量实例，有力地论证了中国现代文学的界碑应建于 19 世纪 20 世纪之交的观点。他虽未明确提出现代性范畴，但贯穿于其论证之中的一个基本线索是：中国现代文学史与其争取现代化的进程是同步的。他认为，“从 1898 年起，中国文学争取现代化的进程，先拉开序幕了”，其中梁启超发动的“小说界革命”推动了文学现代化，它的启动时间在 1897～1902 年间；与此同时，“在清末的文学革新运动中，小说、诗歌、散文、戏曲等各个艺术领域中，几乎是齐头并进，各显神通”，“就总体而言，已初步具备了文学现代化的新貌”②；此外，伯群先生也详细论述了当时的通俗文学或曰“市民大众文学”开始与市场结合，以其民间、民俗的丰富性成为中国文学“现代化进程的另一个重要方面”。这里的“现代化”我们认为也包含着现代性的含义。

还譬如刘志荣博士把中国现代文学既与现代、现代性联系在一起，又作了严格的区分。他说：“所谓‘中国现代’，是指自晚清到当代中国人对‘现代性’的追求或者焦虑”，“这一动态的过程到目前为止并没有终结”，但他同时强调：“‘中国现代’的进程或焦虑并不能充分涵盖‘现代文学’的意义，毋宁说，‘现代文学’在其最好的方面常常是对这一进程或焦虑的超越”③，不过，无论“追求”、“焦虑”也好、“超越”也好，中国现代文学与现代性的关系毕竟被紧紧地连接起来了。

---

① 郜元宝：《尚未完成的“现代”》，《复旦学报》2001 第 3 期，第 15～24 页。

② 范伯群：《在 19 世纪 20 世纪之交建立中国文学新界碑》，《复旦学报》2001 年第 4 期，第 10～18 页。

③ 刘志荣：《抗战爆发：中国 20 世纪文学史上的重要分界线》，《复旦学报》2001 年第 4 期，第 19～26 页。

如果往前追溯，王德威先生的《被压抑的现代性——没有晚清，何来‘五四’》一文重点发掘了晚清文学中的现代性范式，在一定意义上已把“现代性”的有无作为中国文学是否进入“现代”的一个重要尺度。这方面最早的论著当推李欧梵先生写于20世纪70年代初的《追求现代性（1895－1927）》，该文认为，19、20世纪之交，中国文学进入“现代”阶段，其一系列变化、特点显示出来的“现代性则意味着对传统的一种反抗和叛逆，同时也是对新的解决方法所怀的一种知识上的追求”。①

以上这些例子说明，学界在讨论古今文学流变，特别是中国现代文学的分期问题时，愈来愈趋向于取得某种共识，共识之一，便是从20世纪中国文学历史的大量研究和深入探讨中，概括出贯穿其中的一条基本线索，那就是对现代性的不断追求与逐步获取。如果说这一判断大致不错的话，那么，顺理成章的推断就是：决定和确立中国现代文学基本性质的乃是扎根并生长于其中的现代性。这也就是我们的基本观点。

问题在于，对现代性的内涵，特别是对20世纪中国文学现代性的内涵及其演化应当作出明确的阐释，并以此为据来对中国文学的现代演变作出清晰的说明。这也正是本文的主旨。

二　现代、现代化、现代性

在西文中，现代性（modernity）与现代（modern）、现代化（modernization）等词有密切的联系。在西方社会发展的历史和实践上，现代社会、现代化进程与现代性的内涵也密不可分。具体来说，西方社会进入现代阶段并继续前进，是与其现代化历程同步，并随着现代化进程而不断发展的；而现代性则是随着社会进入现代阶段而确立，随着现代化进程而演化、发展。今天，“现代化”理论在西方已成为一门独立学科。当然，三者还不能完全等同，它们所指的重点不同，内涵也不尽相同，在整个历史过程中，有时在有的方面并不完全同步或平衡。不过，总体上看，三者的基本路向和含义是一致的。

关于“现代”、“现代化”、“现代性”等问题的争论，在西方已进行了大半个世纪，并同对文艺上“现代主义”（modernism）的阐释紧紧缠绕在一块。

① 李欧梵：《现代性的追求》，三联书店2000年版，第177～178页。

直到 20 世纪七八十年代，哈贝马斯还为了维护“现代性”而与“后现代主义”发生过影响深远的争论。虽然如此，西方知识界对“现代”、“现代性”等概念的理解还是取得了一些共识，至少在以下几点为我们提供了理解“现代性”的一种参照和思路：首先，“现代性”在时间上同“现代”，即欧美宗教改革、启蒙运动和工业革命以来的近几个世纪直接相关，也就是说，16 世纪以前不能纳入“现代”的时间范围，因而亦无现代性可言；其次，“现代性”同西方科学、经济的“现代化”基本同步，特别是同近几个世纪科学、技术革命带来的工业和物质文明的现代化基本同步，可见，“现代性”包含着经济、科学、技术等物质方面现代化的内涵，离开了现代化很难完整把握“现代性”的真义；再次，“现代性”同人类自身心灵、世界观、思想和文化的巨大变革密切相关，如自由民主、社会进步、科学和真理的追求、个性主义和个体生命、理性主义、人道主义等思想意识形态逐渐取代专制主义、宗教神秘主义、神性至上等中世纪思想意识形态，世俗文化逐渐取代无孔不入、无处不在的基督教神学文化，等等；最后，“现代性”既沉淀为一种新的文明、社会的性质，从而成为社会进入“现代”新阶段的主要标志，同时也已转化为渗透于人们生活的一切方面的一种新的合法的生活方式。由于卡俄纳的上述观点发表于 1996 年，是最新近的，又是对长期以来西方有关现代性问题争论的一个概括与小结，提取了其中有相对稳定的、具有较多共识的见解，因此很有参考价值。

近年来，中国学者对现代性问题也有许多研究成果，限于篇幅，这里不再列举。总起来看，中国学者与西方学者在对现代、现代性、现代化的理解和阐释上，虽然在角度、范围、深度、出发点和理论依据方面有些差异，但基本方面是大体一致的。除了上面所概括的四点以外，还可补充五点：(1)现代性是在现代化过程中逐步获得的，是传统社会通过现代化的变革进入现代社会的成果。(2)现代化是一个全盘性、全方位的革命。不仅包括经济、科技、政治革命，还包括宗教、思想、文化的大变革；现代化造成了社会的现代转型。(3)与现代化的全面革命相对应的是，现代性三层面意义的确立，即以主体性为表征的现代性精神的人，以合理性为原则进行现代性的社会运行，以独立性为特征的现代性知识模式。(4)现代社会在本质上是市民社会，上面介绍的石元康先生关于市民社会的几个基本特点也是现代性的题中应有之意。(5)现代性以理性为标尺，来衡量、鉴定过去的一切，具有强烈的反传统倾向。

至此，我们对近三四百年西方社会的现代化历程和现代转型，以及现代性的丰富内涵有了一个基本的了解。但是，还有一个重要方面需要我们高度重视和关注，这就是对现代性的价值评判，历来都存在严重的分歧乃至对立。上引卡俄纳的那段话中已提到西方西想界对现代性的质疑和批评，有不少激进的批评家"把现代性看成一种道德和阶级的统治运动、欧洲的帝国主义、人类中心主义、自然的毁坏、共同体和传统的消解、异化的上升、在官僚政治下个性的死亡。较为温和的批评家也怀疑地认为，现代性不可能达到它所希望的目标，例如，客观真理和自由是得不到的；或者现代性的得与失是平衡的；就对现代性或对现代性的不满而言，不存在二者只能选一的问题"①。换言之，现代性对社会文明是推进还是破坏，尚无定论。从现代社会的历史看，在前期对现代性肯定者居多；而到后期，主要是 19 世纪后期到 20 世纪中期，对现代性批判的呼声越来越高，力度也越来越大。由此可见"现代性"的含义在其发展进程中可以发生很大变化，前后期甚至可以意义完全相反，后期的"现代性"内涵走向了前期的反面。

陈晓明先生在一篇论文中指出，"现代性创建出一套引领社会变革发展的理念。同时也在反思这些理念。这使现代性在思想文化方面的起源与发展并不是那么单一绝对的，始终包含着自身内部的矛盾与冲突；因而才使其自身具有持续的创生动力"②。这就是说，在西方现代性发生、发展过程中，始终存在着对现代性保持警惕并不断反思的另一种思潮的倾向，显示出西方现代性的内在矛盾与冲突。我们完全同意这个看法。

张辉先生则从审美现代性角度揭示了现代性的双重内涵。他一方面看到了现代性的理性原则"对人类的潜力的极大发挥"，认为其"在思想变革与社会变革的层面""最终对人及其理性予以了高度的肯定"；另一方面则从作为现代性有机构成部分的审美现代性出发，指出它"既是从感性生命的角度对人的'主体性'的直接肯定，又包含着对现代科技文明与理性进步观念的怀疑乃至否定"③。他的《审美现代性批判》对此作了很有深度的分析。

由此可见，现代性对于社会发展和历史进步来说是一把双刃剑。这把双刃剑的肯定之刃主要体现在现代性的形成、发展的前期，而否定之刃则主

① 卡俄纳：《从现代主义到后现代主义》"前言"，布莱克威尔出版社 1996 年版，第 12 页。

② 陈晓明：《现代性与文学的历史性》，见《山花》2002 年第 2 期，第 85 页。

③ 张辉：《审美现代性批判》，北京大学出版社 1999 年版。

要体现在“现代性”发展的后期。

三　中国的现代性追求及其内在矛盾

以上所谈现代性均属西方世界。那么,中国有无现代性问题?中西的“现代性”是否一回事?异同何在?对此,我们的观点是:“现代性”是一个世界性的跨地域、跨文化的概念,它具有巨大的历史普遍性或普适应。中国社会百年的变革,同样可以概括为现代化、现代性的不断追求及其内在矛盾的展开过程。

当然,中国社会的现代化在一些重要方面与西方的大不相同。首先是起点不同。西方的现代化起于文艺复兴之后,随着启蒙运动和宗教改革,加速人道主义对神权的颠覆,人性、特别是人性中理性部分得以高扬,从而促进了科学技术的迅猛发展和民主意识的空前觉醒,进而导致西方资产阶级现代市民社会的诞生与强大;而中国,在日趋衰落、腐朽的清王朝这一传统的封建社会机体内虽已有资本主义市民社会的萌芽,但与西方相比,其走向现代化的基础极为薄弱,单靠自身,很难真正走向现代化之途。其次是内因与动力的不同。西方的现代化是其社会机制的渐变自然所致,是其内因的引发,水到渠成,而非凭外力强制所致,从文艺复兴、启蒙运动、宗教改革,一直到英国工业革命、法国大革命,等等,其现代化脉络,历历可见,均出自内因,这是历史事实。而中国19世纪前半期虽有经世致用、强国富民的种种呼吁和方略,但均是在旧体制内的枝节改良,与真正的现代化追求相距甚远,直至鸦片战争之后,在西方列强用武力敲开中国闭关自守的大门之后,在清王朝内外交困、面临崩溃的情势下,才有各方志士仁人学习西方,引进西方,探索救亡图存、富国强民的新路——现代化之路。在此特定意义上,可以说,中国的现代化追求是被外力逼出来的,是被迫的。再次是具体历程、方式的不同,以及由此而及的具体内涵的差异。这点比较复杂,此外暂不展开。

但是,尽管有以上种种的不同,中国的现代化与现代性追求的总体目标和主要思路还是与西方大体一致或相近的。这也正是19世纪后期以来中国大量引进西学包括马克思主义,最终得以成功踏上现代化之途、迈向现代化国家之林的根本原因。把现代化等同于西化固然不妥;但现代化起于西方,学习、借鉴西方来推进中国现代化,这却是一个多世纪以来铁的历史事实。

那么，在传统的封建的中国社会如何进行现代化变革，中国的思想文化如何逐步获得现代性的呢？在中国，现代性的基本内涵究竟包含些什么内容呢？对此笔者基本同意张辉先生的意见，即可从三个层面来看：“从知识学的意义上说，西学的大量引进正是这个过程的一个重要组成部分，对科学精神的强调又是西学得以进入中国的思想逻辑前提之一；而从社会机制的现代性转化来说，民主的主题是不可忽视的决定因素；随之，从精神发展的层面来说，个体和感性自我的觉醒也是整个现代性过程的题中应有之义。”①

近二十年，中国学界关于中国文化的现代转型过程的看法渐趋一致，即认为它学习西学(西方文化)、改革积贫积弱的中国，大体经历了器物层面、制度层面和观念层面三个阶段的变革。

第一阶段从鸦片战争开始、中经1861年起的洋务运动，至1895年甲午战争失败告终。这一阶段国人学西学，主要停留在器物层面，如魏源提出“师夷长技以制夷”，洋务派则更注重“采西学”、“制洋器”，兴办了一批较先进的军火工业和民用工业，派留学生赴海外学技，还办了一些新学堂，目的为“自强与求富”。洋务派在大肆购入洋制枪炮船只(所谓“船坚炮利”)的同时，大兴练兵制器，以求自强，如李鸿章所云，“中国欲自强，则莫如学习外国利器，欲学习外国利器，则莫如觅制器之器”②；与此同时，洋务派还在大力振兴商务，开局设厂，亦如李鸿章所见，“欲自强必先裕饷，欲浚饷源，莫如振兴商务”③，他提出要学习西方办企业的榜样，“择其主要者，逐渐仿行”，否则，“以贫交富，以弱敌强，未有不终受其敝者”④。这一阶段学西学，仅学皮毛与外表，学科学仅停留于应用，学应用也仅止于器物与技艺，思想上仍囿于“中道西器”、“中源西流”的旧框架内，至于借鉴西方民主精神、进行政治制度改革，则尚未起步。因此，这一阶段究其实，并未进入现代化和现代性的视野之内。

---

① 见张辉：《审美现代性批判》，北京大学出版社1999年版，第175页。

② 李鸿章：《筹办夷务始末(同治朝)》卷25，李书源整理，中华书局1996年版。

③ 李鸿章：《李文忠公全集》“奏稿”卷39，李书源整理，中华书局1996年版。

④ 李鸿章：《李文忠公全集》“朋僚函稿”卷16，李书源整理，上海商务印馆民国10年(1921)。

第二阶段，自甲午战争(1895)失败起，中经戊戌变法，至辛亥革命推翻清王朝止。这一阶段，维新派、改良派、革命派先后登上中国的政治舞台，演出了一出出有声有色的改革旧制度、建立新制度的活剧。维新派发动的戊戌变法，实质上是一场思想上的启蒙运动和政治上的体制改革，它以西方资本主义现代社会的政治学说、自然科学为典范，改造儒家的今文经学，希冀通过“托古改制”的温和方式，改造清帝国的专制政治体制，引入有限民主，建立“君主立宪”制，实行自上而下的变法。严复在传播西学、鼓吹进化论与天赋人权论(分别代表科学与民主)方面功勋卓著，在思想上有力地配合了变法维新。正由于这次变法触及封建专制体制的要害，因而遭到顽固派的残酷镇压而告失败。此后，以孙中山为代表的革命派日趋活跃，他们在与改良派的论战中宣传、发展了资产阶级民主革命的思想，孙中山提出的“民族、民权、民生”的“三民主义”纲领，实质上是将西方民主主义思想结合应用于中国国情的产物，即把反对帝国主义列强与反对封建专制主义结合起来，把政治、经济制度上对旧中国的改造与对传统的衰落的民族精神的改造、与重铸“国魂”结合起来。这一切为辛亥革命奠定了思想、舆论基础。这一阶段中国对西方的学习已由器物层面进入制度层面，同时亦已进入思想文化层面。其中一些政治改革的领袖同时亦是思想改革的先驱，从康有为、梁启超到孙中山均是如此。从维新、改良到革命，其发展理路十分清晰，即思想上科学精神的强调日益加深，已从“格致”、应用器物和技艺层面深化到科学的根本精神乃至思维方法层面。如严复将进化论的科学思想作为方法论与其社会变革思想结合起来，这对后来包括鲁迅在内的整整一代人发生了重大影响。政治上民主制度的追求已从呼吁发展到行动，在行动上也由君主立宪(有限民主)的“保皇”体制发展到共和制(扩大民主)的革命体制，使“天赋人权”等民主主义思想落实到新政治制度的建设上来。这阶段的变革意义，显然已超出了传统格局而进入了现代化、现代性的视野。

除此之外，作为现代性内涵之一的个体觉醒、个人主体性的自觉要求在这一阶段也变得明显起来。这里，我想以鲁迅1907年写的《文化偏至论》为例略作分析。

鲁迅在该文中反复强调两点：“掊物质而张灵明，任个人而排众数”①，即张扬精神，反对物质至上；张扬个人主义，而反对顺从庸众。这两点鲁迅

① 《鲁迅文集》第1卷，人民出版社1959年版，第181页。

概括为:“曰非物质,曰重个人”。① 他亦认为,这两者从根子上是一致的,“若夫非物质主义者,犹个人主义然,亦兴起于抗俗”②。文中,鲁迅以反潮流精神,联系西方19世纪思想发展之轨迹,尤以施蒂纳、叔本华、尼采、基尔凯克尔等人的个人主义思想为借鉴,结合中国国情,予以阐述、发扬。他指出:“个人一语,入中国未三四年,号称识时之士,多引以为大诟,苟被其谥,与民贼同。意者未遑深知明察,而迷误为害人利己之义也欤?夷考其实,至不然矣。”他特别推崇西方“19世纪末之重个人,则吊诡殊恒,尤不能与往者比论”,表现为“入于自识,趣于我执,刚愎主己,于庸俗无所顾忌”。如斯蒂纳“谓真之进步,在于己之足下。人必发挥自性”,“惟此自性,即造物主。惟有此我,本属自由”,“自由之得以力,而力即在乎个人”,“凡一个人,其思想行为,必以己为中枢,亦以己为终极:即立我性为绝对之自由者也”;又如基尔凯克尔“则愤发疾呼,谓惟发挥个性,为至高之道德”;再如尼采,“斯个人主义之至雄桀者矣,希望所寄,惟在大士天才”,“意盖谓治任多数,则社会元气,一旦可隳,不若用庸众为牺牲,以冀一二天才之出世”,此即“超人”之说。鲁迅盛赞这些思想“和者日多,于是思潮为之更张”,使人们懂得,“知精神现象实人类生活之极颠,非发挥其辉光,于人生为无当;而张大个人之人格,又人生之第一义也”。③ 这里,我们看到,鲁迅张扬的个人主义,含义有五:(1)“个人”以自性、自识、自我、自由为基础。(2)个人之思想行为一切以自我(“己”)为“中枢”和“终极”。(3)发挥自我之个性,为至高之道德;张扬个人之人格,为人生第一要义。(4)推崇个人中之天才、超人、雄桀。(5)以“个人”、“天才”与庸众对立,任个人而排众数。这些19世纪末期的个人主义在鲁迅看来与传统之个人主义已有不同,他推崇前者而放弃后者。

与《文化偏至论》相呼应的是《摩罗诗力说》。在该文中,鲁迅主张要打破闭关自守,勇于比较与借鉴世界的新思想,“意者欲扬宗邦之真大,首在审己,亦必知人,比较既周,爰生自觉”,“故曰国民精神发扬,与世界识见之广博有所属”,并鲜明地提出“别求新声于异邦”④的主张。求什么“新声”?他借赞扬爱伦德、拜伦等人的作品之机,鼓吹自由、民主和个人独立的思想:

---

① 《鲁迅全集》第1卷,人民出版社1959年版,第185页。

② 《鲁迅全集》第1卷,人民出版社1959年版,第189页。

③ 《鲁迅全集》第1卷,人民出版社1959年版,第185~188页。

④ 《鲁迅全集》第1卷,人民出版社1959年版,第196~197页。

“为邦人之自由与人道之善故，牺牲孰大于是？”①说拜伦“既喜拿坡仑之毁世界，亦爱华盛顿之争自由”，“虽然，自由在是，人道亦在是”②；又用“重独立而爱自由”③概括其一生，指出他“则所遇常抗，所向必动，贵力而尚强，尊己而好战，其战复不如野兽，为独立自由人道也”④。这些与《文化偏至论》的思想是完全一致的，也与世纪初中国学习西方民主、自由、个人独立等现代性思想的大潮相一致。

由此可见，至 20 世纪初期的中国，思想界已具备了宣扬科学、民主、个性这三个集中体现现代性的要素。

第三阶段从辛亥革命起，中经 1915 年的新文化运动至五四运动。这一阶段的社会变革全面地由制度层面深入到思想、观念、文化层面。当然，第二阶段的制度变革也以思想变革为先导，但终究还不够全面、深入。关于本阶段思想文化变革中反对封建礼教制度，倡导科学、民主、个性等现代性观念形成汹涌大潮这一点，学界已作了较充分的论述，形成了较多共识，此处不拟重复。

综上所述，我们认为，在中国 19、20 世纪之交已开始了较为自觉的现代化和现代性的追求；如果说 19 世纪中国的思想文化处在由传统向现代的过渡时期，那么 19 世纪末、20 世纪初，现代性追求已开始上升为中国思想文化的主潮，因而应作为一个新的阶段即现代阶段的起点。

四　青年鲁迅：对现代性内涵的最初反思

如前所说，现代性在西方的演进中发生过两重内涵的对立及前后期内涵的对立，说明现代性内部存在着一定程度的张力和冲突。这种情况在 20 世纪中国现代性的发生、发展中同样存在。而且这种对立和冲突更为明显和紧张。关于现代性内部的这种矛盾冲突的性质、内涵和特点等问题，本文无法多加讨论。只想指出一点，这种现代性的内部矛盾在 20 世纪初已经暴露萌芽。这在鲁迅先生 1907 年的几篇论文中表现得非常突出。长期以来，

① 《鲁迅全集》第 1 卷，人民出版社 1959 年版，第 202 页。
② 《鲁迅全集》第 1 卷，人民出版社 1959 年版，第 211 页。
③ 《鲁迅全集》第 1 卷，人民出版社 1959 年版，第 212 页。
④ 《鲁迅全集》第 1 卷，人民出版社 1959 年版，第 214 页。

我们对这几篇论文多从革命的文化启蒙的意义方面加以理解，且认为其早期接受欧美思想尚不成熟。但如果我们换一个角度，从现代性的两重内涵角度来解读这几篇论文，可能会得出一些不同于传统的见解。

先看《科学史教篇》。诚如《鲁迅全集》注中所说："《科学史教篇》则论述了西方科学思潮的演变，指出科学的发展和人类生产事业的相互关系，说明了科学在改造自然、推动社会进步和增进人类生活的幸福方面所起的作用。"①但笔者想要补充说明八点：(1)鲁迅盛赞古希腊之科学精神"则毅然起叩古人所未知，研索天然，不肯止于肤廓"，强调了科学的不倦探索与创新的精神。(2)强调科学发展"必与时代之进而俱升"，不可守旧，更不可以"古已有之"而自欺，鲁迅以印度拒英人设水道，妄称水道乃印度古贤所创，"白人不过窃取而更新之者也"为例，指其"旧国笃古之余，每至不惜于自欺如是"，更严厉批评"震旦死抱国粹之士，作此说者最多，一若今之学术艺文，皆我数千载前所已具"的抱残守缺态度。(3)对科学与人文之关系持辩证态度，既非扬科学抑人文，又非扬人文抑科学。鲁迅着重举欧洲中世纪以来"科学与美艺之关系"加以证明。他认为，"欧洲中世，画事各有原则，迨科学进，又益以他因，而美术为之中落，迨复遵守，则輓近事耳"，显示出此长彼消的情势；他又举"中世宗教暴起，压抑科学"，但后有路德(宗教改革家)、克灵威尔(英国资产阶级革命领袖)、弥耳敦(诗人)、华盛顿(美国创始者、总统)、嘉来勒(英国史学家)等伟人出现为例，说明"此其成果，以偿阻遏科学之失，绰然有余裕也"，这是以人文成果补偿科学之失。所以，他对科学与人文并不偏废，说："盖无间教宗学术美艺文章，均人间曼衍之要旨，定其孰要，今兹未能。"(4)他从历史上科学家发现、发明的大量事实中总结出："故科学者，必常恬淡，常逊让，有理想，有圣觉，一切无有，而能贻业绩于后世者，未之有闻。"亦标示出科学与人文精神的内在关联。(5)从科学史揭示科学与技术、应用、实业之辩证关系。主要方面是，17 世纪至 18 世纪前期科学大发展而应用滞后至 18 世纪末才"其效忽大著，举工业之械具资材，植物之滋殖繁养，动物之畜牧改良，无不蒙科学之泽，所谓十九世纪之物质文明，亦即胚胎于是时矣。洪波浩然，精神亦以振，国民风气，因而一新"，当时已显出科学家，"仅以知真理为惟一之仪的"，只为"探自然之大法而已"，而丝毫不计"实利"。但今人却只见技术、实业之发达，而不问科学追求之根本，"日颂当前

① 《鲁迅全集》第 1 卷，人民出版社 1959 年版，第 497 页。

之结果，于学者独恝然而置之。倒果为因，莫甚于此”。此处鲁迅批判了只重应用、技术而置科学精神之根本于不顾的片面性。当然，鲁迅也不同意“惟科学足以生实业，而实业更无利于科学”的另一种片面之见，指出“实业之蒙益于科学者固多，而科学得实业之助者亦非鲜”。这是次要方面。(6)以上述眼光反观中国，鲁迅指出用“震他国之强大，栗然自危，兴业振兵之说”，其实是舍本逐末，“仅眩于当前之物，而未得其真谛”，它“非本柢而特葩叶耳”。这实际上是对洋务运动以来只“尊实利”，仅侧重从应用、技术层面学习西方而舍科学精神之根源所作的切中肯綮的批评。(7)总结以上，鲁迅得出科学之本高于技术、应用之末的结论：“故科学者，神圣之光，照世界者也，可以遏末流而生感动”，“盖末虽亦能灿烂于一时，而所宅不坚，顷刻可以蕉萃”。(8)鲁迅得出的另一重要结论是科学知识与人文精神应当互补而不可偏废，“当防社会入于偏，日趋而之一极，精神渐失，则破灭亦随之。盖使举世惟知识之崇，人生必大归于枯寂，如是既久，则美上之感情漓，明敏之思想失，所谓科学，亦同趣于无有矣”。他强调不但要有牛顿、波尔、康德等科学家，亦需诗人莎士比亚、画家拉斐尔、音乐家贝多芬，“凡此者，皆所以致人性于全，不使之偏倚”，把追求科学精神与人文精神之统一，归结到对人性全面发展之追求上，是极为深刻的。

由上可知，鲁迅在20世纪初期对科学精神的理解已远远超越前人与同辈，真正达到了现代性的高度，即使“五四”思想革命的代表人物亦少有超过此水准者。

更为重要的是，在这篇论文中，已包含着对科学现代意义的两重内涵的揭示与超越。长期以来，科学的功用被局限于技术应用、实业发展、物质文明等“实利”方面，这种仅“尊实利”而崇科学的倾向与前述“重物质”的倾向是一脉相承的。另外，西方科学主义思想也有崇科学而贬人文、轻精神的倾向，这会导致人性的片面发展。以上两种片面倾向都是在“科学”的大旗下发展起来的，实际上是科学精神的异化，但这在西方确实也是科学现代性的一个方面，一种必然结果，这种现象属于科学现代性的内在矛盾。而鲁迅的文章在介绍西方科学史的主题下，却把重点放在对这两种科学现代性的异化形态的揭露与纠正上。在某种意义上，甚至可以说本文重点论述的是科学与人文精神之关系，就科学的目的而言，鲁迅强调以追求真理为“唯一之仪的”，而反对只重实用、“尊实利”、生实业的片面性；就科学与艺术(审美)、伦理、政治等人文精神之关系而言，鲁迅主张两者并举、互相结合，不可偏废，既反对以科学抑人文，亦反对以人文抑科学，但重点在前者；就人性发展而言，鲁迅主张将科学精神与人文精神的统一落实到人性的全面发展上，追求人性之“全”面，反对人性之“偏倚”，实质就是人性的异化。马克思在《1844年经济学哲学手稿》中曾指出，共产主义是对“人的自我异化的积极的扬弃，因而是通过人并且为了人而对人的本质的真正占有”①，即“人以一种全面的方式，也就是说，作为一个完整的人，占有自己的全面本质”②。我们觉得，鲁迅在消除人性的异化、“全面”占有人自己的本质方面，与马克思是心有灵犀一点通的。由此可见，在科学现代性的鼓吹与科学现代性的异化这对现代性的内在矛盾中，鲁迅是扬其长，避其短，扬其历史进步性，避其人性异化的片面性。这在世纪之初，在青年鲁迅思想中，对科学现代性的这种两重性也许还不是十分自觉、清晰，但在实际论述中，却已确确实实地触及到了，这是极为难能可贵的，是对大多数同代人片面鼓吹科学进步性的一种超越。

《文化偏至论》上面已作介绍，这里还要补充的是，该文也对西方现代性的另一重要方面——追求民主自由的内在矛盾作了深刻披露和反思。鲁迅把西方现代文明分成两个时期：前期为文艺复兴、路德宗教改革、启蒙运动时期，大力张扬自由、民主、人权、平等，反对专制统治，导致各国革命，“革命于是见于英，继之于美，复次则大起于法郎西，扫荡门第，平一尊卑，政治之权，主以百姓，平等自由之念，社会民主之思，弥漫于人心”③。这是现代性的上升时期。后期是19世纪中后期，特别是后期，由于过分强调个人之独立、自由、平等、民主，“则凡社会政治、经济上一切权利，义必悉公诸众人”，这种“以多数临天下而暴独特者，实十九世纪大潮之一派，且曼衍入今而未有既者也”④，反导致“借众以陵寡，托言众治，压制尤烈于暴君”，这种情况归纳起来，“物质也，众数也，十九世纪末文明之一面或在兹”。鲁迅对此“不以为有当”，认为这是“抗往代之大潮，文明亦不能无偏至”，这种“所谓新文明者”实乃“迁流偏至之物，已陈旧于殊方者”。⑤ 这实质上揭露出现代性之

① 《马克思恩格斯全集》第42卷，人民出版社1979年版，第120页。

② 《马克思恩格斯全集》第42卷，人民出版社1979年版，第123页。

③ 《鲁迅全集》第1卷，人民出版社1959年版，第181～182页。

④ 《鲁迅全集》第1卷，人民出版社1959年版，第183页。

⑤ 《鲁迅全集》第1卷，人民出版社1959年版，第183页。

另一脉，或现代性走上偏至、衰落之歧途。

鲁迅对现代性除了从求自由走向“任众数”这一方面的批判外，还着力从其追求物质文明而走向“重物质”、唯物质的另一种“偏至”进行批判。他指出，在前期由于“教力堕地，思想自由，凡而学术之事，勃焉兴起，学理为用，实益遂生，故至十九世纪而物质文明之盛，直傲睨前此两千余年之业绩”，但后来就出现了将物质“视若一切存在之本根，且将以范围精神界所有事”的偏至，“惟此之尊，惟此是尚，此又十九世纪大潮之一派，且曼衍至今而未有既者也”。① 对现代性走向“重物质，任众数”的“偏至”，鲁迅进行了深刻的分析批判，并结合中国的国情，批评了 19 世纪后期以降国内学西方现代性只求表面、枝节之误，“近不知中国之情，远复不察欧美之实”，指出“制造商估立宪国会”②者（从改良、维新到革命派）均误入现代性“偏至”的末路。

当然，鲁迅认为西方“矫十九世纪文明”之“伪”与之“偏”的新变以尼采为代表，“以反对破坏充其精神，以获新生为其希望，与向旧有之文明而加之掊击扫荡焉”③，自然未必妥当。但是，鲁迅在 20 世纪之初就能察觉西方现代性之两重性及其由进步走向反动的历史进程，且对此进行了较深刻的历史反思，实在是远远高出于同时代的思想界。至于他这里强调的“重个人”与现代性前期的张扬个性、个人主义有了重大区别，亦是不能不察的，此处不赘言。

五　从现代性角度看中国现代文学史

如果说我们上述对中国现代性双重内涵的分析能够成立的话，那么，对中国现代文学史的分期、性质和内在矛盾诸问题也就较容易说明了。本文限于篇幅，只想提出几点主要看法，详细论述则留待以后。

（一）中国文学由传统转为现代的主要标志，应是文学在思想和艺术上均跳出了传统的樊篱，开始了现代性的追求。

（二）中国文学对现代性的追求，主要体现在文学创作与理论上开始了

① 《鲁迅全集》第 1 卷，人民出版社 1959 年版，第 183～184 页。

② 《鲁迅全集》第 1 卷，人民出版社 1959 年版，第 180 页。

③ 《鲁迅全集》第 1 卷，人民出版社 1959 年版，第 185 页。

较自觉与传统观念的决裂，而探寻一种在科学、民主、个性解放大旗照耀下，具有新质的思想理念。在这方面我们觉得李欧梵先生与章培恒先生的看法最值得重视。

李欧梵先生认为，“中国现代文学研究负载着中国现代史的重负”，实际上认为中国文学的现代性与中国社会的现代性在根底上是一致的，它在文学内容上集中体现为“感时忧国”的主题，经与传统文学相比，已有了三大变化：第一，“从道德的角度把中国看作是一个精神上患病的民族”，这一看法造成了传统与现代性之间的一种两极对立性，这种病态根植于中国传统之中，而现代性则意味着这在本质上是对这种传统的一种反抗和叛逆，同时也是对新的解决方法所怀的一种知识上的追求，在此意义上，“中国现代文学的兴起乃是新文化运动的一个组成部分”；第二，“中国现代文学中这种反传统的立场，与其说是来自精神上或艺术上的考虑，还不如说是出自对中国社会的政治状况的思考”，“现代文学促成为表达社会不满的一种载体”，“表现出对作家所面临的政治环境采取一种批判精神”；第三，“但这种批判观念则具有相当浓厚的主观性”，“同时流露出一种对自我的深切关注”，是一种“主观主义和个人主义”，个人主义“着眼于作家个人的命运和个人生活这种倾向”。①

章培恒先生则提出现代文学的本质特征为：第一，“它的根本精神是追求人性的解放”，“以个人为本位的人性解放”；第二，“自觉地融入现代文学的潮流”；第三，“对文学的艺术特征高度重视”，并“作了富于创造性的探索”，从语言（从文言到白话）、描写的技巧、深度、结构、叙述方式等在内的文学的形式，达于总体上现代化了，使文学的表现能力也达到了足以进入现代文学之林的程度②。

我们认为章、李二位先生的看法虽不完全相同，但在基本精神上是相通的，章先生虽未明确提出“现代性”一词，但实际上却把李先生说的中国现代文学的三个“现代性”变化说得更准确、清楚。章先生所说的追求对个人为本位的“人性的解放”，将李先生主要意思都概括进去了，而章先生所说的后两点李先生未正面论述，虽在李文后面展开论述时有所论及。

---

① 李欧梵：《现代性的追求》，三联书店 2000 年版，第 177～178 页。

② 章培垣：《关于中国现代文学的开端兼及“近代文学”问题》，《复旦学报》2001 年第 2 期，第 4 页。

但总体上说，李先生把中国文学现代性追求主要放在思想内容方面，他强调，“在中国现代性这个新的概念似乎在不同的层面上继承了西方资产阶级现代性的若干常见的含义：进化与进步的思想，积极的坚信历史的前进，相信科学和技术的种种益处，相信广阔的人道主义制定的那种自由和民主的理想”，即使“当五四作家在某种程度上与西方美学中的现代主义那种艺术上的反抗意识声气相通时候，他们并没有抛弃自己对科学、理性和进步的信仰”①。但章、李二位先生对中国现代文学之“现代”特质的理解，从总体上说，还是符合我们前面所谈的中国现代性的三要素或三特征的。不过章先生所说中国现代文学对文学自身特性的重视与探索、创新这一点，同样应视为文学现代性的基本特征之一。

（三）上述中国文学对现代性的追求不仅体现在“五四”时期或稍早的新文化运动时期，而且在19、20世纪之交已经发生。这突出表现在以下两个方面：

1．“小说界革命”与现代新小说的崛起，这方面代表性的论著有严复、夏僧佑的《本馆附印说部缘起》(1897)、梁启超的《译印政治小说序》(1898)和《论小说与群治之关系》(1902)等。这些论文自觉借鉴国外经验，指出“欧、美、东瀛，其开始之时，往往得小说之肋”，故大力倡导“小说界革命”，把传统文学中不登大雅之堂的“小说”提高到文学中至尊的地位，强调其启蒙、救治人心的“革命”功能。如认为小说创作与评价的“本原之地，宗旨所存，则在乎使民开化”，其效果、影响之大前所未有，“其入人之深，行事之远，几几出于经史之上；而天下之人心风德，遂不免为说部所持”，居然把小说的作用提高到经史之上；进而说，“有人耳所作之史，有人心所构之史，而今日人心之营构，即为他日人耳之所作。则小说者又为历史之根基矣”(《缘起》)。② 这完全颠覆了传统历史与小说的关系，在当时真乃石破天惊之说。又如自觉将欧洲“政治小说译介至中国，在昔欧洲各国变革之始，其魁儒硕学，仁人志士，往往以其身之所经历，及胸中所怀，政治之议论，一寄之于小说”，以小说启蒙大众，“往往每一书出，而全国之议论为之一变”，并引英人

① 李欧梵：《现代性的追求》，三联书店2000年版，第236页。

② 《中国近代文学大系·文学理论集》第2卷，上海书店1994年版，第248～249页。

名言谓"小说为国民之魂"(《译政治小说序》)①,乃希冀小说在中国亦产生巨大启蒙和变革的社会功用。更有认为小说具有"新一国之民"的"不可思议之力支配人道"的作用,"故欲新道德"、"新宗教"、"新政治"、"新风德"、"新学艺"、"新人心"、"新人格",则"必新小说"。并从普通人性,特别从人之普通审美需求出发论述小说受众生欢迎、深入人心的原因,一为"凡人之性,常非能以现境而自满足者也",故常欲接触身外之世界,而小说能"常导人游于他境界,而变换其常触常受之空气者也";二为"人之恒情于其所怀抱之悲哀,所经阅之境界,往往有行之不知,习矣不察者",想要"摹写"或"自宣"而不能,唯小说能达到此目的,且"感人之深,莫非此道"(《关系》)②,结论是:"故今日欲改良群治,必自小说界革命始;欲新民,必自小说始"③。

在此背景下,带有现代色彩的"新小说"迅速崛起,数量激增,据有的学者统计,1840～1900年六十年总共才出版小说133部,而自1901年起仅十余年,共出小说达几千种之多④,这些小说思想、艺术方面的"现代"特征,章培恒、范伯群等先生的论文已有精辟分析,此处从略。

2. 王国维为代表的文艺"自主论"。王国维在1903～1908年间发表了一系列重要论文,鲜明地表达了对传统文论、美学思想的质疑和决裂的现代姿态,关于《〈红楼梦〉评论》、《人间词话》等论著诸多学者已作充分论述,本文不拟重复,只想补充两点:

第一,王国维对中国传统文学急功近利而无视文学的独立价值的倾向予以批判、反思,指出:

> ……更转而观诗歌之方面:则咏史,怀古,感事,赠人之题目充塞于诗界,而抒情叙事之作我什佰不能得一,其有美术上之价值者,仅其写自然之美一方面耳。甚至戏曲小说之纯文学亦往往以惩劝为旨,其纯粹美术上之目的者,世非惟不知赏,且加贬焉。……抑亦哲学家美术家

---

① 《中国近代文学大系·文学理论集》第2卷,上海书店1994年版,第303页。

② 《中国近代文学大系·文学理论集》第2卷,上海书店1994年版,第304页。

③ 《中国近代文学大系·文学理论集》第2卷,上海书店1994年版,第308页。

④ 辛小征、靳大成:《中国20世纪文艺学学术史》第二部上卷,上海文艺出版社2001年版,第81页。

自忘其神圣之位置与独立之价值，而葸然以听命于众故也。①

这里强调了文艺不依附于其他外在功利目的而仅以自身为目的的“神圣”地位与独立价值。但是，王国维仍认为文艺有其更多的目的，其“所志者，真理也。真理者，天下万世之真理而非一时之真理也”，其“以记号表之者，天下万世之功德，而非一时之功德也”，就是说，文艺的根本价值超越眼前，即短暂、具体的功利，而追求“天下万世”之功绩。他并在功用方面把文艺、哲学与政治对立起来，扬前者而抑后者，盛赞文艺的“无用之用”：

世人喜言功用，吾姑以其功用言之。夫人之所以异于禽兽者，岂不以其有纯粹之知识与微妙之感情哉？至于生活之欲，人与禽兽无以或异。后者政治家及实业家之所供给，前者之慰藉满足非求诸哲学及美术不可。就其所贡献于人之事业言之，其性质之贵贱，因以殊矣。至就其功效之所及言之，则哲学家与美术家之事业，虽千载以下，四海以外，苟其所发明之真理，与其所表之之记号之尚存，则人类之知识感情由此而得其满足慰藉者，曾无以异于昔。而政治家及实业家之事业，其及于五世十世者希矣。此又久暂之别也。然则人而无所贡献于哲学、美术、斯亦已耳？苟为真正之哲学家、美术家，又何慊乎政治家哉？②

以上观点与严复、梁启超等人的小说（文艺）为政治革命工具的观点截然相反，虽然两者同样具有现代性的特征：梁氏等在强调文艺的启蒙、“新民”、激励人们反抗封建专制统治的现实的、紧迫的社会功用上，具有强烈的反传统的现代性，王氏则在强调文艺满足慰藉人类之知识情感等根本长远功能即“无用之用”方面，自觉与传统“文以载道”、“言志”的工具、功利主义相对立，而走向审美主义的文艺自主论，鲜明体现了审美的现代性。

第二，王氏上述文艺自主论与钻进象牙塔的唯美主义有重大区别，他实际上希望通过艺术的美育功能来救治人心。他曾深入分析中国“衰弱极

① 王国维：《论哲学家与美术家之天职》，《王国维文集》第 3 卷，中国文史出版社 1997 年版，第 7 页。

② 王国维：《论哲学家与美术家之天职》，《王国维文集》第 3 卷，中国文史出版社 1997 年版，第 6 页。

矣”，中国国民“独为鸦片的国民”的深层原因，乃“由于国民之无希望，无慰藉。一言以蔽之；其原因存于感情上而已”；指出欲以鸦片来消除感情上之空虚、痛苦是不可能的，因而提出用文艺来代之；而过去“我国之重文学不如泰西”，“我国人对文学之趣味如此，况西洋物质文明又滔滔而入中国，则其压倒文学，亦自然之势也”；对此，王氏开出宗教、美术二方来救治国民精神之衰：

> ……故禁鸦片之根本之道，除修明政治，大兴教育，以养成国民之知识及道德外，尤不可不于国民之感情加之焉。其道安在？则宗教与美术二者是。前者适于下流社会，后者适于上等社会；前者所以鼓国民之希望，后者所以供国民之慰藉。兹二者，尤我国今日所最缺乏，亦其最需要者也。……此等感情上之疾病，因非干燥的科学与严肃的道德所能疗也，感情上之疾病，非以感情治之不可。必使其闲暇之时心有所寄，而后能得以自遣。夫人之心力，不寄于此则寄于彼，不寄于高尚之嗜好，则卑劣之嗜好所不能免矣。而雕刻，绘画、音乐、文学等，彼等果有解之之能力，则所以慰藉彼者，世固无以过之。①

由此观之，王国维为救治国民之空虚、绝望、痛苦的心灵，并不反对政治改革、道德教育，而是强调通过艺术、审美的特殊性来治疗国民感情上的疾病。这与梁启超等用艺术救治国人灵魂的启蒙思想，与鲁迅等弃医从文，改造国民性以达“立人”的目的的主张，在根本思路上不但不矛盾，而且是暗合的。所以，王国维的艺术审美主义自主论文艺观与梁启超的政治功利主义工具论的文艺观之间既有完全对立的一面，又有根本上一致的一面，但二者在中国文学的现代性的追求和获取上，实乃殊途同归，不可偏废。

（四）正是在上述意义上，我们同意余虹先生关于晚清文学革命的两大现代性立场的观点，其一为梁启超的工具主义与政治现代性，其二为王国维的自主主义与审美现代性。②

（五）中国现代文学史的断代，应以中国文学对现代性的自觉追求和现代性新质的获取为主要依据。

---

① 王国维：《王国维文集》第 3 卷，中国文史出版社 1997 年版，第 23～24 页。

② 见余虹：《革命·审美·解构》，广西师大出版社 2001 年版，第一章。

（六）根据以上几点，我们同意章培恒、范伯群等先生将中国现代文学的开端定在19、20世纪之交或20世纪之初的观点。

（七）同西方和中国的现代性包含着矛盾与冲突一样，中国文学的现代性也包含着复杂的矛盾和冲突。前述鲁迅对西方现代性的反思和批判也体现了这种内在矛盾。但从大的方面看，从20世纪初期起，以梁启超为代表的政治功利主义工具论与王国维为代表的艺术审美主义自主论埋下了中国文学现代性内在矛盾与冲突的种子，以后这两条路线的对峙与冲突，或时而紧张、时而松弛，或此起彼伏，或时隐时现，以各种直接或曲折的形式，贯穿于整个现代文学发展的全部历史过程中。这也是中国现代文学体现现代性的最重要特征。

（八）我们认为，这种现代性内在矛盾的展开的基本格局至今仍未结束，虽然其外在表现形态有所变化。因此，从上世纪初开始的中国现代文学史仍在继续之中。

写于2002年2～3月

原载《复旦大学学报》2002年第4期

试论现代性与中国现代文学史研究的现代性预设

最近，文学研究界在讨论中国现代文学史的分期和古今文学演变等问题时，不少学者不约而同地把审视的焦点集中在现代性问题上。有的学者还围绕现当代文学史的编写深入探讨与现代性相关的一系列问题。本文拟就此谈几点粗浅的看法。

一

在西文中，现代性（modernity）与现代（modern）、现代化（modernization）等词有密切的联系。在西方社会发展的历史和实践上，现代社会、现代化进程与现代性的内涵也密不可分。具体来说，西方社会进入现代阶段并继续前进，是与其现代化历程同步，并随着现代化进程而不断发展的；而现代性则是随着社会进入现代阶段而确立，随着现代化进程而演化、发展。今天，“现代化”理论在西方已成为一门独立学科。当然，三者还不能完全等同，它们所指的重点不同，内涵也不尽相同，在整个历史过程中，有时在有的方面并不完全同步或平衡。不过，总体上看，三者的基本路向和含义是一致的。

关于“现代”、“现代化”、“现代性”等问题的争论，在西方已进行了大半个世纪，并同对文艺上“现代主义”（modernism）的阐释紧紧缠绕在一块。直到 20 世纪七八十年代，哈贝马斯还为了维护“现代性”而与“后现代主义”发生过影响深远的争论。虽然如此，西方知识界对“现代”、“现代性”等概念的理解还是取得了一些共识。如主编《从现代主义到后现代主义》（1996 年出版)①一书的劳伦斯·卡俄纳(Lawrence Cahoone)把选编的内容分为三大部分:第一部分为"现代文明及其批评家们",所选的代表人物及其论著从笛卡儿、卢梭开始,包括康德、柏克、康德拉、黑格尔、马克思、恩格斯一直到尼采;第二部分"实现了的现代性",则从波德莱尔、皮尔士起,包括韦伯、索绪尔、维特根斯坦、弗洛伊德、胡塞尔、霍克海默、阿多诺等,到萨特止;第三部分是"后现代主义和现代性革命",则从海德格尔起。可见,在西方思想家心目中现代社会和文明至迟从17世纪笛卡儿时就已开始,一直延伸到本世纪中叶,是一个相当长的历史过程,而现代性正是现代文明特质的多方面体现。卡俄纳在该书前言中说道:

"现代"一词源于拉丁词modo,简单的意思就是"今天"或曰当下,以区分于较早的时代,它一直被用于区分当代方式与传统方式的各个时期和各种场合,原则上可以指任何生活领域。……

另一方面,"现代性"在当代知识界探讨中有一个相对固定的参照,它指在欧洲和北美近几个世纪发展起来、而到20世纪早期变得极为明显的新文明。而"现代性"则必然指,这种文明就其在人类历史上独一无二(无与伦比)这个强烈意义下是现代的。准确地说,使这种文明成为独一无二的那个东西,在某种程度上是没有争议的,大家都承认,欧洲和北美为自然研究发展了一种新的强有力的工艺,也发展了新的机器技术和新的工业生产方式,它导致了物质生活标准的空前的提高。正是这种"现代性"形式如今被描述为"现代化"或在非西方世界中被简称为"发达"。这种现代西方文明一般也被用其他特征来加以概括,诸如"资本主义"、"巨大的世俗文化"、"自由主义"、"个人主义"、"理性主义"、"人道主义"等等。

带有肯定、明确的自我想象的现代西方文化经常提供给其自身一幅诞生于18世纪启蒙运动的画面,它具有奠定于有关世界的科学知识和有关价值的理性知识,这些知识赋予个人的生命和自由以最高的重视,并坚信这种自由和理性将通过有高尚德性的、自我控制的、为所有人创造一个更好的物质、政治和理智生活的工作而导致社会的进步。然而,这种科学、理性、个性、自由、真理和社会进步的结合,一直受到许

① 见卡俄纳编:《从现代主义到后现代主义》,布莱克威尔出版社1996年版。

多人的质疑和批评。①

卡俄纳接下来叙述了关于现代性问题的旷日持久的争论。指出:“这场争论由于现代性的历史变数问题而变得复杂了。原因在于,现代性的历史出发点的定位取决于被人们看成现代性之核心特征的那个东西。”他还介绍了把“现代性”的开端分别设定在16世纪、17世纪、18世纪乃至19世纪的几种意见及其理由,认为现代性始于何时的问题无关紧要,重要的是,现代性这种“新生活方式的性质、命运和合法性是什么”。他强调,到20世纪初,“在欧洲和北美逐步形成并发展起来的某种人类社会的新形式已极为明显地为人们知晓了”。他的意思是,进入20世纪时,现代社会所具有的“现代性”已是毫无异议的现实了。

卡俄纳这里虽没有、也无法给“现代性”下一个精确的定义,但至少为我们提供了理解“现代性”的一个参照和思路:首先,“现代性”在时间上同“现代”,即欧美宗教改革、启蒙运动和工业革命以来的近几个世纪直接相关,也就是说,16世纪以前不能纳入“现代”的时间范围,因而亦无现代性可言;其次,“现代性”同西方科学、经济的“现代化”基本同步,特别是同近几个世纪科学、技术革命带来的工业和物质文明的现代化基本同步,可见,“现代性”包含着经济、科学、技术等物质方面现代化的内涵,离开了现代化很难完整把握“现代性”的真义;再次,“现代性”同人类自身心灵、世界观、思想和文化的巨大变革密切相关,如自由民主、社会进步、科学和真理的追求、个性主义和个体生命、理性主义、人道主义等思想意识形态逐渐取代专制主义、宗教神秘主义、神性至上等中世纪思想意识形态,世俗文化逐渐取代无孔不入、无处不在的基督教神学文化,等等;最后,“现代性”既沉淀为一种新的文明、社会的性质,从而成为社会进入“现代”新阶段的主要标志,同时也已转化为渗透于人们生活的一切方面的一种新的合法的生活方式。由于卡俄纳的上述观点发表于1996年,是最新近的,又是对长期以来西方有关现代性问题争论的一个概括与小结,提取了其中有相对稳定的、具有较多共识的见解,因此很有参考价值。

---

① 卡俄纳:《从现代主义到后现代主义》“前言”,布莱克威尔出版社1996年版,第11~13页。

二

近年来，中国学者对现代性问题也有许多研究成果，这里兹举几例作为参考。

加拿大华裔学者石元康先生在其《从中国文化到现代性》一书中从对西方现代社会形成和发展的历史考察入手，对现代性的内涵作了全方位、多层面阐发。其主要观点是：(1)“现代社会”、“现代性”以及“现代”等词语所指谓的并非仅仅是历史上的某一段时间而已，现代社会“具备着一些与以往的社会不同的特性，这些特性就是现代性”。(2)要了解现代性内容，首先要了解现代化的目标与内容，“现代化是一个全盘性的革命。在西方，由中世纪转入现代，文化上的各个领域都产生了革命性的转变。科学上由亚里士多德的物理学变为机械论为基础的现代物理学。16 世纪的宗教改革所兴起的各派的新教对天主教也做了很彻底的改革，因而有所谓的新教伦理。政治上的民族国家的兴起以及在理性主义指引下官僚体制的建立，以及民主政治的确定，使得现代政治与古典政治产生了截然的不同。经济上由庄园经济变为资本主义经济，更是翻天覆地的大变化。其余的文化领域如道德、音乐、法律、建筑等都有相应的改变”。(3)“现代社会具有下列各项特征：非政治化的经济(de-politicized economy)，非伦理化的政治(de-ethicized politics)，非宗教化的伦理(de-religionized ethics)的出现。”(4)而非政治化的经济的出现以市民社会的出现为标志。而市民社会就是“独占性市场社会”，“在这个社会中，人与人之间的关系是一种市场式的关系，市场关系是一种奠基在契约上的关系。把人的关系以这种方式来看待，是现代世界的最根本的交往形态”。(5)市民社会的特点是：“个人主义被肯定”；“对人权的肯定”；市民社会中的是“经济人”，其一切活动都可进入市场交换，一切东西均可“商品化”，经济人的主要活动变为相关性的活动。其他各种非相关性活动，例如欣赏、了解及创造就被放到人类活动的边缘去了；“人基本上是自利的”，“市场的机制将营利这种活动合理化及合法化”。(6)现代性也体现在“文化中的各个方面都起了革命性的变化”，科学上的哥白尼式的革命产生新的机械式宇宙观；宗教改革使个人可直接面对上帝；启蒙运动的新工具性的理性观与进步的历史观也是一种革命性的改变。(7)现代性以“理性”为标尺，视传统为保守、停滞，必须抛弃，认为唯理性才显出“光明及进步”，这种启蒙运动的想法源于笛卡儿的理性主义。(8)在哲学思想上由笛卡儿开创的“现代性的哲学体系”可概括为“特殊性的凸显”和“主体性的兴起”。而“特殊性的凸显,以及主体性自由的被肯定,是现代性的一个特征”,“特殊性的凸显所意味的是个体性的被承认”,“主体性自由之被肯定所指的是个人意志之得到应有的地位”。这样,社会的建立就是个人意志间协调以达成的结果,“现代社会由于是建基在主体性自由的原则之上的缘故,所以是一个丰富的多元社会。它允许个性充分发展,允许人们去追求多种目的”①。

汪晖先生在其《汪晖自选集》中的多篇论文和《韦伯与中国的现代性问题》等论文中对现代性与中国社会的现代性问题作了系统深入的研究,在国内学者中处于领先地位。文学美学界的许多专家从总结、研究近百年中国文学艺术的发展入手,也对现代性问题作了多方面的研究和阐述,如王岳川、王一川、周宪、王宁、陈晓明、张法、陶东风、杨春时等一批学者都发表了专文进行探讨。虽然各位学者的意见不尽相同,有的甚至相反,但在对现代性的理解上还是有不少共同或相通之处,与前面介绍的国内外学者的看法大体上比较一致或接近。

在文学研究界中最早提出现代性问题的可能是李欧梵先生。他在20世纪70年代初写的《追求现代性(1895～1927)》一文就明确提出,19、20世纪之交,中国文学进入“现代”阶段,而其一系列变化、特点显示出来的“现代性则意味着对传统的一种反抗和叛逆,同时也是对新的解决方法所怀的一种知识上的追求”。他强调,“在中国现代性这个新的概念似乎在不同的层面上继承了西方资产阶级现代性的若干常见的含义:进化与进步的思想,积极的坚信历史的前进,相信科学和技术的种种益处,相信广阔的人道主义制定的那种自由和民主的理想”,即使“当五四作家在某种程度上与西方美学中的现代主义那种艺术上的反抗意识声气相通的时候,他们并没有抛弃自己对科学、理性和进步的信仰”②。很有意思的是,李欧梵先生于1999年在介绍杰姆逊教授的后现代理论时、在与后现代性的比较中又一次谈及现代性和现代主义问题。同过去一样,他认为中国从20世纪初开始形成的现代性直接接受了西方启蒙主义现代性的影响,他说,“从五四开始到现代,中国

---

① 参见石元康:《从中国文化到现代性:典范转移?》,三联书店2000年版,第41～45、67～170、177～179、214～220页。

② 李欧梵:《现代性的追求》,三联书店2000年版,第178页、第236页。

知识分子始终认为自己可以影响社会，五四对于知识分子的定义就是从启蒙的立场来影响社会，当时的启蒙是理性的，是从西方的启蒙主义背景出发的"，它"所标榜的是个人的重要性、知识的重要性、知识定义社会的影响力"；"在思想上，现代性所标榜的是个体的建立，是一种理性，是定义前途的乐观"。尤其值得重视的是，他明确提出中国的现代性延伸、贯穿于整个20世纪，直至今天，他说：

> 中国的现代性我认为是从20世纪初期开始的，是一种知识性的理论附加于在其影响之下产生的定义民族国家的想象，然后变成都市文化和定义现代生活的想象。然而事实上这种现代性的建构并未完成，这是大家的共识。没有完成的原因在于革命和战乱，而革命是否可以当作是现代性的延伸呢？是否可以当作中国民族国家建构的一种延伸呢？一般的学者，包括中国学者都持赞成态度。这意味着中国从20世纪初，到中国革命成功，甚至直到四个现代化，基本上所走的都是所谓"现代性的延伸"的历程。其中必然有与西方不同的成分，但是在广义上还是一种现代性的计划。①

显然，李先生三十年来对现代性的理解基本未变，且与多数其他中国学者的观点较接近，认为中国的现代性与西方的启蒙现代性在内涵上基本一致，其新发展了的观点是，整个20世纪直至现在，现代性仍然在中国延伸和发展。这些见解是值得重视的。

此外，张辉先生在《审美现代性批判》一书中也对现代性问题有精辟论述。他首先提到了人们一般对现代性的看法，即"将之与宗教改革、启蒙运动、现代科学的兴起以及工业革命的发生与1500年之后的社会现实与社会思想、文化变革联系起来。现代性的产生与现代社会的形成似乎是伴生的现象，或者说后者乃是前者的直接现实"。接着他引证了几位学者不同的看法，特别介绍了哈贝马斯的看法，哈氏认为"现代性的真正内涵，一方面与启蒙运动以来，特别是黑格尔以来对人的主体性(subjectivity)的强调有关，另一方面则与韦伯所谓的合理性(rationlization)有关。前者意味着西方文化

---

① 参阅李欧梵：《当代中国文化的现代性和后现代性》，《文学评论》1999年第5期，第76～86页。

由宗教性走向了世俗性，走向了人本身；而后者则直接导致了社会结构的分化——资本主义企业的组织形式和科层制国家机构是两个功能上相互关联的重要代表。而与之相对应的则是新的知识模式的出现”。在此基础上，张辉先生明确提出了自己的看法：

> 现代性实际上至少包含三层意思：首先，从精神发展的历程上说，它是人的主体性确立的表征，具有现代性精神的人，按照自身的内在性(Inwardness)来对外在世界作出判断，而不是按照超验原则或传统的规范来行事；其次，从社会运行原则来说，现代性是合理性的产物，是人按照自身的理性所建造的自己的世界，既是对人类的潜力的极大发挥，同时也带来了冷峻的理性可能带来的问题；其三，从知识学的意义上来说，现代性给定了不同知识模式以相对的独立性，不同的知识部门为人的主体性以及社会的合理性的发展作出了相应的知识学的证明与辩护。简言之，现代性的内涵，包含这样三个主题：精神取向上的主体性；社会运行原则上的合理性；知识模式上的独立性。无疑，这三者又是相互关联相互依存的。①

张辉先生对现代性的上述概括我认为是比较全面、准确的，同时也符合西方现代性发展的历史实际。

下面我想着重提到的是钱中文先生的两篇论文——《文学理论现代性问题》②和《再谈文学理论现代性问题》③，这两篇论文对国内文艺学美学界有关现代性问题的讨论作了较为系统、深入的总结，并提出面向21世纪中国应建设体现现代性要求的当代文学理论的重要主张。关于现代性的含义，中文先生首先简要回顾了历史，他说，“欧美学术界围绕现代性问题已谈了几百年，在其演变过程中，大致形成了各种马克思主义学派的、韦伯式的自由主义思想学派的以及保守主义思想学派的现代性观念，发展到近期又有哈贝马斯的交往理性的现代性理论派别。欧美等国家在不断追求现代意识、现代性的情况下，建立了高度发展的物质文明与精神文明”，据此，他归

---

① 见张辉：《审美现代性批判》，北京大学出版社1999年版，第2～4页。

② 载《文学评论》1999年第2期。

③ 载《文艺研究》1999年第3期。

纳道：

> 在我看来，所谓现代性，就是促进社会进入现代发展阶段，使社会不断走向科学、进步的一种理性精神、启蒙精神，就是高度发展的科学精神与人文精神，就是一种现代意识精神，表现为科学、人道、理性、民主、自由、平等、权利、法制的普遍原则。

这一概括是十分简明而精到的。更深刻的是，中文先生旗帜鲜明地批评了那种在后现代主义旗号下全盘否定和抛弃现代性的时髦主张，他精辟地指出，“现代性的文化批判仍在探索积极的因素，维护人的存在所需要的普遍价值原则与普遍精神，以便使价值与精神在被破坏中获得重建”，因而它并未过时，“即使在欧美，如果要使社会获得正常发展，那么现代性以及现代性建立的意识、话语权威，即使一部分过时了，而其基本原则、精神还是常新的，是人们的生存须臾离不开的”；他认为，后现代理论中有些新观念有积极意义，“可以将这些积极因素作为现代意识因素，融汇到现代性中去，丰富现代性，但难以排挤掉仍在起到支配社会生活的现代性。把现代性从现实生活中驱逐出去，无疑会使现实生活的进展失去指向”，即使进入全球化时代，现代性仍有其积极意义，尤其对于不发达国家来说，更是如此；“至于未来，现代性的内涵可能会有所变化或变得复杂起来，但其原则与精神，无疑还会长期存在下去”。这里，中文先生把现代性看成一个动态的、其内涵不断变化发展的复杂历史过程的思想，是极为深刻和辩证的，它有力地论证了现代性的历史演进及其当代意义，驳斥了国内外源于“西方中心论”的“现代性终结”的论调。据此，中文先生倡导以一种新的“现代性的思维方式”，即“历史的整体性评价”方式来考察、审视现代性，特别以对“五四”后多次学术思想争论的重新评价为范例，作了精彩的分析和阐述，显示了这种“历史的整体性评价”方式“具有了更为宽阔的视角、宽容的气度”；并进而提出了如下的现代性的历史动态模式：

> 从现代性的历史进程来看，现代性是一种被赋予历史具体性的现代意识精神，一种历史性的指向。在各个发展阶段，现代性的内涵有着共同之处，但又很不相同。一些学术思想问题，在彼时彼地的提出，看来有违那时现代性的要求，而不被重视，甚至还要遭到批判；而在此时

此地，则不仅与现时现代性的要求相通，而且还可能成为现代性的基本组成部分。①

在我看来，这个动态模式的重要性超过了对现代性下一个确定的定义，使我们对现代性的认识具备了一种开放的、历史的眼光，一种辩证的、变化的思路，一种宽容的、超越的气度。

由上面挂一漏万的介绍②可见，当代中国学者对现代、现代性、现代化的理解和阐释，虽然在角度、范围、深度、出发点和理论依据方面同西方学者有些差异，但基本方面是大体一致的。

下面，我们把中外学者有关现代性内涵的大量论述作一简要概括。除了上面我们对卡俄纳论述已归纳的四点以外，我们还可补充以下几点：(1)现代性是在现代化过程中逐步获得的，是传统社会通过现代化的变革进入现代社会的成果。(2)现代化是一个全盘性、全方位的革命。不仅包括经济、科技、政治革命，还包括宗教、思想、文化的大变革；现代化造成了社会的现代转型。(3)与现代化的全面革命相对应的是，现代性三层面意义的确立，即以主体性为表征的现代性精神的人，以合理性为原则进行现代性的社会运行，以独立性为特征的现代性知识模式。(4)现代社会在本质上是市民社会，上面介绍的石元康先生关于市民社会的几个基本特点也是现代性的题中应有之意。(5)现代性以理性为标尺，来衡量、鉴定过去的一切，具有强烈的反传统倾向。(6)现代性是一个开放的动态系统，其内涵是不断变化、发展和丰富的。(7)中国的现代性与西方的现代性并不完全相同，但基本内涵还是大体一致的，具有明显的可比性。(8)对现代性的研究应当采取“历史的整体性评价”的思维方式。

三

上面，我们对近三四百年西方社会的现代化历程和现代转型，以及现代

① 见钱中文：《文学理论的现代性》，《文学评论》1999 年第 2 期。

② 近年来我国学者研究现代性的论著不少，如王一川的《汉语形象与现代性情结》、《中国现代性体验的发生》(2001)、吴予敏的《美学与现代性》(1998)、陈嘉明等的《现代性与后现代性》(2001)等，此处不再介绍。

性的丰富内涵有了一个基本的了解。但是，还有一个重要方面需要我们高度重视和关注，这就是对现代性的价值评判，历来都存在严重的分歧乃至对立。上引卡俄纳的那段话中已提到西方思想界对现代性的质疑和批评，有不少激进的批评家“把现代性看成一种道德和阶级的统治运动、欧洲的帝国主义、人类中心主义、自然的毁坏、共同体和传统的消解、异化的上升、在官僚政治下个性的死亡。较为温和的批评家也怀疑地认为，现代性不可能达到它所希望的目标，例如，客观真理和自由是得不到的；或者现代性的得与失是平衡的；就对现代性或对现代性的不满而言，不存在二者只能选一的问题。”换言之，现代性对社会文明是推进还是破坏，尚无定论。从现代社会的历史看，在前期对现代性肯定者居多；而到后期，主要是 19 世纪后期到 20 世纪中期，对现代性批判的呼声越来越高，力度也越来越大。正如英国学者马尔科姆·布雷德伯里和詹姆斯·麦克德兰谈到 19 世纪维多利亚时代的思想家阿诺德时说道：

> ……“现代”这个词语的含义对他（按：指阿诺德）是很重要的；但那时的含义和我们今天的含义截然不同。那时的涵义在实质上是古典主义的：现代因素是平静、信心、宽容、在富裕的物质条件下获得新观念的自由思想活动，它包含着愿意根据理性进行判断和对事物规律进行探索的思想。……然而……在我们看来，现代因素几乎是与阿诺德的看法截然相反的东西——它是虚无主义，是“仇视文明的痛苦体系”，“不再为文化所陶醉”……它给我们以困境、异化和虚无主义的思想传统；现代的概念和混乱、绝望、无政府状态的意识联系在一起的。因此，像“现代”这类词语在内容上就能够突然变化；一个感受体系可以消失，另一个可以生长，而词语则不用改变。①

在此，这两位英国学者提出了一个很有意思的问题，即“现代性”的含义在其发展进程中可以发生很大变化，前后期甚至可以意义完全相反，后期的“现代性”内涵走向了前期的反面。

关于现代性的消极方面，我们可以从后现代主义对现代性的批判中看

① （英）马·布雷德伯里·詹·麦克法兰编：《现代主义》，胡宗峦等译，上海外语教育出版社 1992 年版，第 26～27 页。

出端倪。这种批判自海德格尔起,包括阿多诺、福柯、德里达、利奥塔直至罗蒂等一批后现代主义思想家。他们的批判集中在以下几个方面:一是揭露作为现代性根基的启蒙理性原则和主体性原则的压迫性、集权性,它在社会中与权力相结合,实际上导致所谓"理性"的工具化、对人的非理性方面的压抑和排斥,使人沦为技术的奴隶和附庸;二是对现代性"元叙事"合法性的质疑和颠覆,指出作为现代性核心的启蒙理性制造出一系列所谓"真理"的形而上学理念和话语,也即"元叙事"或"大叙事",以此来引导现代性事业,并赋予现代性的思想、行为、制度等以合法性,但随着这种"元叙事"在社会实践中的衰落和危机四起,现代性的合法性也受到质疑并逐渐丧失;三是对有利于为现代性辩护的西方传统知识论、真理观及其所代表的普遍性、总体性和本质主义加以怀疑和批判,认为其必然在思维方式上陷入二元对立的模式,在现实上则走向极权主义、压制异端的"总体恐怖"。据此,后现代主义对现代性采取全盘、彻底否定的态度。

然而,哈贝马斯则对现代性采取了分析、维护的态度。他的《现代性:一项未完成的设计》(1981)和《现代性的哲学话语》(1987)两篇重要论文,在同后现代主义的争论、对话中,为现代性作了有力的辩护。首先,他认为,对现代性的批判并非从后现代主义才开始的,早在现代性发展中,在其内部就有了对现代性的反思和批判,其中又包括两个现代性批判传统:一个以黑格尔为代表,在充分肯定以主体性为核心的现代性事业取得伟大成就的同时,也清醒地看到主体性原则的片面性所导致的知识与信仰的分离、社会生活的分裂、精神自身的异化,造成现代性的危机,但他的反思仍未超出启蒙辩证法的理性框架;另一个以尼采为代表,他抛弃了黑格尔的理性思维,而采用理性的"他者"即非理性的古希腊神话来抨击现代性的工具理性,进而用非理性的"权力意志",借助于"人生的审美化"来否定理性的作用,但尼采对现代性的这种批评同样陷入片面和自相矛盾。由此可见,现代性并非铁板一块,其内部一直存在着否定、批判现代性的方面和因素。其次,哈贝马斯认为,后现代主义对现代性的批判基本上延续了尼采的非理性主义思路,海德格尔、巴塔耶、拉康、福柯、德里达等都是从不同角度改造、推进了这一路线。再次,他认为现代性具有进步、贡献与压迫、破坏的两重性:一方面,现代性是对于它所生成的那个时代、社会的预设模式和标准的一种挑战和反抗,它以追求个人自由(包括科学的自由、自我决定的自由、自我实现的自由)为特征,这是现代性的贡献;另一方面,现代性在其自身潜能发展过程中,也不断危害到自身，自由竞争激烈造成失业危机、工具理性扩张危及生存状况，等等。又次，他由此认为对现代性应取辩证态度，不能全盘否定或取消，因为现代性已嵌入了人们的日常生活和交流实践之中，不是我们所能随意抛得掉的；而且，现代性包含着某些至今仍然规范、合理、有效、适合于当代生活世界的东西。最后，哈贝马斯提出用交往理性来代替工具理性，以重建现代性的理性原则，既克服现代性危机重重的内在矛盾，又保持现代性固有的理性、共识、解放、团结等重要价值。① 哈贝马斯的这些看法实际上深刻地揭示了现代性自身包含着内部的对立和矛盾，包含着引领自身走向反面，乃至颠覆、消解自身的消极因素，而对这些因素的发现、揭示和反思，就是来自现代性内部和后现代性共同构成的对现代性的批判力量。

关于现代性内部的矛盾和否定性因素问题，我还想引用一下钱中文先生的精辟看法。他首先清晰地论述了现代性内在矛盾的具体内涵，主要表现为“在理性精神的不断实现过程中，也造成了种种失衡，使理性精神变为只讲实用的工具理性”。他还指出，这个矛盾具体体现在两个方面：一方面，“科技的飞速进步与物质生产的高度发展，显示了人的无限潜能，但又形成了人的物欲的急剧膨胀，造成了物对人的挤压与人的精神的日益贫困，并使人在精神上时时陷入生存的困境之中”；另一方面，“近百年来具有锻铸、弘扬人文精神的社会科学，在提供多种知识，扩大人对社会的认识，加深人对自身了解的同时，在不同的人群、集团手里，又使理性变为反理性，并且走向反动，酿成了种种危机和动乱，给社会与广大群众制造了一场又一场的几近毁灭的灾难，从而不仅使自己的权威丧失殆尽，而且也不断加深了人的精神危机”。我觉得，钱先生对现代性内在矛盾的这一概括是非常贴切的，它从科技进步、物质发展导致物对人的压抑和人文社会科学进展局部引发非理性、反理性思潮两个方面深刻揭示了在现代化和现代性发展过程中理性的工具化实质，同时也准确揭示出工具理性不同于一般理性，乃至成为理性的异化形式的基本内涵，从而透彻地阐明了现代性内在矛盾的性质和含义。

更重要的是，中文先生在肯定现代性与现代主义之间的密切联系的同时，又把被许多人混为一谈的“现代性”和“现代主义”两个概念作了严格区分，也对基于现代性的文化批判与后现代主义的文化批判作了严格区分，进

① 参阅陈嘉明等著：《现代性与后现代性》导言“哈贝马斯对现代性的辩护”和第九章“哈贝马斯的现代性辩护与理性”基础的重建，人民出版社2001年版。

而为现代性的合理方面作了有力辩护。他首先明确指出，“西方学者把20世纪最后几十年前的社会精神、学术思潮的现代性，定位于现代主义，把现代主义看成了现代性的最后形式，把现代主义的危机当成是现代性的危机”。这就一针见血地揭示出混淆现代性与现代主义，必然导致把已经过时、失去存在理由的现代主义的历史命运硬加在仍有生命力的现代性上。因为一方面，现代主义固然在很大程度上体现了现代性，但在时间、空间和内容等方面并不完全与现代性等同或重合，现代主义在批判现代性的消极方面与现代性自身对反现代性的批判是一致的，却并不能概括所有非现代主义对反现代性的批判及其所体现的现代性合理方面；另一方面，现代主义作为一个历史阶段已经结束，后现代主义已经出现并渐成气候，但现代性包括其消极方面却还是一个现实的社会存在，继续在世界上起作用。其次，中文先生在肯定后现代主义是对现代性进行着一种文化批判的同时，也强调现代性仍继续着对自身消极方面的反思和批判，并指出后现代主义的批判往往把现代性加以全盘否定是片面的。他说，“其实，即使在欧美如果要使社会获得正常发展，那么现代性以及现代性交流的意识、话语权威，即使一部分过时了，而其基本原则、精神还是常新的，是人们的生存须臾不能离开的”；他认为，后现代主义有不少积极因素完全可以“融汇到现代性中去，丰富现代性，但难以排挤掉仍在起到支配社会生活的现代性”。再次，他认为，中国作为发展中国家，其现代性与发达国家所主张的现代性并不完全一致，他指出，在未来，“体现了现代意识精神的现代性，是不会过时的”。这些鲜明的看法，不仅看到了现代性的两重性和内在矛盾，而且看到了在包括中国在内的发展中国家里，现代性的合理方面仍然有生命力，现代性仍然是一个未竟的事业。我们完全赞同这些看法。

由此可见，现代性对于社会发展和历史进步来说是一把双刃剑。这把双刃剑的肯定之刃主要体现在现代性的形成、发展的前期，而否定之刃则主要体现在“现代性”发展的后期。但对不同发展阶段的国家和地区而言，现代性存在的必要性和合理性也是不一样的，对于发达国家，现代性也许已经过时，但对于不发达和发展中的国家，现代性则仍然不可一概否定，其合理方面仍然需要发展和弘扬，现代性的消极方面固然应当限制和消除，但它作为一个整体还是未竟的事业。

四

我们花了较大的篇幅讨论现代性问题，目的是进一步研讨现代性与中国现代文学史研究的关系问题。笔者的一个基本看法是：现代性是决定中国现代文学史性质的核心东西，它既是中国文学从古典向现代转型、中国文学史进入现代阶段的决定因素和主要标志，又是贯穿中国现代文学史、决定现代文学的发展方向和基本特点的关键所在。一旦现代性上升为中国社会和文学发展的主导因素和倾向，中国文学就告别古代而进入现代阶段；现代性不是作为一种抽象原则指导现代文学创作和理论批评，而是作为一种活生生的因素渗透、体现、展示在现代文学（包括理论批评）的方方面面和整个发展过程中；只要现代性还在我们现实生活中发挥不可替代的主导作用，还是我们无法回避、必须直面的当下鲜活存在，那么，中国现代文学就还在发展，中国现代文学史就还没有结束，所谓的“当代文学”也就还是现代文学史的一个组成部分和正在继续进行和发展着的阶段。

学术界目前正在热烈讨论古今文学演变和中国现代文学史的分期问题。笔者根据上述看法，已经撰写了一篇以现代性为主要尺度来确定中国现代文学史的开端时间的论文。① 但关于现代性与中国现代文学史的关系问题涉及的是一个极为庞大、复杂的“问题群”，分期问题只是其中之一。这里不准备、笔者也无能力对现代性与中国现代文学史研究的关系问题作全面的探讨，只想就现代性与研究现代文学史的宏观思路的关系问题谈点粗浅的意见。

为什么想谈这个问题？是事出有因的。前几年读到一篇文章，该文主张现代文学史研究应该采用审美主义眼光，努力回到文学的原初景观中去，而反对寻找一种普遍主义、本质主义的理论预设，它指明所反对的就是“有关现代性的理论预设”②。当初看到此文时，感觉是不错的，因为它的确指出了现代文学史研究中某种用抽象的理论预设和所谓“本质规律”的揭示来代替对大批文学作品切身的审美体验和品鉴的不良倾向，而且它对实例的

---

① 见朱立元、王文英：《以现代性为衡量的主要尺度》，《复旦学报》2002 年第 4 期。

② 参阅吴晓东：《中国现代文学中的审美主义与现代性问题》，《文艺理论研究》1999 年第 1 期。

审美分析也很精彩。但是最近重读这篇文章时，却产生了一些不同于以往的想法。倒不是对其审美分析不赞同，而是对其反对现代性的理论预设的观点难以苟同。因为这不仅涉及现代性与现代文学研究的关系问题，而且关系到文学史研究的一般原则和方法问题，需要加以明辨。

首先，文学史研究不同于一个个单篇、部作品的研究，它需要有较大程度的理论概括和抽象，需要对大量文学作品、现象、思潮、流派等进行历史的梳理，对其发展轨迹和线索进行理性的辨析和思考，还需要对这种发展轨迹的内在逻辑和带有规律性的东西加以提炼、概括和总结，而不仅仅是按历史时序对许多重要作品的审美解读或感性描述。这就是说，文学史的研究必然而且必须不满足或停留于纯粹个别、感性的审美描述，而应上升到一定的普遍性高度、理性的高度。

问题在于，上升到一定的普遍的、理论的高度，是否一定会像上面那篇文章所说的那样，“复杂化的甚至充满矛盾和悖论的文学史的原初景观就轻而易举地被抽象掉、整合掉了”？我认为不一定。这里有一个研究者的思维方式问题，是持有还是超越二元对立的思维方式问题。如果把感性与理性、个别与普遍、审美与理论截然分割和对立起来，那么确实会出现上述那种普遍主义、本质主义的缺陷，会把文学史中丰富复杂的生存境遇、审美感受、生命体验等等抽象、概括、整合掉。以往许多文学史论著确有这方面的不足。因此这种批评和提醒并非全然无的放矢，而是有一定合理性的。但是，我们同时也不能不注意到，这种二元对立的思维方式同样有可能导致另一种相反的情况，即把文学史研究变成一系列作品无穷无尽的、个人化的审美解读和感性描述，而文学“史”的线索被淹没了，文学发展的内在脉络被掩盖了，一些具有普遍性、规律性的现象被冲淡了。这同样不能算真正的文学史研究。我认为，好的文学史研究应该超越二元对立的思维方式，应该把上述两个对立面有机地交融、统一起来，把审美体验与理论概括、感性描述与理性思考结合起来，使“史”的提炼和脉络的勾勒自然地融入各个层面审美的原初景观中，也使感性描述、审美体验向着一定程度的普遍性、规律性上升和整合。

其次，文学史研究是否需要和可能有理论预设？我觉得，这里有一个方法论问题。毫无疑问，理论研究的出发点和基础是大量个别的、具体的感性事实、现象、经验，而不是普遍的、抽象的理性思想、观念和概括；但同样毫无疑问的是，任何理论研究，包括文学史研究都不得不以某个或某些理论的思想、观念或假设作为前提或框架，否则，任何真正的、认真的研究都不可能开始和进行。需要说明的是，我这里并不是主张或鼓吹先验论，而是认为，按照马克思主义的认识论，任何认识的发生，都决不是外物在人的不带任何“先见”的“白板”大脑上的单纯“反映”，而总是带有某种“先见”去把握外在对象并在与对象的互动中建构起一定的认识来。这已由皮亚契的发生认识论经过科学实验和论证所证实了的。一定的“先见”是认识发生的必要条件。承认这一点，不但不是唯心主义的先验论，恰恰相反，是坚持了辩证唯物主义的认识论。如果说，这种“先见”有某种先验性的话，那么，它既非从天上掉下来的，也非人们头脑中固有的，而是通过后天经验所形成的，所以，它只是在特定意义上的“先验性”，而决非唯心主义所鼓吹的先验论。正是在“先见”是认识发生的必要条件这一特定意义上，我们可以说一切理论研究都是事实与理念、经验与“先验”的结合。就文学史研究而言，如果不掌握大量第一手的文学的历史事实和切身的文学作品的阅读经验，其研究必定是空泛、苍白甚至是浮夸、虚假的，就会出现上述文章所批评的本质主义弊病；但是如果没有一定的思想、理论、观点来梳理、分析、提炼、整合、建构、统帅这大量的经验事实的话，这种研究就会沦为毫无价值的事实罗列和松散琐碎的经验堆砌。换言之，理论研究中某种“先验”预设是必要的，也是可能的。

具体来说，这种预设存在于研究过程的两个阶段：一是在接触、收集大量经验、事实、材料的开始阶段，这是不自觉预设阶段，研究者并非在大脑一片空白中与经验事实打交道的，而是带着以往的相关经验、思想、观念（实际上就是一种不自觉的、模糊的先验预设）来接触、收集并初部整理它们的；二是在此基础上的比较自觉的预设阶段，研究者面对经过初步整理的经验事实，要提出一种思想、观点、理念来统帅、组织、整合——能比较完整地、前后一贯地、合乎逻辑地阐述、说明这些经验事实，进而揭示其背后的某些带有本质性、规律性的东西。当然，这种预设不一定是唯一的，有可能是多样的，不同研究者面对同一经验对象其预设往往是不同的、多样的，即使同一研究者面对同一经验对象，在不同时间、从不同角度或不同层面也有可能作出不同的预设。这里，研究中先验预设的存在极其合理性、必然性无须否定，它与预设的多样性并不矛盾。由此我联想到，我们过去批判得体无完肤、臭不可闻的由胡适提出的“大胆假设，小心求证”的命题，在方法论上并非一无是处、毫无合理性可言，不能简单地用“唯心主义”的大帽子将其一棍子打死。

因为，这个“大胆假设”如果是在对大量事实作初步研究、整理的基础上提出的话，它就不是唯心主义的；相对于经验事实，它是后验的，而相对于进一步的“小心求证”，它则有某种特定意义上的“先验性”，但这是合理合法的“先验性”，是建立在经验基础上的。由此可见，任何研究，包括文学史研究，实际上在这一意义上都是“先验”与经验的结合，都不可能完全没有理论预设。这与哲学解释学关于“前理解”和“偏见”具有合法性的道理在根本上是完全一致的。限于篇幅，这里就不展开了。

再次，关于中国现代文学史研究中的现代性预设问题。前面两个问题讲清楚以后，这个问题也就迎刃而解了。既然文学史研究难以否认和摆脱这样或那样的理论预设，那么，以现代性作为一种理论预设或解释框架，也就不难理解了。而且，如前所说，以现代性预设作为中国现代文学史研究的解释框架，同本质主义和一元化倾向并无必然联系，也并不必然与直面文学史的复杂的经验世界和丰富的原初景观相矛盾。上面提到的那篇文章特别提出了“文学性”概念来抵制现代性预设。它说“‘文学性’天生就拒斥历史理念的统摄和约束它以生存的丰富的初始情境及经验世界与历史理念相抗衡”，主张“坚守文学性立场”以“直面”生存境遇、打破现代性理念支撑着的“一元化图景”。其实，在我看来，所谓“文学性立场”本身已是一种理论预设，已对一切用审美眼光或视野来审视、统摄、概括、整合和描述文学的历史演进和变化的研究方式作了理性归纳和逻辑提炼，否则，该文作者用作示范的所谓对现代文学加以审美主义“还原”的若干实例也就难以成立了。如用“寓言诗学的视野”来审视沈从文小说，就得出“寓意的想象”这一审美概括；又如他把张爱玲小说核心审美形式归结为“意象化空间”和“意象化叙述”；如此等等。可见，这种审美主义的研究方式实质上也是一种特殊的理论预设，如果只用这一种方式研究文学史，而排斥所有其他研究方式，那同样只是带有某种普遍性和一元化倾向的解释框架，同样有可能陷入不同程度的本质主义。更何况现代性，如该文作者所承认的那样，它“自身可能涵容着矛盾、悖论、差异等复杂的因素”，并不是简单的同一性。特别应强调的是，现代性与文学性是“兼容”的，现代性不仅表现在文学作品的思想、意识、理念中，更加体现在它们的文学性和审美性中，体现在两者的融合中。现代文学的现代性，若离开了它审美方面的现代性，根本无法得到深刻、充分的阐述和说明。

至于如何把现代性理念作为一种理论预设和解释框架应用于中国现代

文学史研究中,这是一个极为复杂的问题,一项极为棘手的工作。它包含着许多方面和层次。比如用现代性来解释中国文学从古到今的现代转型,进而解释现代文学的开端以及与当代文学的关系;比如用政治功利主义与艺术审美主义两条线索或并行或交叉,或彼此矛盾、对立、冲突或相互容忍、渗透、吸收,这种错综的关系来揭示现代性的复杂内涵,进而解释整个中国现代文学的曲折发展;比如用人道主义、个性主义、启蒙主义观念,用追求人性的全面发展的思想,以及用主体性与主体间性的斗争或交织等等来说明现代性的基本特征和内容,来分析不同阶段现代文学发展的内在脉络和动力;比如用现代性与后现代性之间的既承袭又对立、既历时又共时、既争吵又对话的张力来探讨现代文学向后现代文学的又一次转型;……这些方面的研究,事实上在学界已以不同方式、在不同程度上全面展开。相信经过大家长期、共同的努力,在现代性的预设和框架下,中国现代文学史的研究将会取得重大的突破和丰硕的成果。本文只是抛砖引玉,为现代文学史研究的现代性预设作初步的理论辩护而已,还望专家、同行不吝指教。

2000 年 7～9 月写于平江寓所

原载《学术研究》2003 年第 3 期

试析“新理性精神”文论的内在结构

自1995年钱中文先生首次提出“新理性精神”文学理论的主张以来，八年过去了。中国的文学艺术和文艺理论，在世纪之交的回眸与展望中，在价值和精神重建的不断努力和艰难奋斗中，经历了无数次风雨的洗礼，伴随着新世纪的降临而跨入了一个新的阶段。经过八年的建设，中文先生所倡导的“新理性精神”文论焕发出了强大的生命力，获得了理论、学术界的越来越广泛的赞同，它本身也获得了长足的发展，日益走向系统与完善，其内在思路与逻辑结构也更趋严密。本文拟重点对钱先生的“新理性精神”文论的内在结构作一简要分析。笔者的基本观点是：“新理性精神”文论以“新人文精神”为精神内涵和价值核心，以“现代性”阐述为理论基点和中心话题，以“交往对话”的综合思维方式为思考理路和逻辑方法。这三个方面相辅相成，相互渗透，构成一个开放性的理论结构。下面试分述之。

一　以“新人文精神”为核心

“人文精神”是一个古老的概念，同西方文艺复兴时期提出的“人文主义”口号在关怀人、追求健全人性的基本倾向上有相通之处。钱中文先生把“人文精神”概括为“对民族、对人的关怀，对人的生存意义、价值的追求与确认”，它是“使人何以成为人，要成为什么样的人、确立哪种生存方式更符合人的需求的那种理想、关系和准则”，并从人文精神“具有普遍的人类意义”、“是一种历史现象”和“具有强烈的理想风格”三个方面做了深刻有力的论证，从而揭示了“人文精神”概念的一般内涵。在此基础上，中文先生鲜明地提出了倡导“新人文精神”的思想。

那么，“新人文精神”“新”在何处？与一般“人文精神”有何区别？

首先，它“新”在有其不同于以往的现实针对性。中文先生是面对20世纪西方精神文化的危机和异化及非理性主义、反理性主义思潮的泛滥，特别是针对1980年代以来国内外“科技霸权主义”对人的压抑、语言形式对文学内在精神的排挤以及“知识普泛化”对艺术家“社会良知”的吞噬，他感到切肤之痛，才旗帜鲜明、针锋相对地提出“新人文精神”来“对抗”这种“人的精神堕落与平庸”。他大声疾呼，“面对人的扁形化、空虚感，人的大范围的丑陋化、平庸化，与自我感觉的渺小化，文学艺术应该扬起人文精神这面旗帜，制止文学艺术自身意义、价值、精神的下滑”①。

对于这种特定的现实针对性，笔者在写于1995年秋的论文《试论当代“人文精神”之内涵》一文有过较翔实的论述，其中的观点笔者至今仍未改变，也许可以作为“新”人文精神的某种注释。文章将当代人文精神与传统人文主义作多方面比较之后提出，“当代”人文精神与以往的不同，“最根本、最集中地体现在人文精神所对抗、反对的对象上”，认为“当代中国，人文知识分子和人文学术领域，所遇到的最大压力阻力，便是商业主义、物质主义和科技主义。倡导‘人文精神’，主要为对抗这三种‘主义’。由此而引起‘人文精神’与西方‘人文主义’的具体内涵的一系列不同”②。据此，笔者认为必须从当代(即“新”)人文精神与“三个主义的对立关系中去把握其意义”，具体来说：一是它与已渗透、侵蚀到精神文化学术领域一切方面的商品化原则和商业化现象相对立；二是它与那种以当下物质生活的满足和享受为人生第一目标，而放弃高尚的理想、追求和良知，放纵急剧膨胀的物欲、贪欲、拜金主义等的物质主义相对立；三是它与鼓吹科技至上以致排斥人文学术、瓦解人的自由精神和生命体验、造成人性异化的科技主义相对立。现在回过头来看，笔者的这些看法倒是恰好对钱先生倡导的“新人文精神”之“新”，以及它那种强烈的时代感和鲜明的现实批判性的旁证与说明。

其次，“新人文精神”的另一“新”，在于它在继承传统基础上的综合创新。钱先生指出，新的人文精神的建立，看来必须发扬我国原有的人文精神的优秀传统，在此基础上，适度地汲取西方人文精神中的合理因素，融合成既有利于个人自由进取，又使人际关系获得融洽发展的、两者相辅相成互为

---

① 钱中文：《文学理论：走向交往对话的时代》，北京大学出版社1999年版，第347页。

② 见朱立元：《理解与对话》，华中师范大学出版社2000年版，第251页。

依存的新的精神。①

我觉得，这里有三点值得重视：第一，钱先生强调了人们过去相对忽视的中国传统人文精神的思想资源。笔者前面只谈到西方“人文主义”传统，而未涉及中国人文精神的优秀传统，确实不够全面。钱先生则精辟地将中国几千年传统人文精神归结为“对人际关系的重视”，即“重在个人修身自立，与人际、社会关系的相互协调”，这的确抓住了要害。

钱先生还进一步分析了这个人文传统的一系列重要表现形式：“表现为中国历史人文知识分子修身自立的品格，坚持人格尊严，个人对社会的责任感，历久不衰的忧患意识感。‘先天下之忧而忧，后天下之乐而乐’（范仲淹），‘为天地立心，为生民立命，为往圣继绝学，为万世开太平’（张载）。在近代西方思潮的影响下，我国现代知识分子又提出‘赛先生’、‘德先生’，甚至近时又呼唤‘莫先生’（道德）；提出知识分子的价值是‘与天壤而同久，共三光而永光’的‘独立之精神，自由之思想’说。自然，这是一种理想与追求。”②这就把中国传统人文精神的内涵具体化了，从而阐明了建构新人文精神的民族传统的基础。

第二，中文先生还将中西人文传统加以比较，指出两者的主要区别在于中国重个人修养与人际关系的协调，而近代西方以来，“人文精神的着眼点则是以个人为本的，如自由、人权、平等、求知、求真等。特别是自由与人权，它们关系人的方方面面”，认为西方人文传统至今仍有一定的“理想光辉”，但同时指出它在几百年来的实践中却常走极端，以致造成“对他人的侵扰与伤害”。这又从另一方面提供了建构新人文精神的思想资源。

第三，中文先生强调建构当代新人文精神须以弘扬中国人文精神优秀传统为“基础”，“适度”地汲取西方人文精神中的合理因素，而不是等量齐观，各取一半来吸收；这种建构不是将中西人文传统拿来拼凑、混合，而是须加以“融合”，融而化之，合成一种新的人文精神，兼具两者的合理成分，却又是与两者全然不同的具有新质的精神。

中文先生的“新理性精神”文论正是以上述具有新质和强烈现实批判性

---

① 参见金元浦：《多元对话时代的文艺学建设——新理性精神与钱中文文艺理论研究》，军事谊文出版社 2003 年版，第 6～8 页。

② 钱中文：《文学理论：走向交往对话的时代》，北京大学出版社 1999 年版，第 346 页。

的“新人文精神”作为其理论架构的价值中枢和核心内涵。可以说，新人文精神既是建构“新理性精神”文论的根本目的，又是它的理论核心与价值基石。

二　以“现代性”为主题

关于“现代性”的问题，与“后现代性”问题一起构成了1990年代至新世纪初文论界乃至整个人文社会科学界关注的焦点之一。由此问题切入，可以对各人文学科的理论架构和传统格局作深刻的反思和根本性的改造，文艺理论学科亦不例外。

钱中文先生的“新理性精神”文论就是以紧紧围绕现代性及相关话题，以此作为理论切入点和展开论述的主题。他明确指出：“新理性精神将以‘现代性’为指针，以推动现代社会、文化、文学艺术发展的现代意识精神为其理论组成部分。”之所以紧扣住“现代性”不放，是出于更新改造文化传统、建设当今新文化的内在需要。钱中文先生言简意赅地指出：“在当今新文化的建设中，需要通过现代性，对优秀的文化传统进行定位与选择”①，进而加以改造与创新。他认为我们当下面对的有三种文化传统与资源——中国古代文化传统、中国现代文化传统及外国文化传统。根据现代性尺度，“当代文化建设，只能以现代文化传统为基础与出发点”；就是要按现代性要求，“以现代批判精神对现代文化进行批判与改造，确立其行之有效的部分”，然后才能进而借鉴另外两种传统资源，即“吸收中国古代文化与西方文化中的有用成分，使之融会贯通，建立新的文化形态”。在此，对文化传统的选择、吸收、改造、融化，每个环节都离不开现代性。所以，抓住了现代性，也就抓住了建设当代新文化的关键。

中文先生在探讨现代性及其与文学理论的关系问题上的理论贡献，在我看来，主要有以下几点：

第一，在回顾了欧美现代性理论发展历史的基础上，对现代性的基本内涵作了完整而精当的归纳：

在我看来，所谓现代性，就是促进社会进入现代发展阶段，使社会

① 钱中文：《新理性精神文学论》，华中师范大学出版社2000年版，第25页。

> 不断走向科学、进步的一种理性精神、启蒙精神，就是高度发展的科学精神与人文精神，就是一种现代意识精神，表现为科学、人道、理性、民主、自由、平等、权利、法制的普遍原则。①

更重要的是，他并不把“现代性”内涵凝固化，而是以历史发展的眼光首次提出了如下的现代性的历史动态模式：

> 从现代性的历史进程来看，现代性是一种被赋予历史具体性的现代意识精神，一种历史性的指向。在各个发展阶段，现代性的内涵有着共同之处，但又很不相同。一些学术思想问题，在彼时彼地的提出，看来有违那时现代性的要求，而不被重视，甚至还要遭到批判；而在此时此地，则不仅与现时现代性的要求相通，而且还可能成为现代性的基本组成部分。②

在我看来，这个动态模式的重要性超过了对现代性下一个确定的定义，使我们对现代性的认识具备了一种开放的、历史的眼光，一种辩证的、变化的思路，一种宽容的、超越的气度。

第二，中文先生也清醒地看到了现代性所包含的内在矛盾及由此在历史实践中产生的种种负面效应。他强调要“把现代性本身看作一个矛盾体，应当看到它的两面性，以避免走向极端”。与一般承认现代性有两面性的观点不同，中文先生还对这种矛盾性的具体历史内涵作了深刻的揭示与论述。他认为这种内在矛盾主要表现为“在理性精神的不断实现过程中，也造成了种种失衡，使理性精神变而为只讲使用的工具理性”③。他还从科技进步、物质发展导致物对人的压抑和人文社会科学进展局部引发非理性、反理性思潮两个方面深刻揭示了在现代化和现代性发展过程中理性的工具化实质，同时也准确揭示出工具理性不同于一般理性，乃至成为理性的异化形式的基本内涵，从而透彻地阐明了现代性内在矛盾的性质和含义。

第三，中文先生并未因现代性有两面性而全盘否定现代性，或认为现代

① 钱中文：《新理性精神文学论》，华中师范大学出版社 2000 年版，第 25 页。

② 钱中文：《新理性精神文学论》，华中师范大学出版社 2000 年版，第 30～31 页。

③ 钱中文：《新理性精神文学论》，华中师范大学出版社 2000 年版，第 27～28 页。

性原则已“过时”，相反，他旗帜鲜明地批评了那种在后现代主义旗号下全盘否定和抛弃现代性的时髦主张，指出，“现代性的文化批判仍在探索积极的因素，维护人的存在所需要的普遍价值原则与普遍精神，以便使价值与精神在被破坏中获得重建”，因而它并未过时，“即使在欧美，如果要使社会获得正常发展，那么现代性以及现代性建立的意识、话语权威，即使一部分过时了，而其基本原则、精神还是常新的，是人们的生存须臾离不开的”；他还认为，后现代性与现代性并非绝对对立的，其中有些新观念有积极意义，“可以将这些积极因素作为现代意识因素，融汇到现代性中去，丰富现代性，但难以排挤掉仍在起到支配社会生活的现代性”①。这一观点与哈贝马斯关于现代性是“一次未竟的事业”（或译为“一项未完成的设计”）不谋而合，有异曲同工之妙。

第四，联系到文艺理论，不得不涉及现代性与现代主义的亲缘关系。中文先生在肯定现代性与现代主义之间的密切联系的同时，又把许多人混为一谈的“现代性”和“现代主义”两个概念作了严格区分，也对基于现代性的文化批判与后现代主义的文化批判作了严格区分，进而又为现代性的合理方面作了有力辩护。他首先明确指出，“西方学者把 20 世纪最后几十年前的社会精神、学术思潮的现代性，定位于现代主义，把现代主义看成了现代性的最后形式，把现代主义的危机当成现代性的危机”（注：钱中文：《新理性精神文学论》，第 26 页）。这就一针见血地揭示出混淆现代性与现代主义，必然导致把已经过时、失去存在理由的现代主义的历史命运硬加在仍有生命力的现代性上。其次，中文先生在肯定后现代主义是对现代性进步着一种文化批判的同时，也强调现代性仍继续着对自身消极方面的反思和批判，因此后现代主义的批判往往把现代性加以全盘否定是片面的。

第五，他认为现代性作为一种历史性的具体指向，在其各个发展阶段的内涵并不完全相同，中国作为发展中国家，其现代性诉求与西方发达国家主张的现代性趋向，在内涵上并不完全一致。这就提出了中国现代性有特殊性的重要思想。据此，他批评那种“完全以外国的现代性准则来代替我国的现代性诉求”，“实际上是西化思想”。他指出，“以外国的现代性来替代我国文化、文学的现代性，一旦发现了两者之间的差异，就对我国的文化与文学艺术嗤之以鼻”的做法是“西化式现代性讨论”，“不能不导致现代性阐释的

① 钱中文：《新理性精神文学论》，华中师范大学出版社 2000 年版，第 25 页。

失误”。为此，中文先生力主中国的现代性“应在文化建设中确立自己独立自主精神与进取精神，也即独立、进取的文化身份”。这就是一方面要用现代性激活、更新传统，建设当代新文化；另一方面在建设当代新文化的进程中发展、充实现代性的历史内涵，焕发现代性的生命与活力。

由上可见，中文先生关于现代性的论述，乃是“新理性精神”文论的主题和基本论域。只有把握了这一主题，才能在更高层面上获得的一个现代性视阈中，重新审视文艺理论的一系列基本问题，给予新的阐释与论证，文艺理论的创新才能获得扎实的思想依据和理论根基。

三　以交往、对话为理论创新的思维方式

作为一种创新的文艺理论，中文先生的“新理性精神”文论在研究方法与思维方式上也有重大突破，这集中体现在以交往、对话精神为内核的综合研究方法超越二元对立的思维方式上。

新时期以来，中国文艺理论界虽然取得了重要成就，但由于众所周知的原因，在思维方式上其实并未完全摆脱二元对立论的阴影，远未真正达到马克思主义辩证思维的高度。这可能是阻碍我国当代文论健康发展并取得根本性突破的主要症结之一。

中文先生在回顾中国百年文论时，对二元对立的思维方式作了深刻的剖析，指出：“在近百年里，我们大部分时间处在斗争和一味斗争中间，我们的思维养成了非此即彼的定型的方式，哲学上只分唯心唯物，抑此扬彼，绝对的二元对立；政治上是分等划类，你死我活，好就是绝对的好，坏就是绝对的坏；批判不是为了吸收与扬弃，而是为了否定与打倒。这种方法不仅渗入人们的思想，而且也深入各种理论思维。”他大声疾呼：“应该是建立健康思维方式的时候了”①。何谓“健康的思维方式”？中文先生认为，这“应是一种排斥绝对对立、否定绝对斗争的非此即彼的思维，更应是一种走向宽容、对话、综合、创造同时又包含了必要的非此即彼、具有价值判断的亦此亦彼的思维，这是一种交往、对话的思维方式”②。我觉得中文先生“新理性精神”文论其实使用的就是这种交往对话的思维方式，它在超越二元对立思维

---

① 钱中文：《新理性精神文学论》，华中师范大学出版社2000年版，第123页。

② 钱中文：《新理性精神文学论》，华中师范大学出版社2000年版，第123页。

方式上取得了全方位的突破，为中国文论界作出了榜样。

对这种交往、对话的思维方式，中文先生从多方面作了深刻的论述。

第一，这种思维方式体现了现代性的价值尺度与精神诉求。一般说来，思维方式本身并不依附于某种价值需求。但是，任何思维方式确实是在一定的社会价值环境中孕育形成、发展起来的，因此，常常与特定的价值观念相关联。比如说独断论的思维方式往往与专制主义观念相联系，而现代性所主张的民主、自由、平等的观念则与独断论、独白式思维方式不相容。所以，交往、对话的思维方式与现代性价值要求有着内在的必然联系。正如中文先生所说：“文学理论的现代性，要求排除对一种思维、观念的终极真理性、绝对权威性。绝对权威，终极真理，说一不二，不准思索的思维方式，已经不合时宜，表现为逆现代潮流而动。人的思维、意识是多样的，它们各有价值……真理的长河，是由千条万条细流汇合而成的，它们的相互关系应是一种相互包容、相辅相成的对话关系，表现为多声合唱”①。

第二，这种思维方式决定于人的实际存在方式，它有本体论的根据。中文先生将这一思维方式提到人的存在方式的高度作了本体论的论证。他引述巴赫金有关“我离不开他人，离开他人我不能成其为我”，“我的名字是我从别人那里获得的，它是为他人才存在的”论点，指出：“事实上，我需要他人才能存在，他人存在也要以我为依托”，“人实际存在于我和他人两种形式之中，存在意味着为他人而存在，通过他人而确证自己的存在。意识作为他人的和我的意识，相互联系又是各自独立……意识实际上是多数的，它们相互交织，各自独立，又具充分权利，自有价值，相互平等，在交往与对话中互为存在。……实际上生活本身就是对话的，你无法离开他人而存在。”②这是极其深刻的，为交往、对话的思维方式建立了哲学本体论（存在论）的坚实基础。

第三，这种思维方式体现了与自然科学方法不同的人文科学性质。中文先生指出：“自然科学的思维，是单一主体的思维，它的对象就是客体，而非另一个客体的主体，意识的工作主要在于解释客体，其方式偏重于独语，而达于认识。人文思维则具有‘双主体性’，它探讨的文本，是主体的一种表述，它进入交流，面向另一个主题，另一个主体也面向作为主体的它，进入对话的语境，它需要的是‘理解’。”“人文科学重在理解，理解是人与人的对话，

① 钱中文：《新理性精神文学论》，华中师范大学出版社 2000 年版，第 77 页。

② 钱中文：《新理性精神文学论》，华中师范大学出版社 2000 年版，第 77～78 页。

主体与主体的交流，意识与意识的交锋，‘我’与‘你’的相互讨论与了解。在对话与交锋中，两个主体互揭短长，去芜存精，共同发现，揭示与充实真理因素。”①这就为交往、对话思维确定了适用范围——主要在人文科学的“理解”之中。

第四，这种思维方式的基本特点就是超越非此即彼、二元对立的思维模式，成为一种“包含了必要的非此即彼、具有价值判断的亦此亦彼的思维”。交往、对话的思维方式用“亦此亦彼”的辩证思维来消解、取代“非此即彼”的二元对立的思维方式，自然是抓住了要害。但中文先生的创新之处不限于此，而是在“亦此亦彼”前面又加了上述定语。有无这个定语大不一样。因为“亦此亦彼”地思维固然可以超越“非此即彼”，但若处理不当，亦容易导致取消价值判断的、无是无非的相对主义。这就“把亦此亦彼的思维方式绝对化”了。而如把“亦此亦彼”绝对化，实际上也就把“亦此亦彼”与“非此即彼”绝对对立起来，而这种绝对对立的方法，实际上仍然回到了二元对立的老路上去了。因此，中文先生主张在“亦此亦彼”前面加定语。定语一是“包含了必要的非此即彼”，即对“非此即彼”否定的同时，又有所吸收，批判之中有所包容(函)，这才是辩证的扬弃和真正的超越；二是“具有价值判断的”，思维不只是一种形式，必定同时还包含某种内容，即包含一定的价值倾向与判断，否则“亦此亦彼”的思维方式就会成为无是非、无正误，不包含任何内在矛盾、交锋和真正交往、对话的一种思维空壳，它的生命力也就终止了。所以，中文先生为“亦此亦彼”的思维加上两个定语，就使之获得了新质和强大的生命力。

第五，这种思维方式就其实质而言，我以为是一种综合、创新的思维方式，从第四点可知，在思维中所谓交往、对话就是让对立或不同的各个方面通过“对话即发问、诘难、应答与比较”及交流、沟通、理解(包含交锋、冲突、解释、渗透、吸收等等)，最后有所超越和升华，达到一种综合、创新的境界。中文先生提出，“当今是综合创新的时代”，“综合可能是一条创新之路”。在我看来，交往、对话的思维方式，实质就是理论上的综合、创新之途，只有通过交往、对话，才能将多种声音在“亦是亦非”的交流、沟通中达到一种更高形态的“综合”，实现理论创新。在此意义上，我想把交往、对话思维概括为综合、创新的思维。

---

① 钱中文：《新理性精神文学论》，华中师范大学出版社2000年版，第78～79页。

以上,我只是对中文先生的"新理性精神"文论内在结构的三个主要方面作了初步分析。我以为这三个方面相互交织渗透,组成一个开放的理论系统。至于其极为丰富的精神内涵及当代意义,本文还远未谈透,还有待于文论界同仁的进一步研究与阐发。

原载《学术月刊》2003 年第 4 期

略谈理论创新与实证学风之关系

新世纪，随着我国经济社会所经历的重大转型，我国学术文化也正经历着渐进式的却极为重大的历史性转型，人们的学术观念正在悄悄发生着重要的变化。《文艺理论研究》编辑部及时组织“学风·文风·世风”问题的讨论，我认为是非常有意义的，在某种意义上可以说正是对学术文化这种重要转型的反思与内应。

学术创新与学术研究的方法论有密切关系，已成学界共识。本人曾就文艺学、美学如何超越二元对立思维方式、寻求突破之途发表过意见。这里想换一个角度，就学术理论创新与实证精神、学风的关系作一思考。

我觉得理论创新与实证精神之关系，涉及两个层面的问题：一是关于理论探索和考据实证两种学问何者更有价值，或价值孰高孰低的问题；二是关于理论创新探索与考据实证在学术研究（治学）中的相互关系的问题。对这两个问题，学界目前存在不同看法。特别是20世纪90年代以来，学界在批评浮华空泛的不良学风的同时，在部分学者中滋长了重实证考据、轻理论探索的风气。其中不无合理之处，却也明显存在片面性。在此，我想首先郑重推荐一篇好文章——傅杰先生不久前发表的《“抬轿人”和“坐轿人”如何对话——20世纪的义理与考据之争》（载《文汇报》2003年3月30日“学林”版）。该文借清代思想家戴震的一个比喻（将考据与义理分别比作“轿夫”与“轿中人”）为题，对清代以来，主要是20世纪学界关于义理之学与考据之学的争论作了深入的历史回顾，并提出义理考据不可偏废、是为学术发展之双翼的辩证看法。文章写得十分精彩，论据翔实，论证充分，具有很强的说服力。我这里只想接着傅文补充几句。

我们说的理论创新与实证精神之关系，同传统义理与考据之学的关系虽不完全相同，却有相当大的一致与重合。其中强调理论探讨、创新与注重实证、考据这两种不同的治学侧重点，在不同学者的学术观念和追求上，产生了明显的分歧。有的学者认为搞理论研究是“空对空”，是“从理论到理论”，是“哗众取宠”，学风浮而不实，“没有学术价值”等等；而唯有考据、实证才是“实事求是”，体现“扎实学风”，“实实在在地解决一个个具体学术问题”。这实际上对以上这两种学问作出了价值的区分与评价。对此，我有一些不同看法。

我认为理论探索与实证研究同义理与考据两种传统学问在研究的具体内容上虽不完全相同，但从学术分类看基本一致。这两种学问究竟何者学术价值更高？恐怕不可笼统回答，而应根据具体情况、具体论题以及对学术发展的推动、影响的大小等作实事求是的具体分析。一般说来，理论与考据两种学问在研究目的、对象、重点、方法等方面存在重要差别，判断它们在学术上的成就、价值有各自不同的尺度、标准，因此，我们不应对这两种不同类型的学问作抽象、笼统的价值评判。换句话说，我觉得理论与考据这两类学问在现代学术中仍然各有其存在价值和重要地位，缺一不可，笼统地说哪一种学问更有价值或价值更高，均不妥当。看轻考据而单纯推重理论固然不对，但夸大考据作用而贬低理论的指导意义同样片面。

这两种片面性在整个 20 世纪曾一再重演，傅杰先生已有详细论述。这里仅就 70 年代以来，义理与考据之争在新的形势下继续延伸的情况稍作补充。“文革”之后，随着现代迷信的打破，80 年代的学术界也呈现出思想解放、理论创新、百花齐放、学术繁荣的大好局面。西学的大量涌进，学术视野的极大拓展，世界性、跨文化比较眼光被广泛接受，研究方法的日趋多样，学科之间交叉互补和新学科的形成、建设，都为我国理论研究和创新提供了极为有利的契机，事实上，整个 80 年代学术发展中理论研究的成就在数量、质量上可能更为突出一些；与此同时，传统的考据之学在新观念、新方法、新手段的冲击下也获得了新的拓展和活力，也有长足的进步。但是毋庸讳言，在理论学术追求突破、创新的大气候、大氛围下，某些浮夸的不良的学风亦有所抬头：理论探索中重宏观概括、轻微观研究；重新学说、新观念的提出和新理论新体系框架的建构，而轻新学说、新理论具体依据的深入阐述和缜密论证；好移植、“创造”、玩弄、炫耀新概念、新命题、新名词、新术语，而不重视对这些新东西的深入研讨和扎实应用……其结果，滋长了某些浮华不实的学风，在一部分学者中实际上对实证考据之学有所看轻、贬低和压抑。

20 世纪 90 年代之后，这种情况有所改变。一方面，学界对上述浮华现象的逐渐觉察和日益厌倦，促使理论研究中空疏、浮夸之风遭到越来越多的批评；另一方面，出于对西方后殖民主义和文化霸权主义的警惕和抵制，学界中弘扬中国传统文化的呼声日益高涨，一度出现了“国学热”，传统的考据之学重新受到重视和推崇，实证的学风也得到极大的张扬，其中一个突出的标志便是陈寅恪先生实证考据方面的学术成就（他在史学理论方面的贡献同样巨大）从学术版图的边缘移到中心位置。相对而言，理论研究和创新在一部分学者心目中受到冷落和看轻。

从 80 年代到 90 年代，理论研究与实证之学在我国学术文化中的地位出现上述这种戏剧性的变化，我以为虽然有其一定的合理性，但追根究底，恐怕与我们学界、与我们部分学者对两种学问所持看法存在某些片面性不无关系。

所谓合理性，一是指 80 年代理论探讨、创新对我国整个学术文化的建设和推进功不可没，这种建设在性质上是突破性的，是对“文革”乃至新中国成立以来中国学术受“左”的路线的压制造成的僵化、狭隘、沉闷局面的猛烈冲击和根本突破；在范围上则是全局性的，是对人文社会科学所有学科的全面推进，其中也包括对实证考据学问的推进。二是指 90 年代以来实证学问地位的提升和理论研究地位的相对降低，对于那些迷恋于空疏庞大的宏观理论体系而无视微观实证依据的学者无疑是一付有效的清醒剂，对于 80 年代以来学界滋长的华而不实的浮夸学风也是有力的冲击和反拨，同时对于发扬传统文化的优秀成分、夯实学术文化建设的根基也有好处。

所谓片面性，则是指 80 年代理论学术空前发展的大潮中鱼龙混杂、泥沙俱下，吸收西学的过程中出现良莠不分、生搬硬套、简单移植的现象，追求理论创新时满足于新观点、新学说的提出，而疏忽于对这些新说作细致的考据和缜密的实证，导致其根基不牢，易成过眼云烟，尤其在客观上助长了一部分学者浮华不实、投机取巧的不良学风，这也正是后来招致实证学问批评的主要原因；90 年代以来，实证学问的倡导对学界的浮躁风气不啻是一服良药，但过分走极端却也会对理论探讨和创新造成一定程度的看轻甚至压抑，这种现象的存在已是不争之实了。

我觉得，造成以上两种治学的片面性的根由，还是在对两种学问各自价值及其相互关系的认识上存在误区。为了说明这个问题，我想从傅杰先生文中转引一下尊重义理与考据两种学问的思想家戴震的看法。戴震面对当时代表学术主流的考据派人士朱筠只承认他的考据成就而批评他“空说义理”，是“将有用精神耗于无用之地”时，叹曰：“六书九数等事，如轿夫然，所以舁轿中人也。以六书九数等可尽我,是犹误轿夫为轿中人也。"其意如傅文所说:"思想家是坐轿子的,考据家是抬轿子的,只重视我的考据而忽略我的思想,那是只把我当作轿夫了。"戴震用轿夫与坐轿人比喻这两种学问,我以为并不一定十分准确,却也道出两者的基本关系:首先,两种学问缺一不可,坐轿的整个行为(学术行为)必须有轿夫与坐轿人共同组成,缺少任何一方,这一行为就不能成立;其次,考据之学是学术的基础,无此依据,任何思想、义理都立不起来,恰如若无轿夫,坐轿人寸步难行;再次,义理、思想是学术研究的追求和目的,只为考据而考据,不作义理阐发和思想提升,整个学术文化建设就得不到真正的推进和发展。这也如同轿夫是为坐轿人而抬轿子的,而决不会满足于抬不载人的空轿子一样。戴震既是考据大家,又是思想大家,他的考据显然不是为考而考的,相反,他的考据最终服务于其义理的阐发和思想的提出。他毕生从事考据,决不会像今天某些理论工作者那样因不懂考据而轻视考据;但他也决不满足于仅仅做个考据家,他也有理论追求,还是个大思想家,他痛苦的是,人们对他后一方面的追求和成就置若罔闻,甚至指责、贬抑。

戴震的学术生涯对我们当前的学术、学风建设极有启示,它告诉我们:理论与实证两种学问其实是密切相关、互补互动、相辅相成、不可偏废的。任何抬高一个、贬低另一个的做法都是片面的,不足取的,都会阻碍学术的健康发展。而若能自觉处理好二者的关系,则恰为鸟之两翼,协同展动,对学术发展极为有利。

具体来说,在当前的学术建设中,一方面,理论创新需要以实证、考据为基础和支撑,否则会成空中楼阁,易于倾塌;另一方面,实证、考据需要理论指导和提升,才有可能从实证、考据成果中提取出"微言大义",更充分地发挥其为理论创新服务的功能。在当代学术中,无论中西,都有大量例证可以说明这个道理。比如80年代以来陈尚君先生在唐诗考据方面作了出色的工作,他的《全唐诗补编》从大量非唐诗中发现和考订了《全唐诗》未收的唐诗达5000余首,相当于《全唐诗》的十分之一强。这项考据成就对拓展、推动唐诗研究的重大意义是不言而喻的;当然,如将这项考据成果束之高阁而不作为唐诗研究进一步深化的实证基础,它的学术意义就会大打折扣。又如王振复先生新近出版的《中国美学的文脉历程》一书,我以为成功地体现了理论创新与实证考据的互补互动,该书第二章三、六两节分别对1993年出土的郭店楚简《老子》抄本和儒家《性自命出》篇作了考证与理论有机结合的全新阐述，提出了一些前人未发的新观点，并作了令人信服的论证，这里，理论对考据的指导、对所考据对象的深层意义的发现和开掘，可以看得一清二楚；同时，考据、实证对理论创新强有力的支持也一目了然，限于篇幅，这里不作具体介绍了。

其实，在西方这一学术法则也不例外。海德格尔在对基础存在论论证时，曾引过老子的“道”的概念，并从中西方语义学、语源学角度作过详细考证；德里达提出解构理论也是从对“文字学”及文字、言语、逻各斯等西方基础学术范畴的哲学、语义学、词汇学的考据切入的。当然，其考证的目的十分清楚，是为其理论、学说的建构服务的。

顺便提一下胡适“五四”时期在西方实证主义思想影响下提出的“大胆假设，小心求证”的理念，其实这也是一种注重理论创新与实证考据相结合的治学方法，至今我们仍然认为是具有一定合理性和价值的。

总之，在当前，我们应当把90年代开启的重实证的治学精神继续发扬，但不应加以绝对化，更不应走向轻视理论创新的极端，而应努力把追求理论创新与倡导实证学风有机结合起来。这是走向学术文化繁荣的必由之路。

写于7月梅雨季

原载《文艺理论研究》2003年第5期，
人大复印资料《文艺理论》2004年第2期全文转载

关于当前文艺学学科反思和建设的几点思考

近两年来，关于“日常生活审美化”及文艺学学科反思的讨论在学界引起了广泛的关注，成为学术热点之一。目前讨论还在进行，并逐渐走向深入。我们认为，这场讨论是非常及时的，也是非常有意义的。讨论中涉及一系列有关文艺学学科建设和发展的重大问题，值得我们认真思考、认真对待。本文拟就这场讨论本身以及文艺学学科反思和建设的若干问题谈几点自己的看法。

一

我们认真拜读了“日常生活审美化”论者的主要文章，特别是陶东风的一系列论文，感到获益匪浅。我们认为，他们的思考中有不少见解很重要，值得我们重视。

首先，他们敏锐地感受到上世纪90年代以来随着市场经济的发展和进入“全球化”语境，中国正经历着一场极其深刻的社会、文化转型，而向以文学为主要研究对象的文艺学提出挑战，要求其改弦更张，跟上时代的步伐。“日常生活审美化”论正是在这样的背景下提出的。在他们看来，今天的“审美活动已经超出所谓纯艺术/文学的范围而渗透到大众的日常生活中。占据大众文化生活中心的已经不是传统的经典文学艺术门类，而是一些新兴的泛审美/艺术现象，如广告、流行歌曲”等等；同时也由于电子媒质引起了传播革命，现代社会影像生产能力急剧膨胀，导致“实在与影像之间的差别消失了，日常社会以审美的方式呈现了出来”①，总之，导致了文学艺术与审

① 陶东风：《日常生活的审美化与文艺社会学的重建》，《文艺研究》2004年第1期。

美化的日常生活之间的界限逐渐泯灭,“当前的大众文化:影视文化、图像、传媒、网络文化等等的变化,使我们很难说这是文学,那不是文学”了,甚至“文化活动、审美活动、商业活动和社交活动之间不存在严格的界限”了①。“日常生活审美化”论者的确看到了当代中国文艺正在发生着重大变化,其中至少有两点是切中要害的:一是看到大众文化的蓬勃发展带来文学边界的模糊;二是看到电子传媒的革命对当代文学的冲击。不过,他们由此得出日常生活已审美化的结论,我们则持不同意见。②

其次,根据文学现实的新变,他们认真反思了当前文艺学的现状,认为文艺学存在着严重的“合法性”危机。他们这一批学者,在文艺理论界是最早、最敏锐地感受到文艺学的现实危机的,并对这种危机作了严肃和有深度的反思。他们认为,由于当前文艺学的“主导范式”“囿于经典文学、坚守艺术自律立场已经严重阻碍文艺学及时关注与回应当下日新月异的文学/审美活动”③。因此,他们呼吁“当代文艺学研究不必固守原有的精英主义范围,而应该关注日常生活中新的审美现象”④。

这里,他们对文艺学存在危机或严重问题的判断我们是赞同的,但是,他们认为文艺学的危机是全局性的,乃至关乎学科存在的合法性问题,则令人难以苟同;而提出这种危机集中表现在其“主导范式”是“以艺术与审美的自律为支柱的”⑤,因而无法应对和解释“日常生活审美化”的现实,这也大可商榷。⑥ 不过,他们指出现有的文艺学“囿于经典文学”、存在某种精英主义倾向,倒是不应该否认的,值得认真反思。我们的文艺学确实存在比较多的“向后看”现象,所举经典往往是古典的,对现当代的新经典则相对忽视;对当代大众文化中的通俗文学更是比较轻视,有时还有意无意加以排斥。这样当然无法应对和说明通俗文学空前繁荣而高雅文学的空间被挤压得所剩无几的“严酷”局面。这个问题的确触及了当前文艺学发展的一个关键问

① 金元浦:《当代文学艺术的边界的移动》,《河北学刊》2004 年第 4 期。

② 见拙文《文学的边界就是文艺学的边界》,《学术月刊》2005 年第 2 期。

③ 陶东风:《日常生活的审美化与文艺社会学的重建》,《文艺研究》2004 年第 1 期。

④ 金元浦:《当代文学艺术的边界的移动》,《河北学刊》2004 年第 4 期。

⑤ 陶东风:《日常生活的审美化与文艺社会学的重建》,《文艺研究》2004 年第 1 期。

⑥ 见拙文《文学的边界就是文艺学的边界》,《学术月刊》2005 年第 2 期。

题。

再次，他们在思维方式和方法上反对形而上学、凝固不变的现成论，而主张并实际坚持了辩证、动态的生成论，具有很强的历史感，这是难能可贵的，在方法论上是值得倡导的。陶东风在好几篇文章中都从生成论的角度来思考文学与文艺学的不断变动、生成的历程。① 他首先考察了“文学”范畴的变化，认为“文学”的含义是变动的，以至于韦勒克在《文学理论》中付出艰苦努力，为文学下了个“虚构的、想象性的作品”的定义，却又不得不承认“文学与非文学的语言用法之间的区别是流动性的，没有绝对的界限”；尔后在伊格尔顿那里更是成为第一个受到质疑的定义。陶东风认为，“伊格尔顿的思路与韦勒克的最大不同在于不事先在脑子里预设一个关于文学的本质主义定义，而是考察历史上的各种文学定义，然后分析其社会历史原因”。事实也正是这样，“文学”的含义确实是历史地变动着的，我们不应当把文学的定义和边界凝固化，这就是生成论的观点。陶东风又吸收华勒斯坦等人的研究成果，回顾了现代人文社会科学各学科的一般形成和制度化的过程，指出到 1945 年，社会科学的建制化过程已经完成并牢固确立，但他认为，这种“学科边界的确立却不是什么一劳永逸的事情，也没有什么‘内在的’学理可言”；“事实证明：所有的学科门类都不可能一劳永逸地划定自己的边界、论证自己学科的合法性，而是要反复地重新论证”。他进而由一般学科的生成性推导出文艺学学科及其边界的生成性，他具体考察了在中国的历史环境中文艺学学科生成、发展的过程，并在多处强调：“文艺学的学科边界也好，其研究对象与方法也好，乃至于‘文学’、‘艺术’的概念本身，都不是一成不变的，而是移动的变化的，它们不是一种‘客观’存在于那里等待人去发现的永恒实体，而是各种复杂的社会文化力量的建构物。它们不是被发现的而是被建构的。”金元浦也对以审美性为核心的文本中心论在 20 世纪西方和当代中国的建构作了历史的考察。② 就一般而言，这种生成论的思维方

① 参阅陶东风：《试论文化批评与文学批评的关系》，《南京大学学报》2004 年第 6 期；《日常生活审美化与文艺学的学科反思》，《天津社会科学》2004 年第 4 期；《移动的边界与文学理论的开放性》，《文学评论》2004 年第 6 期；《开放文学理论》，《文学前沿》第 9 辑，学苑出版社 2004 年；等等。

② 金元浦：《重构一种陈述——关于当下文艺学的学科检讨》，《文艺研究》2005 年第 7 期。

式和方法我们是完全赞成的，而且认为应当大力提倡。因为主客二分的现成论思维方式和方法长期以来在我们学术界占支配地位，包括我们自己在内，也深受其影响。问题是如何将这种生成论方法应用于对文艺学学科的具体分析。当陶东风指出“80 年代的文艺自主性理论本身就是多重力量参与其中的社会历史建构，它与当时具体的政治气候、与意识形态的变化紧密关联，因此并不是什么文学的‘一般规律’的表现”①时，我们原则上也能够同意。但是，由此而得出 90 年代以来“日常生活的审美化”造成了文学边界的模糊和现有文艺学学科的根本危机的结论，却大可商榷。② 无论如何，这种历史主义的生成论思维方式和方法，对于我们克服文艺学的危机、推进文艺学的学科建设是十分重要和必要的，值得大力提倡。

又次，他们努力借鉴和引进当代西方文化研究的理论和方法，也是很有价值的。文化研究是一种跨学科的研究。“文化研究与传统学科不同，没有明确的领域及界限。……最早的文化研究始于六十年代英国一些激进的人文知识分子如伯明翰学派等对传统学术界的挑战。他们常在不被其他学科注意的边缘打游击战，并取得重大突破”，所以它不是一门专门的学科；文化研究开始与文学研究密切相关，但是后来，“文化研究的兴趣从原来的大众文化与传媒转到意识形态、权力、性别、种族及族群等问题。目前的热门课题包括文化身份认同及文化表现等方面的理论问题。文化研究借助和改造不少其他领域的术语和概念。同时也吸收了各种学术传统，尤其是马克思主义、女性主义、后结构主义及后现代主义。但许多概念和术语的内涵和内容在不同学科内有不同理解和运用”③。“日常生活审美化”论者从文化研究理论中得到启发，并以此作为改造文艺学的主要武器和方法。我们认为，有批判地借鉴、吸收文化研究的某些思路、视角、思考方式、研究方法和合理成果，对于文艺学的学科建设是十分必要的：

第一，文学也是一种文化的现象和存在，至少应当承认文学有作为文化形态存在这一个层面，引进文化研究视角，不但是可行的，也是必要的。这

① 陶东风:《日常生活的审美化与文艺社会学的重建》,《文艺研究》2004 年第 1 期。

② 见拙文《文学的边界就是文艺学的边界》,《学术月刊》2005 年第 2 期。

③ 本文关于文化研究方面的材料均采用陆扬、王毅的新著《现代性与文化研究》中的有关章节，该书近期即将正式出版，在此谨向两位作者表示感谢。

在全球化语境中，在市场经济和消费时代的条件下，尤其必要。

第二，文化研究作为一种多学科、跨学科的综合研究，在研究方法上也是多种多样的。在面对一个复杂的研究对象时，它很少用单一的研究方法，而是采用多个学科的多种研究方法，从多个层面、多个向度来考察和审视对象，这样就能够在总体上比较完整地把握对象。这无疑对文艺学有重要启示。

第三，文化研究关注的许多与文学关系密切的重要社会文化课题，我们文艺学过去却很少注意。如权力、性别、种族及族群等文化研究的热门话题，在当代文学的现实发展中具有越来越重要的意义，文艺学完全有必要认真地研究和借鉴。

第四，文化研究对我们文艺学最直接、最重要的借鉴意义在于大众文化的研究。大众文化研究几乎可以说是文化研究的核心课题，其延续时间最长、影响也最大。长期以来，作为大众文化的一个部分的通俗文学被我们忽视、轻视甚至漠视。我以为，文艺学应当大力加强对通俗文学的研究，而在这方面，文化研究值得我们借鉴的地方很多。

总之，“日常生活审美化”论者的研究工作是富有成果的，是建设性的，对于文艺学的学科建设和发展是有意义的。但对他们有些主要看法我们仍然难以苟同，下面拟提出若干商榷意见。

二

首先是对新时期以来我国文艺学现状的基本估计问题。

对当前文艺学学科危机的性质、程度以及具体表现等问题的认识，离不开对新时期以来我国文艺学现状的基本估计与判断。“日常生活审美化”论者对当前文艺学学科危机的反思，就是从80年代新时期文学自主性观念的形成到90年代“日常生活审美化”要求冲破自主性枷锁的过程来推导出文艺学的学科危机的。他们虽然对80年代新时期文学自主性观念的提出作了局部、有限的肯定，说“这种自主性诉求在当时的语境中却正好是知识分子介入社会文化与政治问题的正当性所在”，因为其“批判矛头”“对准了统治中国文艺学美学近半个世纪之久的革命功利主义”的极左意识形态，所以它“在80年代曾经具有不可否定的进步意义与创新意义”。但是，他们认为，90年代以后，“这种本质主义的文艺学”或自主性的“主导模式”“妨碍了美学、文艺学及时关注与回应当下日新月异的文艺/文化活动的变化,尤其是文化与艺术的市场化、商业化以及日常生活中的泛文艺/审美现象","还导致美学、文艺学在研究对象上作茧自缚,拒绝研究日常生活中的审美现象与文化现象"①。他们认为,这也正是当前文艺学的根本危机所在。这种观点的另一种说法是,20 世纪 80～90 年代"我国文艺学的范式由社会历史批评等外部批评向文学本体或内部研究"转变,形成了以"审美性"为"文学本体"的"文本中心论范式";他们肯定当时这种范式存在的合理性,甚至肯定"在中国,对于文学本体的追寻,至今具有其历史合理性","至今仍有现实意义",然而,"进入新世纪,世界文学艺术与美学理论发生了重大的变化",即"日常生活审美化"成为现实,"这使得审美性作为当今文学本体核心依据的理论产生了巨大的矛盾",文艺学学科于是成为"内部发生了重大变化、边界正在模糊甚至不断移动的学科,需要重新思考其既往范式(按:这里主要指以'审美性'为核心的'文本中心论范式')在当下的合法性的学科"②。换言之,当前我国文艺学已陷入了所谓的"合法性"危机。据此推断,在他们心目中,新时期以来的二十多年中,80 年代文艺学提出了审美性和自主性的"主导模式"或"文本中心论范式",相对于此前极"左"的政治功利主义是有正当性和进步、创新意义的,甚至至今还有一定的现实意义;但是,从总体上说,90 年代以后,特别是新世纪以来,由于文艺学延续了这一审美自主性的"主导模式"或"文本中心论范式"而导致"作茧自缚",陷入无法应对"日常生活审美化"现实的危机,正在丧失其正当性与合法性。也就是说,新时期以来文艺学学科总体上是前高后低,在走下坡路,直到陷入困境和危机。

这就提出了一个重大问题:究竟应当如何评价新时期以来我国文艺学学科基本状况?因为这关系到当前文艺学学科向何处去、如何建设的根本问题。本人近一年来带领学生在阅读大量第一手资料的基础上,对新时期以来我国文艺理论与批评的历史和现状作了认真的调研,完成了 18 万字的调研报告(该调研报告不久将出版)。这里引述报告的概述和"初步结论"中的若干文字以表达我们对这个问题的看法:

---

① 陶东风:《日常生活的审美化与文艺社会学的重建》,《文艺研究》2004 年第 1 期。

② 金元浦:《重构一种陈述——关于当下文艺学的学科检讨》,《文艺研究》2005 年第 7 期。

“自20世纪初起，中国文艺学经过百年的发展、革新、积累、创造，逐渐形成了不同于19世纪末之前的可概括为‘古典文论’传统的一个新传统。这个新传统，尤其在20世纪最后20多年即新时期以来获得了长足的多元的发展，它的异于古典传统之‘新’，得到了充分的体现。这20多年，文艺理论界在反思过去的基础上，思想解放，视野开阔，取得一系列前所未有的重大成果，用‘收获巨大，成就辉煌’来概括毫不为过。文艺学的这种大发展主要表现在文学观念冲破旧有束缚、张扬人文精神，在自律与他律的辩证统一中探索和把握文学的审美意识形态本质，并在此基础上促使文学理论走向多元和成熟；文学研究方法也在借鉴中外文论和其他学科研究方法的基础上取得突破和创新，有力推动了文艺学研究方法的多元化，反过来又促进了新时期文学观念的拓展和更新。根据新时期以来文艺学的历史发展的实际情况，我们将这一发展过程大致概括为三个时期：

首先，1978～1984年，是新时期文艺学的批判与反思时期。这一时期，随着政治上的拨乱反正，文艺界也开始逐渐突破旧有的、不符合文艺发展规律的框架。如文学观念首先突破文艺从属于政治的工具论、从属论、服务论的偏颇和束缚，结束了长期禁锢文艺生命的错误文艺路线和极端化思想；并在对马克思主义经典文艺理论的触发性思考中，‘人’的意识开始复苏和觉醒，表现为人性、人道主义、异化问题讨论突破原有的理论禁区，‘文学是人学’的命题得以确立，这一切奠定了文学的人学基础，为新时期中国文艺学的健康发展提供了必需的前提。接着，文艺理论努力挣脱政治工具主义的枷锁，逐步从机械反映论走向能动的、审美的反映论，恢复了文艺的审美特性，为文学观念走向多元化奠定了基础。

其次，1985～1990年，是新时期文艺学在自律与他律的辩证统一中逐步回归文学本身的时期。这一时期，随着‘文学是人学’的深入人心以及文学创作中‘人’的意识的不断张扬，文艺理论的思考从对于人的一般肯定走向对于文学主体性的具体论证。文学主体性理论是文学乃人学之根的必然萌芽和生长，是人性、人道主义和异化讨论的延伸和结果，对于破除长期以来‘左’的政治功利主义和庸俗反映论起到了重要作用。其次，80年代中期中国文艺研究和批评领域出现了方法论热，包括控制论、信息论、系统论等新三论被引进到文艺研究领域，方法论更新在当时成为文艺研究的自觉意识。方法论热对于原有的文学批评观念带来猛烈的冲击，在当时具有思想解放的意义，潜移默化地影响和铸造了一代学者的思维品格。文学本体论层面上的追问激发了以文本为中心的形式研究的兴起，文学研究实现了‘向内转’。同时对现实主义、新写实主义与典型问题的探讨也在不同角度展开，对于中国新时期的文艺创作与批评产生了积极的推动作用。最后，随着对文学自身认识的逐步深入，学界提出了审美意识形态理论并在比较大的范围内得到认同，这既体现了文学基本观念上的重大突破，也是在自律与他律的辩证统一中阐述文学的动态本质的创新成果，成为新时期文艺理论研究最重要的理论成就之一。

再次，90 年代至今，是新时期文艺学学科建设的综合创新时期。这一时期，学界一方面大量吸收了当代西方的学术思想，提出了许多新的研究方法，开辟了一些新的研究领域，催生了一批新的分支学科，极大地丰富了中国文论的理论话语；另一方面，对传统理论资源进行了认真反思和清理，面对古典和现代‘两个传统’，明确了当代文艺学建设首先应当立足于百年文论所形成的新传统，同时从当代语境出发吸收古典传统中富有生命力的成分，力求‘古为今用’。据此，在文艺学的发展上，学界力图沟通今古、融汇中西，使文艺学呈现出多元发展、综合创新的态势。新时期以来，马克思主义文艺理论研究关于当前文艺学学科反思和建设的几点思考在中国也取得了前所未有的发展，而且始终占有主流地位，对整个文艺理论研究发挥着重要的指导作用。”

“我们所作的调研清楚地表明，新时期以来我国文艺学取得了前所未有的伟大成就，必须给予充分估计。‘文革’以后二十多年来，我国的文艺理论在马克思主义的指导下，逐渐摆脱政治工具主义的阴影，回归文学自身，并在此基础上吸收和融合多方面的理论资源，在一系列重大问题上有重要的突破和创新，逐渐形成了多元发展、综合创新的格局，取得了巨大而丰硕的成果。我们认为，这一时期文艺理论所取得的巨大成就以及所达到的理论水平，不仅远远超越了‘文革’十年和新中国成立以来十七年，而且也超越了 20 世纪前半期的几十年，是此前任何时期都无法比拟的。对此应当给予足够的估计和充分的肯定。新时期以来文艺学所取得的诸多成果本身就构成了前述当代文艺学新传统的主要构架。”

由上述可知，首先，80 年代我国文艺学发生了前所未有的巨变，在一系列重大问题上取得了突破性进展，如人性、人道主义和文学的人学基础问题，文学主体性问题，审美反映论和审美意识形态问题，文学形式问题，文艺心理学问题，文学接受问题，等等，其中审美自主性固然是一个重要方面，但并不是最主要的，而且它也始终与其他种种问题（包括非自律、非自主性问题）联系、纠缠在一起。如果把审美自主性与其他重大问题割裂开来，或者从与它们的关系中孤立出来，必然不能正确反映80年代我国文艺学蓬勃发展的全局，而把审美自主性理论概括为“文本中心论范式”，单独加以夸大，上升为整个80年代中国文艺理论的“主导范式”，更是有违历史事实。

其次，80年代，我国文艺理论界确实对文学的审美特质有了比较充分的认识，认识到审美自主性是构成文学本质的重要方面和因素，但是，在总体上并没有走向唯美主义，并没有把“审美自主性”当作文学唯一的本质，看成“文学本体的唯一标志”①。事实上，那个时代不可能也不允许文艺理论界这么做。虽然“文学从属于政治”的“工具论”口号被抛弃了，但是“文学仍然不可能脱离政治”，也不允许脱离政治，整个80年代，文学界（包括文艺理论界）的“自由化”倾向多次遭到批判就是明证。诚然，文艺理论界有些学者受到韦勒克、沃伦《文学理论》的影响，把文学研究分为“内部研究”和“外部研究”两大块，强调文学要重视并“回到”“内部研究”。但是，实际上，真正主张“内部研究”完全与“外部研究”相脱离，或者认为“审美自主性”是文学的本质或者文学本体唯一标志的人并不多。所以说审美自主性理论或“文本中心论范式”是整个80年代中国文艺理论的“主导范式”并不符合当时的实际。相反，当时文艺理论界占据主流地位的观点，并不是审美自主性理论，而是审美意识形态理论，即认为文学只能存在于自律与他律关系的张力场中，因而把文学的多重本质概括为用语言表达的“审美意识形态”。比如当时钱中文、童庆炳、王元骧等先生就都从不同角度阐述了文学的“审美意识形态”本质。② 他们并没有离开文学的他律来孤立地谈论文学的自律性、自主性；他们把审美性看成只是文学的特殊本质，而不是文学的一般本质，审美自律性并没有被从他律性中抽象地孤立出来，文学仍然是自律与他律的统一。这里不存在将自律与他律、内部研究与外部研究加以人为的对立。由此可见，把文学看作“审美意识形态”这个概括的理论根基并不只在于文学的审美自律性。它虽然只能算是一个被历史建构起来的对文学动态本质

---

① 金元浦：《重构一种陈述——关于当下文艺学的学科检讨》，《文艺研究》2005年第7期。

② 参阅钱中文：《文学原理——发展论》，社会科学文献出版社1989年版，第100～101页；王元骧：《文学原理》，浙江教育出版社1989年版，第25～40页。

的阶段性认识，但至今仍然被我国文艺理论界多数人接受和认可，有它相对的稳定性和较大范围内的有效性。可以说，"审美意识形态"论是 80 年代我国文艺理论界最重要的理论成果和收获之一。正是"审美意识形态"论，而不是"审美自主性"理论或"文本中心论范式"，成了 80 年代我国文艺理论的"主导范式"。

再次，90 年代我国文艺学总体上并没有走下坡路，而是在新形势、新的经济社会语境中闯出了多元发展的可喜局面。90 年代以来，随着中国改革开放的不断发展，西方思想、文化被大量引入，像心理学、生态学、接受理论、语言学、后殖民主义、新历史主义、文学人类学、比较文学、全球化理论、文化研究等多种理论学说和研究、批评方法相继涌入，并与我国文艺理论传统相融合，有些方法如心理学、生态学、接受理论、语言学等还推动了文艺学新学科或学科新分支的建立，极大地丰富了文艺学的理论话语和学科形态建设，为中国文论的发展积累了宝贵的思想资源，并促进了中国文论的多元化发展，使之更趋成熟和完善。但同时，西方思想文化的大量引入，也在中国学界产生了"影响之焦虑"。有学者认为，面对西方理论思想的输入，中国现当代文化基本上是借用西方的理论话语，而没有属于自己的一套文化表达、沟通和解读的理论和方法，由此出现"中国文论的失语症"。这一话题在学界引起争论，并逐步引向了"中国古代文论的现代转换"问题，即探索中国古代文论是否能够以及如何参与当代文论建构的问题。尽管在讨论过程中存在不同的观点，但这一讨论还是取得了积极的成果。人们认识到，古代文论的现代转换并不是当代才出现的，而是百年来不断展开的过程，并逐渐与西方思想融合，形成了现当代文论的新传统。今天的文论建设与发展不可能直接以古代文论为本根，而应立足于这一新传统，古今对话，中西融通，走综合创新之路。

同时，在市场经济和社会转型的影响下，文学原有的价值、意义和地位受到挑战，从而引发了关于文艺价值的思考。一些学者提出了文学的人文精神危机的问题，从而引发了人文精神大讨论。这一讨论实则是在精神和价值论层面上对中国文论的全面反思。沿着这一思路，有学者试图在当代语境中重新理解和阐释人的生存和文艺的意义与价值，从而产生了新时期中国文论建设的又一个重大成果——钱中文等人提出和初步建构起来的新理性精神文论。可见，90 年代以来中国文艺学仍然走在健康、积极、发展、深化的前进道路上：在马克思主义文艺理论的指导下，一方面以开放的心态大量吸收了当代西方的学术资源，深化了对文学理论自身的认识，另一方面对中国传统文论进行了深入反思，吸收其中有价值的东西，并力图对中国当下的现实进行思考和回应，从而使中国文论呈现出立足现实的多元发展、综合创新的态势。关于这一点，“日常生活审美化”论者也没有否定。如金元浦就明确指出：“我国当代文艺理论与批评经过二十余年的引进、选择、筛汰，已经形成了范式多样、话语丛集的共生的格局。”①最近，他还充满激情地说：“上世纪 80 年代，在中国，作为改革开放的先锋，我们经历了也许是世界历史上人数最为众多，参与最为广泛，影响极为深远的文艺学、美学运动。它对于解放全民族的思想、改革开放的伟大事业发挥了思想解放先锋的作用。新时期以来，我国文艺学界就一直站在改革开放的前列，超载地发挥了思想解放先锋的作用。……即使在当今世界范围内，我国的文艺学研究的繁荣和发展也是堪令世界惊叹的。”②笔者全赞同这一对新时期以来我国文艺学所取得的伟大成就和繁荣局面的充分肯定和高度评价，虽然这一评价与他此前对当前文艺学现状的过低评价和对文艺学学科困境和危机的过分渲染明显自相矛盾，但无论如何这个最新评价是积极的、前进的。

当然，我们在充分肯定新时期以来我国文艺学的繁荣与成就的同时，不能否认在这种大发展格局下，文艺学仍然存在若干局部但是重要的问题和危机；然而，决不能认为这种问题和危机是全局性、根本性，乃至关乎文艺学学科能否继续存在的合法性危机。

三

那么，当前文艺学学科存在的问题和局部危机表现在哪些方面？首先，文艺学对中国当代文学发展的新现实、新思潮、新特点有所疏离；其次，对世界文学发展的新现实、新思潮、新特点有所隔膜；再次，对信息时代的大众传媒文艺、网络文学等新鲜的文学形态和体制，已经有一些研究，但还远不

① 金元浦：《重构一种陈述——关于当下文艺学的学科检讨》，《文艺研究》2005 年第 7 期。

② 金元浦：《博弈时代中国文艺学的勃勃生机》，《文艺争鸣》2005 年第 3 期。

够。① 一句话，造成当代文艺学的学科局部危机的，主要是与文学现实相对疏离，即理论落后于现实。最近读到一些学者的相关论文，它们对文艺理论与艺术实践、生活世界的脱节、疏离，以及引进西方文论不顾中国文艺现状的语境错位等问题做了较深入的探讨②，读后很受启发，下面对当代文艺学存在的问题再作两点补充。

一是文艺学与文学批评理论存在某种脱节。20 世纪 90 年代以来，我国文艺理论的发展出现了文艺学基础理论研究与文学批评理论的双线平行发展的态势。我这里所说的文学批评理论是指以某种哲学、美学等理论、理念、观点为背景和基础，对文学作品、思潮所作的评论和阐述，它虽然贴近具体的文学批评，但有所不同，它力图指导、调控、约束具体的批评，并以具体的批评作为其理论的例证或应用，因而是介于文艺学基础理论研究与具体文学批评之间的一种批评理论形态。这种批评理论与上面所说的关于文学与政治的关系，文学的人学基础，文学主体性和主体间性，文学作为审美意识形态，文学与人文精神的关系，文学与现代性、后现代性的关系，古代文论的现代转型，马克思主义文艺理论的中国化，文学的特殊形式，文学作为语言艺术的修辞特征等等有关文学的基础理论问题的研究有所不同，它更加关注现实的文学活动、现象和思潮。新时期特别是 80 年代后期以来，这种批评理论相当活跃，比如“新写实主义”论、“新状态文学”论及其他“新思潮”论（“新历史”、“新体验”、“新乡土”、“新都市”、“新市民”思潮等等）、“私人化（乃至隐私化）写作”论、“消费时代的文学”论、“身体写作”论和种种“后学”（后新时期、后殖民主义、后现代主义、后结构主义）等等，它们不但参与到具体批评中去，不但力图把种种文学现象纳入到这些批评理论的框架之中，而且还经常用某种批评理论去“制造”、推动时髦的文学思潮，比如 90 年代初的“新写实主义”文学、1994 年的“新状态文学”等。它们基本上是由一些批评家通过批评理论的建构人为组织、扶助，乃至炒作起来的，并不具有深厚的现实基础，笔者当时就批评这种做法是源自“命名的‘情结’”，指出其“来

---

① 参阅拙文《对文艺学“文化研究转向”论的反思》，《天津师范大学学报》2005 年第 3 期。

② 参阅王纪人《对当代中国文论有效性的质疑与分析》，《天津师范大学学报》2005 年第 2 期；赵志军《文学理论的繁荣与文学教育的困难》，《文艺报》2005 年 11 月 24 日，以及《文艺研究》2005 年第 11 期关于“理论过剩”问题的一组讨论文章，等等。

自于现实情况的概括的成分较少，主观匆忙地超前命名的成分较多”，认为“这种命名的先验性、主观性源于一种焦虑的文化心态”，“力图用命名来调控文坛的发展走向与趋势”①。最近也有青年批评家对这种现象进行严厉批评，认为这是“理论的狂热症”和“虚热症”，说“中国批评界从上个世纪80年代开始的理论崇拜，已经使得‘理论’的功能被病态地放大到了极限，而批评本身则完全被笼罩在理论的阴影之下”②。虽然这些文学批评理论存在这样那样的不足，但是其关注不断变化发展中的当代文学新现象、新思潮、新趋势、新问题却是值得肯定和赞许的。相比之下，这一方面我们文艺学基础理论研究是比较薄弱的，我们对不断发展着的文学现状关注不够、了解不多，存在隔膜，我们甚至对上述种种批评理论也不太重视、不太关心。所以会出现文艺学基础理论研究与文学批评理论的双线平行发展而互相交流、沟通不多的现象。

其实，文艺学基础理论研究与文学批评理论本不应该隔离，文艺学基础理论研究理应关注不断发展、变化着的文学现象的文学批评现状，理应直接参与文学批评理论的建设，并不断从发展中的批评理论汲取营养，提炼、上升到基础理论的高度；而文学批评理论也应该站得高一点，应该在一定的基础理论指导下开展文学批评并努力从批评实践中提炼、概括出有深厚文学创作实践基础的批评理论，而不是脱离基础理论作“命名”游戏，用外来的或没有广泛实践基础的、自我“发明”的批评理论来硬套或规范创作实践。如果文艺学基础理论研究与文学批评理论两个方面能够加强联系与沟通，既有分工，又有合作、交流，那么，我想两个方面都会前进一步。比如这几年炒得很热的“身体写作”论，创作实践不可谓不多，从“宝贝作家”、“美男”“美女”作家到木子美等等，社会影响也不小；批评理论方面为之辩护、喝彩者有之，谴责、批判者也有之，但有理论深度的甚少，批判者往往义愤的情感强于理论的阐述。在此，文艺学基础理论研究与文学批评理论都少有作为。不过这种状况最近有所改变，有的文艺理论家开始对“身体写作”现象进行理

---

① 参阅拙文《命名的‘情结’》，载于论文集《理解与对话》，华中师范大学出版社2000年版，第271页。

② 吴义勤：《批评何为？——当前文学批评的两种症候》，《文艺研究》2005年第9期。

论和历史的反思。① 这种基础理论研究与批评理论的隔膜,从一个侧面表明,文艺学基础理论研究没有能够对文学批评理论发挥应有的指导和影响。其结果,就使文艺学基础理论研究与文学创作和文学批评出现双重疏离,不但使许多作家,而且使许多批评家(包括批评理论家)对文艺学基础理论的研究不感兴趣、不闻不问,这就造成文艺学圈子和影响的萎缩。

二是文艺学对我国当代大众文化的重要组成部分通俗文学的关注和研究相对忽视,相当薄弱。90 年代以来,我国通俗文学空前繁荣,言情小说、武侠小说、侦探小说及纪实文学等等均风靡读者市场,对高雅或严肃文学造成严重冲击,使其读者群日益缩小。这是一个不争的文化事实,也是文艺学不得不面对的严峻现实。这不仅因为通俗文学在当代文学中占有绝大多数的阅读和消费份额,而且因为通俗文学的繁荣与全球化语境和市场经济趋于成熟所造成的当代中国大众,特别是都市民众生存方式、生活方式发生深刻变化密切相关,与当代文化传播、消费方式等的巨大变化密切相关。最近十多年来,随着大众传媒,特别是电视媒介覆盖面的日益扩大,电视多方面的传播信息功能的充分开发,文学的存在方式发生了重大的变化。借助于电视传播形象化、生活化手段,文学与电视联姻的方式也日趋多样,以至于一些文艺理论家、批评家借用西方某些理论家的话语,宣布“图像时代”或“读图时代”已经到来,我们当代文化已经告别“语言学转向”而进入“图像转向”的新时期。我们且不论这个判断是否正确,但毫无疑问,大众文化包括通俗文学(无论是读图还是读文)的迅猛发展、欣欣向荣,却是不可怀疑、更不可无视的。“日常生活审美化”论提出者们主张文学的边界要拓展、要扩容,我们原则上是赞成的,但不赞成把广告、流行歌曲之类目前人们(包括大多数群众在内)还没有看成为“文学”的文化样式以及明显属于非文学的东西“扩容”进来,而是要把明显属于文学范围的通俗文学这一部分“扩容”进来。我们的文艺学面对汹涌不可阻挡的通俗文学,不应当置若罔闻,无所作为,而应当毫不犹豫地将它纳入自己的研究视野。通俗文学本身也在不断发展,其形制、样式也有变化、创新。比如网络文学这一文学新的存在和传播方式的崛起引人注目,近几年已经取得较快的发展,使原先持怀疑态度的

① 参见陶东风、罗靖:《身体叙事:前先锋、先锋、后先锋》,《文艺研究》2005 年第 10 期;王杰泓、张琴《身体写作:一种“野蛮主义”的现代性》,《唐都学刊》2005 年第 6 期,等。

人们也不能不刮目相看。有学者明确将网络文学看成通俗文学的一种新形式,指出在线的网络文学"的确在整体上更接近于通俗文学而非高雅文学","高雅文学往往还执守着自己的营盘(所谓'严肃文学期刊'等),而通俗文学则早已开始了向新的阵地(网络空间)转移",发起"对高雅文学的挑战",并"取得了颇为可观的成果"①。对于文学发展的这种新品种、新态势,我们的文学理论虽然已有一些研究成果,但还相对落后。而近一两年,网络文学中又有了新品种——"博客"。有的学者认为,"博客文学"是宽带孕育出来的大众文学与平民文学,"作为一种更迅捷、真实,也更具个性的写作方式,博客文学也的确具备了许多传统文学写作所没有的魅力";"其自由无羁的形式与便捷迅疾的特点,给了文学——尤其是以纪实性为主的文学以特别广阔的挥洒空间和表达自由"②。对于通俗文学的这种新形式,文艺学应给予密切的关注。

文艺理论界对通俗文学重视不够,原因很多,但精英主义倾向恐怕是重要原因之一。西方文论对大众文化存在两种对立态度:伯明翰学派强调工人阶级对霸权文化的对抗,抵抗英国主流文学界的文化精英主义,肯定大众文化的价值,使之合法化;而法兰克福学派的文化工业理论,则采取精英主义立场批判、分析大众文化,把大众文化看成"文化工业",而持坚决批判的态度。我国理论界较多接受法兰克福学派的影响,对通俗文学总体上持批判态度,或至少评价较低。我不同意这种有精英主义倾向的看法。实际上,当代文学最广大的读者群在大众、通俗文学这一边。文学理论不能漠然置之,更不应该简单地抵制和排斥,而应该对大众喜爱的通俗文学热情地关注、大力地研究,给予公正的评价与正确的引导。与此相关,我们的文艺理论对文学经典的看法也比较僵化,往往缺乏辩证、动态建构的观点,我们许多文艺学著作,所论所赞多局限于中外古典的经典,现代的、新的经典极少进入我们的视野;有些论著对经典的解读在思路、观念、方法上亦显得陈旧,因而经典的多重思想、审美意义并未得到充分的现代解读和创新阐述。

总之,与日新月异的文学实践相比,我们的文学理论缺乏前瞻性,常常朝后看,因而跟不上文学现实的发展。这才是文艺学所存在问题和危机的

① 黄鸣奋:《比特挑战缪斯——网络与艺术》,厦门大学出版社 2000 年版,第 151～152 页。

② 潘嘉:《"博客":文学表达的新空间》,《文汇报》2005 年 12 月 3 日。

要害所在。

四

新世纪文艺学应当如何克服危机和健康发展？“日常生活审美化”论提出者们开出的药方是推进文艺学研究的“文化研究转向”。似乎文艺学一旦借鉴西方文化研究理论，将研究范围转化、扩大为文化研究，危机就能克服，文艺学就能摆脱困境，得到拯救。然而，我不认为这条路能走得通。

首先，在学理上缺乏学科理论的依据。众所周知，“日常生活审美化”论提出者所倡导的“文化研究转向”直接来源于当代西方的文化研究和批评理论。事实上，西方的文化研究和批评本身是极其复杂的，也是在不断变化发展的。我们对这种变动性注意不够，在学习、借鉴西方时常常慢半拍，当我们大声疾呼借鉴西方的文化研究和批评，呼吁文艺学的“文化转向”时，它已经日薄西山了。文化研究原来的学科基础是文学研究，如伯明翰学派早期那样，但后来转向社会学、人类学和民族志，研究范围已超出伯明翰学派的文化研究，而离文学研究越来越远了。“但是正所谓成也萧何，败也萧何。当年从边缘挣扎出来的文化研究，一旦扶正，成为正统和‘霸权’，同时也就开始面临被颠覆的命运”；“今日的‘文化研究’与昔日不可同日而语，涵盖面甚广，从古老的传统学科到新近的政治运动几乎无所不包。由于没有明确的领域及学科界限，优势逐渐转为劣势”；“可以不夸张地说，文化研究面临着消失在这些学科之中的命运”；而且，“文化研究拒绝一切经典法规，它没有传统学科的严格性，既没有自己的基本理论和研究方法，也没有研究范围的限制。……这种随意拈来，为我所用的研究方式，在一些人看来，就是典型的‘反学科’(anti—disci－pline)作风”；“特里·伊格尔顿 2000 年出版的《文化的概念》，就认为文化研究如今用得太泛滥了。言者不知所云，听者不知所以。应该让它回到它自己的领域”。① 西方的文化研究已经远离文学研究，过于泛滥，跨学科以至于无学科，面面俱到以至于缺乏基本理论，方法过多，过分随意以至于丧失了文化研究自己的方法。文艺学如果向这样一种文化研究理论学习、借鉴，以实现所谓的“文化研究转向”，岂不是釜底抽

---

① 本文关于文化研究方面的材料均采用陆扬、王毅的新著《现代性与文化研究》中的有关章节，该书近期即将正式出版，在此谨向两位作者表示感谢。

薪，从根本上取消文艺学自身的独立性，而降为文化研究理论的附庸和例证了吗？难道我们也要重蹈伯明翰学派的覆辙，让文艺学研究离文学越来越远，最终失去自己的学科性，消失在茫茫无边的“文化”大地上吗？

而且，文化研究和理论实际上在西方已经衰落。最近盛宁先生较详细地介绍了特里·伊格尔顿2003年9月出版的新著《理论之后》对文化研究理论的评论，并作了精辟的论述。伊格尔顿在该书一开始就明确说道：“文化理论的黄金时代已成一个遥远的过去”，创建这些理论的先行者已经先后过世，而当下的文化理论，“性感的话题就是性。在广阔的学术层面上，对法国哲学的兴趣已经让位于对法式接吻的迷恋。在某些文化圈内，自慰的政治性远远超过了中东问题的政治性。……在文化研究学者中，身体成了极其时髦的话题，不过，它通常是充满淫欲的身体，而不是食不果腹的身体。让人有强烈兴趣的是交媾的身体，而不是劳作的身体。言语温柔的中产阶级学生在图书馆里扎堆用功，研究诸如吸血鬼、剜眼、人形机器人和色情电影这样一些耸人听闻的题目”。字里行间，伊格尔顿对当下文化研究理论的不满和嘲讽溢于言表（按：其中也有对身体美学的批判）。诚如盛宁先生所言，“伊格尔顿对欧美文论界的现状是不满的。‘文化研究’一向标榜自己的政治性很强，然而，在伊格尔顿看来，它恰恰忘记了更重要的政治。……伊格尔顿警告说，这样玩下去就会有让人‘失去批判能力’的危险”①。由此可见，当前西方的文化研究理论已经陷入困境。当此之际，还要我们的文艺学跟着往文化研究那狭窄的小路上走，这不但不能“拯救”文艺学，反而会使文艺学丧失自身的学科性，从而真正丧失其存在的合法性。

其次，更重要的是，引进文化研究理论，是无的放矢，并没有针对文艺学的现实问题。如前所说，文艺学的问题不在于“日常生活审美化”导致文学边界的无限扩容，以至于扩大到种种非文学的文化形式。文艺学如果转向文化研究，不但不能解决文艺学存在的种种问题和局部危机，反而会把文艺学变成没有文学的泛文化研究。当然，我在前面肯定了从文化视角和层面研究文学是有意义、有价值的；而且，如伊格尔顿所肯定的，文化理论的重要

① 盛宁：《是起点还是终点——〈理论之后〉的启示》，《社会科学报》2005年12月1日。

收获之一是“使通俗文化变成了值得研究的课题”①。然而，使文艺学整个“转向”文化研究，实际上必定削弱关于当前文艺学学科反思和建设的几点思考乃至放弃文学研究本身，这是不可取的。

那么，文艺学究竟应该怎样克服危机、走出困境呢？我认为，最重要的是要正确认识文艺学存在的主要问题——在某种程度上与当前文学的新现象、新思潮、新发展、新趋势即文学的新现实相疏离、相脱节。生活之树常青，而理论往往是灰色的：理论一旦脱离实际，就会逐渐失去生命力。我们文艺理论界不少人，包括我自己，过去对这个问题的认识是比较肤浅的，学院气比较重，考虑文学理论的自洽性、体系的完整性比较多，而对文学现实的关注很不够。现在看来，当代文艺学的革新和建设，要从深入研究文学现状和现实问题入手，以回答、解决现实问题为根本目的。概而言之，就是要在马克思主义文艺理论基本原则指导下，立足于经过百年，特别是新时期以来逐步建构起来的现代文论新传统的基础上，不断借鉴吸收现代西方文艺理论与中国古代文论两大理论资源，用以应对、回答、解释、解决文学的新现实和新问题，在文学理论与文学实践逐渐结合过程中综合创新，努力使古今、中西相融合，从而使新世纪文艺学一方面具备源源不断的现实依据，另一方面在理论建构上能够不断破旧立新，在创新中逐步完善，在动态建构中取得与文学现实和实践的相对平衡，进而使文艺学的学科建设获得新的生机，产生新的活力。

原载《文学评论》2006年第3期

① 盛宁：《是起点还是终点——〈理论之后〉的启示》，《社会科学报》2005年12月1日。

关于文学本体论之我见

文学本体论问题是当代中国文艺学研究中一个极为重要，但学界研究还相对不够、相对薄弱的问题。本文拟就此话题发表一点个人的浅见，以就教于同行方家。

一

讨论文学本体论问题的前提是首先要弄清“本体论”的哲学含义。长期以来，学界，特别是文艺理论界常常在本原论、本质论、本根论、本身论等意义上使用“本体论”这个概念（术语），笔者认为这里存在某些误解或误用。这就有必要追本溯源，首先对本体、本体论等概念的历史发展作一简要的回顾。

据现存资料，“本体论”（英文 Ontology，德文 Ontologie）这个词最早是由德意志经院哲学家郭克兰纽（Rudolphus Goclenius）于 1636 年首先使用的。他将希腊词 On（ον 即 Being）的复数 Onta（οντα 即 beings，指“存在者”、“在者”或“是者”）与 logos（ογοδ，意谓“学问”、“道理”、“理性”、“论证”等）结合在一起创造出新词 Ontologie，可译为“存在学”或“存在论”。1647 年，另一位哲学家克劳堡（Johann Clauberg）又将 Onta 与希腊词 sophia（“智慧”、“知识”）结合创造出同义新词 Ontosophie，也是“关于存在的学问、知识”之意。稍后，法国哲学家杜阿姆尔（Jean Baptiste Duhamel）也使用了这个词。在他们那里，此词指专门研究存在本身及其规定的学问，属形而上学的一个重要部分。

而最早为“本体论”（Ontologie）下定义的则是德国理性主义哲学家沃尔弗（Christian Wolff），黑格尔曾引述过这个定义：“本体论，论述各种关于‘有’（ον）的抽象的、完全普遍的哲学范畴，认为‘有’是唯一的，善的；其中出现了唯一者、偶性、实体、因果、现象等范畴;这是抽象的形而上学"①。这个定义对本体论作了重要的界定:(1)本体论是专门研究"有"(即"存在",或译"在"、"是")和"存在者"的学问;(2)本体论研究的对象是"有"或"存在"的各种普遍的哲学范畴,其中包括唯一者、偶性、实体、因果、现象等范畴;(3)本体论认为"有"或"存在"是唯一的、善的,因而是最基础、最根本、最普遍、最高的范畴,其他范畴均可从中推演出来;(4)本体论是抽象的、以逻辑方法构造的哲学,属形而上学的一个重要部分。这些界定表明沃尔弗对该词的理解显然比之前三位更早使用本体论一词的哲学家全面、准确、深刻得多了。应当说,沃尔弗是借用 Ontologie 一词对西方哲学史上关于存在问题的研究作了一个系统的理论总结和逻辑概括,使原来被淹没在其他许多哲学问题探讨中的存在论研究的内涵鲜明地突现出来。自此以后,西方哲学关于本体论研究的对象、内容、范围就十分明确,本体论一词很少再被当作本原论、本质论、本根论等意义来理解和使用。直到今天,沃尔弗的本体论定义仍具有相当的权威性和有效性。②

对于用"本体论"来对译 Ontologie(Ontology)一词,学界历来有不同意见。比如我国希腊哲学研究专家陈康在探讨柏拉图的《巴曼尼德斯篇》时,就不满意"本体论"的中译法,曾改译为"万有论"。他说:"万有论(OntOlogia,旧译'本体论',但不精确)成为一学科始自亚里士多德;但本篇(按:指《巴曼尼德斯篇》)已为这个学科奠定基础。它指出来,'是'(ονσια)分为一切的'有'(οντα),'割裂为最可能小的和最可能大的以及各种各样'有',那么万有有一共通点,即分有'是'……"③

这里需要做一些说明。第一,希腊文 ονσια 与 ον 一样,是系动词 ειμι 的动名词形式,相当于英文 Being,陈康译为"是",也可译为"有"、"存在"、"本体"等,笔者采用"存在"的译法;ονσια 的词性是动名词,是从系动词 ειμι 或其不定式 ετυατ(相当于英文 be 及其不定式,to be)演化过来的,系动词 ειμι

① 黑格尔:《哲学史讲演录》第 4 卷,贺麟译,商务印书馆 1978 年版,第 189 页。

② 如 1989 年出版的第 15 版《不列颠百科全书》(英文版)中"Ontology"条目就明确指出:"研究 Being 本身,即一切实在性的基本特性的一种学说……这个术语在近代哲学中的知名则是由于德国理性主义者沃尔弗,他把本体论视为导致有关 Beings 的本质必然真理的演绎法。"

③ 柏拉图:《巴曼尼德斯篇》,陈康译,商务印书馆 1982 年版,第 181 页。

原本就包含"是"、"有"、"存在"等意义;而陈康先生译为一切的"有"的 οντα 则相当于英文中的 beings,它是 ον 的复数形式;ονσια(译为"本体"、"实是"、"实有"或"是"、"有"、"存在"等)的词性原本为分词(ειμι 的现在分词形式是 ουσα),但亦名词化了,所以在语法上指"分有"系动词 ειμι(be)动、名双重意义的词;同样 ον 也有名词、分词双重功用,故陈康此处译为"有",也可译为"是的"、"是者"、"存在者"等。第二,ον("是者"、"存在者")在语法上"分有"了"是"("存在",ονσια、Being),兼具系动词的功用。而在哲学范畴上也"分有"了"是"("存在")的意义,也即"存在者"范畴是从"存在"范畴中"分"出来、推演出来的。第三,"本体论"或"万有论"主要是研究存在(Being)和统称为存在者("是者",beings)的各种范畴之间关系的学问,陈康先生正是据此而把柏拉图的《巴曼尼德斯篇》看作西方本体论的始作俑者。

由此可见,本体论概括起来应当是主要研究存在的学问,可以而且应当用"存在论"加以概括。

二

西方的本体论研究在笛卡儿之前一直是形而上学最重要的课题和内容,自笛卡儿开启了近代哲学的新路子后,认识论研究上升到形而上学的中心位置,本体论研究的地位则在降低。笛卡儿最著名的命题"我思故我在"就明显使本体论(存在论)从属于认识论,但是,他对本体论主要研究存在论的基本理解并没有改变。这里还想重点谈一谈康德对本体论(存在论)的看法及其新的发展。

康德曾就本体论(Ontologie、Ontology)指出:"较狭窄意义上的所谓形而上学是由先验哲学和纯粹理性的自然之学所组成的。前者只考察知性,以及在一切与一般对象相关的概念和原理的系统中的理性本身,而不假定客体会被给予出来(即本体论)……"①可以看到,康德的 Ontologie(本体论)即先验哲学,它与人(主体)的知性相关,研究人先天的知识形式(理性本身),这些知识形式是非实体化的,即不是存在者(即实体或实存)。因此,在康德思想中,Ontologie(本体论)实际上探讨的仍然是"存在"或"是"(sein)的问题,但这里"存在"不是如传统本体论所认为的那样是与人无关的客体,

① 康德:《纯粹理性批判》,邓晓芒译,人民出版社 2004 年版,第 638 页。

而与人的知性、更广义的理性相关。这一点从康德对“存在”概念的理解中可以看出来。他指出:“‘是’(即‘存在’)显然不是什么实在的谓词,即不是有关可以加在一物的概念之上的某种东西的一个概念。它只不过是对一物或某些规定性本身的肯定。用在逻辑上,它只是一个判断的亲词……系词‘是’并非又是一个另外的谓词,而只是把谓词设定在与主词的关系中的东西。”康德具体举例说,当我们说“上帝存在”时,“那么我对于上帝的概念并没有设定什么新的谓词,而只是把主词本身连同它的一切谓词,也就是把对象设定在与我的概念的关系中”①。这实际上颠覆了自中世纪以来人们关于上帝存在的探讨。从这句话中可以看出,在康德看来,存在作为谓词的规定性“少于”其他的实在谓词,也就是说,“存在”如果作为纯粹指向客体的一个概念其实是没有必要的。康德明确指出,引入存在概念本身就产生了矛盾。他认为:“每一个时代人们都在谈论那绝对必然的本质,而且人们并不努力理解是不是和能够思考这样一个事物,而是努力证明它的存在。尽管这样一个概念的名词解释是非常容易的,即它是某种这样的东西,它的不存在乃是不可能的,但是通过这样的做法人们丝毫没有变得更聪明,同样看不出怎样可能把一事物的不是看作绝对不可思考的东西,而实际上人们想知道,我们通过这个概念究竟是不是可以普遍地思考某种东西。”②当然,康德并不是要取消“存在(是)”的概念,他认为“存在”不是指向“某种东西”即“存在者”,而是表达出某物完全符合“我”(理性主体)关于某物的概念,因而指向的是某种关系,即概念与对象的关系。而概念在康德看来,是人的先天的知性能力,因此,对“存在”的探讨就与人本身(知性能力)有着密切的联系,毋宁说,只有正确地认识了人本身,认识了人的知性能力的界限,才有可能正确地理解“存在”。在这一点上,康德的思路与海德格尔从 Dasein 到 sein 的思路颇为一致。事实也正是这样,康德可能最早在存在论意义上使用了 Dasein(可译作“此在”、“限有”、“定在”等)这个词或概念。康德将 Dasein 解释为:“是被给定的”(ist gegeben)存在。③ 这个词中最主要的东西是对

① 康德:《纯粹理性批判》,邓晓芒译,人民出版社 2004 年版,第 476 页。

② Immanuel Kant. Critique of Pure Reason. Trans. Miller, F. M. New York: Anchor Books, 1966. P400.

③ 引自陈嘉映先生在《存在与时间》(海德格尔著,陈嘉映、王太庆译,三联书店 1999 年版)一书的附录中所作的说明。

“确定性”的强调，它指的是对象的确定性。在康德看来，存在只能是具体之物的存在，也就是存在者之存在，更具体地说是此在，是对象性的存在，是处于与人（主体）的知性能力对象性关系中的存在。可见，Dasein 的本质是对象性，所谓存在，就是对象性的存在，因为只有对象性的存在才是与现实性、确定性、当下性，即与人具体的知觉和具体的思维联系在一起的。于是，存在问题就被康德置入“与我们知性能力的关系中”得到了思考。这样，康德关于“存在”的思想就与传统的本体论有了如下的不同：

第一，传统本体论认为，本体或存在实际上是某种最高的存在者；而康德认为“存在”不是“存在者”，而指向了某种关系。

第二，传统本体论认为，最高的存在者是外在于人的；而康德认为，“存在”与人的知性能力相关，是作为人的知性能力的对象的存在（定在/此在，Dasein）。

第三，传统本体论认为，由最高存在者可以推出现实的事物，如柏拉图的理念的床和现实的床，但康德在《纯粹理性批判》的一个注里警告说，“不要从概念的（逻辑的）可能性马上推出事物的（实在的）可能性”①。海德格尔指出，在康德那里，“现实性（实存）就是该物同时与知觉的结合，现实性、实存（定在/此在）是绝对的断定，相反，可能性则是相对断定”②。这就是说，在康德看来，所谓存在，就是对象性的存在（定在/此在），因为只有对象性的存在是与现实性、确定性、当下性，也就是与人的具体的知觉和具体的思维联系在一起的。存在是建立在主、客体的对象性关系上的。

据此，笔者认为，康德哲学确立了主体（人）的存在论地位，同时也确立了主客体二元对立的存在论模式，达到了认识论与存在论的统一，从而使近代以来的“认识论转向”重新获得了存在论的基础。

另外，从康德的整个思想体系来看，康德认为理性的兴趣可以归结为三个问题，即我能认识什么，我应当做什么，我可以希望什么，这三个问题又可以归结为“人是什么?”而倒过来看，“人是什么”又恰恰可以分解为这三个问题，这样，这一问题所问的就不是人的实在（存在者），而是人的存在，即在三个不同的领域中，人以什么样的方式存在，也即显现自身。在第一个问题

---

① 见康德《纯粹理性批判》，邓晓芒译，人民出版社 2004 年版，第 474 页注。

② Martin Heidegger. The Basic Problems of Phenomenology. Trans. Albert Hofstadter. Blooming：Indiana University Press，1982. P40.

中，康德试图通过对人的知性能力的批判和澄清，拯救形而上学，由此就通向了先验哲学，即本体论。可见，从康德的整个思想体系来看，本体论同样也具有存在论的内涵。

20世纪以来，海德格尔的基础存在论哲学问世，本体论研究重又获得普遍重视。而海德格尔的基础存在论明显受到上述康德存在论思想的深刻启示和影响，但又超越了康德主客二分的存在论模式。在海德格尔看来，所谓人的存在就是“此在(Dasein)在世”，也就是“人生在世”(人在世界中存在)。海德格尔把人和世界看成是一体的，人的变化带动世界的变化，世界的变化也带动人的变化，而不是像认识论思维方式那样主客二分，认为世界外在于人。按照“此在在世”的观点，人跟世界是不能分离的：一方面，人生存在世界之中，世界原初就包括了人在里面，人是世界的一部分；另一方面，世界只对人有意义，如果没有人，这个世界也就无所谓意义。而“在世”就是人与世界打交道，人一直处于跟世界不断打交道的关系中。在打交道的过程中，人就现实地生成了。这种打交道的过程实际上就是人通过有意识的活动与世界发生各种各样的关系，按照马克思主义的观点，这其实就是实践。如果我们用马克思主义实践论来阐释和改造海德格尔的“此在在世”的观点，实践活动显然就是人的在世方式，或者更准确地说，人生在世的基本方式就是实践。这应当就是马克思主义实践本体论(存在论)的基本含义。

综上所述，从西方本体论发展史来看，关于本体论研究应当聚焦于存在论上，而主要不是讨论本原论、本质论、本根论、本身论等问题，虽然它们之间并非没有关系。文学本体论研究亦不例外。

三

关于国内文学本体论研究，王元骧先生在2003年撰写的《评我国新时期的“文艺本体论”研究》①一文中作了比较全面的评析。最近苏宏斌博士的新著《文学本体论引论》②则从哲学到文学、从概念到实际、从历史到现实作了更加系统的概括和评述，虽然其中不无可以进一步商讨之处，但在许多问题上都有独到、深刻的见解，读后颇受启发。

---

① 王元骧：《审美超越与艺术精神》，浙江大学出版社2006年版。

② 苏宏斌：《文学本体论引论》，上海三联书店2006年版。

笔者曾在1988年发表的《解答文学本体论的新思路》一文中提出，应当把"文学是什么"的"本质论"提问方式转换为"文学怎样存在"的本体论(存在论)的提问方式，即寻找和论述文学的存在方式。笔者在该文中指出："文学既不单纯存在于作者那儿，也不单纯存在于作品中，还不单纯存在于读者那儿。文学是作为活动而存在的，存在于创作活动到阅读活动的全过程，存在于从作家→作品→读者这个动态流程之中。这三个环节构成的全过程，就是文学的存在方式。"①苏宏斌把这种"活动本体论"概括为新时期四种文学本体论(另外三种是形式、人类、生命本体论)之一种，并给予了较多的肯定，也指出了它的不足之处。

现在看来，笔者的上述看法在思路和方向上是可以成立的，但还停留在"文学"活动、"文学"的存在方式这一比较浅表的层次上，还不够深入。如果更深入一步思考，文学本体论应当提升到人的存在方式的高度，即把文学活动(艺术和审美活动的一种)看成人的基本存在方式之一，看成一种基本的人生实践。如上所述，我们每个人每天都要进行大量各种各样的活动，包括学习、工作、生产、经济、政治、宗教、道德、交往、休闲、体育、艺术、审美等等活动在内，都是人生实践活动的组成部分。我们就是在各种各样的人生实践活动中生存和发展的。在此意义上，也就是在存在论意义上，我们说实践是人存在的基本方式，而艺术和审美活动也是种种人生实践中不可缺少的重要组成部分，因而也是人的基本存在方式之一。首先，人通过实践成为人，也通过实践得到了发展，其中就包括艺术和审美实践的作用在内。人类社会就是建立在包括艺术和审美活动在内的无限丰富的人生实践基础上的。人类的文明通过实践活动而得到建构和提升，作为人类文明标志之一的艺术和审美活动也在人类的实践过程中得到发展；反过来，艺术和审美活动也推进了人类实践整体的发展，推进了人类文明的建设。其次，艺术和审美活动是人走向全面、自由发展之非常重要的一个环节和因素。人如果只局限于物质生产劳动，而没有审美活动，那么其实践就是不完整的、片面的，这种实践造就的人也是片面的、不自由的。再次，艺术和审美活动总体来说是一种精神活动，按照马克思的说法是一种"精神生产"，是人与世界之间的一种精神性的对话和交流，跟物质生产劳动相比，它的精神性更强。因此，审美活动，尤其是艺术活动，精神性更高一些，在人的所有实践活动中，是最

① 朱立元：《解答文学本体论的新思路》，《文学评论家》1988年第5期。

超越于个体眼前的功利性的。总之，艺术和审美活动不仅是人的一种高级的精神需要和交流方式，而且是见证人之所以为人的最基本的方式之一，是人超越于动物、最能体现人的本质特征的基本存在方式之一和基本的人生实践活动之一。

据此，笔者认为，文学本体论应当在上述实践存在论思路下对文学活动进行考察，展开研究，应当从文学作为人的一种基本存在方式和基本人生实践活动的高度，从文学活动区别于其他艺术和审美活动的特殊存在方式的角度，对从作者的文学创作活动到读者的文学阅读（接受）活动，重新进行创造性的阐释。这才是文学本体论研究的任务。而不应当把文学本质、文学本源、文学本身（形式）等问题都归于或都当作文学本体论问题来思考，这样反而有可能把文学本体论的存在论这一核心内涵给遮蔽了。当然，对文学本体论展开具体的论述，已经远远超出本文的范围了。

原载《浙江大学学报》2007 年 5 期
人大复印资料《文艺理论》2007 年第 11 期转载

关注常青的生活之树

“生活之树常青，而理论往往是灰色的。”歌德这句话道出了一个颠扑不破的真理，那就是：任何理论，包括文艺学、美学在内，如果只是满足于自身体系的建构和圆恰，而不关心现实生活的变化，其结果只能流于灰色和凋谢。正是基于这一点，我非常赞同张未民先生提出的“新世纪中国文艺学美学范式的生活论转向”①的主张。

赞同“生活论转向”论，首先意味着承认目前我国的文艺学、美学还没有真正实现或完成“生活论转向”，还与生活存在一定的疏离，所以才需要“转向”。这马上使我想起前几年学界关于“日常生活审美化”的热闹讨论，因为若从对我国当代日常生活已经“审美化”的判断出发，似乎很容易引出文艺学、美学应当有一个“生活论转向”的结论。但是，我当时并不完全赞同“日常生活审美化”的观点。最近，读到陆扬先生对于作为当代中国“日常生活审美化”论主要的西方理论资源的费瑟斯通的“日常生活审美化”主张所作的还原性论述②，明白了费瑟斯通将日常生活审美化分为三个层面，与我国的“日常生活审美化”论的含义完全不同；尤其第三层，是指19世纪中叶资本主义城市化以来，“中产阶级同底层阶级的忤逆欲望不断较量，控制和反控制，有序和无序，终于在波西米亚和布尔乔亚的两相结合之中，铺陈出日常生活审美化的迷人景观”；这里，“费瑟斯通是以当下所谓的‘布波族’(bobos)精英，为日常生活审美化的主角”。显然，我国的“日常生活审美化”论与费瑟斯通的观点大不一样，存在着有意无意的误读和“中国化”的改造。其实，我国的“日常生活审美化”论当时并不希望引向“生活论转向”，而是力图引导到“文化转向”，因为它认为“日常生活审美化”的主要标志之一是文

---

① 张未民：《想起一些与‘生活’有关的短语和诗句》，《文艺争鸣》2010年第5期。

② 陆扬：《费瑟斯通论日常生活审美化》，《文艺研究》2009年第11期。

学艺术与日常生活中的文化产品的界限逐渐模糊乃至消泯，因此，文艺学就应当适应这种现实而跳出精英主义，实现“文化转向”。我当时对这个看法表示了不同意见，认为文学的边界在当代确实大大拓展了，但是它与非文学的文化产品的界限并没有消除，所以“文学的边界就是文艺学的边界”，文艺学吸收文化研究的合理成果是必要的，“文化转向”则是不合适的。我至今仍然坚持这个观点。

那么，我的上述看法与“生活论转向”的观点是否矛盾？我以为并不矛盾。因为，在我看来，文艺学之转向生活，从大的方面说，当然应当面对整个现实生活，但就其学科的对象和特质而言，这还是间接的，它应当首先和直接面向的是现实的文艺生活，特别是现实的文学活动、文学生活，整个现实生活对于文艺学而言只能作为关注和思考的大背景和间接对象。就是说，文艺学是不是需要“生活论转向”，关键在于它是不是适合那不断变动着的现实的文学实践、文学生活：不适合就应当转向。我之所以赞同“生活论转向”论，就因为我觉得我们的文艺理论和批评总体上还跟不上甚至落后于现实中文学活动、文学生活的新发展、新变化，与日新月异的文学现实生活存在着相当的疏离。这种疏离在许多方面都可以看到：

文学生活的新现实之一是，“从‘世界文学’和全球华语文学的角度看，中国大陆的文学本身已经是其中有机的一部分”①。文艺学的基本理论应当具有普适性，应当不仅仅适合解释中国本土的文学现象、文学生活，而且应当能够解释全世界的文学现象、文学生活。20 世纪 90 年代以来，在全球化大背景下，中国文学越来越快地走向世界、融入世界，在世界文学的版图中占有越来越重要的一席地位，这是一个不争之实，“五四以来，‘新文学’对于世界文学的想象，在今天已经是一个现实的空间。这个空间已经突破了既定的‘新文学’的规范和限定”②。

文学生活的新现实之二是，“整个中国的文学领域这些年来经历着一个格局转变的过程：也就是在原来已经形成的文学界之外出现了仍然以传统的纸质出版为中心的‘青春文学’和以网络为载体的网络文学，这些新的文

① 张颐武：《重新认知：“新世纪中国文学”的价值问题》，《探索与争鸣》2010 年第 4 期。

② 张颐武：《重新认知：“新世纪中国文学”的价值问题》，《探索与争鸣》2010 年第 4 期。

学空间经历了这些年的高速成长，已经逐步发展成熟”①。这些新的文学生活和实践是否已经发展成熟，尚可讨论，但是，它们已经成为我国当代文学现实无可争议的一个充满生气的新的组成部分则是毋庸置疑的。

最近，盛大文学网联合多位专家根据大量调查数据撰写的《2010 中国网络文学蓝皮书》告诉我们：“75.6%的文学网站用户认同‘网络文学会造就罗琳式的伟大作家’；60.4%的用户将网络文学的崛起视作‘有更多的好小说可以看’；超过半数的用户看好网络文学将诞生类似四大名著的文学经典；而网络文学‘有想象力和智慧性’的特征成为用户选择阅读它们的最大理由，得到 40%的票数。有专家从这一系列对网络文学模式、生态以及潮流趋势等的综合考察中得出结论：‘不难窥见网民对网络文学的认可’。”当代著名文学评论家白烨也略带无奈地指出：“网络文学已经成为一个独立的文学主体。不出意外的话，网络文学未来的发展态势能将传统文学包容，甚至‘吃’了，网民拿它毫无办法。”②如果说，十多年前我们对初生的网络文学还可能置若罔闻、视而不见的话，那么，今天它已经成为我们文学生活中不可忽视的巨大的现实存在，虽然还不能说它已经成熟；同时也不必过早担心它会“吃”掉传统文学。

文学生活的新现实之三是，在与网络文学并行不悖的纸质出版中，“传统的‘纯文学’和‘青春文学’的共同发展也成为新趋势”③。“80 后”、“90 后”新的作家群体加盟我国文学创作大军（虽然其中一部分也活跃在网络文学平台上），使“‘青春文学’在传统纸质出版业市场已经显示出了重要的影响力”④，“纯文学”和“青春文学”在纸质出版方面，可以说是共存共荣、双峰并峙，不但不能互相取代，而且实际上各显其长、相互映衬、和平竞赛，各自有了相对稳定的读者群和出版市场。文学的雅俗之争不再成为文学界突出的课题。

文学生活的新现实之四是，文学和电影、电视、互联网等现代传媒的联

---

① 张颐武：《重新认知：“新世纪中国文学”的价值问题》，《探索与争鸣》2010 年第 4 期。

② 范昕：《网络平台见证文学“另类重生”》，《文汇报》2010 年 4 月 20 日第 9 版。

③ 张颐武：《重新认知：“新世纪中国文学”的价值问题》，《探索与争鸣》2010 年第 4 期。

④ 张颐武：《重新认知：“新世纪中国文学”的价值问题》，《探索与争鸣》2010 年第 4 期。

姻越来越普遍、越来越广泛。从20世纪90年代起，作家“触电”者越来越多、小说改编成影视作品的现象也日益频繁，以至于出现了文学改编电视剧的相反操作程序，即有的作家先写电视脚本，拍成电视剧后再扩写成纸质小说出版。近来，随着电信技术的发展和普及，文学进入手机已成现实，手机文学有望渐成气候，成为网络文学的一个新的品种。有的学者担心这样会造成文学园地的缩小、文学影响的衰微。我不以为然。我觉得，这正是文学凭借各种现代传媒展翅高飞、扩大影响的最佳时机和途径。因为不管使用什么传播方式，文学的基础是作为语言的艺术，影视等传媒不可能做无米之炊，它只能凭借其独特的视觉传播手段，把创作或改编的影视文学剧本搬上银幕或荧屏，其核心部分不能不包括文学性在内。换言之，文学渗透到和活在影视作品之中，文学的影响没有萎缩，而是借助影视等传媒，以一种新的方式获得了新的生存空间，得到了大大的扩展和发散。

文学生活的新现实之五是，迅速走向市场化。20世纪90年代以来，我国社会主义市场经济迅猛发展，文学创作和阅读也日益市场化，这是一个不可阻挡的世界性大潮。单纯的指责、抱怨和抵制是不明智的，也是无济于事的。只有学会在市场中游泳，才能找到自己在市场中的合适位置。事实正是这样。不但通俗文学始终在市场的推波助澜下茁壮成长，而且“纯文学”也没有衰败和萎缩，相反，它在经历了一段惊呼“为何知音日少”的尴尬之后，在文学阅读市场的选择和调节下，逐渐也找到了自己相对稳定的读者群，即所谓趣味相对高雅的“小众”市场，获得了继续生存和发展的经济空间，两者构成了互补互推、相得益彰的新格局。有意思的是，作为文学市场化的主要推手的出版人、杂志人，对文学生活现状的看法并不完全是商品化的。他们承认，“纯文学或严肃文学的边缘化早已是不可逆转的现实，普通读者也并不在乎文学价值的高低”，但是他们并不支持作家完全走市场化之路，反而直言“大多数作家不是坚定地走自己的路，而是突围揣摩市场。实际上只是走上了一条不归的歧路”，他们希望作家保持“在写作的文学本质上的执着和坚守”，而不应该“想寻找一种迎合市场的通道，结果反而丢失了自己”①。当然，这并不意味着他们根本不考虑对优秀纯文学作品的市场运作。我想，这也许是纯文学仍然有生存空间的重要原因之一。

---

①　见傅小平的采访报道:《文学的希望，在生活》,《文学报》2010年3月25日第3版。

文学生活的新现实之六，也是最重要的新现实是，“在新现代性生活境遇下”“形成了以‘现实精神’为主导内容的文学生态和形态”，“一个与中国这个‘大规模国家’相称的宏大的文学生活的新结构、新格局在新的现代性的基础上，展现在人们面前”①。这里，未民先生的“新现代性”和新的“现实精神”的提出，以及以大量材料为依据所作的论证和描述，是值得重视的。在某种程度上，这一点可以说是前面五点的概括和总结，是对当前新的文学生活、文学现状、文学实践、文学经验的反思和提升。当然，如果能够对这种“新现代性”的内涵从理论上作更充分的论述，可能使文艺学、美学的“生活论转向”论有更强的说服力。

以上六个方面概述了当代中国文学生活的新面貌、新现状、新趋势、新格局。反观当前我们的文艺理论和批评，平心而论，应当说是总体上关注少、跟不上、有疏离。虽然不能说我们的文艺理论家、批评家没有做过改变这种现状的努力，但还远远不够。就拿网络文学来说吧，这些年来，已经有一批学者给予关注和研究，作出了重要成绩，此功不可没。但是，这方面还有许多目前研究薄弱却值得进一步深入研究的问题，比如，最近举行的上海网络文学青年论坛上，不少作者诉说在商业模式运作下网络写作成为“速度大赛”的苦衷：在一些码字写手“一天写 7 万字，没有 30 万字的储备不敢开新书，40～80 万字的作品只能算短篇”的极限数字面前，那些三小时才能写 1000 字的作者根本“不敢发言”，网络文学似乎异化为速度战、体力活、青春饭，以至于有的已经成名的网络作家告诫说：“希望那些赚钱最多的人，爱文学一点。”②这实际上提出了网络文学如何保持文学性品格的根本问题。还有学者从另一个角度提出，网络文学不应当仅仅成为网络上的文学，仅仅成为以网络为载体的传统文学的翻版和附庸，而应当“以足够的自信独立行走”，发挥网络的独特优势和长处。③ 这些问题都是迫切要求文艺理论思考和回答的。其他方面同样有大量文学生活的新现象、新问题，我们文艺理论还关注不够，甚至根本没有关注。文艺理论和批评落后于不断变化的文学生活现实，这就是我赞同文艺学“生活论转向”的根本原因。

---

① 张未民：《新世纪以来的文学进程》，《文艺争鸣》2010 年第 3 期。

② 金莹：《网络文学：速度战、体力活、青春饭?》，《文学报》2010 年 4 月 15 日第 6 版。

③ 许苗苗：《网络文学并非网络上的文学》，《文艺报》2010 年 4 月 21 日第 2 版。

下面再谈谈美学也需要"生活论转向"。从根本上说，美学与文艺学在这一点上是一致的。不过，美学作为哲学的分支学科，有自己的特点。近年来，笔者提出走向"实践存在论美学"的设想，不想近来受到有的学者的严厉批评，甚至被扣上"颠覆"和"解构"马克思主义的唯物史观大帽子。这里不打算进行反驳，而只想说明，提出实践存在论美学的初衷，就是想使美学跳出纯理论的圈子，回到现实生活，而这是以马克思与实践观结合为一体的存在论思想为直接依据的。

早在《1844年经济学哲学手稿》中，马克思就专辟一节"黑格尔辩证法和整个哲学的批判"。值得注意的是，马克思在这里的批判目标乃是针对以黑格尔为代表的整个西方传统本体论哲学的批判。传统本体论学说认为经验世界是虚假的，只有其背后抽象的本质世界是真实的；而马克思主张实践唯物主义的存在论，正是致力于扭转一个被柏拉图、黑格尔颠倒的世界，回归现实生活世界。马克思还指出："人们的存在就是他们的现实生活过程。"①这里他非常明确地把人的存在归结为他们的现实的生活过程，而这种现实的生活过程，从一开始就是社会的存在，即在社会关系中展开的生活过程，同时，也就是人的社会实践。这非常鲜明地体现了马克思实践唯物主义的存在论根基。由此可见，在马克思那里，存在，就是我们直接拥有的最具体、最切近的现实生活本身，就是我们须臾离不开的人生实践。这就是笔者提出实践存在论美学最直接的马克思主义哲学根据。

需要说明的是，马克思的"现实生活"的概念，更多地表示与观念、意识相对立的人的全部社会生活活动——物质实践和其他生活实践，既包括作为实践基础的物质生产活动，也包括人们的社会交往和各种社会活动（如政治、经济、军事、伦理、宗教等活动）、各种精神生产活动（艺术和审美活动也在其中），以及人们其他的日常生活活动。马克思明确指出的"全部社会生活在本质上是实践的"②，在马克思那里，"现实生活"、"社会生活"与"实践"的含义是完全一致的。合乎逻辑的推论只能是：实践就是现实的人的基本存在方式。正是在生活就是实践这个意义上，马克思提出了"不是意识决定生活，而是生活决定意识"，"意识[das Bewutβsein]在任何时候都只能是被

① 《马克思恩格斯选集》第1卷，人民出版社1995年版，第72页。

② 《马克思恩格斯选集》第1卷，人民出版社1995年版，第56页。

意识到的存在[das bewu βte Sein]”①这个历史唯物主义的经典命题。显然,马克思的唯物史观就是建立在以实践为核心的存在论基础上的。据此,马克思把历史唯物主义的“实证科学”任务确定为描绘出现实的人的能动的实践活动和生活过程,认为“只要描绘出这个能动的生活过程,历史就不再像那些本身还是抽象的经验论者所认为的那样,是一些僵死的事实的汇集,也不再像唯心主义者所认为的那样,是想象的主体的想象活动”②。

综上所述,笔者尝试走向实践存在论美学就是希望使美学回归人们的现实生活,回归无限丰富多彩的人生实践,而不是脱离现实生活的高头讲章和抽象体系。

原载《文艺争鸣》2010 年 7 月号

① 《马克思恩格斯选集》第 1 卷,人民出版社 1995 年版,第 72～73 页。
② 《马克思恩格斯选集》第 1 卷,人民出版社 1995 年版,第 73 页。

美学新探索与
存在论转换

实践美学哲学基础新论

近两年来，我国80年代影响最大的“实践美学”受到了一些中青年学者的尖锐批评，其中有相当一部分批评涉及实践美学的哲学基础问题。针对这些批评，我曾撰文进行过辨析①，现仍意犹未尽，特别是关于实践美学的哲学基础问题，还有一些新的想法，特写出来以求教于方家，并希望引起学术界的关注与讨论。

一

关于实践美学，过去一般只指以李泽厚先生为代表的那一派美学观点。但实际情况不完全如此。特别是80年代以来，随着“美学热”的兴起，我国各派美学都有一定的发展，尤其是实践美学在发展中有所分化、有所突破，以蒋孔阳先生为代表的中国当代美学的第五派脱颖而出，走向成熟。蒋先生的美学思想以其新著《美学新论》为代表作②，集中体现了“实践美学”中与李泽厚先生美学观点颇为不同的另一学派的美学观点。

我之所以把蒋先生的美学学说仍放在“实践美学”名下，乃是因为：第一，我认为所谓“实践美学”乃是以实践论为哲学基础的美学理论或学说，而李、蒋二人的美学理论都是以实践论为哲学基础的，这是他们的共同之处。如李泽厚说：“在我看来，自然的人化说是马克思主义实践哲学的美学上（实际也不只在美学上）的一种具体表达或落实。就是说，美的本质、根源来于实践……这就是主体论实践哲学的美学观。”③又说：“马克思主义的美学不是把意识或艺术作为出发点，而从社会实践和‘自然的人化’这个哲学问题

① 见拙文《“实践美学”的历史地位与现实命运》，《学术月刊》1995年第5期。

② 蒋孔阳：《美学新论》，人民文学出版社1993年版。

③ 李泽厚：《美学四讲》，三联书店1989年版，第63页。

出发。”①可见，李泽厚只是在美学问题的哲学根源和出发点这个意义上引入实践范畴的，也就是说，实践论只是作为其美学观的哲学基础而存在的，所以，他很少称自己的美学理论为“实践美学”，倒是更多地称之为实践哲学的美学观或美学表达。同样，蒋先生也并未声明自己的美学观属于“实践美学”，但他的一系列美学基本观点，从人与现实的审美关系的产生与发展、美的本质、美的规律到美感的诞生与发展等，都是从人的社会实践出发，或以实践范畴为基础展开论述的，所以，我把蒋先生的美学理论概括为“以实践论为基础、以创造论为核心的审美关系说”②。这里的“基础”即指哲学基础，而不是说蒋先生从实践范畴直接简单地推演出其整个美学理论与范畴系统。正是在以实践论为美学的哲学基础的意义上，我把李、蒋二位先生的美学理论都纳入到实践美学的大范围之中。虽然，二者在美学的研究对象、逻辑起点、理论思路、推演逻辑、主要命题、基本范畴和概念等各个重要方面都存在诸多区别，但并不妨碍它们都成为以实践论为哲学基础的实践美学。第二，从对实践美学的批评者方面来说，似乎并未对李、蒋二人的观点加以区别，也就是说，他们也是把李、蒋二人的美学理论看成同属实践美学范畴。如对从“自然的人化”（李泽厚）或“人的本质力量的对象化”（蒋孔阳）的哲学命题切入，探讨美的本质，批评者们就从不加以区分（实际上是有区别的），而是都归到“实践美学”的名下加以批评。由此可见，实践美学的辩护者和批评者在把李、蒋二人的美学理论都纳入“实践美学”名下这一点上，并无异议。

需要说明的是，笔者本人对李、蒋二人的具体美学观点持有的这种态度，即：对李的美学观，有赞成方面，也有不同意方面；而对蒋的美学观，则基本赞同。但本文将不对二人的美学观点加以具体辨析或评议，而想主要就二人美学理论共同的哲学基础——实践论作一些理论上的探讨。

二

实践论何以能成为实践美学的哲学基础？或者是说，实践论在何种意

① 李泽厚：《批判哲学的批判：康德述评》，人民出版社1984年版，第414页。

② 见拙文《当代中国美学“第五派”》，载《当代中国美学新学派》，复旦大学出版社1992年版，第2页。

义上为实践美学提供了哲学基础?

首先,最根本的,实践论是马克思主义唯物史观的核心。以实践论为哲学基础,实质上也就是以唯物史观为哲学基础。这也是在最高层次上对实践美学哲学基础的概括。

实践概念,在马克思主义经典作家那里,主要是一个社会历史范畴。早在《关于费尔巴哈的提纲》中,马克思就鲜明地提出:"哲学家们只是用不同的方式解释世界,而问题在于改变世界。"①就是说,马克思主义哲学与传统哲学的主要区别在于它不仅解释世界,更强调在解释基础上把重点放在"改变世界"即社会实践上。这种"改变",不仅是对自然、物质世界的改造,更是对现存社会关系的改造。他说,"全部社会生活在本质上是**实践**的"②,指明了实践的社会本性和社会生活的实践本性,使我们不至于把实践局限于人与自然的表面关系上,而忽视了实践在人与人的社会关系中的核心地位。

尤为重要的是,马克思、恩格斯正是从实践范畴出发,直接推导出了一种同当时占主导地位的旧哲学观(唯心史观)相对立的新历史观,即唯物史观:

> ……这种历史观就在于:从直接生活的物质生产出发阐述现实的生产过程,把同这种生产方式相联系的、它所产生的交往形式即各个不同阶级上的市民社会理解为整个历史的基础,从市民社会作为国家的活动描述市民社会,同时从市民社会出发阐明意识的所有各种不同理论的产物和形式,如宗教、哲学、道德等等,而且追溯它们产生的过程。……这种历史观和唯心主义历史观不同,它不是在每个时代中寻找某种范畴,而是始终站在现实历史的基础上,不是从观念出发来解释实践,而是从物质实践出发来解释观念的形成……③

十分清楚,"从物质实践出发"这一个全新的出发点,颠覆了头足倒置的唯心史观,推导出全新的唯物史观。

正是在上面两层意义上,马、恩把自己的哲学思想或唯物史观鲜明地概括为"实践的唯物主义",他们指出:"实际上,而且对实践的唯物主义者即共

① 《马克思恩格斯选集》第1卷,人民出版社1995年版,第57页。

② 《马克思恩格斯选集》第1卷,人民出版社1995年版,第56页。

③ 《马克思恩格斯选集》第1卷,人民出版社1995年版,第92页。

产主义者来说，全部问题都在于使现存世界革命化，实际地反对并改变现存的事物。”①很显然，在马克思主义经典作家那里，“实践的唯物主义”与唯物史观基本上是同义的。而我们用以充当实践美学的哲学基础的实践论，首先也应在这一根本意义上加以理解，即把美学建立在以实践为核心范畴的唯物史观的基础上。

实践美学的唯物史观作为哲学基础，这标明了实践美学的鲜明的马克思主义性质。恩格斯明确指出，“凡不是自然科学的科学都是历史科学”②。我的理解是，一切社会科学与人文科学都属于“历史科学”，而一切历史科学都应受唯物史观指导，都应以唯物史观为哲学基础，正如恩格斯所强调的，唯物史观“不仅对于经济学，而且对于一切历史科学都是一个具有革命意义的发现”③。这里，“一切历史科学”，无疑应包括美学、文学艺术在内。而自觉的以实践论为基础的实践美学自然更应以唯物史观为哲学基础了。

三

这里需要说明的是，我之强调实践美学以实践论即唯物史观为哲学基础，而没有沿用人们通常所用的“辩证唯物主义与历史唯物主义”这一被长期公认的概括，是有原因的。

在我看来，这实际上是对马克思主义哲学的两种完全不同的概括：前一种认为马克思主义哲学就是或主要是历史唯物主义；后一种则把马克思主义哲学分为并列的两大块，一块集中于自然观上，另一块集中于社会历史领域，二者加在一起，才构成完整的体系。可见，这两种说法，不只是提法或侧重点的不同，而是有实际内容上重大的区别。但是，应当承认，过去我一则对这种区别认识得还不够清楚，二则由于种种非学术的原因，我不得不采取了一种折中、调和的态度，把二者说成是完全一致的。④ 我想借此机会，对自己过去的观点作一修正，并作一些补充和阐发。

---

① 《马克思恩格斯选集》第 1 卷，人民出版社 1995 年版，第 75 页。

② 《马克思恩格斯选集》第 2 卷，人民出版社 1995 年版，第 38 页。

③ 《马克思恩格斯选集》第 2 卷，人民出版社 1995 年版，第 38 页。

④ 见拙文《关于马克思主义文艺学的哲学基础问题》，发表于 1990 年，收入拙著《思考与探索》，上海社科院出版社 1991 年版。

我现在明确赞同第一种说法，即认为马克思主义哲学就是或主要是唯物史观。最重要的一个根据是恩格斯《在马克思墓前的讲话》。这篇文献可以说是对马克思一生贡献的最集中、精辟的概括，也应当说是对整个马克思主义（包括恩格斯本人思想）历史贡献的一个简要总结。其中说到马克思一生中的两个主要发现，一个就是唯物史观，另一个则是剩余价值规律。换句话说，马克思在经济学上的伟大贡献是剩余价值规律，在哲学上的主要贡献就是唯物史观，而不是"辩证唯物主义＋历史唯物主义"。恩格斯是这样说的：

> 正象达尔文发现有机界的发展规律一样，马克思发现了人类历史的发展规律，即历来为繁芜丛杂的意识形态所掩盖着的一个简单事实：人们必须首先吃、喝、住、穿，然后才能从事政治、科学、艺术、宗教等等；所以，直接的物质的生活资料的生产，从而一个民族或一个时代的一定的经济发展阶段，便构成基础，人们的国家设施、法的观点、艺术以至宗教观念，就是从这个基础上发展起来的，因而，也必须由这个基础来解释，而不是像过去那样做得相反。①

另外，也许我孤陋寡闻，虽然有人说马克思一再把自己的哲学称为辩证的唯物主义，但是，我始终未找到一处马克思声称自己的哲学观为"辩证唯物主义"的。倒是发现在许多场合，马克思屡屡表达了自己的唯物史观。早在1843年写的《黑格尔法哲学批判》中，马克思已初步指出市民社会应是政治国家的现实基础这样一个唯物史观的新思路，从而与黑格尔的唯心主义法哲学鲜明地划清了界限。1859年马克思在《〈政治经济学批判〉序言》中，回顾了自己1843～44年唯物史观形成的过程，并作了经典的表述②；他还说1845年春与恩格斯合著的《德意志意识形态》，乃出于"我们决定共同阐明我们的见解（按：指唯物史观）与德国哲学的意识形态的见解的对立，实际上是把我们从前的哲学信仰清算一下"③这样一个目的。这从侧面说明，马克思一开始就自觉地将自己的唯物主义新历史观与德国当时占主导地位的

① 《马克思恩格斯选集》第3卷，人民出版社1995年版，第776页。

② 《马克思恩格斯选集》第2卷，人民出版社1995年版，第32～33页。

③ 《马克思恩格斯选集》第2卷，人民出版社1995年版，第34页。

黑格尔主义的唯心历史观对立起来，并在哲学范畴内来讨论这一问题。所以说，马克思主义哲学从其形成、诞生那一天起，直接就是唯物史观。

至于用“辩证唯物主义与历史唯物主义”两大块来概括马克思主义哲学的，现在看来至少不是马克思本人所为，始作俑者似也不必细究。关键是，这一概括存在如下一些问题：

第一，对马克思主义哲学的概括不够准确，不完全符合实际。如上所述，马克思主义从诞生期开始就直接是历史唯物主义而不是两大块的并列与相加，后来的发展也始终如此。

第二，两大块并列且把“辩证唯物主义”放在首位，实际上冲淡、削弱了唯物史观在马克思主义哲学中的中心、主导地位。

第三，这种提法把辩证法同唯物史观割裂了开来，似乎历史唯物主义不包含辩证法在内，而辩证唯物主义又不属历史领域。这是一个很大的错误。辩证方法在德国古典哲学，特别在黑格尔那里得到了长足的发展，马克思吸收了其哲学中辩证法的合理内核，改造熔铸到自己的新世界观中去。应当说，马克思主义新历史观的提出本身不仅是唯物主义的胜利，同样是辩证法的胜利。唯物史观从其孕育到诞生，再到发展、成熟，始终内在地包含着、融合着辩证思维的方法，决不能把辩证因素排除在唯物史观之外。唯物史观把人类社会发展看成一个否定之否定、由低级到高级的历史发展过程，本身就体现了彻底的辩证法。实际上，正是在唯物史观的框架内，辩证法才获得了新的更高水平的发展。把辩证唯物主义单独分离出来，客观上是对唯物史观的一种贬低。

第四，两大块的分法的另一种含义是把“辩证唯物主义”归为自然观和认识论，而把“历史唯物主义”归为社会历史观。这也是大成问题的。因为自然观与认识论都是人的自然观与认识论，离开了社会的人无所谓自然观与认识论。实际上，在社会的人身上，自然观、社会历史观、认识论是统一的整体，不能加以分割分属不同的“主义”。而唯物史观或实践的唯物主义的一个基本特点，是从社会的人出发，从人的实践活动出发来研究世界，包括自然界，即从人与自然的关系中来研究自然界，认为人们的自然观与人们的社会历史观是不能分割的整体。因此唯物史观应当也能够包括相应的自然观与认识论在内。早在《德意志意识形态》中，马克思、恩格斯在论证“实践的唯物主义”时就着重批判了费尔巴哈的直观唯物主义，深刻指出，“费尔巴哈对感性世界的‘理解’一方面仅仅局限于对这一世界的单纯的直观，另一方面仅仅局限于单纯的感觉”,“他没有看到,他周围的感性世界(按:包括自然界)决不是某种开天辟地以来就直接存在的、始终如一的东西,而是工业和社会状况的产物,是历史的产物……甚至连最简单的‘感性确定性’的对象也只是由于社会发展、由于工业和商业交往才提供给他的。大家知道,樱桃树和几乎所有的果树一样,只是在数世纪以前由于商业才移植到我们这个地区。”①这是批评费尔巴哈未把自然纳入历史的视野。马、恩又指出,这种所谓“自然和历史的对立”问题,实际是虚假的,按这种观点,“好像这是两种互不相干的‘事物’,好像人们面前始终不会有历史的自然和自然的历史”②。这就在实际上把自然观与历史观辩证统一起来了。促成人与自然、历史与自然统一的根本力量就是实践,就是工业,就是劳动和生产。马、恩极为有力地指出:“费尔巴哈特别谈到自然科学的直观,提到一些只有物理学家和化学家的眼睛才能识破的秘密,但是如果没有工业和商业,哪里会有自然科学?”人的这种实践活动,“这种连续不断的感性劳动和创造、这种生产,正是整个现存的感性世界的基础”③。当然,马克思并未否认自然界早于人类产生这个“优先地位”,但同时指出,这种“先于人类历史而存在的那个自然界,不是费尔巴哈生活其中的自然界,……因而对于费尔巴哈来说也是不存在的自然界”④。可见,马克思主义是把自然观纳入人类社会历史范畴的,是社会历史观的一部分;而历史观与自然观统一的基点与动力即人的实践活动。

第五,上述分法还有一个含义是,认为唯物史观是由辩证唯物主义推演出来的,是它在社会历史领域的应用。这个观点更是站不住脚的。这从历史与逻辑上都讲不通。从马克思主义哲学发生、发展历史看,它一开始就是以唯物史观的形态出现的,它从孕育、诞生到后来的发展,从未经历过所谓“辩证唯物主义”的阶段。马克思 1859 年在回顾他早年著作时说道,1842～43 年,他任《莱茵报》主编时首次遇到要对物质利益发表意见,这迫使他对原先接受的黑格尔主义进行反省,“为了解决使我苦恼的疑问,我写的第一部著作是对黑格尔法哲学的批判性的分析……我的研究得出这样一个结

① 《马克思恩格斯选集》第 1 卷,人民出版社 1995 年版,第 75～76 页。
② 《马克思恩格斯选集》第 1 卷,人民出版社 1995 年版,第 76 页。
③ 《马克思恩格斯选集》第 1 卷,人民出版社 1995 年版,第 77 页。
④ 《马克思恩格斯选集》第 1 卷,人民出版社 1995 年版,第 77 页。

果:法的关系正像国家的形式一样,既不能从它们本身来理解,也不能从所谓人类精神的一般发展来理解,相反,它们根源于物质的生活关系,这种物质生活关系的总和,黑格尔……概括为'市民社会',而对市民社会的解剖应该到政治经济学中去寻求"①。这里马克思自己明确说他第一部哲学著作奠定了唯物史观的思路。也就是说,他不是首先形成"辩证唯物主义"自然观点,再应用于社会历史领域的。而且,这一唯物史观思路贯穿于他的以后一生的著述(包括经济学、人类学等各方面著作)中,中间也从未插入过另一个"辩证唯物主义"阶段,从未离开人类历史抽象谈论"辩证唯物主义"自然观,更不曾"应用辩证唯物主义"于历史领域。再从逻辑上看,既然上述两分法把自然观与历史观人为分割开来,也就把自然与人、自然界与历史分割开来、对立起来了。而单纯的、离开人类社会的自然是抽象的自然,是对人类无意义、实际上并不存在的自然,对这种抽象自然所持有的观点也是一种抽象的自然观。正如马克思所说:"被抽象地孤立地理解的、被固定为与人分离的自然界,对人说来也是无。"②这样一种抽象自然与人类社会的复杂历史之间,抽象的自然观("辩证唯物主义")历史观之间是不存在通约性的,因此在逻辑上两者是难以互为"应用"的,换言之,上述两分法的思路预先决定了"辩证唯物主义"自然观在逻辑上无法推广、应用于另一异质系统的人类历史领域。

根据以上理由,我在此修正过去把"实践的唯物主义"与"辩证唯物主义与历史唯物主义"看成完全一致的观点,而认为后者的提法不科学。这也是我认为马克思主义哲学主要就是唯物史观的重要依据。这一点若能成立,也从侧面佐证了实践美学的哲学基础是以实践论为核心的唯物史观。

四

实践美学主要是在本体论意义上还是在认识论意义上以实践论为其哲学基础呢?

有的同志认为是在认识论意义上,这是因为毛泽东的实践论主要是认识论,而现在国内美学界不少人还是把传统西方美学的认识论框架作为建

① 《马克思恩格斯选集》第2卷,人民出版社1995年版,第32页。

② 《马克思恩格斯选集》第42卷,人民出版社1979年版,第178页。

构美学理论的依据，所以侧重于从认识论角度引入实践论基础；有的同志则强调在本体论意义上设置美学的实践论基础，但他们对本体论的理解则并不完全准确，主要是把本质、本源与本体、本体论混为一谈了。但我以为，作为实践美学哲学基础的实践论，既不单纯以本体论方式、也不单纯以认识论方式出现，而是实践本体论与实践认识论的统一。

先谈实践本体论。

关于"本体论"，目前学术界，包括哲学界，都存在不同的理解。一种比较流行、被不少人接受的看法是，把本体理解为本原、本质，因而把研究一切实在的最终本性、最高本质的理论称为本体论。甚至一些权威的哲学辞典也把"本体论"定义为"哲学中关于世界本原或本性问题的理论部分"①。其实，这是一种较严重的误解。

"本体论"是对译西文 Ontology 的一个译名，它的本义不是中文意义上的"本体"或"本原"、"本质"，而是关于"有"或"在"(存在)的学说，即关于 being 的理论。据目前掌握的资料看，最早为"本体论"下意义的是德国理性派哲学代表沃尔夫，他说："本体论，论述各种关于'有'(OZ)的抽象的、完全普遍的哲学范畴，认为'有'是唯一的、善的；……这是抽象的形而上学。"②在西方，对"本体论"的这种定义被普遍认可，一直延续至今，并未引起误解，直至最新版(15 版)的《不列颠百科全书》仍对"本体论"持这一看法，说"本体论"是"研究 Being 本身，即一切实在性的基本特性的一种学说"③。因此，把"本体论"理解为存在("有"、"在"或"是")论即研究存在的学说似较贴近于本体论的原意。

实践本体论也须从存在论角度加以阐释。马克思主义的唯物史观在一定意义上包括本体论，即包括人的社会存在的理论，并以此作为其整个哲学的基石与出发点。马、恩早期著作《德意志意识形态》明确从存在论出发，指出："任何人类历史的第一个前提无疑是有生命的个人的存在"，而这种"个人的存在"不能仅从生理、地理、气候等自然角度去解释，而应从人的物质劳动实践去说明，"这些个人把自己和动物区别开来的第一个历史行动并不是

① 《哲学大辞典》(马克思主义哲学卷)，上海辞书出版社 1990 年版，第 188～189 页。

② 转引自黑格尔：《哲学史讲演录》第 4 卷，商务印书馆 1978 年版，第 189 页。

③ 见《不列颠百科全书》第 9 卷，1989 年英文版，第 958 页"Ontology"条目。

在于他们有思想，而是在于他们开始生产自己的生活资料”①。马、恩进一步指出，“这种生产方式”即实践，不仅“应当从它是个人肉体存在的再生产这方面加以考察”，“它在更大程度上是这些个人的一定的活动方式，是他们表现自己生活的一定方式”，“这取决于他们进行生产的物质条件”②。也就是说，要从人们的物质生产条件、方式来考察人的存在（活动、生活）方式。马、恩认为对人们这种存在论的考察是唯物史观的前提，“任何历史观的第一件事情就是必须注意上述基本事实的全部意义和全部范围，并给予应有的重视”，而唯心主义却“从来没有这样做过，所以他们从来没有为历史提供世俗基础”③。马、恩认为，由人的物质生产活动这种现实存在方式出发，即“在现实生活面前，正是描述人们的实践活动和实际发展过程的真正的实证科学（按：即唯物史观）开始的地方”④。需要说明的是，马、恩这里讲的个人的存在方式决非抽象、孤立的“类”的个人，而是指的现实的社会关系中的人，也即社会的人。他们强调，“这里所说的人们是现实的，从事活动的人们，他们受自己的生产力和与之相适应的交往的一定发展——直到交往的最遥远的形态——所制约（按：“交往”即人们之间的社会交往关系），“人们的存在就是他们的现实生活过程”⑤，也就是他们的生产实践活动过程。而人们在生产中不仅仅同自然界发生关系。“为了进行生产，人们相互之间便发生一定的联系和关系；只有在这些社会联系和社会关系的范围内，才会有他们对自然界的影响，才会有生产”⑥。所以，人们的存在方式只能是社会实践方式即社会存在的方式。马克思后来在对唯物史观作经典表述时仍未放弃上述本体论的立场和出发点，他说：“物质生活的生产方式制约着整个社会生活、政治生活和精神生活的过程。不是人们的意识决定人们的存在，相反，是人们的社会存在决定人们的意识。”⑦这里，“人们的社会存在”显然主要指人们的“物质生活的生产方式”，这属于人们社会实践的主要内容。

据此，我们可以确认，马克思主义哲学包括本体论。这是一种“社会存

① 《马克思恩格斯选集》第1卷，人民出版社1995年版，第67页注〔1〕

② 《马克思恩格斯选集》第1卷，人民出版社1995年版，第67～68页。

③ 《马克思恩格斯选集》第1卷，人民出版社1995年版，第79页。

④ 《马克思恩格斯选集》第1卷，人民出版社1995年版，第73页。

⑤ 《马克思恩格斯选集》第1卷，人民出版社1995年版，第72页。

⑥ 《马克思恩格斯选集》第1卷，人民出版社1995年版，第344页。

⑦ 《马克思恩格斯选集》第2卷，人民出版社1995年版，第32页。

在本体论"(按:借用卢卡契的提法)。而社会实践是人们的存在的基本方式,或者说,"社会存在"的主要内容即人们的社会实践活动,因此,在一定意义上,也可以把马克思主义本体论概括为社会实践本体论,或简称为实践本体论。实践本体论是唯物史观的出发点与根本所在,是马克思主义哲学的基本组成部分。当然马克思主义的本体论与西方哲学史上的一切本体论都有本质的区别。这里就不谈了。

实践本体论如何成为美学的哲学基础,或者说,实践本体论对于美学理论建构的意义主要体现在哪里呢?从目前国内实践美学派的理论来看,主要体现在以下四方面:

第一,把实践本体论作为唯物史观的出发点来确立美学的最根本出发点(不是逻辑起点),即不是从作为社会意识之一的艺术出发,而是从最终决定人们社会意识的社会存在,主要是物质实践出发来考察、研究艺术。

第二,把实践范畴引入审美和艺术的发生学,用人类社会的实践来解释艺术和审美发生的最终的即哲学的根源。譬如说,蒋孔阳先生的美学是从人与现实的"审美关系"出发的,但这种审美关系最初附庸于诸实用关系中,并无独立意义。蒋先生从实践本体论出发,提出这种审美关系是人类通过人类漫长劳动实践,随着精神和实践感觉能力的日益丰富、提高而形成、发生,并逐步从实用关系中分化、独立出来的。这就揭示了审美关系发生的哲学根源。

第三,把实践本体论同审美心理学结合起来,揭示人类审美活动的心理机制与根源。如李泽厚先生就强调人类"通过长期的生活实践(首先是劳动生产的基本实践)"在双向的自然人化中"产生了美的形式和审美形式感"(审美发生学);他并提出,"只有把格式塔心理学的同构说建立在自然人化说即主体性实践哲学的基础上,使'同构对应'具有社会历史的内容和性质,才能进一步解释美和审美诸问题"①。这里实践本体论成为审美心理学的哲学基础。

第四,李泽厚先生把实践本体论与实践认识论结合起来,提出了美学上的"积淀"说。他认为,认识、道德、审美"都来源和从属于人类","人类以其使用、制造、更新工具的物质实践构成了社会存在的本体(简称之曰工具本体),同时也形成超生物族类的人的认识(符号)、人的意志(伦理)、人的享受

① 李泽厚:《美学四讲》,三联书店1989年版,第60页。

(审美),简称之曰心理本体。理性融在感性中、社会融在个体中、历史融在心理中……有时虽表现为某种无意识的感性状态,却仍然是千百万年的人类历史的成果;深层历史学……如何积淀为深层心理学(人性的多元心理结构),就是探究这一本体的基本课题"①,美学即其中之一,主要研究心理本体审美方面的历史积淀方式与内容。

近十几年,我国实践美学在上述几方面依托实践本体论,取得了丰硕的研究成果,但也存在一些问题和不足,在我看来主要有:第一,有的美学家在将实践本体论引入美学时有一些简单化的倾向,即把实践范畴直接作为美学的逻辑起点,或直接用作解决美学基本问题(如美的本质、美感的本质等)的万能范畴,而缺少推演的一系列具体中介,这样就给人以一般化和大而无当之感,缺乏理论说服力。这里的问题在于把本应作为美学哲学基础的实践本体论和实践范畴直接拿来充当美学的基本范畴,其结果无法真正解决美学基本问题,反倒使实践范畴失去了哲学本体论意义。第二,有的美学家对实践范畴理解较窄,单纯停留于物质生产劳动这一含义上,而未把种种人生实践,如道德实践、交往活动和精神文化活动(即马克思所说的精神劳动或精神实践)考虑在内。这样,在建构美学理论时,往往把人生实践方面的审美问题放置在视野以外,而这同关注人生实践的中国传统美学鸿沟较深,不利于建构中西交融的当代实践美学体系。第三,由于对"本体论"的某种误解,未从存在论角度看待实践论,因而在以实践论作为美学的哲学基础时,未能把实践看成人的存在(生存)的基本方式,也未能对存在论意义上人的实践作出更全面的阐释,如李泽厚先生把实践主要理解为群体、理性的物质生产劳动,而较少注意到实践作为人的存在活动的个体、感性方面;他的"积淀"说虽也将群体、理性落脚于个体、感性上,但显然前者居于支配地位,后者是相对被动的载体而已。这样,审美作为人生实践中生存和生命体验的内容和存在论意义就无法得到充分的阐发,实践论未能在本体(存在)论意义上真正成为美学的哲学基础。

因此,在我看来,实践美学要真正在本体论意义上把实践论作为哲学基础,还有很大的开拓余地,还有很多工作可做,倘如此,则能使实践美学更富现代气息,更具旺盛的生命力。

---

① 李泽厚:《美学四讲》,三联书店 1989 年版,第 43 页。

五

再谈实践认识论。

其实，马克思主义的唯物史观，实际上已暗含着实践认识论的基本内容。马克思很少离开人的社会历史实践来孤立、抽象地谈论人的认识活动和认识过程。当马克思表述人们的社会存在决定人们的意识这一唯物史观的核心内容时，他实际上已指明了人的认识的来源和起点是人们的社会实践，也已指明人们的意识随社会实践的改变而改变，实践是人们认识发展的根本动力，无论是个体认识还是群体认识都是如此。由此可见，从实践本体论出发必然要推导出实践认识论，二者有着内在的、天然的一致性，作为实践美学的哲学基础，它们是不可分割的有机整体。上面我之所以把实践本体论分开来先说，完全是出于逻辑表述的方便，而且前面说到的审美和艺术发生学、审美心理学以及“积淀”说等，都不只是实践本体论问题，也内在地包括了实践认识论的问题。这是需要说明的。

有的学者批评实践美学的哲学基础缺少实践认识论的内容。笔者不敢苟同。我认为，八十年代以来，实践美学的最重要贡献之一，就是以实践认识论为基点，冲破了我国美学界长期以来占主导地位带有机械唯物论倾向的“反映论”美学的陈旧思路，为美学发展开拓了新路。“反映论美学”的基本思路是：美学是客观存在的对象，美感是客观美在主观头脑中反映的产物。其哲学思路则属于意识反映客体的旧唯物主义认识论。实践美学引入实践论（包括本体论与认识论），首先打破了美学只是局限于认识论的狭隘框架，拓展了美学研究的天地；即使在审美活动的认识论方面，也强调了审美个体的主体性，克服了消极、被动的“反映”论，而且从群体审美经验的历史积淀角度，强化了人类审美活动的社会历史性。

实践美学依托实践认识论对美学的另一重要推进是，自觉与审美心理学相结合，深入到审美经验层次的研究，对个体审美经验的内容、方式、结构、机制作了细致剖析，对群体审美经验的历史变化与发展也作了开创性探讨。当然，这还只是开端，许多问题还有待深入研讨。

按照实践认识论，实践美学强调了审美活动的主体创造性，也开始注意审美活动的接受主体性，对西方接受美学的思想有所借鉴与吸收。有的学者批评实践美学忽视接受主体性，在我看来是不符合事实的。

当然，目前我国的实践美学在应用实践认识论方面并不是已很完善了，特别是在将实践认识论与本体论有机结合上还存在缺陷，因此，其哲学基础还有待进一步修正、调整、改善。我想，至少可以在以下三方面有所改进：

第一，实践美学应克服"积淀"说目前存在的偏颇与片面性。首先应辩证地处理好"积淀"与"突破"的关系。审美实践的永恒发展与变动，是审美历史积淀处于不断变动的过程中，没有有效突破，审美新质的积淀很难出现。而按实践论的本性，积淀决非单方面的消极的积累，而是动态、变化中的积累，当审美实践的变动达到一定的程度时，旧的积累过程会发生中断或突破，引发新一轮新质的形成、生长和积累。其次，应辩证地处理好"积淀"中理性与感性、群体与个体、历史与现实、必然与偶然等诸方面关系，而要解决好这个问题，应改变在美学研究中处处把理性、群体、历史放在支配地位的片面性。与前一关系密切相关，突破、中断与变动往往首先从感性、个体、现实、偶然开始，引发新的积淀过程，最终在理性、群体、历史、必然等层面获得积淀，形成传统。这里矛盾双方决非前一方时时处于主动和支配的地位，后一方则始终处于被动和被支配地位。"积淀"说必须按实践论本性作出上述两方面改造，才能继续焕发其生命力。

第二，实践美学应严格地把实践论只作为哲学基础，而不要直接、简单地把实践范畴移用至美学研究中，特别要注意发现、揭示实践范畴从哲学通向美学的一系列中介环节，并加以阐发、论述。

第三，实践美学应把实践本体论与认识论有机结合起来，把审美活动的研究扩展、深入到人生实践和人的生存方式与生命体验层面，在这一层面寻求审美经验的最高境界，并在理论上予以合理的阐释。

总之，我相信，实践美学只要正确地、全面地坚持其实践本体论与认识论相统一的哲学基础，还是有进一步充实、完善和发展的余地，在九十年代乃至下一世纪将会继续葆有旺盛的生命力与应有的理论地位的。

原载《人文杂志》1996 年第 2 期

当代文学、美学研究中对“本体论”的误释

八十年代中期以来，随着海德格尔基本本体论对我国学术界影响的扩大，以及海内外新儒学的复兴和传播，我国的文学理论、批评与美学研究也正在发生着深刻的变化，文学、美学研究的重点正在悄悄地从认识论向本体论方向转移。与此相应，“本体”和“本体论”等术语在文学、美学论著中出现的频率也明显增大。然而，值得注意的是，在为数不少的论文、著作中，人们常常可以发现对“本体”、“本体性”、“本体论”等概念、术语的误解、误释和误用，并因此而造成对许多基本理论问题理解和论述上的混乱。这对于当代文艺学、美学的发展显然是不利的。

为了使文学、美学的本体论研究得以健康发展，有必要对目前研究中的一些谬误予以澄清，并揭示其根由。本文拟就此作一初步尝试。

一

近年来有关本体、本体论、本体性等术语的误释、误用相当普遍，不独发生在文艺学、美学界，哲学界也时有发生，哲学界的误释又反过来对文艺学、美学界产生误导。本人孤陋寡闻，只能就所看到的现象，略举数端，稍作评述。

第一种是把“本体”误作为“文艺作品本身”之意来使用，常与“作品”一词连用(即“作品本体”)，而且常常与创作主体、接受主体两个主体概念相对立起来使用。笔者自己也曾有这种误用。

第二种是把“主体”与世界万物(包括美丑等精神事物)的“本源”或“本性”混淆起来，从而把“本体论”等同于“本性论”、“本源论”。这种理解更为普遍，一些文学评论文章在分析作品主题时，一些哲学、美学论文在探讨事物的终极根源时，常在此意义上使用“本体”或“本体论”。甚至连一些权威

性的辞书也未能免除这种误解。如《辞海》“本体论”条目说：“哲学名词。指哲学中研究世界的本源或本性的问题的部分。”又如《哲学大辞典》在“本体论”条目中也称：“大体上说，马克思以前的哲学所用的本体论有广义狭义之别，广义指一切实在的最终本性……因而研究一切实在的最终本性为本体论。”再如有的美学论文在批评别人没搞懂何为“本体论”的同时，却也说本体论以后“又发展为关于世界的本源的研究”①。这种误解、误用同中文翻译即用“本体”、“本体论”来翻译 being 和 Ontology 不确切关系极大。由于开初的这种翻译不确切及后来的约定俗成，造成种种望文生义、依据中文字义来想象、发挥的误读。

第三种是把“本体论”与西方所谓的“宇宙论”混淆起来。如前述《哲学大辞典》在讲到“狭义”本体论时说：“从狭义讲，则在广义本体论中又有宇宙的起源与结构的研究和宇宙本性的研究，前者为宇宙论，后来为本体论。”诚然，这里似乎把本体论与宇宙论作了区分，实际上只是把广义的宇宙论分为起源、结构研究与本性研究两个方面，而把后者纳入本体论。这种区分并不符合西方哲学发展的实际，而且在语言上也是把“本体”与“本性”混为一谈，虽然这两个词在中文中相当接近或至少有部分意义相重叠。由于把“本体”与“本性”相混淆，又导致一些论著把文学艺术的本体论研究误以为主要讨论文学、艺术的本性、本质的问题，即“何为艺术”的问题；进而又以为过去的文艺理论中有关文艺本质的探讨和定义都是艺术本体论。这样一来，所谓艺术本体论就等同于艺术本质论了。这种误解在当前文艺理论界和美学界也相当不少。

第四种是把本体性与过程性、体验性、自足性、根本性等意义相混淆，把本体论研究的范围搞得模糊不清。如有的专门批评实践美学在本体论方面失误的论文②，虽然列举、分析了实践美学的种种不当，但并未明确指出它在本体论方面有何失误。从文中三处用到“本体”字样的文字看，作者对本体的理解似乎前后并不很一致。如该文批评“美是人的本质力量对象化”的命题把“本质力量与审美活动对立起来，认为这样做的结果并不具有本体性、存在性”，理由是该命题把人的本质力量看成是先在的东西，而非看成在审美活动中展开、实现的过程。显然，作者在此把人的本质力量展开的过程

---

① 丁磊、李西建：《当代中国美学的前沿》，《学术月刊》1995 年第 9 期。

② 见潘知常：《实践美学的本体论之误》，《美学》1995 年第 4 期。

性等同于本体性了，因为据说实践美学否定了这个过程性，因而也就丧失了本体性。该文另一处批评实践美学把审美活动限定于主客二分的认识论层次上，把审美情感“变为认识的对象”，“而不是体验的对象”，实质是“否定审美的本体性，从认识的角度为审美的本质定位”。这里我们可以体会到，作者心目中的“本体性”，既包含相对于认识性的“体验性”，又包含独立自足、不附属于认识的“自足性”之意，还包含本体论应为审美本质定位的“本质性”含义。该文再一处带有总结性地批评实践美学人为设定的二元结构“无论如何也无法达到逻辑的自足，相反却陷入了二律背反的悖论，本体论自身也走向了非历史性、非敞开性、非自足性”，认为这正是一种“无根的追问”。很清楚，在此，作者把本体论看成是自足的、根本性的理论设定，本体是根本，它不来自其他，其他却来自它。在笔者看来，以上三种对本体性、本体论的理解似乎都未抓住本体论的基本意义，因此它对实践美学“本体论之误”的批评就未能击中要害。倒是另一篇综述文章对该文的观点作了发挥，说实践美学在人和人生活的世界之外，另有一个类似上帝的先设的“自然”，然后“得到人化”，因此，“虽然实践美学宣布自己是实践本体论，其实又是以人的本质为本体，或以自然为本体”，“实践论美学继续把美学看成是一门寻问美的抽象化本质即美的本体的学问”①。笔者要说明的是，这一概括已非其所述论文原有的话语，而是综述者自己的发挥、引申，在发挥中，表露出综述者自己对本体和本体论的理解，即认为本体是事物的本源和抽象化本质，本体论就是研究这种本源、本质的学问。这种理解比之它所综述之文，要明白得多，但在笔者看来，同样是一种本体论的误解。

第五种是把哲学本体论与当代西方生存哲学或存在主义哲学的联系一刀切断。仍是上述综述论文，对笔者关于“哲学本体论的核心问题应是人的存在问题”的观点提出批评，认为关于人的存在问题的探讨，“在哲学上属于生存哲学或国内更常说的存在主义哲学”，不应与哲学本体论“混淆在一起”，并一再强调只要对西方美学、哲学有些了解就“不应”出现这种“疏误”。但在笔者看来，只要对当代西方生存哲学稍有了解的话，就不应无视本体论哲学与当代西方存在论哲学之间的血肉联系，就不应出现把包括海德格尔存在论（海氏称为“基本本体论”）在内的现代西方本体论哲学排除在哲学本体论之外这种近于荒谬的“疏误”。

① 见丁磊、李西建：《当代中国美学的前沿》，《学术月刊》1995年第9期。

二

由于以上种种有关本体论问题的误解和误用，给当前文学和美学研究带来了一些混乱，不利于理论探讨的深入。因此，有必要追本溯源，首先对本体、本体论等概念的历史发展作一简要的回顾。

"本体论"（英文 Ontology，德文 Ontologie）这个词，据现存资料，最早是由德意志经院哲学家郭克兰纽（Rudolphus Goclenius）于 1636 年首先使用的。他将希腊词 On（ον 即 Being）的复数 Onta（ovta 即 beings，"存在者"、"在者"或"是者"）与 logos（ονοδ 意谓"学问"、"道理"、"理性"、"论证"等）结合在一起创造出新词 Ontologie，可译为"存在学"或"存在论"。1647 年，另一位哲学家克劳堡（Johann Clauberg）又将 Onta 与希腊词 sophia（"智慧"、"知识"）结合创造出同义新词 Ontosophie，也是"关于存在的学问、知识"之意。稍后，法国哲学家杜阿姆尔（Jean Baptiste Duhamel）也使用了这个词。在他们那里，此词指专门研究存在本身及其规定的学问，属形而上学的一个重要部分。

而最早为"本体论"（Ontologie）下定义的则是德国理性主义哲学家沃尔弗（Christian Wolff），黑格尔曾引述过这个定义，现转引如下：

本体论，论述各种关于"有"（ον）的抽象的、完全普遍的哲学范畴，认为"有"是唯一的，善的；其中出现了唯一者、偶性、实体、因果、现象等范畴；这是抽象的形而上学。① 这个定义对本体论作了重要的界定：(1)本体论是专门研究"有"（ον 即 Being）即"存在"（或译"在"、"是"）和"存在者"的学问；(2)本体论研究的对象是"有"或"存在"的各种普遍的哲学范畴，其中包括唯一者、偶性、实体、因果、现象等范畴；(3)本体论认为"有"或"存在"是唯一的，善的，因而是最基础、最根本、最普遍、最高的范畴，其他范畴均可从中推演出来；(4)本体论是抽象的以逻辑方法构造的哲学，属形而上学的一个重要部分。这些界定表明沃尔弗比之前三位更早使用本体论一词的哲学家对该词的理解显然要全面、准确、深刻得多了。应当说，沃尔弗是借用 Ontologie 一词对西方哲学史上关于存在的研究作了一个系统的理论总结和逻辑

① 转引自黑格尔《哲学史讲演录》第 4 卷，贺麟、王太庆译，商务印书馆 1978 年版，第 189 页。

概括，使原来被淹没在其他许多哲学问题探讨中的存在论研究被鲜明地突现出来。自此以后，西方哲学关于本体论研究的对象、内容、范围就十分明确，很少被人误解。直到今天，沃尔弗的本体论定义仍具有相当的权威性和有效性。①

本体论（Ontologie，Ontology）一词虽发明、界定于 17 世纪之后，但本体论的研究历史却早在古希腊已经开始。最早为本体论奠定基础的，当属柏拉图的《巴曼尼得斯篇》。我国希腊哲学研究专家陈康不满意“本体论”的中译法，曾改译为“万有论”，并明确指出：

万有论（Ontologia，旧译“本体论”，但不精确）成为一学科始自亚里士多德；但本篇（按：指《巴曼尼德斯篇》）已为这个学科奠定基础。它指出来，“是”（ονσα）分为一切的“有”（οντα），“割裂为最可能小的和最可能大的以及各种各样‘有’”，那么万有有一共通点，即分有“是”……②

这里需要作一些说明。第一，这里希腊文 ονσια 与 ον 一样，是系动词 ειμι 的动名词形式，相当于英文 Being，陈康译为“是”，也可译为“有”、“存在”、“本体”等，笔者采用“存在”的译法；ονσια 的词性是动名词，是从系动词 ειμι 或其不定式 ετνατ（相当于英文 be 及其不定式 to be）演化过来的，系动词 ειμι 原本就包含“是”、“有”、“存在”等意义；而陈康先生译为一切的“有”的 οντα 则相当于英文中的 beings，它是 ον 的复数形式；ονσια（译为“本体”、“实是”、“实有”或“是”、“有”、“存在”等）的词性原本为分词（ειμι 的现在分词形式是 ονσα），但亦名词化了，所以在语法上指“分有”系动词 ειμι（be）动、名双重意义的词；同样 ον 也有名词、分词双重功用，故陈康此处译为“有”，也可译为“是的”、“是者”、“存在者”等。第二，ον（“是者”、“存在者”）在语法上“分有”了“是”（“存在”，ονσια、Beings），兼具了系动词的功用，而在哲学范畴上也“分有”了“是”（“存在”）的意义，也即“存在者”范畴是从“存在”范畴中“分”出来、推演出来的。第三，“本体论”或“万有论”主要是研究存在（Being）和统称为存在者（“是者”，beings）的各种范畴之间关系的学问，陈康先

① 如 1989 年出版的第 15 版《不列颠百科全书》（英文版）中“Ontology”条目就明确地说：“研究 Being 本身，即一切实在性的基本特性的一种学说。……这个术语在近代哲学中的知名则是由于德国理性主义者沃尔弗，他把本体论视为导致有关 beings 的本质必然真理的演绎法。”

② 见陈康译注本《巴曼尼得斯篇》（注 252），商务印书馆 1982 年版，第 181 页。

生正是据此而把柏拉图的《巴曼尼得斯篇》看作西方本体论的始作俑者。

根据以上理解，笔者认为陈康先生关于《巴曼尼得斯篇》为本体论奠定了基础的结论是有道理的。因为，在《巴曼尼得斯篇》中，柏拉图首次把“存在”和诸“存在者”作为理念看待，并通过探讨“存在”与诸“存在者”在理念层次上的关系，修正了它早先关于理念单一性的观点，提出理念之间也应是相互“分有”或结合的新观点，完善了他的理念论。柏氏以原爱利亚学派的巴曼尼得斯关于“存在是一”的假设为出发点，又借巴氏之口进一步提出“如果‘一’存在”和“如果‘一’不存在”的假设，并由此作了八组推论。这里柏氏把“一”设定为理念，分别假设“一”与其他理念结合或不结合时所导致的结果。他先假设在“如果‘一’不存在”命题中如若“一”是孤立的绝对的，它便不能与其他理念范畴相结合，由此推论，人们关于“一”就说不出其他任何规定性来，它只是纯粹的“一”，与“存在”无联系的“一”，无法“分有”“存在”的“一”，而这样的“一”不是“存在”，也就根本不是“一”，所以也无法被认识。据此，“一”作为理念就无法被认识，理念论就难以成立。柏氏又从相反方面作推论，假设上述命题中“一”不是绝对的孤立的，而是与其他理念、首先与“存在”结合的，其推论便是：如果“一”存在，它就“分有”了“存在”；这样的“一”是存在的，与纯粹的孤立的“一”不同；它是与“存在”结合的“一”，是“分有”了“存在”的“一”；这样的“一”本身就包含着“多”的规定性。柏氏并由此推论出“一”之中结合着“一”与“多”、“部分”与“整个”等十三组理念和范畴来。这样“一”的理念就存在并能被认识了。经过这一论证，柏拉图的理念论得到了修正。柏氏这一论证对创立本体论意义重大。在命题“如果‘一’存在”(ενειεστιν，英文 if one is)，柏拉图首次把系动词“是”或“存在”(εσιτν 相当于 is，为动词 ειναι，相当于 to be 的直陈式第三人称单数形式)也即动名词 ον (being)提到理念的高度来讨论，正如瑞恰生(W. J. Richardson)所说：“在柏拉图那里，这个词表达了诸存在者与‘存在’，即理念之间的关系。”①在推论中，柏氏承认理念可以相互“分有”和结合，首先任何理念都存在，所以“分有”“存在”，也因此他把所有理念统称为“存在者”，这样他就把理念论进一步上升到存在与存在者关系及相关范畴的抽象推理和逻辑演绎的本体论高度。

至于把本体论建设为一门学科，使之成为形而上学中最重要的组成部

① 瑞恰生：《海德格尔：经由现象到思想》，英文版，第 11 页。

分的，自然应当归功于亚里士多德。亚氏在其《物理学》、《范畴篇》、《工具篇》等论著中建立起他的本体论思想，在稍后的《形而上学》中更是将这种思想系统化，形成了其本体论学说或学科。在该书卷三、卷四、卷五中都有关于本体范畴的讨论和哲学本体论研究对象、范围的论题。亚氏虽未提出Ontologie（本体论或存在论）这一词，但他明确提出，“有一门学术，它研究‘实是之所以为实是’，以及‘实是由于本性所应有的禀赋”，它与“把实是切下一段来”研究其性质的“专门学术”不同，它是“寻取最高原因的基本原理”，从“实是之所以为实是”中寻求“第一原因”①。在此，“实是之所以为实是”（ιοονηον，相对于 Being as Being）也可译为“存在之为存在”。亚氏这里实际上已为本体论定了位：第一，把本体论上升为一门与“专门学术”不同的普通性学术，从而把本体论上升到学科高度；第二，确定了本体论研究的范围与对象：一为“存在之所以为存在”，二为存在的出于基本性（不为他物决定）的禀赋、特性；第三，本体论研究的目的是寻求存在之为存在的最高或第一原因的基本或普遍原理，而所谓第一原因，是说存在为第一、最终、最基础的原因，任何其他因素不能派生它而只能由它产生。

亚氏并对“存在”的普遍性作了说明，正式提出了“存在”（ονσια 或 Beings，吴寿彭中译本译为“本体”）概念。他认为，一切事物都可被称作“是”（存在），其许多含义都关涉到一个原理（起点），“有些事物被称为‘是’者，因为他们是本体，有的因为是本体的演变，有的因为是完成本体的过程，或是本体的灭坏或阙失或是质，或是本体的制造或创生，或是与本体相关系的事物，又或是对这些事物的否定，以及对本体自身的否定。（为此故，我们即便说‘非是’也得‘是’一个‘非是’）”。这段话里用系动词“是”（ειμι 即 be）贯穿，而“本体”（ονσια，即 Being）也即“是”的动名词形式，一切事物都可归结到“是”（或“存在”）上来，所以应有一门学术主要研究“是”或“实是”（“存在”），研究“实是之所以为实是”，这就是“本体之学”，“哲学家们就得去捉摸本体的原理与原因”②。在论述“本体论”的范畴系统时，亚氏更明确地把所有范畴都称为“是者”（“存在者”），他说：“主要诸‘是’的分类略同于云谓的分类（范畴），云谓有多少类，‘是’也就该有多少类。”③这里“云谓”即“范

① 亚里士多德：《形而上学》（四），吴寿彭译，商务印书馆 1959 年版，第 56 页。

② 亚里士多德：《形而上学》（四），吴寿彭译，商务印书馆 1959 年版，第 57 页。

③ 亚里士多德：《形而上学》（四），吴寿彭译，商务印书馆 1959 年版，第 94 页。

畴"，"是"译为"是者"或"存在"更妥。

亚氏还概括了四种"本体"(存在)的形式：(1)"不为别的主题作云谓，而别的事物却为它们作云谓"的"单纯物体"；(2)能使事物成为"实是"(存在)的原因的"那些内在事物"；(3)事物中作为"范限与标记"使事物成为独立个体的那个部分；(4)"怎是"，其公式即定义。他并从中归纳出"本体"的两个基本意义："(甲)凡属于最底层而无由再以别一事物来为之说明的，(乙)那些既然成为一个'这个'，也就可以分离而独立的。"①

亚里士多德的"本体之学"把追问"实是(存在)之所以为实是(存在)"作为核心和基本内容，并把"本体"作为"存在之所以存在"的基本依据与原理，从而在所有"是者"中突出了本体的地位。这样，亚氏就创立了西方第一个本体论学科。以后，中世纪经院哲学的神学本体论(关于上帝存在的证明)，至笛卡儿的二元本体论，再到黑格尔《逻辑学》关于理念的本体论推演，都是对亚里士多德本体论思想的发展与完善。这里要说明的是，本体论虽在亚氏手中形成学科，但并不完善，还未与古希腊的宇宙论、世界本源论等划清学科界限。按照沃尔弗及后来西方哲学家关于本体论的界定，本体论内容上是关于存在("是")之学，在方法上是用纯逻辑方法进行的范畴推演与原理、体系的构造，并不涉及具体的、现实的、物质的对象，也不是"关于世界"的学说，或是对世界根源、"第一原因"的追寻。譬如康德说先验哲学"是通过一个不考虑可能给予的对象而只指示一般对象的、全部概念和原理的体系(本体论)来进行的"②，就是明证。黑格尔的《逻辑学》就是一部典型的本体论著，它从存在(有，Sein，即 Being)范畴开始，层层推演出逻辑学的全部范畴、概念或规定性系统，并把这些范畴系统划分为存在论、本质论和概念论三大部分，这正是关于"存在"的用纯逻辑方法构造的范畴体系。但在亚里士多德那里，还不纯粹使用逻辑构造的方法，正如有的学者所精辟地指出，"他把语法学、逻辑和经验的方法混杂在一起"，如说本体是可以充当主语的语词的范畴，本体不表述其他范畴，而其他范畴都是表述本体的，就属语法学论证；又如把本体看作土、水、火等单纯物体，或独立存在的个别事

---

① 亚里士多德：《形而上学》(四)，吴寿彭译，商务印书馆 1959 年版，第 95 页。

② 康德：《纯粹理性批判》，见 M. 穆勒尔英译本 1966 年版，第 537 页。

物，诸种性状只能依附于这种独立事物，便是用经验的方法。① 这种混淆，特别是与经验方法的混淆，就造成了本体论与自然哲学、宇宙论、世界本原论等的混淆，也造成了今天人们对本体论的某些误解。譬如早期希腊哲学不少属于自然哲学或某种单纯物质（体）本原论，认为世界、宇宙的终极根源是土或水或火这样一类物质实体，亚里士多德把这种思想也看作一种“本体之学”，实质上把本体论的范围无限扩大了，把本体论的形成时间也大大提前了。而这，正是当今哲学界、美学界、文论界对本体论产生误解的一个重要原因。如前引文章说本体论“以后”又“发展为关于世界的本质的研究”便是犯了双重误解：一是时间上的误解，西方哲学史上“关于世界本源的研究”远远早于本体论研究，而不是由本体论“发展”出来的；二是学科内容、对象、方法的误解，把本体论看成“关于世界”的研究，而非关于存在的纯逻辑范畴、原理、体系的构造，这与该文前面对本体论的正确界定自相矛盾。又如一些学者把古希腊的自然哲学称为“物质本体论”，也是不对的，本体论是不涉及具体的物质对象的，把具体物质本原概括为本体论本身就是逻辑上的悖论、自相矛盾。

三

西方的本体论研究在笛卡儿之前一直是形而上学的最重要课题和内容，自笛卡儿开启了近代哲学的新路子后，认识论研究上升到形而上学的中心位置，本体论研究的地位在降低。但是，本世纪以来，随着现象学和存在主义哲学的崛起，特别是海德格尔的存在论哲学的问世，本体论研究重又获得普遍重视，本体论在形而上学中的地位重新大为提高。笔者认为，这标志着本体论的现代复兴。因此，前面提到的当前美学研究中的第五种误解，即把海德格尔等人的存在主义或“生存论”哲学与本体论截然分开，显然犯了常识性错误。

海德格尔在《存在与时间》这部巨著开首就集中讨论“存在意义的问题”。他首先从“存在”是最普遍的概念、“存在”概念不可定义和“存在”是自

① 俞宣孟：《东西方哲学比较研究》“本体论”一节，上海教育出版社 1994 年版，第 104 页。本文对俞宣孟同志关于“本体论”的不少见解表示赞同，并在观点、材料上多有吸收、采用。

明概念等三方面论证了“突出地重提存在问题的必要性”；接着论述了“存在问题在本体论（即“存在论”）上的优先地位”，提出：“任何存在论（按：Ontologie，即本体论），如果它未首先充分地澄清存在的意义并把澄清存在的意义理解为自己的基本任务，那么……归根到底它仍然是盲目的，并背离了它最本己的意图”①；然后，又论证了“存在问题在存在者状态上的优先地位”，他用“此在”（Dasien）一词特指“存在着的人”这样一种特殊的存在者，指出其独特处在于“为它的存在本身而存在”，“对存在的领悟本身就是此在的存在规定”②。

海德格尔着重分析了此在的“生存论”（existenzial）性质。他说：“此在总是从它的生存（Existenz）来领会自己本身”，“生存只是被当下的此在自己以抓紧或者耽误的方式决定着”，因此，有必要“对此在作出生存论上的分析”，也因为“只要生存规定着此在，对这个存在者的存在论分析就总需要对生存论状态作一番事先的观察”③。显而易见，海德格尔的本体论（存在论）一是把此在（人的存在）作为探讨的中心或置于优先地位；二是对此在的本体论探讨是以对它的“生存论”分析为基础的，在此意义上，生存论是本体论的基础与核心，两者是完全一致的，决不像有的学者把二者完全分割开来甚至对立起来，却批评别人把二者“混淆在一起”；三是海氏进一步把对此在（人的生存）的生存论分析看作一切本体论（存在论）的基础，并把他自己的本体论研究称为“基础存在论”（Fundamental Ontologie，亦译基本本体论），指出：“其他一切存在论所源出的基础存在论必须在对此在的生存论分析中来寻找。”④

综观一部《存在与时间》，可以说基本上就是对“此在在世”即此在的生存论或生存状态的系统考察。全书结束时，海德格尔把此书的工作总结为“生存论时间性上的此在分析工作与基础存在论上的一般存在意义问题”探

---

① 海德格尔：《存在与时间》，陈嘉映、王庆节译，生活·读书·新知三联书店 1987 年版，第 15 页。

② 海德格尔：《存在与时间》，陈嘉映、王庆节译，生活·读书·新知三联书店 1987 年版，第 15～16 页。

③ 海德格尔：《存在与时间》，陈嘉映、王庆节译，生活·读书·新知三联书店 1987 年版，第 16～17 页。

④ 海德格尔：《存在与时间》，陈嘉映、王庆节译，生活·读书·新知三联书店 1987 年版，第 16～17 页。

讨，即"在生存论存在论上着眼于本真生存活动与非本真生存活动的可能性从这两种生存活动的根据处出发而对实际此在的源始整体加以阐释"；由此他对哲学作出了新的本体论概括："哲学是普遍的现象学存在论（按：即本体论），它是从此在的诠释学出发的，而此在的诠释学作为生存的分析工作则把一切哲学发问的主导线索的端点固定在这种发问所从之出且所向之归的地方上了。"①

由此可见，海德格尔的存在主义（或生存论）哲学是一种典型的本体论哲学，它以存在的意义作为哲学研究的中心任务，以对此在的生存论分析作为贯穿始终的基本线索。它可以说是与黑格尔以前的古典本体论相区别的现代本体论，或本体论的现代形态。海氏的基础存在论（基本本体论）重新把本体论提升到哲学的基础和核心地位，甚至干脆把哲学定义为"现象学存在论（本体论）"，从而把西方哲学从笛卡儿开始的"认识论转向"重新拉回到本体论轨道上来。其后，伽达默尔的哲学阐释学、卢卡奇的社会存在本体论和哈贝马斯的交往理论，都延续了这一条现代本体论的思路，并对美学和文艺理论研究产生了深远影响。以海德格尔的生存论哲学为代表的现代本体论的崛起，是本世纪西方哲学的一大景观。把现代生存论或存在主义哲学硬行与本体论分割开来，排除在本体论视野之外，乃是一个极大的错误。

海德格尔本体论的现代视野，在我看来，主要表现在把存在的一般研究集中到人的存在即此在的研究上。首先对此在的生存论分析，使海德格尔突破了笛卡儿以来主客二分的认识论思维模式，恢复了人与自然、世界、社会的统一。他批评笛卡儿的"我思故我在"确立了与自然、世界对立的人的"自我"和主体性，导致了主体与客体、人与世界的分离，最终导致人与存在的分离，即"存在的遗忘"；他对此在的生存论分析，是从揭示此在的基本生存状态"在世界中"入手的。此在与世界不是主体与客体的分立、对立关系，"此在在世"意味着此在与世界浑然一体、不可分离，世界不是在此在之外的实体，而是此在的生存状态或此在存在的敞开状态，"如果没有此在生存，也就没有世界在'此'"②；此在也不是与世界对峙的"主体"，"无世界的单纯主

① 海德格尔：《存在与时间》，陈嘉映、王庆节译，生活・读书・新知三联书店 1987 年版，第 511 页。

② 海德格尔：《存在与时间》，陈嘉映、王庆节译，生活・读书・新知三联书店 1987 年版，第 431 页。

体并不首先存在，也从不曾给定”①。这样，就彻底否定了笛卡儿以降的主客二分的思维模式，“此在在世”达到了人与世界的真正的统一。

其次，对此在基本生存状态的过程的揭示，也使海氏对人的存在的理解从抽象转为具体。在笛卡儿式的主客二分框架里，理性思维成为主体的本质和主体性原理，人被当成与客体、世界相分离的认知的、理性的主体，理性成为人的抽象本质。海德格尔从“此在在世”的生存机制出发，通过对日常生活中“常人”的“烦”、“畏”、“无”、“沉沦”、“死”、“良知”等生存状态的分析，昭示了此在由非本真存在向本真存在超越的可能性与道路。这样，就以非理性的态度消解了传统形而上学中的理性主体，避免了把人与世界对立起来的二元论倾向，并把人从抽象的“理性”本质的世界中解放出来，拉回到与世界一体的现实生存中，还原为具有七情六欲、生老病死等生活特征的具体人。这是对传统人本主义思想的批判与超越，也是对现代人本主义思路的开启。

总之，海德格尔的基本本体论中人的存在（此在）具有突出的优先地位，可以说基本本论的核心与基础就是对人的存在即此在的探究，并由此在进而追问存在的意义。这一本体论新思路对我们当前哲学、美学研究极富启迪性。笔者本人之所以说“哲学本体论的核心问题应是人的存在问题”②，实乃由海氏的基本本体论获得的启示。对于这一论点，笔者至今没有改变。只是过去未曾详加阐述，这里权作补充说明。笔者并据此提出了实践美学以实践为人的基本存在方式，故其哲学基础为实践本体论的观点③，这里限于篇幅，不能展开。

四

当前文学、美学研究中之所以会出现上述种种对本体、本体论范畴的误解、误用，如若追根溯源，我以为最主要是当初哲学翻译上的失误或误读，即用“本体论”译 Ontology。而这种误译一旦被普遍接受、约定俗成，又与中

① 海德格尔：《存在与时间》，陈嘉映、王庆节译，生活·读书·新知三联书店 1987 年版，第 143 页。

② 参阅拙文：《“实践美学”的历史地位与现实命运》，《学术月刊》1995 年第 5 期。

③ 参阅拙文：《“实践美学”的历史地位与现实命运》，《学术月刊》1995 年第 5 期。

国的语言习惯和哲学传统相结合，产生了更大程度的误读与误解。

到底谁第一个把 Ontology 译成“本体论”，现已难考，但这个译名显然是按中国文化传统去读西方形而上学时产生的误读与误译。这主要是因为中国古代哲学中并无专门探讨存在、存在者及其相互关系的逻辑推演这一部分，换言之，中国哲学中没有存在论即本体论这一块。

诚然，中西哲学中有相通一面，即都有把哲学看成探究世界的终极本源和超越现象、经验界的绝对本质的学问这样一种追求形而上的倾向。所谓“形而上谓之道，形而下谓之器”①，中国古代哲学中对“道”的寻求与西方 metaphisics（形而上学）的探讨，大方向一致。但是，中西形而上学探讨只有部分重叠，如有关于世界本源、本性、本质的探讨，也都有关于人与自然的最根本、最一般的道理的论述；但有相当部分并不重叠，如中国的“道”论，探究天人之根本，把道作为统摄一切的最高、最普遍的概念，是中国形而上探究的最高、最集中的体现，这一点与西方的本体论在西方形而上学中的地位相近，但实质上却与西方本体论有着根本的区别：“道”论并不把“道”看成与经验事实（万物）无关或独立于万物之外的精神存在或理念王国，而是认为“道”不离“器”，“道”就在万物中，就体现为万物的运动规律和原则，因而它只是用“道”的普遍概念说明实际经验事物；这与本体论把存在看成完全脱离经验事实的抽象范畴，把“存在”的探究看成是独立的纯概念、范畴的逻辑推演，即从最高、最普遍的“存在”范畴推演出各种较低、较特殊、具体的范畴，这样一种抽象的逻辑构造的原理与方法是完全不同的。换句话说，中国古代的“道”论绝对不是也不相当于西方的本体论，中国古代哲学（或形而上学）中压根儿不存在西方哲学意义上那种本体论（存在论）。

受中国哲学熏陶的中国学者在翻译西方哲学中的 Ontology 这一词时，由于没有对中西形而上学的上述根本区别认识清楚，误把西方的存在论看成类似于中国“道”论的探究天人之根本的学问，因而用“本体论”一词去译之。“本体论”顾名思义是“本体”之学，而“本”、“体”二词均有根本、根据、本原、本质、本性等意，二词合用于一“论”，给人的印象便是探究宇宙、世界、天人之本质、本原、根据、第一原因等的学说。这就离开了 Ontology（存在论）的本意。这样一种误译带来的后果是严重的，而且是双重的：一方面对西方的存在论哲学产生误解，进而导致对西方哲学史整体概括上的某些重大失

---

① 《周易·系辞上》。

误;另一方面导致对中国传统哲学的概括、解释也出现偏差,进而对中国哲学建构产生误导。

由于“本体论”这一误译及其约定俗成,导致国内学术界乃至哲学界的一些有影响的学者、辞书都对“本体论”作出了误解。前面已提到,不少哲学辞典都把“本体论”概括为关于世界本原或本性问题的理论;有的把本体论说成是“宇宙论”的一部分;还有的学者干脆把回答世界万物“有没有一个统一的本体或本原,作为它们共同的根据? 这个本体是物质的东西还是精神的东西? 本体和事物现象的关系是怎样的?”等问题的哲学理论称为“本体论”①。这些望文生义的误释导致了一系列混淆:第一,本体论与本质论(相对于现象)相混淆,那样,任何学问只要透过现象讨论事物的本质的,都属于本体论了,所以文学理论讨论文学本质的就被称为文学本体论,美学只要重点讨论美和艺术的本质,也被纳入美学“本体论”范围,这种情况已不是个别的,而是相当普遍的了。第二,本体论与宇宙论或自然哲学相混淆,于是本体论从抽象逻辑构造降为宇宙、自然始基、本原的经验寻求,据此,本体论不自柏拉图、亚里士多德始,而是从古希腊前苏格拉底的哲学家们就有了。第三,本体论与本原论相混淆,造成把文艺学、美学对艺术起源的发生学研究都看成本体论研究,艺术本体论成了艺术根源论。第四,本体论与本根论相混淆,以本体为本根,如在概括文学艺术思潮时,往往从以何者为本根作为标准和尺度,把突出人的个性的思潮称为“人本思潮”,而把偏重于文字、语言、形式的思潮名之为“文本思潮”,并把这样一种文艺以何为“本”的探讨看成是艺术本体论的主要内容。第五,本体论与哲学基本问题的混淆,恩格斯把西方哲学的基本问题概括为“思维对存在、精神对自然界的关系问题”,即“什么是本源的,是精神,还是自然界?”②问题,并把哲学史上对此基本问题的不同回答划分为唯心主义与唯物主义两大阵营,有人据此把基本问题等同于本体论问题了。这里应当分清,基本问题不等于本体,对基本问题的回答也不等于本体论,西方哲学、美学中许多正面探讨这一基本问题的,无论唯物主义还是唯心主义,并不一定涉及本体论(存在论),而中国哲学、美学

① 方克立:《论中国哲学中的体用范畴》,《中国哲学范畴集》,人民出版社 1985 年版,第 130 页。

② 马克思:《路德维希·费尔巴哈和德国古典哲学的终结》,见《马克思恩格斯选集》第 4 卷,人民出版社 1995 年版,第 224 页。

中也有关于这一问题的回答，更与本体论无关。这些误解，特别是第五种误释，不但造成本体论研究本身的误解，而且必然会对西方哲学、美学史的总结和概括产生歪曲，似乎一部西方哲学史就是唯心、唯物两种本体论斗争、消长的历史，这是完全不符合历史实际的。

Ontology 的误解，对中国传统哲学、美学的研究与本世纪中国哲学的自觉建构，也带来了误导。连我国有的大学者在这一点上也不免有失当之处。如汤用彤先生论魏晋玄学时说道，它“已不复拘泥于宇宙运行之外用，进而论天地万物之本体。汉代寓天道于物理。魏黜天道而究本体……于是脱离汉代宇宙之论（Cosmology or cosmogony）而流连于存存本本之真（Ontology or Thoery of being）”①。这里，汤先生把“存在论”译为“存存本本之真”，并未全失“存在论”或“是论”之本意，但从上下文阐释看，把存在论不同于宇宙论之处归结为万物之本体（本源、本根、“真际”、真理）的探究，即不拘泥于“物理”的探讨而专注于“本体之体会”②终究同西方存在论（Ontology）的内涵大不相同。汤先生对魏晋玄学超越汉代思想的分析甚为精辟，但却未脱“本体论”误译之轨。③ 又如张岱年先生的《中国哲学史大纲》把中国哲学中宇宙论分为本根论与大化论两部分，认为前者相当于西方的本体论，后者相当于西方的宇宙论；又说，“关于宇宙哲学，西方分为‘本体论’和‘宇宙论’两部分”④，显然，是把本体论与宇宙论相混淆的，而且又把对西方哲学的这种误解搬到对中国哲学的解释上，实乃误上加误。

值得注意的是，本世纪的一些新儒学大师或学者在建构现代中国哲学体系时也因“本体论”的误译而受到局限。如熊十力先生力主哲学以“本体论为其分内事”⑤。而他心目中的“本体论”乃是追寻宇宙实体、万物本原及吾人真性本根之学。⑥ 他对“本体”范畴作了四个界定：万理之源、万德之

---

① 汤用彤：《魏晋玄学流别略论》，《汤用彤学术论文集》，中华书局 1986 年版，第 233 页。

② 汤用彤：《魏晋玄学流别略论》，《汤用彤学术论文集》，中华书局 1986 年版，第 234 页。

③ 笔者此前也曾受到这种误译的影响，在几篇论中国古代哲学言意观的论文中，也用了“本体论”、“道本体”等说法，但现在还未想出更好的改变这种情况的良法。

④ 张岱年：《玄儒评林》，湖南人民出版社 1985 年，第 2 页。

⑤ 熊十力：《熊十力集》，群言出版社 1993 年版，第 286 页。

⑥ 熊十力：《熊十力集》，群言出版社 1993 年版，第 320 页。

端、万化之始；无对即有对、有对即无对；无始无终；显为无穷大用，既变又不变。① 并指出“本体”虽不妄执于现实，不是“一物”，却也不超然独立于物外，而是万物之本根、本源、本质，故“一切物都是本体的显现”②。与众不同的是，他把本体论与科学知识相对立，强调哲学与科学、修养与知识应加区分；认为西方哲学是与科学一路的知识，偏重于现象经验之真，中国哲学应求日常现象经验“所以形成的原理、或实相之真”③；并认为中国哲学“比于西人独立知本”，西方哲学之“谈本体，只是猜测卜度，非睿智所照，故往往堕于戏论”④。这里，十力先生显出对西方本体论的生疏与隔膜，而他所倡导的本体论与中译西文 Ontology 的“本体论”毫不相干。这一“本体论”误解也阻碍了十力先生在建构新哲学时取得新的突破，无法真正去追问存在特别是人的存在的意义。再如杜维明先生论述宋明儒家哲学时说，“如果没有一种本体论的观点，新儒家的道德哲学将缺乏自足性，它的社会观也将是没有根据的”⑤，这自然很对；但当他断言以社会伦理学为主干的宋明理学也“建立在一种高度整体的形而上学层面上”，而这就构成其“本体论的基础”时，他对“本体论”也陷入了误解。按此理解，“本体论”即为道德哲学中的形而上层面(一种“道论”?)，这与西方本体论含义大相径庭；而企图在中国儒家哲学论中寻找本体论根据，本身又是以西方哲学硬套中国哲学，并不合中国哲学实际。而若想以此种思路、方法来复兴、构建当代中国新儒学(这是海内外新儒学倡导者们的目标)，实际上永远也找不到真正的“本体论基础”。

上面笔者对“本体论”(Ontology)范畴在中国的误译、误读及其造成的影响作了初步的探源。但是，我们不得不面临着这样一种误读、误用的普遍化和约定俗成的现实，任何个人都无力阻止或改变这个现实。那么，究竟如何客观、全面地看待、评价这一类误读和误用呢？在实际操作中又如何应对这种误用呢？笔者的建议是：第一，学术界共同努力，对“本体论”及相关概念作进一步的梳理，厘清其准确意义，达成一定的共识；第二，在哲学界，因

① 熊十力：《体用论》，上海龙门书局 1958 年版，第 5 页。

② 熊十力：《新唯识论》上卷，民国三十一年铅印本，第 19～20 页。

③ 熊十力：《熊十力集》，群言出版社 1993 年版，第 281～282 页。

④ 熊十力：《熊十力集》，群言出版社 1993 年版，第 283～284 页。

⑤ 见杜维明：《儒家思想新论》，江苏人民出版社 1991 年版，第 153 页。

为范围相对小一点，在用到 Ontology 概念时，尽可能采用“存在论”、“是论”或“万有论”等译法，而避免再误用“本体论”的译法，这纠正起来，也许不太难；第三，“本体论”、“本体”等概念、术语，由于已被学术界，特别是文学、美学界在其字面意义上广泛使用（误用），所以，遵从约定俗成的惯例，可继续保留和使用，如在本原论、本质论、本根论等意义上继续使用。同时，也要在既成误读现实基础上作合理调整，以解决两难问题，使误读的合理性得以保存，而误读的消极影响则能在一定范围内得到消除。笔者以为，这个建议虽主要针对“本体论”的误解，却在一定程度上也可能适合于其他学术概念的误译、误解问题的解决，至少在思想上也许能提供某些启示。至于行不行得通，还有待实践的检验。

写于 1996 年 2、3 月

修改于 1996 年 8 月

原载《文学评论》1996 年第 2 期

试析李泽厚实践美学的“两个本体论”

李泽厚先生是当代中国成就最高、贡献最大的哲学家、美学家之一，是上世纪从五六十年代就开始酝酿、到八十年代基本形成、九十年代以后又有新发展的“实践美学”的创建者和主要代表。他为实践美学创立了整个哲学框架，建构了基本的理论思路，提出了一整套学术新范畴，并做了系统、深入、严密的逻辑论证和阐述。对李先生的学说我很长一段时间都是接受和赞同的，并曾在与后实践美学论争时，为李先生的观点辩护过。至今我并不认为实践美学已经过时或应该被取代甚至被抛弃，而是认为实践美学还需要发展，并也有发展空间。不过，经过十多年的学习和思考，我也感到李先生的实践美学并非完美无缺、无懈可击，而是在理论上、学术上，还存在着一些严重的缺陷和问题。比如，作为实践美学的哲学基础和核心理念的“两个本体”论，就是其中的重大问题之一。本文尝试就此问题作一初步的评析，以就教于李泽厚先生和同行专家。

一　如何理解本体论和本体概念

李泽厚先生虽然长期没有认可人们用“实践美学”来概括其美学思想，但早在上世纪八十年代初他就明确地将自己的哲学思想命名为“主体性实践哲学”或“人类学本体论哲学”，以后他在许多场合称自己的哲学为“人类学历史本体论”或简称“历史本体论”。他的“两个本体”的思想正是这个人类学本体论或历史本体论的哲学基础与核心。因此，我们首先要厘清他对“本体论”和“本体”概念的理解和实际使用情况。

关于对“本体论”和“本体”概念的理解，李先生近年来说过多次：

> 中国并没有西方的 philosophy，中国也没有 ontology 或 metaphysics。本体论讲 Being，而中国没有 Being 这个概念，中国讲的是

becoming，讲“生生之谓易”，讲“天行健”。西方讲 phenomenon，讲 noumenon，中国既不讲 phenomenon，也不讲 noumenon，因为没有本体现象二分的观念。……中国没有本体、存在之类的概念，那又该怎么办呢？作为一个普世主义者，我觉得还是得用西方的词，还是要讲本体、现象、本体论。但是，在用西方词语的时候，要特别小心……就要把中国文化的特征结合进去。我觉得这个办法可能比较行得通。那就是一方面讲这个东西，另一方面又知道它不是西方的那个东西。①

本体这个词是用在中国语境里面，就是本根、最后的实在的意思，不是康德的 noumenon，不是与 phenomenon 相对的那个本体。……中国没有本体论，但是，我们还得用本体论这个词。②

从上述引文中，我们可以明了李先生有关本体论、本体的基本看法有这样几点：第一，西方的本体论讲 Being，即存在或在、有、是。第二，中国没有 Being 这个概念，中国讲的是 Becoming，即生成、变易，因此，中国并没有西方意义上的本体论，也没有本体、存在之类的概念。第三，但是，从普世主义立场看，我们还是需要用西方的词，还是要用本体论这个词，还是要讲本体论、本体和存在。第四，中国讲本体论与西方的 ontology 是不相干的，中国人讲本体在根本上也不是西方意义上的 Being，也不是康德意义上与现象相对的本体 noumenon，而是结合中国语境和中国文化的特征，把本体界定为“本根、根本、最后实在等等”。然而，笔者认为，李先生对本体概念的这种理解与第二点的 Becoming 实际上也并不相同。

关于第一点，笔者基本认同李先生的看法。在笔者看来，西方的本体论实质上就是存在论（是论、在论）。西方最早明确为“本体论”（即存在论）（Ontologie）下定义的是德国理性主义哲学家沃尔弗③，他借用 Ontologie 一词对西方哲学史上关于存在（是，在）的研究作了一个系统的理论总结和

---

① 李泽厚：《实践美学发言摘要》，见《李泽厚近年答问录》，天津社会科学院出版社 2006 年版，第 39～40 页。

② 李泽厚：《实践美学发言摘要》，见《李泽厚近年答问录》，天津社会科学院出版社 2006 年版，第 44 页。

③ 黑格尔：《哲学史讲演录》第四卷，贺麟、王太庆译，商务印书馆 1978 年版，第 189 页。

逻辑概括，使原来被淹没在其他许多哲学问题探讨中的存在论研究被鲜明地突现出来。自此以后，西方哲学关于本体论以研究存在（是、在）为主要对象、内容和范围这一点就十分明确。显然，李先生认为西方的本体论主要研究 Being，中国没有这一意义上的本体论，我认为是完全正确的。

但是，李先生仍然坚持使用本体论和本体这两个西方概念，并说他是在中国语境中结合中国文化（主要是儒学）的特征使用这两个概念的。然而，我们发现，在李先生之前已经有多位中国大学者结合中国文化的特征使用这两个概念了。但他们的理解和使用却与李先生并不一样。此处仅以新儒学大师熊十力先生为例，略作比较。十力先生力主哲学以"本体论为其分内事"①，而他心目中的"本体论"确实不是关于 Being 的存在论，而是有三种含义：一是与李先生接近的本根论，即"追寻宇宙实体、万物本原及吾人真性本根之学"②；二是接近于康德认识论区分现象与本体的那个本体，他指出"本体"虽不妄执于现实，不是"一物"，却也不超然独立于物外，而是万物之本源、本质，故"一切物都是本体的显现"③；三是最重要的含义，就是用其独特的本体论把传统的"体用"观改造为"转变"论，即认为万物恒变，本体是其变化的内在动力和原因，因此，也称为"恒转"和"能变"，万物之变则是"所变"（笔者觉得有点类似于符号的"能指"与"所指"的关系），而这种"能变"与"所变"的关系在十力先生看来实质上是体用关系，万物的变化不仅是本体变化的显现，更是本体的应用和功能。④ 十力先生从体用关系着眼，用"转变"论释本体论，显然注入了中国传统的 Becoming（生成论）思想。与众不同的是，他把本体论与科学知识相对立，强调哲学与科学、修养与知识应加区分。这里，十力先生对"本体"一词的解释有时跟康德的与现象相对的本体含义有某些相似；而在"万物本原"意义上又带有本根、最后实在的意味，与李先生的理解也似有相通之处；但总体上完全不同于西方的本体（存在）论，这却在某种程度上阻碍了他在建构新唯识论哲学时取得更大的突破，无法真正去追问存在特别是人的存在的意义。可见，李先生的本体论与十力先生内涵比较复杂的本体思想，虽然似有部分重叠，实际上却大不相同。换

① 熊十力：《熊十力集》，群言出版社 1993 年版，第 286 页。

② 熊十力：《熊十力集》，群言出版社 1993 年版，第 320 页。

③ 熊十力：《熊十力集》，群言出版社 1993 年版，第 283～284 页。

④ 熊十力：《熊十力论著集之一》，中华书局 1985 年版，第 314 页。

言之，李先生的本体论主张和对本体概念的实际使用，虽然号称与中国传统文化结合，但与传统的中国学人的理解、使用并不相同，而是“自成一格”。

那么，李先生究竟是如何结合中国语境、主要是结合中国儒家传统文化精神来使用本体概念的呢？我们且看看他在上世纪90年代多次讲话和文章中是怎么说的。比如，他“通过‘实用理性’和‘乐感文化’”着重提出“在现代生活中全面实现个性潜能的心理建设问题”，即“从心理视角提出人生意义、生活价值、人道天道等哲学问题”①。具体说来，他强调“儒学重视的是动、行、健、活、有，而非静、寂、默、空、无。如果说本体，则应是前者而非后者”，后者“只作为个体的某种体认境界和人生省悟来补充、丰富这个动、健、活的‘本体’”②。他还说，儒家面对“人生无所凭依的本体悲哀”是强打精神、强颜欢笑，“故意赋予宇宙、人生以积极意义，并以情感方式出之”，“天行健”、“生生之谓易”等等“都不是理知所能证实或论证的，它只是人有意赋予宇宙以暖调情感作为‘本体’的依凭而已”③。他还对为何今天倡导儒家这种积极行动的精神作出历史本体论的理论概括：“20世纪的各派哲学均以反历史、毁人性为特征，于是使人不沦为机器，便成为动物。如何才能走出这个厄运？此本读(按：指《论语今读》)提倡情感本体论之由来。”李先生非常明确地表明自己是“继承中国传统精神”，在其历史本体论中“贯注了中国传统精神，例如提出心理本体问题”。具体来说，就是强调“中国哲人肯定生命、感性，把道德放在这个宇宙观和心性论的基础上”，强调儒家的“内圣外王”特别是“内圣”，即“重视人本身的修养和完成而不只是物质生活的满足，提出‘参天地赞化育’，由此特殊性的感性个体与普遍性相合一……亦即审美性的天人合一……”，他认为这“有建构心理本体的遗产意义”④。

仅在上述引文中，李先生对于本体概念的使用就有好几种与前面不同的新含义：第一，把儒学重视的动、行、健、活、有等思想视为本体，实际上把本体理解为注重变易 Becoming 的精神，这与十力先生的理解也有部分相

---

① 李泽厚：《实用理性与乐感文化》，生活·读书·新知三联书店2005年版，第108～109页。

② 李泽厚：《论语今读》，天津社会科学院出版社2007年版，第123页。

③ 李泽厚：《论语今读》，天津社会科学院出版社2007年版，第264页。

④ 李泽厚：《实用理性与乐感文化》，生活·读书·新知三联书店2005年版，第146～147页。

通;第二,为走出"反历史、毁人性"厄运,强调人本身的修养,提倡建设健全人性即心理、情感,于是心理、情感也成了本体;第三,把心理本体理解为肯定生命、感性,达到感性个体与普遍性相合一的境界。显然,李先生上述种种对本体概念的使用,既不同于西方的本体论,也不完全同于传统中国学人的本体论(虽有部分相通),却在实际上同前述他自己界定的作为"本根、最后的实在或根本"意义上的本体概念也并不一致,这些使用不但没有突出和落实在"最后实在"上,相反,显得相当随意和多义。在其他一些场合,还有其他意义上对本体概念的使用。而且,即使对本体概念的上面这三种使用,在意义上也各不相同。从形式逻辑和语言学角度看,对一个涉及其理论体系的核心概念应该有明确无误、前后一致的界定和解释,而不允许同时有多种意义的使用,也不允许前后矛盾或不一致。李先生对本体和本体论的理解和使用恰恰犯了这个大忌。

应当承认,李先生可能主观上并不想犯这个大忌,他本来是希望以"最后实在"来界定"本体"概念,并贯穿到其历史本体论中去的。这从他上世纪70年代末一直到新世纪的许多文章、谈话中都可以看到。那么,什么是"最后实在"呢?李先生说:

> 所谓本体即是不能问其存在意义的最后实在。①
>
> 本体是最后的实在,一切的根源……(工具本体)就是人与物(动物)的分界线所在。②

就是说,"最后实在"是实在中之最基础、最根本、最后的一种,是其他一切实在及其意义的根源,或者说,其他一切实在及其意义源于它,它的存在意义是最原初的、不言自明的,无须也不能论证的,不能、也无法追问其存在意义的。在笔者看来,从这个意义上来理解和界定本体概念,虽然不一定完全符合西方存在论意义上的本体论(但与其实体论有暗合之处),却在某种意义上与唯物史观关于物质生产方式和活动最终决定上层建筑、思想意识

① 李泽厚:《实用理性与乐感文化》,生活·读书·新知三联书店2005年版,第237页。

② 李泽厚:《实用理性与乐感文化》,生活·读书·新知三联书店2005年版,第124页。

的观点相通。那么，在李先生的历史本体论中，这个“最后实在”到底是什么？是工具本体还是心理(情感)本体呢？在回答一位学者向他提出两个本体意味着人的实践活动似乎可分两个开端，“这两个开端中哪一个更为根本”的问题时，李先生曾说：“这可以理解为两个不同层次的问题。‘实践’主要讲制造和使用工具，这是本源。正是由于制造和使用工具，人才成其为人。而情感、意志等等属于心理学范畴。人的情感最终是由人的实践所决定的。”①很清楚，两个本体属于不同层次，在本体论上不是、也不能并列；在两个本体中，唯有工具本体才是本源的、根本的，不能、也无法追问其存在意义的“最后实在”，而所谓“心理本体”(情感、意志等等)最终是由工具本体所决定的，它是从属的、派生的，它的存在意义最终是被决定的，而不是不能追问其存在意义的“最后实在”。显而易见，即使按李先生界定的“本体”含义而言，分属两个层次的两个本体中唯有工具本体才算得上真正的本体或“最后实在”，而所谓“心理本体”不是、也根本不可能是“最后实在”，所以，说到底根本不能算是本体。

那么，李先生为什么把逻辑上与他自己的本体界定相违背、原本不能成为本体的心理、情感等升格为本体呢？笔者认为，这同他人类学历史本体论哲学理想的构建密切相关。他的哲学从“人活着”出发，探寻人如何活、为什么活(人生意义)。他把“活着”首先归结为“吃饭哲学”，肯定了物质生产劳动的基础地位(工具本体)；然而，面对当代世界越来越严重的精神危机，他发现解决人的心理问题越来越迫切、重要和突出。他批判了今日一系列哲学思潮，认为解决当今精神危机的方法只能是走经过现代阐释的儒家所谓“为天地立心”的道路，亦即“由工具本体到心理本体”的道路，“从而‘心理本体’(‘人心’→‘天心’问题)将取代‘工具本体’成为注意的焦点。于是，‘人活得怎样’的问题日益突出”。为此，李先生对张载“为天地立心，为生民立命，为往圣继绝学，为万世开太平”的儒学教条作了现代阐释：“‘立心’者，建立心理本体也；‘立命’者关乎人类命运也；‘继绝学’者，承继中外传统也；‘开太平’者，为人性建设，内圣外王，‘开万世之太平’，而情感本体之必需

① 李泽厚：《实用理性与乐感文化》，生活·读书·新知三联书店2005年版，第153页。

也”。① 显见，李先生是在当今世界人的文化心理、精神文明建设日益重要、迫切，而不是在“最终实在”的意义上解释“心理本体”或“情感本体”的。

正是由此出发，李先生在许多场合一再强调21世纪的哲学应该是深层心理学、教育学和美学。他认为“寻找、发现由历史所形成的人类文化一心理结构，如何从工具本体到心理本体，自觉地塑造能与异常发达了的外在物质文化相对应的人类内在的心理一精神文明，将教育学美学推向前沿，这即今日的哲学和美学的任务。……心理本体正是未曾失去问题并与人生之谜紧相纠缠的现代课题”②。由此可见，李先生乃是为了寻求解决这个人生之谜的现代课题、建构自己的人类学历史本体论的哲学理想，而提出并倡导两个本体论的。

综上所述，李先生在工具本体之后又提出心理（情感）本体，在逻辑上是违背了他自己对本体论和本体的基本理解和解释的，实际上是把本体的“最终实在”性、本根性与特定时代心理的特别重要性、迫切性这两个不同性质、不同层次的问题混淆起来了。然而，心理问题在当今的日益重要性，难道就能使心理成为“本体”了吗？因为从“最终实在”讲本体，如上所述，只能有一个本体，而不能有两个本体。李先生自己也曾解释说：“并且我也讲过，这二者是有先后的，工艺本体在先，情感本体在后。……这是为了强调前者的基础性和后者的独立性，因为后者本身对人类构成意义。”③可是，在此他一方面承认工具本体的基础性（这正是其作为“最终实在”、从而作为本体的原因），另一方面却又因为心理有“独立性”并“对人类构成意义”而赋予其“本体”的地位，这不是自相矛盾吗？人类社会还有许多既有独立性又“对人类构成意义”东西，是否都能成为本体呢？答案不言自明。

二 “两个本体”论的提出及其要害：走向二元论

李先生并非一开始就提出“两个本体”论的。“两个本体”思想的孕育和

---

① 李泽厚：《实用理性与乐感文化》，生活·读书·新知三联书店2005年版，第167～168页。

② 李泽厚：《实用理性与乐感文化》，生活·读书·新知三联书店2005年版，第43～44页。

③ 李泽厚：《实践美学发言摘要》，见《李泽厚近年答问录》，天津社会科学院出版社2006年版，第44页。

形成自上世纪70年代末起大约经历了三个阶段。

第一个阶段是《批判哲学的批判》到上世纪80年代初期，提出了“工具本体”概念，同时开始重视、关注精神、心理建设，但主要还是强调工具本体及其对语言、精神、心理、情感等意识方面因素的决定作用。如1983年《关于主体性的补充说明》开始强调“从属的，第二性的”心理、意识的主体能动性①，这本来并不错，但他有时却将这种心理、意识的东西上升到“本体”的高度。比如，他在论及主体性的伦理学方面“以美储善”，即自由意志的主动选择时说：

> 它不是简单地服从因果必然性的现象，而是在主体的目的性中显现出本体的崇高，显现出主体作为本体的巨大力量和无上地位。②
>
> 正是它，构成主体性的本体价值。③
>
> 正是这个潜在的超道德的审美本体境界，储备了能跨越生死不计利害的道德实现的可能性，这就叫“以美储善”。④

这里使用了一连串“本体”字样，就为心理本体的提出埋下了伏笔。但是，细品李先生对“本体”概念的这些使用，我们发现，“本体”已经脱离了前面“最终实在”的含义，而成为主体和主体性的一种具有根本性的追求、价值和境界。这与前面提到的几种对本体概念的使用又不相同，使本体的含义又有增加。如果按分析哲学进行语言分析的严格要求来看，李先生对“本体”概念的实际使用实在很不严密，在某种意义上甚至可以说相当随意。

第二个阶段是上世纪80年代中后期，明确提出“心理本体”概念，确立了两个本体论的理论框架。李先生在《关于主体性的第三个提纲》(1985年)正式提出了心理本体概念。在该文中，他一方面不同意当代西方哲学以

---

① 李泽厚:《实用理性与乐感文化》,生活·读书·新知三联书店2005年版,第221页。

② 李泽厚:《实用理性与乐感文化》,生活·读书·新知三联书店2005年版,第228页。黑体字为笔者所标,下同。

③ 李泽厚:《实用理性与乐感文化》,生活·读书·新知三联书店2005年版,第229页。

④ 李泽厚:《实用理性与乐感文化》,生活·读书·新知三联书店2005年版,第230页。

语言为本体的看法，另一方面又批评卢卡契“过分侧重理性、社会、群体，不能提出心理本体问题”①。这里，他通过与卢卡契的比较，侧重从感性、个体的角度，提出了心理本体概念和两个本体的思想。当然，他首先仍然肯定工具本体的基础地位，但是他同时认为“唯物史观的哲学层面只在肯定这个本体的领先地位”，而没有看到心理也应当成为本体，没有充分重视心理本体的作用，所以，他从“消除异化，提出文化一心理结构即人性建设的工作才是重要的”出发，认为“人性就是我所讲的心理本体，其中又特别是情感本体。对应于主体性的客观面的工艺一社会结构的本体，它是主体性的主观面。……心理本体论并不是经验科学，也不以经验的心理科学作基础。它是哲学，是从本体所理解和把握的作为历史积淀的感性结构”②。这段话包含好几层意思，着重论述了何谓心理本体以及人性这个心理结构何以能成为本体等问题。下面略作分析：

首先，李先生认为，心理本体就是人性、人性能力、历史积淀的文化一心理结构或感性结构。所以，把心理本体理解为积淀在人的感性层面的知、情、意等心理要素的综合结构，大致符合李先生的意思。换言之，构成心理本体的只是感知、情感、意识等精神性、心理性的东西，与进行物质生产的工具本体显然大不相同，分属两个层次。前者属于社会意识的上层领域，后者属于物质生产的基础领域，“把这（按：指工具本体）当作人的本体存在”没有问题，但是，把前者社会意识也同样当作“本体”就说不通了。附带说一句，“人的本体存在”的提法，似乎又使本体接近西方那种研究 Being 的存在论、本体论了，又跟他自己对本体的解释不同了。

第二，李先生论证人的心理“这个感性结构之所以是本体，正因为它已不是生物性的自然存在，而是对有限经验的超越。它是人之为人的内在依据”③。显而易见，这里的本体既不是从“最终实在”层面界定，也不是相对于现象的本体，而是从人超越生物性的自然存在、因而“人之为人的内在依

① 李泽厚：《实用理性与乐感文化》，生活·读书·新知三联书店 2005 年版，第 234～235 页。

② 李泽厚：《实用理性与乐感文化》，生活·读书·新知三联书店 2005 年版，第 234～235 页。

③ 李泽厚：《实用理性与乐感文化》，生活·读书·新知三联书店 2005 年版，第 236 页。

据”来界定，那么，是否意味着这是李先生对“本体”概念的又一种独特使用（太多、太随意了！）呢？同时，相对于心理本体的工具本体是否成了“外在依据”呢？如果是，那么两个“依据”哪一个更根本呢？如果不是，两个本体都为“内在依据”，同样存在着哪一个更根本的问题，而不仅仅是哪一个“领先”的问题。实际上，从“最终实在”的意义上讲，无论如何只能有一个作为最终实在本体，而推不出两个本体的结论。

第三，李先生怎样论证心理本体的合理性呢？他首先认为心理本体的建立受到了现代西方哲学特别是存在主义、现象学、精神分析学等的深刻影响。① 但是，人生基本问题何以能与心理本体的建构挂上关系呢？李先生主要是从人生意义、生活价值角度来论述的。他认为，个体的人在充满偶然的生存活动中，始终面对着生、性、死三个困扰人生的基本问题，荒谬、无聊和无家可归等现代感受的产生，并非理论科学的危机，而是感性存在的本体危机，“于是，只有注意那有相对独立性的心理本体自身”②。笔者认为，现代人（主要是西方发达资本主义国家的中产阶级）的确存在种种心理危机与疾病，解决这些心理危机当然需要有精神、文化、心理的建设，但是，仅仅靠个体参与的心理、人性建构即李先生所倡导的“新感性”的建设，真的就能化解这个现代人的心理危机吗？恐怕难。李先生的“新感性”与马尔库塞提倡的“新感性”虽然在内容上大不一样，然而，后者的乌托邦幻想在实践中碰得粉碎的前车之鉴难道不值得深思吗？更难以服人的是，心理的东西难道仅仅有相对独立性就能够成为本体、进而社会的心理问题和危机仅仅靠心理自身的建设就能完全解决吗？举个很简单的例子，心理建设最重要的是教育，但是，教育的发展难道离得开经济社会的发展吗？归根结底，离得开工具本体发展的基础吗？

第四，李先生在论证心理、意识的本体性时还提出：“所谓本体即是不能问其存在意义的最后实在，它是对经验因果的超越。离开了心理的本体是上帝，是神；离开了本体的心理是科学，是机器。所以最后的本体实在其实就在人的感性结构中。只是这结构是历史地建构起来，于是偶然性里产生

---

① 李泽厚：《实用理性与乐感文化》，生活·读书·新知三联书店2005年版，第236页。

② 李泽厚：《实用理性与乐感文化》，生活·读书·新知三联书店2005年版，第238～239页。

了必然。……现代科学和人文学科不断触及或指向于它。确谟斯基的语言深层结构，列维·斯特劳斯的先验人脑，容格的集体无意识……都似乎在指示着这个本体的存在或这个存在的本体性。只是它仍在幽暗处所。”①这段话问题很多：首先，李先生把本体作为“最后实在”与作为“对经验因果的超越”两种意义混为一谈了，这两句话这么一连接，实际上进行了语词意义的偷换，“最后实在”怎么能与超越性画等号呢？其次，从上下文看，这里的超越是指对上帝、神和科学、机器的双重超越，但这同“经验因果的超越”又是什么关系呢？上帝、神也属于经验因果的范畴吗？再次，居然把“最后实在”落实在“人的感性结构中”，即人的心理结构中，其思考逻辑大概是这双重超越就是在人的心理中完成或实现，但是，这种心理、精神、意识上的超越难道就是心理的本体性吗？难道就能显示或体现心理是“人的本体的最后实在”吗？又次，李先生明显地离开了他自己一再说过的关于工具本体作为区分人与自然根本标志这一“最后实在”的含义，非常明确地把第二性的意识、心理也上升为本体，这是由一个本体转向两个本体的关键。从此，存在与意识、基础与上层、第一性与第二性就成为平等、并列的关系！

为此，李先生进一步强调心理本体的相对独立性，认为工具本体只是为心理本体提供建构框架。在李先生那里，工具本体对意识、心理的决定意义随着历史、文明的进展而逐渐淡化，逐渐丧失其最后实在的基础作用。他认为，应当使个体的人们努力参与建设自己的“心理本体自身”，“使它变成真正自己的”；这一建设包括“两个方面：普遍性的文化心理结构形式的发展变化，和个体自身之为本体动力的不断确认”；这种心理建设与工具本体无关，只要“通过个体的自由创造而进入本体，心理本体由之而生长得非常强壮”。② 这样，李先生就从工具本体出发，一步步走向心理本体，并确立了心理、情感、意识脱离工具本体的独立的本体地位。在此基础上，李先生提出了其建构心理本体、建设“新感性”的根本目标。

第三个阶段是上世纪80年代末至今，完成了“两个本体”说，并突出论

① 李泽厚：《实用理性与乐感文化》，生活·读书·新知三联书店2005年版，第237页。

② 李泽厚：《实用理性与乐感文化》，生活·读书·新知三联书店2005年版，第239页。

述了心理本体中的情感本体的最重要功能，把“情本体”置于其“两个本体”说中的核心地位上。

1989年的《第四提纲》基本完成了两个本体说。这里包括四个层面的内容：

第一，为什么现在要提出两个本体，即增加一个心理本体呢？李先生仍然从其人类学哲学原点即“人活着”这“第一个既定事实”出发，首先肯定工具本体确立了“‘人活着’的第一个含义”；但是，他同时认为，工具本体并没有解决更加深层的人“为什么活”的问题，而“‘为什么活’（活的意义），产生在后一世界（按：即心理世界）中”，不在工具本体涉及的范围内。然而，在今天这个问题已成为社会的主要问题，“于是提出了建构心理本体特别是情感本体”①。显然，李先生仍然是从当代现实解决心理问题的重要性、紧迫性角度来回答为什么提出心理本体的，而没有正面回答心理何以能够成为本体的问题。

第二，将两个本体由主次、从属关系改变为并列、对等关系。李先生对马克思《巴黎手稿》中“自然的人化”命题作了独特的解释和“并列”论的发挥：“‘自然的人化’有双向进展，即工具—社会世界和心理—文化世界，简称之曰：客观的工具本体和主观的心理本体。”②这样，工具本体与心理本体前者最终决定后者的主次、从属关系变成了“自然的人化”中客观和主观两个并列、对等的方面。可以说，由此两个本体并列说正式出台。这个改变是根本性的，涉及是否承认唯物史观的基本原理的重大问题，后文将详细论述。

第三，在此基础上，设定了两个本体的两个并列的“乌托邦”目标：“人类学历史本体论要求两个乌托邦。外的乌托邦：大同世界或‘共产主义’。内的乌托邦：完整的心理（特别是情感）结构。可以有一种新的‘内圣外王之道’。”③这就是说，两个分别代表“自然的人化”主客双方的并列本体，在最终目标上也是通向内外并列、不分高下的两个乌托邦。这是两个本体并列

① 李泽厚：《实用理性与乐感文化》，生活·读书·新知三联书店2005年版，第245页。

② 李泽厚：《实用理性与乐感文化》，生活·读书·新知三联书店2005年版，第245页。

③ 李泽厚：《实用理性与乐感文化》，生活·读书·新知三联书店2005年版，第246～247页。

说的进一步深化，或其内涵的又一层意义。不仅如此，李先生还把两个本体的两个乌托邦目标归结、概括为“一种新的‘内圣外王之道’”。这大概是李先生赋予两个本体论的儒学新内涵吧，也大概是李先生如此重视和强调两个本体，特别是其中的心理本体的根本缘由吧。他后来对两个本体说的目标又作了进一步的阐发，谈到两种乌托邦，一种是外在的人文，即社会工程的乌托邦，另一种则是内在的人性，即人性的乌托邦。① 人文与人性就是内外两种自然的人化的产物即工具与心理两个本体。这就将两个本体地位的并列、等同进一步突出和落实了。

第四，从其群体向个体积淀、理性向感性积淀、社会向自然积淀、必然向偶然积淀的“积淀”说出发，强调心理本体区别于工具本体的独立性和独特性，认为：“历史积淀的人性结构（文化心理结构、心理情感本体）对于个体不应该是种强加和干预，何况‘活着’的偶然性（从生下来的被扔入到人生旅途的遭遇和选择）和对它的感受，将使个体对此本体的承受、反抗、参与，大不同于建构工具本体，而具有神秘性、不确定性、多样性和挑战性。”②当然，这也为李先生强调心理本体的建构留出了足够的空间。

同一时期的《美学四讲》比较集中提出、论述了两个本体并列说和心理（情感）本体，而且提出了并列说的另外几个内涵。比如第三讲“美感”给出了两个本体分别为自然人化的客观和主观两个方面观点的另一种表述——“外在”和“内在”两种“自然的人化”，它们同样不分高低主次，完全平等并列。③ 并且认为，它们是同一个活动过程的两个对应、对等的方面，“由活动到观照，这既是外在自然人化的行程，也是内在自然人化的行程，包括审美心理结构的历史产生过程。它们本是同一人类史程的内外两个不同方面，它们同时进行，双向发展”④。这就把两个本体在历史运动和生成中的作用、地位和发展方向完全等量齐观了。

再如，并列说有时还将两个本体与两个文明分别对应起来，他说：“如同

① 李泽厚：《实践美学发言摘要》，见《李泽厚近年答问录》，天津社会科学院出版社 2006 年版，第 51 页。

② 李泽厚：《实用理性与乐感文化》，生活·读书·新知三联书店 2005 年版，第 247 页。

③ 李泽厚：《美学四讲》，生活·读书·新知三联书店 1989 年版，第 36～37 页。

④ 李泽厚：《美学四讲》，生活·读书·新知三联书店 1989 年，第 115 页。李泽厚：《美学四讲》，三联书店 1989 年版，第 114 页。

人类创造了日益发达的外在物质文明的世界一样，人类的这个文化心理结构或心理本体也在不断前进、发展、创造和丰富……人类的内在文明由之而愈益成长。”①这无疑是说，工具本体对应于外在物质文明的创造，而心理本体则对应于内在精神文明的建设。在另外一个地方，李先生更是从自然的人化角度把两个本体与两个文明直接对应起来：“人类在外在自然的人化中创造了物质文明”，“人类在内在自然的人化中创造了精神文明”，“自然的人化是物质文明与精神文明双向进展的历史成果。它虽然不是一一对应，……但总的来看，是彼此相互对应，双向进展的。”②这就把两个本体并列说推向人类文明这个更高的层次、更广的范围。但是，这种看似严密、整齐、对称性的理论推演，反倒使人觉得有人为勉强之嫌。实际上，两个文明无论在内涵还是外延上，都远远大于、广于两个本体及其成果，而且两个文明的成果有时候是交叉重叠的，精神文明建设也不能仅仅归结为心理本体的建设。所以，李先生这种理论推演实在过于牵强附会。

关于“情本体”，除了《美学四讲》谈得比较集中外，此后（上世纪90年代至今），李先生还在多个场合用不同方式表述、谈论了两个本体并列论，并着重论述了“情本体”的超越性和至高性。如他在分析中西方文化的区别时，认为西方把经验和超验分为两个对立的世界，主要靠宗教来达到超验，而“在中国，由于经验和超验，这个世界和那个世界总是搅在一起，不能截然分开，所以就达不到那个宗教的高度。……所以我讲情本体，这才是真正继承中国的传统，……追求超验的失败，说明只能在经验中追求超越，这就是情本体”③。笔者这里不拟对被李先生中国化了的“情本体”本身给予评论，而是想指出，对情本体这种超过西方宗教超验性的超越性的强调，同以上在“内在自然的人化”基础上建构起来的属人的、而不是超越的情（心理）本体似乎含义大不一样，且自相矛盾，同上面本体性与超越性的混淆也不相同。比如下面这段论情本体的话重点就不在超越性，而在强调审美中情感与理性的交融关系以及情本体的至高地位：“我这里讲的‘情’，并不是一种简单

① 李泽厚：《美学四讲》，生活·读书·新知三联书店1989年版，第37页。

② 李泽厚：《实践美学发言摘要》，见《李泽厚近年答问录》，天津社会科学院出版社2006年版，第47页。

③ 李泽厚：《实践美学发言摘要》，见《李泽厚近年答问录》，天津社会科学院出版社2006年版，第47页。

的情绪，更不是动物的情欲。……我特别关注的是理性和情感的结构关系。……只有在审美的时候，我认为理性与情意才相互交融。从这个意义上讲的'情本体'，是人之为人的最高、最重要的一种成果，它也是很具体的。"①这里论情本体同前面两个本体来自两种自然的人化的并列说完全一致，然而，它又把情本体升格到"人之为人的最高、最重要"成果，甚至超过工具本体。这种把情上升为本体、进而上升到至高的地位，实际上暴露出，在李先生心目中，两个本体地位不仅并列，而且被倒置了，情本体成为人之为人的最高尺度，心理本体反过来高于工具本体了。

上面我们对李先生两个本体论的提出过程、基本框架和主要观点作了概括的梳理和简要的评析。笔者觉得两个本体论在理论上是有重大破绽和漏洞的，其中最主要、最核心的问题是用并列说来淡化乃至取消两个本体的主次、从属关系，实际上使工具本体作为第一性物质基础的最终决定地位逐渐淡出，而使第二性的意识、心理、情感上升为本体并实际上居于主导地位。据此，我们可以清楚地看到，李先生的两个本体并列论的要害，在于把以物质生产作为人类社会形成、发展基础的、一元论的工具本体论，改变成物质生产与精神生产、工具本体与心理本体同等、并列的历史二元论。

对此，李先生似乎并不回避和否认，但他的回答却有点令人费解："笛卡儿不是也讲二元吗？本体既然不是 Being，我讲两个本体怎么就不行呢？"但是，笔者不禁要问，笛卡儿讲二元，我们就一定要跟着讲二元吗？更重要的，笛卡儿讲的二元首先是本体论即存在论意义上的，跟李先生讲的并不一样。众所周知，笛卡儿的二元论是从"我思故我在"的理性主义核心命题（也是前提）出发推演出来的。这里"思"（理性思维）的活动首先确定了进行思的心灵（灵魂）作为实体的独立存在，虽然是没有物质性、广延性的实体存在；与此同时，他也确立了客观物质世界作为另一个有广延性的实体的存在。在笛卡儿那里，心、物这两个实体的存在都是真的，但它们互相独立，互不依存，不存在一个产生或决定另一个的关系。笛卡儿还把这个二元论思想贯彻到人本身的存在上，即心、身二元论，认为人的心灵（灵魂）与身体（物质、物体）同样是互相独立、互不依存的两个实体，他说："我们清晰地感受到精神，即一个在思的实体，没有身体，就是说，没有广延的实体；另一方面，我

① 李泽厚：《实践美学发言摘要》，见《李泽厚近年答问录》，天津社会科学院出版社 2006 年版，第 47 页。

们也清晰地感觉到身体(lecorps,在法语中这个词也意味着物体——引者),没有精神……精神可以没有身体,身体也可以没有精神……或者说,精神和身体可以互不依存。”①这里需要注意的是笛卡儿本体论中“实体”这个极为重要的概念,在他看来,“实体就是不依赖其他东西的存在而存在的东西”;“身与心两个实体实实在在地区别开来,因为它们都可以不依赖对方而存在”②。笔者认为,实体这一“不依赖其他东西的存在而存在”根本特性与李先生用以界定本体的“不能问其存在意义的最后实在”的特性,有着某种程度的一致和重合,因为最后实在也是不依赖其他东西的存在而存在的、不言自明的东西。也许,正是因为这种微妙的重合,使李先生想到笛卡儿的二元论,并以之作为提出两个本体论的理论依据和思想资源之一。但是,这个理由恐怕难以成立,关键是无论就认识论还是本体论(存在论)而言,二元论在理论上都是站不住的。如果说,笛卡儿那个时代,他的心(形而上学)物(物理学)二元论在自然观和认识论上体现了某种反神学的唯物论进步倾向,如马克思、恩格斯所说的,笛卡儿“把他的物理学和他的形而上学完全分开。在他的物理学的范围内,物质是唯一的实体,是存在和认识的唯一根据”③;那么,当今之世,还要用笛卡儿式的心、物二元论来解释社会历史的发展,必定会削足适履、捉襟见肘,甚至适得其反。即使以李先生设定的“最终实在”讲本体,也如前面所述,只能有一个本体,而不能有两个本体。而且,笛卡儿的两个实体论即二元论,归根结底仍然是一元论——上帝的存在,他把上帝设想为高于心、物两个实体的绝对独立实体,是心、物二元的最终来源。当然,李先生不可能同意上帝存在的一元论,但是他却乐此不疲地构筑两个本体并列的“新”历史观,实际上从工具本体一元论走向了心理本体和工具本体(心和物)的二元论。有时候他虽然承认二者有“主次、先后之分”,也承认“心物二元,但心离不开物,还是物质第一性,这就是主次、先后”,但认为这

① 笛卡儿:《形而上学的沉思》,巴黎,弗拉马里翁出版社1992年版,第294页,转引自叶秀山、王树人总主编:《西方哲学史》第4卷,江苏人民出版社2004年版,第74页。

② 古耶:《笛卡儿的形而上学思想》,巴黎,哲学图书出版社1978年版,第352、353页,转引自叶秀山、王树人总主编:《西方哲学史》第4卷,江苏人民出版社2004年版,第79页。

③ 马克思:《神圣家族》,见《马克思恩格斯全集》第2卷,人民出版社1957年版,第160页。

“只是在逻辑上，而不一定在时间上，在时间上，内外两方面同时进行”①。从李先生的所有相关论述来看，在两个本体问题上，承认物质活动第一性比较虚、比较空泛，而强调两个本体主客、内外同等、并列则比较实、比较具体，总的说来没有离开二元并列论的思路和框架。由此可见，以笛卡儿的二元论作为建构两个本体论的新二元论理由和根据是无论如何也说不通的。

而拿这个历史二元论与李先生前期曾经主张的工具本体才是“最后实在”的一元论历史点相比，确实是发生了巨大的、根本的变化。上世纪80年代初期，李先生在谈到语言与工具本体的关系时曾明确表达了以工具为本体、为基础的思想。如他批评维特根斯坦和西方现代哲学从语言出发，把语言看成人类发生和人之为人的根本的语言本体论，正确地指出“人类的最终实在、本体、事实是人类物质生产的社会实践活动”②，而不是符号、语言，极为清楚明确地不但把语言，而且把心理排除在“最终实在”即本体的范围之外。这个看法李先生曾经在不少场合多处重申过。况且，在笔者看来，心理与语言相比，恐怕距离作为工具本体的“最终实在”更加远。恩格斯在阐述劳动在从猿到人转变过程中的作用时曾明确指出，“语言是从劳动中并和劳动一起产生出来的，这个解释是唯一正确的”；又说，“首先是劳动，然后是语言和劳动一起，成了两个最主要的推动力，在它们的影响下，猿脑就逐渐地过渡到人脑；……脑的发育也总是伴随有所有感觉器官的完善化”，这正是人的自觉意识产生的生理基础，“脑和为他服务的感官、越来越清楚的意识以及抽象能力和推理能力的发展，又反作用于劳动和语言，为这二者的进一步发育不断提供新的推动力”，最终导致“人的出现”和社会的形成。③ 显然，从人类发生学角度看，制造、使用工具的劳动是“最终实在”，语言是其次的，而在脑髓、感官逐渐完善基础上生成的人的意识则是第三、第四位的。这大概并不违反李先生的基本看法。所以当他尖锐地质问语言本体论“问题在于，语言是人类的最终实在、本体或事实吗”时，他难道能够肯定或赞同

① 李泽厚：《关于马克思的理论及其他》，见《李泽厚近年答问录》，天津社会科学院出版社2006年版，第294页。

② 李泽厚：《批判哲学的批判》，转引自《美学四讲》，生活·读书·新知三联书店1989年版，第40～41页。

③ 恩格斯：《自然辩证法》，见《马克思恩格斯选集》第4卷，人民出版社1995年版，第376～378页。

离开劳动实践(工具本体)更远的意识、心理、情感等等同样是人类的最终实在、本体或事实吗？然而，遗憾的是，李先生不久以后就抛弃了工具本体论，而走向削弱乃至取消工具的本体地位的、两个本体并列的历史二元论。

三　是超越还是疏离、倒退？

如上所述，李泽厚先生两个本体说从提出到展开为历史二元论经历了一个比较长的过程，这一过程反映了他的哲学思想，主要是对唯物史观的看法发生了重要变化。虽然他表示认可“马克思关于生产工具、生产力、科技是人类社会生存延续和发展的最终基础这一根本观点”，但又强调：“我只接受唯物史观上述核心部分。我强调的是人以使用—制造工具的社会劳动实践(以及在这实践中所产生的语言)来获得生存(即吃饭＝衣食住行)，而区别于其他动物。……由于此，人类才能走出动物界取得了超生物的存在：包括超生物的肢体(工具)、大脑、语言、思想、情感到社会组织。这就是文化和文明，我称之为人文(外)和人性(内)。”而对马克思唯物史观中“基础对上层建筑的决定关系”(当然包括社会存在对社会意识的决定关系)等等李先生明确表示“我许多是不赞成的。在逻辑上，从‘使用—制造工具和生产力是社会存在的基础’也推不出这些理论”①。

我以为，这里有两点需要辨析清楚：一是马克思唯物史观的核心部分究竟包括哪些内容？是不是仅仅李先生所说的这一点？二是是否真的如李先生所说“逻辑上从‘使用—制造工具和生产力是社会存在的基础’也推不出这些理论”，特别是社会存在最终决定社会意识的理论？

先说第一点。我们不妨首先回顾一下马克思提出唯物史观的思想历程。早在《德意志意识形态》中，马克思和恩格斯就提出并详尽、深入地论述了唯物史观的基本原理，认为“全部人类历史的第一个前提无疑是有生命的个人的存在”，而且“以一定的方式进行生产活动的一定的个人，发生一定的社会关系和政治关系。……社会结构和国家总是从一定的个人的生活过程中产生的”。这些个人是从事活动的，进行物质生产的“现实中的个人”。精

① 李泽厚：《关于马克思的理论及其他》，见《李泽厚近年答问录》，天津社会科学院出版社2006年版，第241～243页。

神交往是人们物质关系的集中产物，“不是意识决定生活，而是生活决定意识”①，并认为唯物史观“和唯心主义历史观不同，它不是在每个时代中寻找某种范畴，而是始终站在现实历史的基础上，不是从观念出发来解释实践，而是从物质实践出发来解释观念的形成，由此还可得出下述结论：意识的一切形式和产物不是可以通过精神的批判来消灭的……而只有通过实际地推翻这一切唯心主义谬论所由产生的现实的社会关系，才能把它们消灭”②。从上述论述可见，马克思在提出唯物史观之初，就明确针对着历史上所有的唯心史观，其核心内容不仅包括物质实践活动是人区别于动物的第一步和基础，更重要的是极为突出地强调了它与唯心史观的根本区别在于，它认为国家等上层建筑以及其上的各种意识形态（观念）只是以一定时代的物质生产方式为基础的，社会意识最终由社会存在来决定。李先生把唯物史观这一最最核心的部分“遗忘”或者存而不论，这恐怕至少是对唯物史观的一种片面和不完整的理解吧。

众所周知，马克思在《〈政治经济学批判〉序言》中对唯物史观作过精确、完整、系统的经典表述。③ 列宁在引用这段话时指出：“既然唯物主义总是用存在解释意识而不是相反，那么应用于人类社会生活时，唯物主义就要求用社会存在解释社会意识。马克思在《资本论》第 1 卷中说：‘工艺学会揭示出人对自然的能动关系，人的生活的直接生产过程，以及人的社会生活条件和由此产生的精神观念的直接生产过程。’”④列宁在这里不仅揭示了马克思唯物史观的核心内容（第一句话），而且还引用了马克思《资本论》中的一句话，既说明了工艺学使人脱离、超越了自然界（这一点李先生说得很正确），同时也重申了人类的物质生产即“人的生活的直接生产”过程是人类的精神生产的基础，后者是由此（即前者）产生的。

显而易见，李先生只强调了上引《资本论》的前一句话，而忽视了后面这句话，忽视了这句话所包含的“要用社会存在来解释社会意识”这个唯物史

① 马克思、恩格斯：《德意志意识形态》，见《马克思恩格斯选集》第 1 卷，人民出版社 1995 年版，第 67～73 页。

② 马克思、恩格斯：《德意志意识形态》，见《马克思恩格斯选集》第 1 卷，人民出版社 1995 年版，第 92 页。

③ 详见《马克思恩格斯选集》第 2 卷，人民出版社 1995 年版，第 32～33 页。

④ 列宁：《卡尔·马克思》，见《列宁选集》第 2 卷，人民出版社 1995 年版，第 423 页。

观更加核心的部分。

至于第二点，李先生所说“逻辑上从‘使用－制造工具和生产力是社会存在的基础’也推不出”包括社会存在最终决定社会意识等等理论的观点，无须多加论析。我想从马克思在《德意志意识形态》和《〈政治经济学批判〉序言》中的经典论述，不难发现从前者到后者有着内在的因果、必然联系，其中包含着无可辩驳的严密的逻辑推演。正是凭着这种严整如一块整钢的理论推演，唯物史观才得以完整地呈现在我们面前。

李先生之所以有意无意地将“要用社会存在来解释社会意识”这个唯物史观的最核心内容排除在唯物史观的“核心部分”之外，在我看来，主要是为其推出两个本体并列说提供理论支撑，就是想把心理的、情感的即意识的东西提升为本体，提升为独立的、不为社会的物质存在所最终决定的东西，提升到与物质生活、与社会存在平起平坐的地位上。我认为，这就是两个本体说的二元论根源所在。请看，李先生以再明白不过的语言说道：“我一方面强调唯物史观，但另一方面我又认为要走出唯物史观。走到那里？走向心理。……所以，我就提出了心理本体或情本体。情本体是心理本体的一个部分。心理本体还有认知等，而情本体是将情凸显出来。”①在另一处，李先生又说他的“历史本体论……不同于 Marx 仅着重人的社会存在，而忽略了个体心灵……”②。正因为如此，李先生认为他的人类学本体论要“在肯定人类总体的前提下来强调个体、感性和偶然”③。

他还将自己的人类学历史本体论与马克思的唯物史观作了对比，认为两者“仍有好些重要差异”：一是唯物史观只是“说明人如何在活着，在这一点上正确地和重要地区别了人与其他动物。这也就是以使用－制造工具为核心和特征的人的劳动实践活动所构成的工具－社会本体”④。但是，唯物史观似乎未论及他的历史本体论所突出强调的人“为什么活”。二是他“强

① 李泽厚：《实践美学发言摘要》，见《李泽厚近年答问录》，天津社会科学院出版社 2006 年版，第 49～50 页。

② 李泽厚：《实用理性与乐感文化》，生活·读书·新知三联书店 2005 年版，第 108 页。

③ 李泽厚：《实用理性与乐感文化》，生活·读书·新知三联书店 2005 年版，第 122 页。

④ 李泽厚：《实用理性与乐感文化》，生活·读书·新知三联书店 2005 年版，第 244 页。

调实实在在的每个人那不可替代的'活着',从而更为重视感性现实的个体存在和个性的全面展开和实现。唯物史观虽不否认这一点,但一定程度上被上述社会学的表述所遮蔽了"。三是唯物史观的"如何活"并不能解决"为什么活"(伦理学)和"活得怎样"(幸福问题即美学、宗教问题),"唯物史观把它们都放置在'如何活'中,认为它们是一定经济基础上的上层建筑和意识形态",而历史本体论则"强调它们的独立的价值和意义","有唯物史观所忽视和缺少的伦理学和心理学的哲学理论,从而不能等同于唯物史观"。四是二者"有后现代与现代的差异,同时更有其传统背景的重要差异。马克思的背景是希伯来和希腊传统,特别是黑格尔",而他的人类学本体论的"背景却是实用理性和乐感文化的中国传统",它是"包容了马克思主义、自由主义以及存在主义和后现代的"①。

以上四点(加上李先生前面两段话),在我看来,最主要的是二、三两点。在那里李先生明确无误地表明他认为马克思的唯物史观存在三个问题,一是把宗教、伦理、美学等心理、情感、意识等形式看成"是一定经济基础上的上层建筑和意识形态",认为这会忽视心理、意识的独立性;二是忽视心理、情感、意识的独立于工具本体的本体属性;三是忽视心理本体的个体性、感性和偶然性。因此,他要"走出唯物史观","走向心理"。笔者认为,这三点中第一点又是基础,后面两点由此推出。而第一点却是唯物史观的根基。前文所引马克思关于观念、意识等是由"可以通过经验来确定的、与物质前提相联系的物质生活过程"最终决定的,因此,"道德、宗教、形而上学和其他意识形态,以及与它们相适应的意识形式便失去独立性的外观"。而李先生恰恰否定和取消了这个唯物史观的基础,而把心理、情感等意识形式看成完全可以独立于经济基础、社会存在的东西,把这种相对独立性绝对化。因为心理、情感、意识等等只有在这种对于经济基础、社会存在具有绝对独立性的前提下,才有可能取得本体的地位,从而与工具本体平起平坐。这是问题的关键所在。

不仅如此,李先生还把这种"走向心理"的两个本体并列说或二元论看成是"对马克思的一种发展","因为马、恩虽重视劳动工具,却并未抓住这一关键充分展开,更未向认识论、伦理学方向纵深开拓,他们集中讨论的只是

① 李泽厚:《关于马克思的理论及其他》,见《李泽厚近年答问录》,天津社会科学院出版社 2006 年版,第 269～270 页。

生产力、生产关系、经济基础、上层建筑等等哲学一社会学问题。其他的马克思主义者便更不用说。我却以‘人类如何可能’来推演‘认识如何可能’，来推演伦理道德的‘人性能力’，等等”①。据此，他把自己的哲学叫“后马克思主义”或“新马克思主义”，认为“它提出了新课题，这新课题便是人类除了物质方面的生存、发展之外，还有精神一心理方面。我提出人类学的两个结构或两个本体世界即工艺一社会结构（工具本体）和文化一心理结构（心理本体）。前者是马克思提出的，但没有在哲学上详论；后者虽然马克思也触及了，但未正式提出”，所以“不同于以前的马克思主义了”②。这是明确把他自己二元论的两个本体说看成对马克思主义的超越和发展。

笔者不同意李先生这一看法。笔者认为，李先生的两个本体并列说，不仅仅“不同于以前的马克思主义了”，而且在唯物史观的最根本问题上疏离，甚至违背了马克思主义，即在历史观上“走向心理”，走向情感、意识以及美学、宗教、伦理学和心理学等脱离工具本体、社会存在、生产关系最终决定作用的独立性，走向心理、情感、意识等与工具本体平起平坐的本体性，从而实际上走向唯物与唯心平起平坐的二元论。也许有人会说，这不一定符合李先生的原意，那么，请看李先生另外一段关于两个本体的文字：

> 这个本体首先是物质的社会力量或社会的物质力量，即人掌握工具、科技进行生产活动的现实……这就是……主体性的客观方面：人类本体的工艺一社会结构。这个结构的具体形态、历史过程以及各种生产方式、经济基础、上层建筑、国家、法律、文化、家庭、意识形态等等，是经济学、政治学、社会学、文化学等等科学研究的对象，这也就是唯物史观的科学层面。唯物史观的哲学层面只在肯定这个本体的领先地位，包括指出它对人类有比语言更为根本之所在。……这里还有大量工作需要做。经过马克思，才可能超越马克思。③

---

① 李泽厚：《情本体、两种道德和“立命”》，见《李泽厚近年答问录》，天津社会科学院出版社 2006 年版，第 235 页。

② 李泽厚：《实用理性与乐感文化》，生活·读书·新知三联书店 2005 年版，第 123～124 页。

③ 李泽厚：《实用理性与乐感文化》，生活·读书·新知三联书店 2005 年版，第 235 页。

显而易见,李先生在此是将其创造的“心理本体”以及两个本体并列说作为这种“超越”的主要成果。但是,上面这段引文告诉我们,李先生虽然承认工具本体及其所代表的社会物质力量是人类历史发展中有“领先”和相对于语言“更为根本”的方面,但是,他并没有区分生产方式、经济基础与上层建筑、意识形态之间孰为基础和根本,而是将他们“一锅煮”、混为一谈,笼统地从学科研究对象角度加以对应,并认为这些统统是“主体性的客观方面”。在此,生产方式、经济基础对上层建筑、意识形态的最终决定作用消失了,唯物史观的核心内容不见了。于是,就需要李先生提出马克思所没有提出的“心理本体”即“主体性的主观方面”加以补充,以便“超越马克思”。一言以蔽之,李先生的两个本体并列说由于实际上抽去了唯物史观的核心内容和根本精神,所以不但没有超越马克思,反而疏离了马克思,并向唯心史观迈出了倒退的一步。附带说一下,李先生称自己的哲学是“后马克思主义”,而英国的伊格尔顿却在最近明确表示:“我不是后马克思主义者,我是马克思主义者。”①这是非常发人深省的。

也许李先生会认为,笔者的上述批评陷入了恩格斯晚年所批评的机械唯物主义的经济决定论,而忽视了心理、意识的相对独立性和反作用。他在1993年与一位学者的一次对话中就批评说,马克思主义经济基础决定上层建筑“这个模式长期以来被庸俗化了。恩格斯说更高更远地漂浮于其上的意识形态,包括艺术、哲学、宗教等,是想强调其不受经济影响的一面。而后来人们却用这段话来说明它们受经济影响”②。笔者认为,这个看法不完全错误,但也有明显的片面性。恩格斯晚年的确严厉批评了庸俗的经济决定论,肯定了上层建筑、意识形态对于经济基础的相对独立性和能动的反作用(有时甚至具有某种决定性的因素和意义),但并没有强调其绝对的独立性和完全“不受经济基础影响的一面”。比如,在1890年8月5日致康·施米特信中,恩格斯批评了完全否定思想、意识对于物质生活能动作用的观点,但仍然坚持了物质生产、经济基础第一性的原则,他说“物质生存方式虽然是始因,但是这并不排斥思想领域也反过来对这些物质生存方式起作用,然而是第二性的作用”,这里第一性、第二性的区分实际上坚持了唯物史观的

① 王杰、徐方赋:《特里·伊格尔顿访谈录》,见《文艺研究》2008年第12期。

② 李泽厚:《实用理性与乐感文化》,生活·读书·新知三联书店2005年版,第157页。

基本原理；同时，他又批评当时德国一些青年作家只是把唯物主义“当作标签贴到各种事物上去”，强调指出“我们的历史观首先是进行研究工作的指南，并不是按照黑格尔学派的方式构造体系的诀窍。必须重新研究全部历史，必须详细研究各种社会形态存在的条件，然后设法从这些条件中找出相应的政治、私法、美学、哲学、宗教等等的观点”①。毫无疑问，恩格斯这里仍然坚持了从物质生活条件的深入细致的研究出发，来解释包括李先生所谓“心理本体”范围内的美学、哲学、宗教等(意识形态)这个唯物史观的基本观点，而丝毫没有把意识、情感、心理与物质条件等量齐观，或独立出来，上升到与工具本体并列的“本体”地位。恩格斯在1890年9月21日致约·布洛赫信中，重点批评了把历史过程歪曲成“经济因素是唯一决定性的因素”，而忽视了“上层建筑的各种因素”包括政治、法律、宗教、哲学和其他意识形态重要作用的经济决定论观点，但同时，他也指出，“这里表现出这一切因素间的相互作用，而在这种相互作用中归根到底是经济运动作为必然的东西通过无穷无尽的偶然事件……向前发展”，换言之，“根据唯物史观，历史过程中的决定因素归根到底是现实生活的生产和再生产”②。这就是说，历史运动过程在“归根到底”和“最终”意义上的决定因素仍然并只能是物质生产、经济基础。这个观点是唯物史观的精髓。在1890年10月27日致康·施密特的另外一封信(即李先生提到的那封信)中，恩格斯比较具体、深入地阐述了政治、法律和“那些更高地悬浮于空中的意识形态的领域，即宗教、哲学等等”的相对独立性及其“对经济基础发生反作用”③的情况，他举了哲学和文学为例，指出，“经济上落后的国家在哲学上仍然能够演奏第一小提琴：18世纪的法国对英国来说是如此(法国人是以英国哲学为依据的)，后来的德国对英法两国来说也是如此”；但同时，他也强调“经济发展对这些领域也具有最终的至上权力……但是这种至上权力是发生在各该领域本身所规定的那些条件的范围内”④。由上可见，恩格斯晚年批评的只是将唯物史观机械化、庸俗化，完全否定上层建筑、意识形态的经济基础能动的反作用的经济决定论，而仍然坚持了唯物史观的基本原则，即上层建筑、意识形态最终、归

① 《马克思恩格斯选集》第4卷，人民出版社1995年版，第691～692页。

② 《马克思恩格斯选集》第4卷，人民出版社1995年版，第695～696页。

③ 《马克思恩格斯选集》第四卷，人民出版社1995年版，第702～703页。

④ 《马克思恩格斯选集》第四卷，人民出版社1995年版，第704页。

根到底是由经济基础决定的。由此可见，恩格斯的有关论述并不能支持李先生的两个本体并列论。李先生重视心理、情感、意识是正确的、必要的，但将之上升到本体高度、与工具本体等量齐观、平起平坐，就离开了唯物史观的基本原则和核心内容。

值得注意的是，李先生还提出一个“上层建筑相对独立性的强度”（指受经济基础影响的强度）概念来“补充”恩格斯的上述观点，为其二元论的两个本体说寻找根据。他说：“不同历史时期，其‘强度’就不一样。在今天一切都商品化、商业化的‘后现代’，其强度可能是最弱的了”①，言下之意，当今时代（后现代），上层建筑、意识形态受经济基础影响的强度最弱，独立性最强，对经济基础的反作用最大。大约据此推论，心理、情感、意识等就可以上升到与经济基础并列的地位，心理本体就获得了理论支撑。但是，“后现代”就能够超脱心理、情感、意识等就最终被经济基础所决定这个唯物史观的根本原则吗？后现代主义是一场于 20 世纪 50 年代末 60 年代初兴起于欧美，后延续至今并影响全球的文化思潮，其产生的土壤是新型社会的出现和大众文化、商业文化的崛起。这个新型社会，思想家们有各种叫法：晚期资本主义社会、后工业社会、消费社会、高科技社会、信息社会或媒体社会等。美国新马克思主义者杰姆逊根据唯物史观，将文学上的现实主义、现代主义、后现代主义三种类型或阶段的文化思潮分别对应于市场资本主义、垄断资本主义或帝国主义、多国或晚期资本主义三种社会形态或生产方式，认为前者是由后者产生和决定的。在他看来，晚期资本主义是“已经生产的资本主义的最纯粹的形式以及资本主义进入迄今尚未商品化地区的庞大扩张”②。而后现代主义文化就是在晚期资本主义经济基础上形成和发展为主导文化的。相对于现代主义而言，后现代主义“代表了不同的对世界的体验和自我体验”，“反映了一种新的心理结构，标志着人的性质的一次改变或者说革命”③。与杰姆逊稍显绝对和严格的界定相比，笔者把后现代主义界定为后

① 李泽厚：《实用理性与乐感文化》，生活·读书·新知三联书店 2005 年版，第 157 页。

② 中国社会科学院外国文学研究所编：《后现代主义》，社会科学文献出版社 1993 年版，第 109 页。

③ 杰姆逊：《后现代主义与文化理论》，陕西师范大学出版社 1986 年版，第 125 页。

现代工业和信息社会的产物，它是以反对一元、反抗本质、反击传统等为整体价值取向，以文化扩张、语言扭曲和理论对真理的非垄断性功能等为基本特征，以深度模式趋于平面化、历史意识趋于断裂化、主体性立场趋于零散化、作品趋于复制化等为具体表征，影响一直波及当今西方文化研究的一股较宽泛、松散的文化学术思潮。笔者认为，后现代主义的内涵并不局限于晚期资本主义文化逻辑这一西方马克思主义主流的观点，而是后现代工业和信息社会的产物，是一种范围和时间跨度更为广泛的文化学术思潮。后现代意识形态和后工业社会的经济基础，虽然存在着某些方面的冲突或对抗，但在总体上仍是适应的；后现代主义思潮恰恰只能产生在后现代经济基础之上，其最终仍是由经济支配着的。在此意义上看，恩格斯上述观点的有效性并未因为全球化时代和后现代社会的来临而发生变更，李先生的“强度”说恐怕就值得商榷了。

需要说明的是，本文并非全盘否定李先生的实践美学理论，恰恰相反，笔者对李先生为代表的实践美学观点在许多重要方面和很大程度上是认同的，认为包括李先生在“心理本体”名义下所论述的许多思想也都是很深刻、很有价值的，对于当代中国美学的建设是富有启发性的。但是作为其理论的哲学基础和核心的两个本体并列论（一种新的历史二元论），笔者认为确实是“走出”和离开了唯物史观的基本原理，不但不是对马克思主义的“发展”和对唯物史观的“超越”，反而是理论上的一种疏离和倒退。以上批评，不一定正确，特提出来向李先生和专家学者请教。

写于 2008 年 8～12 月

原载《哲学研究》2010 年第 2 期

审美关系说的现代解读

——蒋孔阳美学思想新探

时间已经进入21世纪。当代中国老中青三代美学家都在严肃地思考"中国美学向何处去"这个历史性的重大课题。当此之时，重新阅读蒋孔阳的美学著作，发现在蒋孔阳的美学思想中有一些我以前没有领悟到的东西逐渐展开了，内中包含的一些思想，有助于我们对当代美学的重大问题重新进行思考。审美关系说就是其中之一。

早在1991年，我在《当代中国美学"第五派"》一文中，把蒋孔阳的美学思想概括为"以实践论为基础、以创造论为核心的审美关系说"。我的这一概括之所以落在"审美关系"说上，不仅符合蒋孔阳的原意，而且在当时是有针对性的，因为美学界某些重量级人物断定"审美关系"说犯了"同义反复"的错误。我不同意这个看法，针锋相对地提出："蒋先生的全部美学思想就是人对现实的审美关系的历史地、全面地展开。他的美论是对审美关系中客体方面的探讨，他的美感论则是对审美关系中主体方面的研究，而无论哪一方面，他都是在主客体的对象化关系中加以研讨的。我以为这种思考、研究问题的方式是符合辩证法的。"①现在看来，我的这个意见并没有错，不过还不够深入。我曾把蒋孔阳关于一切美学问题都应放在人对现实的审美关系中加以考察的思想与当时中国美学界的其他四派观点进行了比较，认为这一思想融其他各派之长，避其他各派之短，把马克思的实践论与关系说化为一体，解决了美学的一些重大问题。② 现在看来，这其中还包含着更加深刻的内涵。

---

① 朱立元：《当代中国美学新学派——蒋孔阳美学思想研究》，复旦大学出版社1992年版，第3页。

② 详见拙著《美学与实践》，广西师范大学出版社1999年版，第373页。

与当代大部分美学学派不同，蒋孔阳既不是把美(美的本质)，也不是把美感(审美经验)作为美学研究的出发点和主要对象，而是把人对现实的审美关系列为美学研究的出发点。他在《美学新论》中一开始就指出："人对现实的审美关系，是美学研究的出发点。美学当中的一切问题，都应当放在人对现实的审美关系当中来加以考察。"这里的区别看起来似乎只是具体研究对象的不同，但实际上涉及思维方式和哲学根据上的巨大差别。

上个世纪五六十年代，中国美学界有过一场美学大讨论，主要围绕"美的本质"问题展开争鸣，形成了"美在客观"、"美在主观"、"美在主客观统一"与"美在社会性与客观性统一"四大派主张。这四派虽然观点不一，但提问方式和思维方式却大体一致(第四派有所不同)，即都提出"美是什么"的问题并对此作出了各自不同的回答。然而，这一提问方式本身却在问题回答前已预设了"美"是一个对象性的实体存在，无论其答案多么不同。换言之，"美在客观"说已预设了美是人之外的作为客体的实体存在；"美在主观"说虽然肯定了美与人(主体)不可分，但同样预设了美就在作为主体的实体存在上；"美在主客观统一"说也同样预设了美就在作为实体存在的主客观统一上。其中，"主客观统一"虽然是主客间的一种关系，但在"美是什么"这种提问方式下，这种"关系"也被实在(体)化了。这样，无论对此提问的哪一种回答(客观、主观还是主客观统一)，都是一种实在(体)化的回答。

所谓"实在(体)化"，在我看来，主要是把作为研究对象的事物从该事物所处的具体关系中孤立地抽象出来，作为一个"实体存在"来看待与处理。这在思维方式上也就是我们常说的形而上学或二元对立的思维方式。上述几派关于"美"的本质的提问与回答，则属于这种形而上学思维方式中主客二分的一种方式。这种形而上的思维方式总是先进行主客二分，然后再用某种关系将二者统一起来。上述三种主张在美学中分别体现为：(1) 认定有一个不变的、实在的审美客体，这个客体有其独立性，美是它的本质规定性之一，因而它是普遍的超时空的美，这是一种客体实在(体)论；(2) 认定有一个先在的、不变的审美主体，他有一种本质性的先天的审美能力，一旦他应用这种能力，主体就能获得美感，与美感相应的对象就是美，这是一种主体实在(体)论；(3) 认定在主体和客体之间有一种单纯的审美关系实际存在，这种实在的审美关系源自主体的审美能力与客体的美的属性之间的应和，只要以这种关系把主体与客体联系起来成为实在关系，主体就是审美主体，客体就是美，这种关系实在(体)论与蒋孔阳的审美关系说是完全不同的。

我认为，蒋孔阳的审美关系说正是对上述这种形而上学主客二分的实在(体)化思维方式的尝试性突破，其中包含了生成论思想的可贵因素。

首先，蒋孔阳在提出人与现实的审美关系是美学研究的出发点时对审美关系的基本性质和各个环节都作了简明的分析，同时又时时突出地强调这种关系的变动性与复杂性。他说："无论作为关系主体的人，或是作为关系客体的现实，以及它们所构成的关系，都既不是简单的，也不是固定不变的。它们都各自具有多层次的结构，多方面的变化。"①对此，他从主体、客体、主客体关系三个方面进行了分析。一是主体(人)，人不仅有自然性、物质性，而且有社会性、精神性，还有历史性等方面，是多方面的复杂的属性的有机统一。"人是作为一个具有丰富复杂的内容的个性化的主体，来与客观现实发生关系的"；二是客体(现实)"也是极不简单的，极其丰富和复杂的"，包括自然界、人通过与自然的关系制造出的各种产品、人与人的关系产生的各种社会现象、各种精神产品和意识现象，"无论是过去的或是现在的"都在其中；三是主客体关系(包括空间和时间关系)也因此"更是丰富和复杂"，"这一切关系，都以人的需要为轴心，以人的实践为动力，以物的性质和特性为对象，相互交错和影响，形成了整个人类社会的历史和现实生活"。这就有力地说明了人与现实关系的无限丰富性和复杂性。不仅如此，蒋孔阳还强调指出这种关系的发展、变动性。他说，"人对现实的关系，是不断发展和变化的"。这一点更为重要，因为这种关系的不断变动性，乃是决定着我们的思维方式打破形而上学、遵循生成性原则的根本原因。

其次，蒋孔阳进而指出，正由于整个人与现实的关系是处在永恒的变动中，"因而人对现实的审美关系的特点也不是固定的、形而上学的。随着人对现实的审美关系不断地变化和发展，大千世界的美的东西也不断地变化和发展"②。这就明确无误地揭示了变动性和生成性乃是审美关系的一个根本特性。蒋孔阳上述两点思想，在思维方式方面给我们以重要启示。按照日常的思维模式，我们总是从主体、客体、主客体之间的关系，也就是主客统一的方式来思考美学的一些基本问题。这种模式本身是没有错的，这是我们认识事物的一般过程。但是，如上所述，蒋孔阳告诉我们：第一，作为

① 蒋孔阳：《蒋孔阳全集》第三卷，安徽教育出版社 1999 年版，第 5 页。

② 蒋孔阳：《蒋孔阳全集》第三卷，安徽教育出版社 1999 年版，第 16 页。

“主体”的人，是自然性、物质性、社会性、精神性以及历史性的统一，“人”本身是一个诸多因素互动影响的过程，是一切社会关系的总和，因此，并没有一个一成不变的绝对化的抽象“主体”或实在（体）主体；第二，被我们称之为“客体”的东西，是自然界、人、人的物质产品以及人的精神产品的总和，而这个总和又处在历史的长河之中，处在不断地发展变化之中，因而也没有一个固定不变、被动地接受人的观照的抽象“客体”或实在（体）客体；第三，因此，由丰富、复杂、不断变动的主体与客体所构成的主客体关系，必然更加丰富、复杂、变动不居，它们绝不可能是，实际上也根本不可能存在一种凝固的、恒定不变的供我们研究的主客体的抽象关系或关系实在（体）；第四，审美关系作为主体与客体之间的关系之一，当然同样是变动不居和丰富、复杂的，换言之，审美关系也绝不是一种固定不变的关系实在（体）。

在此，我们清楚地看到，蒋孔阳再三强调主体、客体、主客体关系三者的变动性、复杂性、丰富性，实际上是将这三者还原、放置到人与现实的具体的、生成的、变化的审美关系中去了。它显然包含和孕育着一种突破形而上学思维模式的尝试。因为如果我们承认主体与客体以及二者间的关系本身是一个复杂的、动态的过程，那么，主体与客体之间的抽象对立即主客二分就会由于自身的非现成性、非确定性而被化解。这一点并不难理解。任何事物总是处在时空之中，处在不断的生成与变化之中，没有一个固定不变的主体，也没有一个固定不变的客体。既然如此，那么，一方面，在观念中被抽象出来的超越于时空之外，并且自身静止不变的主体也就不可能存在，每一个具体的主体总是诸多因素相互交织影响的动态过程；另一方面，客体也不是静止不变的，在形而上学思维模式中被从时间之流中截取下来的、被固定化了的、被动接受主体认知的客体，也是不存在的。更为关键的是，由于主、客体二者的现实性、具体性和历史（时间）性，二者之间的关系也是具体、现实的，处在具体、历史的时空中的。所以，根本不存在抽象的、超越时空的主客体关系。形而上学思维方式的各个环节一旦被具体化、现实化，放置在历史的、变动的关系之中，那么主体与客体的截然分立与对立或曰“主客二分”，就难以成立，它只能是观念性的，只能停留在思维之中，而不能正确地把握和反映不断变动的现实关系，或者说，它只是对现实之中各种复杂变动关系的“一”种切断、割裂和抽象，而不是思维的全部内容。蒋孔阳在强调主体与客体以及主客体关系的丰富、复杂与变动不居时，显然是看到了这一点，从而已经萌生了生成论的思想。在这个情况下，他没有把抽象、固定的美(客体)或抽象、固定的美感(主体)作为美学研究的起点或首要对象,而是强调人对现实的丰富、复杂、变动不居的审美关系才是美学研究的出发点。我认为这实际上已包孕着生成论思想对形而上学思维方式的超越。

如果我们跟随着蒋孔阳的上述思路,一旦跳出形而上学思维方式,一旦认识到没有一个一成不变的美的客体,没有一个先天固定的审美主体,没有一个与生俱来的审美关系实体(在),那么前述三种美学主张(主观说、客观说、主客观统一说)就都是不能成立的。

还要强调指出的是,蒋孔阳已经萌发了在审美活动中"关系在先"的重要思想。在《美学新论》总论的开篇"人对现实的审美关系"中,他反复论述了这样一个思想:无论是主体、客体还是二者间的关系,都是丰富而复杂的,都处在永不停息的变动过程之中,都是历史性的;人与现实的审美关系并不是从来就有的,而是从无到有、逐渐生成和发展的,只是在人类漫长的实践过程中,随着人的内自然的人化和外自然的人化,人和他的生存世界之间才产生了审美关系,但这种关系是具体的、现实的、个别的、变化的,而不是抽象的、无条件的实在(体)关系。由此我们可以进而推论,蒋孔阳实际上已觉察到,正是在这样一种具体、现实、个别、变化的审美关系中,才现实地、即时地产生了审美主体与审美客体(对象)。离开了这种关系就无所谓审美主体,也无所谓审美对象,美和审美主体都是随着审美关系的产生而产生的。蒋孔阳明确地指出,"人间之所以有美以及人们之所以能够欣赏美,就因为人与现实之间存在着审美关系"①。这里,实际上已肯定了在因果逻辑上审美关系对美和美感的在先地位,即确立了"关系在先"的逻辑原则。

"关系在先"的思想,是对主客二分的形而上学思维方式的一种颠覆和瓦解。因为根据主客二分的原则,在因果关系上,总是先有客体和主体,然后才有主客体之间的逻辑关系。这在日常思维看来也许是不言而喻的,但其实经不起实践的检验。就以审美关系而言,人与现实之间可以有各种各样的复杂关系,如经济的、政治的、伦理的、科学的等等,当然也可以有审美关系,但是,任何关系都是具体的、历史的、个别的,审美关系也不例外。只有在一定条件下,人与现实之间才会形成具体、特定的审美关系(这一点下面详说)。

审美关系的形成,并不是因为首先有一个审美客体存在,也不是因为先

① 蒋孔阳:《蒋孔阳全集》第三卷,安徽教育出版社 1999 年版,第 3 页。

有一个审美主体存在。这个道理其实不难理解。就主体来说，一个人不可能每时每刻都处在审美状态中，不可能任何时候都是审美的人（主体），可以说，一个人在绝大多数情况下、绝大部分时间里都不会是作为审美主体而存在的，只有他以审美态度凝神观赏一个对象时，他才作为审美主体而存在，所以，任何先在的、固定不变的审美主体都是不存在的；同样，任何客体，如果没有被人作为美、作为审美对象而观赏，它也充其量只能作为一个物、一个客观实在（体）而存在，而并不是作为审美客体而存在，所以，任何先在的、固定不变的审美客体也是不存在的。换言之，只有当客体和主体进入特定的审美关系时，它们才成为现实的审美客体和审美主体。这就是“关系在先”的哲学、美学原则。如前所述，蒋孔阳已经明确把审美关系看成变动的、生成的，而不是现成的，那么，根据“关系在先”的原则，任何审美主体和审美客体也都是随着审美关系的生成而生成，而不可能是先在的、固定的、现成的。这里显然已隐含着生成论的可贵意识，它对消解、突破形而上学主客二分思维方式有一种潜在的必然性。

最后，我想谈一下蒋孔阳关于审美关系特点的看法。蒋孔阳在论述了人与现实的各种各样错综复杂、变动不居的关系之后特别指出，“在人对现实的一切关系中，最根本的不是审美关系，而是实用关系”①。审美关系是在人类长期的实践中逐渐从实用关系中分化、脱离、独立出来的，但这种独立是相对的，在特定条件下才生成的，而且是不断变化的。不过，与实用关系相比，审美关系有其自身的特点，蒋孔阳将其归纳为以下四点：(1) 以人的感性为基础，“通过感觉器官来和现实建立关系”；(2) 是人与现实的一种自由关系，“它虽然也要受主体和客体各自条件的限制，但它却常常能够从这些限制中解放出来，取得自由”；(3) 是人对现实的一种整体、全面的关系，它是“人作为一个整体来和现实发生关系，人的本质力量能够得到全面的展开”；(4) 它“特别是人对现实的一种感情关系”，在审美中，人的理智和意志等因素都转化为情感与现实发生关系并具体展开。这四点，把审美关系与人对现实的其他一切关系清楚地区分开来了；同时，从另一个角度补充论证了审美关系的生成性。因为既然在日常生活中，审美关系总是被淹没在种种实用关系之中，但是，一旦实用关系中出现了同时符合上述四个特点的现象，那么，审美关系也就现实地生成了，并且从实用关系中脱颖而出、凸

① 蒋孔阳：《蒋孔阳全集》第三卷，安徽教育出版社 1999 年版，第 8～9 页。

现出来。由此可见，任何审美关系都不是现成的，而是生成的。

综上所述，我认为，蒋孔阳的审美关系理论的确包含着深刻的生成论思想，已经开始了对形而上学主客二分的现成论思维方式的超越。

原载《文艺研究》2005 年第 2 期

走向实践存在论美学

当代中国美学的发展目前正处于一个十分微妙的发展阶段，一方面人们开始认识到传统美学存在着种种局限，力图克服这种局限，实现美学的新发展；但同时我们仍然受到传统美学思维方式的影响，未能完全突破传统的认识论思维方式和框架的束缚，因而未能获得真正突破性的大发展。目前我们正处于这样一个时期：中国美学酝酿着或者说正面临着取得新的重大突破的机遇，但如果我们不能进一步解放思想，在思维方式和研究方法上有所突破和创新，那么，美学研究的真正突破和进展就不可能实现。因此，探讨如何实现中国美学的突破性进展在当前就显得十分紧迫。我们一直关注并思考着这个问题，也做了一些初步的思考和尝试，现在把它发表出来，以期引起学界同仁的共同关注和讨论。

我们的基本观点是：中国美学要实现重大的突破和发展，一个最重要的途径恐怕就是要首先突破主客二元对立的单纯认识论思维方式和框架。

一　主客二元对立的认识论：阻碍中国当代美学突破的一个重要因素

新中国成立后不久的20世纪50～60年代，中国美学就迎来了一次大讨论，形成了以蔡仪、朱光潜、吕荧、高尔泰、李泽厚为代表的所谓美学四大派。这四大派虽然成就不同、观点各异，但有一点却是共同的，那就是他们的讨论基本上都局限在一种主客二元对立的认识论思维方式和框架之中来讨论问题，都是把美作为一个先在的、现成的实体来认识；认为美在客观，是客观事物的一种属性，这是一种客体实在论；认为美在主观，是人的一种主观感受，这是一种审美主体实在论，把人看作一个早已存在的不变的审美主体；认为美在主客观的统一或者社会性与客观性的统一，实际上主张美就在于客观事物的属性恰好和一定的审美主体的感受相契合，这实际上是一种关系实在论。也就是说他们都是把“美”或者“美的主体”作为一个早已存在的客观对象来认识，因此，虽然争论得很热闹，也取得了一定的成果，但由于都是相同的认识论的思维路径，因而最后归结、上升到唯物主义与唯心主义之争，却未能在解决美学的基本问题上有大的突破。

“文革”以后，美学大讨论中各派的观点借助于对马克思《巴黎手稿》思想的阐释都有所坚持、发展和完善，但总的来说，还是在认识论的框架里来谈怎样认识美、“美是什么”等问题，没有新的重大的突破。而以李泽厚先生为代表的社会性与客观性相结合的美学理论，充分结合马克思《1844 年经济学哲学手稿》的思想，用“自然的人化”的实践和历史“积淀”作为贯穿整个美学思想的基础，发展成了他的人类学本体论美学，形成了 20 世纪 80 年代在中国美学界中占主导地位的主体性“实践美学”。李泽厚先生的美学理论代表着“实践美学”的主流派别，他强调人的物质生产劳动、制造工具的基础地位和历史“积淀”的理性指导作用，把美和人的物质生产劳动实践结合在一起来研究美学，已经对认识论美学所局限的范围有所拓展，因此具有一定的生命力，影响是非常大的。但是，这一时期的实践美学仍然围绕着怎样认识美的本质这个中心论题研讨，没有真正跳出认识论的思维框架。当然，在实践美学后来的发展中，实践美学中的其他代表人物已经开始注意到如何超越单纯认识论美学模式的问题了，比如蒋孔阳先生以实践论为哲学基础、以创造论为核心的审美关系说美学就是试图超越认识论美学框架而进行的颇有成效的尝试。

进入 20 世纪 90 年代以来中国美学的发展处于一个急剧变化的时期，一种新的突破发展的可能性正在酝酿之中。已经有越来越多的学者开始意识到我们必须超越现有的美学研究模式，才有可能使中国的美学发展获得一个大的突破，并且开始做了一些尝试的工作。比如早在 20 世纪 80 年代后期刘晓波就以感性—个体反对理性—集体的方式拉开了对以李泽厚先生为代表的实践美学主流派进行批评的序幕；在 90 年代初陈炎先生又开始向“积淀说”发难；接着，杨春时先生也提出超越实践美学、走向“后实践美学”的主张；潘知常教授等人则提出了“生命美学”、“生存论美学”等来反对实践美学。与此同时，也有一批学者（包括笔者在内）对处于变化之中的实践美学作具体分析，从各个方面为实践美学中的合理因素辩护，当然也承认实践美学主流派的观点存在局限，需要改进和发展。这场美学大讨论表明已经有越来越多人不满于中国美学的现状，试图超越现有的美学模式，这预示着我们的美学正酝酿着某种革新和突破的可能性。但是，究竟应该怎样超越、突破，什么才是阻碍中国美学发展取得突破性进展的关键问题却仍是需要我们进一步研究的，必须抓住这个根本的症结，中国美学才有可能有一个真正的突破性发展。从对实践美学的论争中来看，人们还主要不满于实践美学过分强调集体性、理性、物质生产劳动的一面，因此想要给予与之对立的感性、个体体验性在审美中以应有的位置，但多数人对"美"的提问方式并没有从根本上发生变化；对实践美学主流派在认识论方面的局限虽然开始注意，有的也有批评，但多数人似乎还认识得不够深刻，还没有提到关键、要害的地位来认识。现在看来，这种反思和批评的工作当然是很必要和有意义的，但还没有从根本上抓住阻碍当代中国美学发展的核心问题，即主客二元对立的认识论思维方式问题，有的学者虽然也看到或提到这一点，但深入反思、分析还不够。多数人（包括我们在内）很长一个时期仍然是在认识论的思维框架范围之内来探寻美学学科的发展，所以难以有大的突破和创新。

90 年代中期另一场争论更使我感到超越主客二分的认识论思维方式的迫切性。这就是关于巴黎手稿"美的规律"的争论。1997 年陆梅林先生发表了《巴黎手稿探微》的文章，学界开展了争论，我也参加了这场论争，发表了自己对"美的规律"的看法，认为所谓"美的规律"是一条"属人"的规律，而并非截然与人无关的客观事物的属性，并非纯粹的自然规律，它是社会合力的结果，这样我把"美的规律"定位于社会历史的规律；认为社会历史规律的客观性主要体现在支配社会历史发展的规律在其发生作用的范围内，对每一个社会主体（个体）的意志和认知而言，具有不可阻挡的客观强制性。这样，"美的规律"就不再简单的只是一个在人之外固定不变地存在着的所谓"物"的自然规律、客观规律了。我这样的观点被一些坚持"美的规律"是客观事物的属性的客观派所批评。这次讨论使我感到，我们有的同志在思维方式上不是前进了，而是倒退了，倒退到五六十年代的水平了，还停留在简单的唯物、唯心对立的认识论思维模式中来讨论问题。这使我感到我们学界当前在研究学术问题思维方式的创新问题上仍然任重道远。因此，从新世纪中国美学的发展来看，我认为阻碍我们美学取得突破性进展的一个主要障碍就是那种主客二元对立的僵化的认识论思维模式。

二 超越传统的认识论：西方美学发展的历史趋势给我们的启示

从西方美学两千多年的历史发展来看，传统美学哲学基础一直是以一种主客对立的认识论占主导地位的。主客二分的科学分析式的认识方式向来是西方占主导地位的思维模式，以此获取关于外在世界和事物的可靠的知识也一直是西方人最重要的一个价值目标。对于美学研究来说，人们也是自觉地把美作为一个知识对象来认识。柏拉图就是自觉地把美作为一个自己要加以分析认识的对象来认识，只把对“美本身”的沉思、获取美的普遍知识作为寻求的目标，而不关心各种具体的“美的东西”，提出美是一种“理念”；亚里士多德则认为艺术能引起我们愉悦，是因为我们在看到艺术模仿某物时，就想起了它模仿的是现实中的某物，从中获得了知识，从而把获取知识作为审美的第一价值标准。这样，求知的认识论心态成为人们美学研究的首要价值参照系和出发点。也因此，真实“模仿”自然、客观反映现实也就成了传统美学的一个主要价值标准。笛卡儿以来的理性主义思潮把人的理性“我思”作为认识外界客观事物的出发点和中心，确立了主体的中心性、优先性和基础性，这种认识方式的前提是主客体二分，即把要认识的对象作为客体与作为主体的人对立起来，这就使主客二元对立的认识论方式成了近代以来西方的一种主要认识方式和思维方式，当然也是美学研究的一个主要思维方式，它把“美”作为一个纯粹客观和固定不变的对象或概念来分析、研究和认识，从而总是追问“美是什么”？试图给“美”下一个确切的定义，获得对美的固定本质的认识。从柏拉图、亚里士多德到康德、黑格尔莫不是如此。

而从 19 世纪中期以来，西方美学发展的一个明显趋势，就是从各个角度多方位地对传统的以追求客观知识为目标的、主客二元对立的认识论美学展开批评和反拨。唯意志主义哲学家叔本华认为当一个人“不是让抽象的思维、理性的概念盘踞着意识，而代替这一切的却是把人的全副精神能力献给直观，沉浸于直观，并使全部意识为宁静地观审恰在眼前的自然对象所充满，不管这对象是风景、是树木、是岩石、是建筑物或其他什么的。人在这时，按一句有意味的德国成语来说，就是人们自失于对象之中了"①。叔本华把这种失去理性认识状态的"自失"的"直接观审"作为真正的审美状态，让人与物直接消融在一起，而不是划出物我、主客体界限来认识，认为这种超越认识的"观审"才是真正的审美。叔本华以这种带有非理性色彩的直观方式反对传统主客二元对立的认识论美学。而直觉主义者克罗齐则认为："知识有两种形式，不是直觉的，就是逻辑的；不是从想象得来的，就是从理智得来的；不是关于个体的，就是关于共相的；不是关于诸个别事物的，就是关于它们中间关系的；总之，知识所产生的不是意象，就是概念。"②而审美既不是概念、不是理智、不是逻辑，也不是共相，审美就是直觉，当头脑中的直觉活动完成以后，艺术审美就完成了。克罗齐虽然仍把作为直觉的艺术和审美看成是知识的一种形式，但他实际上是以人的直觉活动颠覆了传统美学的主客二分的认识论思维方式。精神分析学大师弗洛伊德则把人行动的根本动力归结为人的性本能、无意识，认为"力比多"的无意识是人活动的力量源泉。对于诗人的审美创作来说，"同白日梦一样，艺术创作是过去儿童游戏的继续和代替。……诗人所完成的东西，是他最大的隐私"③。弗洛伊德把审美创造看作为艺术家的白日梦或者无意识的转移和升华，弗洛伊德这种研究美学的无意识精神分析方法，使传统的那种主客二元对立的科学分析的认识论研究方式受到极大的冲击。另一位对现代美学有着深刻影响的哲学家尼采强烈地批评那种认为知识和认识可以包治百病的"苏格拉底式乐观主义"，提出"真理比外观更有价值，这不过是一种道德偏见而已；它甚至是世界上证明的最差的假定"④。以此反对传统的真理一认识论，要求人们勇敢地停留于事物表面，去追求感性生命的强力意志，建立"生理学美学"，而不是去追求所谓事物的客观本质或真理的美学。在《权力意志》中尼采反复强调说："要以肉体为准绳……因为肉体乃是比陈旧的灵魂更令人

---

① 叔本华：《作为意志和表象的世界》，石冲白译，商务印书馆1982年版，第249～250页。

② 克罗齐：《美学原理》，朱光潜译，见朱光潜全集（第11卷），安徽教育出版社1989年版，第131页。

③ 中国社科院美学研究室，《美学译文》（第3辑），刘小枫译，中国社科出版社1984年版，第336～337页。

④ 熊伟主编：《存在主义哲学资料选辑》（上卷），赵勇译，商务印书馆1997年版，第129页。

惊异的思想。无论在什么时代，相信肉体都胜似相信我们无比实在的产业和最可靠的存在——简言之，相信我们的自我胜似相信精神。”“根本的问题:要以肉体为出发点，并且以肉体为线索。肉体是更为丰富的现象，肉体可以仔细观察。肯定对肉体的信仰，胜于肯定对精神的信仰。”①尼采如此强调感性肉体的基础地位，深层原因就是对几千年以来西方思想中根深蒂固的追求客观知识的知识主义信念的反叛，对传统主客二元对立论认识方式所带来的弊端的深恶痛绝。以强调感性生存的美学方式来代替传统以求知为目的的主客二元对立的认识论的美学研究方式，这是西方现代美学发展中的一个重要的趋势。

现象学哲学家海德格尔则把西方传统的这种认识论思维方式的弊病归结为“对存在的遗忘”。从存在主义的先驱克尔凯郭尔开始，存在主义就指出任何认识均是人的认识，这就必须首先明确人的存在状况是怎样的，然后才能谈认识真理的问题。把对外物的认识分析转为对人的存在本身的优先性研究，使认识论走向存在论。克尔凯郭尔指出:“不管真理是被经验地定义为思维和存在的一致，或是被观念地定义为存在和思维的一致，重要的是每一个定义都应该审慎地指明存在意味着什么。”②而人的存在就意味着主体是一个生存着的个人，而“生存是一个生存的过程，因而，作为思维与存在的同一的真理概念是一种对抽象的幻想，就其真理性而言，它只是对造物的一种期待”③。因为认识是一个生存着的个体的认识，而生存是一个过程，是每时每刻都在改变着、流动着的个体，因而不可能有静止的“同一”，一切都是在人生存的过程中生成的，客观静止“同一”的认识是不存在的，这就无异于拔掉了传统认识论的根基。因此，克尔凯郭尔把哲学的中心转到对当前人的生存状态的感受上而不是对外在客观真理的认识上。海德格尔也认为传统认识论思想没有对主体自身的存在本身有所领悟就谈存在者的存在，实际上不能真正指明存在。他指出:“康德耽搁了一件本质性的大事:耽搁了此在的存在论，而这耽搁又是由于康德继承了笛卡儿的存在论立场才

① 尼采:《权力意志》，张念东等译，商务印书馆 1991 年版，第 152、178 页。

② 克尔凯郭尔:《最后的非科学的附篇》，熊伟主编，段小光译，《存在主义哲学资料选辑》(上卷)，商务印书馆 1997 年版，第 13 页。

③ 克尔凯郭尔:《最后的非科学的附篇》，熊伟主编，段小光译，《存在主义哲学资料选辑》(上卷)，商务印书馆 1997 年版，第 21 页。

一并造成的。笛卡儿发现了我思故我在，就认为已为哲学找到了一个可靠的新基地。但他在这个基地的开端处没有规定清楚的正是这个思的存在方式，说得更准确些，就是我在的存在的意义。"①海德格尔把人的当下生存的"此在"状况作为一切存在论的基础，使人的存在论获得了优先地位，"其他一切存在论所源出的基础存在论必须在对此在的生存论分析中来寻找"②。人的存在是"此在"，即一个特定的存在，通过自己的"操劳"在世界中存在，通过自己的"在世"与世界打交道，人，就是人生在世，没有抽象的人先在地存在某处，他就在世界中，也没有一个纯粹客观的世界在人的对面等待人来认识。人和世界都是在他（它）们的"交道"中存在的，因而，除了"正在"、"亲在"以外，没有客观固定不变的对象被同样固定不变的纯粹主体来进行所谓的真理性认识，真理就是"此在在世"这种当下生存的自行置入。海德格尔以"此在"正在（在世）的生存论的生成思想来超越西方传统的主客二元对立的认识论思维方式，给人们巨大的震撼和启发。

我们看到，试图克服传统认识论思维的弊病然后超越这种思维方式，成了西方现代美学寻求新的发展和突破的一个基本趋势，这种思维方式的根本改变使得西方现代美学获得了极大的突破性发展，它的丰富性、建设性和生长潜力几乎超过了以往全部美学观念的总和。这也给我们尝试突破当代中国美学发展的瓶颈提供了重要参照和启示，那就是一定要跳出单纯的主客二元对立的认识论的思维方式和框架。

三　以实践论与存在论的结合为哲学基础，走向实践存在论美学

如何才能跳出认识论的思维方式呢？结合我国当代美学的现状和世界美学发展的历史趋势来看，可能有多种超越的途径；而在现有的几派美学中，我认为还是实践美学仍有改革、更新的可能。总体看来，实践美学虽有不足，但它并没有完全过时，特别是非主流派的蒋孔阳先生以实践论为基

① 海德格尔：《存在与时间》，陈嘉映、王太庆译，生活·读书·新知三联书店1999年版，第28页。

② 海德格尔：《存在与时间》，陈嘉映、王太庆译，生活·读书·新知三联书店1999年版，第16页。

础、以创造论为核心的审美关系说，实际上已经开始寻找存在论的根基，尝试超越主客二元对立的思维方式，为我们树立了创造性地发展和建设实践美学的范例。如果我们能沿着这一思路前进，树立起“美”是当下生成的“人生在世”的一种状态，而不是现成的认识对象的观念，从而不把美作为一个在人以外早已存在的客体去认识，而是将实践论与存在论结合起来作为哲学基础，以此走向实践存在论的生成性美学，或许能作为当今美学突破的一条尝试之途。下面试对实践存在论美学的要点略作陈述。

1. 美是生成的而不是现成的

传统主客二分的认识论美学的一个基本立足点就是把“美”作为一个早已客观存在的对象来认识，预设了一个固定不变的“美”的先验存在，从而总是追问“美是什么”的问题。由于已经先在地把“美”设定为一个客观的实体，所以就必须找到一个唯一的答案，为“美”下定义；但实际上那个先在的“美”是不是存在以及是如何存在的，人们还并不清楚。这就无异于给一个还处于空无状态的东西下定义，从而使人们陷入了一个怎么说都可以却总是说不清、道不明的怪圈之中，说来说去，难以有大的突破。这里的要害是认识论的思维框架。我们要取得根本性的突破，就必须首先跳出一上来就直接追问“美是什么”的认识论框架，而是重点关心“美存在吗？它是怎样存在的?”这样一种存在论问题。因为只有“美”存在了，然后才能言说“美”是什么等其他问题，而传统美学不问美是否存在或怎样存在就直接问美是什么，绞尽脑汁给美下定义，结果陷入理论误区，因为连是不是有美都没有解决就问美是什么，这在逻辑上也说不通。因此，美的存在问题是美的首要问题。

那么，美是怎样存在的呢？我们认为没有一个客观固定的美先在地存在于世界某个地方。美是在人的审美活动中现时、当下生成的。美只存在于正在进行的审美活动之中，只有形成了人与世界的审美关系，美才存在。也就是说，从逻辑上说，审美关系、审美活动先于美而存在。没有审美活动，就没有美。美永远是一种“现在进行时”。

“美”不是“美的东西”。某个“东西”是存在的，但如果是“美的东西”则必须是在审美活动中才有“美的东西”存在。人对世界的“东西”有形成多种关系的可能性，人对某个东西可能是占有的欲望功利关系，也可能是纯粹客观的科学研究关系等等。在欲望的关系中，人要为自己而占有或者消灭那个“东西”，这时候没有“美”存在；在纯科学的研究关系中，人要分析那个“东西”的结构，这时候也没有美存在。当人以一种情感的非功利观照态度即以审美的方式来观照这个“东西”的形象时，可能有一种特殊的状态或感受出现在这个活动过程中，这时美就产生了。如海德格尔所言，一幅画和茶缸放在背包里，一部莎士比亚全集放在床头柜上，如果没有被人审阅欣赏，它与那些茶缸、堆放着的土豆在那时是具有同样“物性”的一个“物”而已，只有在审美观照之中它们才变得不一样，才有可能成为“美”而被人“审”。所以，审美关系不是现成的，而是生成的。

人与世界的关系有多种可能性，一个人自身也有多种可能性。在一天之中一个人有时可能是粗鲁的人，野蛮的人；而有时又可能是讲伦理道德的人、高尚的人；另一些时候可能是实事求是、讲究科学严谨的人；还有一些时候可能是情感的、非功利的人；等等。人不可能始终都是一种状态，更不可能只有一种状态。所以，没有一个一直都处于审美状态的“审美主体”存在。这个“审美主体”可能在不审美的瞬间是一个充满了原始欲望的萎缩卑鄙的人，这也是可能的，但这并不是说他这样一个主体在审美的时刻就不能成为一个“审美的主体”。主体就是一个主体，科学的主体、道德的主体、渺小的主体……而当他在审美的时刻里，他就是一个审美的主体。可见，审美主体也不是现成的，而是生成的。

同样，审美客体也不是现成、固定的。我们所谓的客体，是相对于主体人而言的，是人的对象、对立面。应当说，客体作为人的对象，它就是一个客体，是中性的。人与客体发生不同关系时，客体就成为不同性质的客体。比如，当人在对客体进行科学研究的时候，这个客体成为一个“科学客体”；而当人对这个客体进行欲望活动时，这个客体就又变成了一个“功利的客体”；当人对这同一个客体进行审美式的观照时，这个客体就成了一个“审美客体”。美就是在人的审美活动中、在人与世界形成审美关系时当下生成的。因此，我们可以说美同样不是现成的，而是生成的。

总之，从逻辑上说，“审美主体”和“审美客体”（包括“美”）都是在审美关系确立后，在审美活动中当下、同时生成的，没有一个早已存在的固定不变的“美的主体”或“美的客体”（广义的“美”）存在。在此，我们必须确立审美关系逻辑先在的原则。

再从人类历史发展的实际情况来看，“审美客体”、“审美主体”也不是从来就有的，而是从无到有、在人类生产生活的长期实践中一步一步、历史地形成的。众所周知，大自然的山水在很长一段时间里就只是自然山水，并不是人类的“审美客体”，而且它还是作为人类的异己力量成为人类的“敌人”而存在的。在人类的孩提时代，人和自然的关系还处于一种敌对的关系之中，“羿射九日”、“精卫填海”、各民族的大洪水故事等都说明早期的“日”、“海”、“水”等自然事物都是人类的异己力量而不是审美的客体。正如马克思所说：“……自然界起初是作为一种完全异己的、有无限威力的和不可征服的力量与人们对立的，人们同它的关系完全像动物同它的关系一样，人们就像牲畜一样服从它的权力……”①人类早期与自然的关系主要是求生存、繁衍种族的实用功利关系，人类的活动也主要都是一种与艰苦的生活环境作斗争、求生存的实用活动；只是随着人类社会经济和文化、文明的发展，自然才慢慢与人建立起审美的关系，进入人类的审美视野，成为人的“审美客体”的。人类的审美活动就是这样从无到有，从简单到丰富不断生成的，而且只要人类和人类文明还存在，这种审美活动和（广义的）美就会继续生成下去、永远生成下去。在此意义上，我们可以说，审美活动、审美关系乃至“美”都是过程，都是生成的。历史实践告诉我们，“审美主体”、“审美客体”也都是历史发展、生成的产物，它们不是从来就存在的一个客观事物，而是随着历史发展而逐步形成并不断丰富、发展的。

2. 审美活动是一种基本的人生实践

因此，我们可以说，审美活动是美学问题的起点，有关美的一切问题都在审美活动中产生，也应在审美活动中求得合理的解释。有关美的问题只有在审美活动正在进行的过程中才是现实的美的问题，才构成真正的美学问题。所以，追问那个抽象的美是什么，实际上也就是问在人类的无限丰富的实践活动中什么样的活动才是审美的活动。这就提出了审美活动与人生实践的关系问题。

人生实践是人的基本存在方式。人是通过实践而成为人的，人也应当通过实践而得到越来越全面的发展，越来越成为真正意义上的人。这应该构成我们美学理论的哲学基础。一切美学问题都应该在这个基础上加以思考和研究。人的存在或者生存，不是一个抽象不变的概念，更不是一个僵化的客体。人就生存、存在于他与世界交往、打交道的实践活动之中。同样，人的本质也不是抽象的、固定不变的，而是生成的；没有一种先验的、永恒存

① 马克思、恩格斯：《德意志意识形态》，《马克思恩格斯选集》第1卷，人民出版社1972年版，第35页。

在在某个地方的人的本质。人是在他的实践活动中形成自己的本质特性的。人在世界中存在,人的一生总是在不断地同世界打交道,进行着各种各样的活动,人在活动中生存,不活动,人就不存在。这种活动就是人生的实践。以前我们对"实践"的界定主要着重其制造、使用工具这样一种的物质生产活动,或者把实践狭窄化为阶级斗争、生产斗争和科学实验,而把其他的林林总总的人生活动都排除在"实践"范围之外了。在亚里士多德那里,实践已不限于制作工艺的技术性活动,而是偏重于伦理道德活动;到了康德,他把人的认识活动分成三大块,即所谓的纯粹理性、实践理性与判断力,实践在他那里主要是指意志领域的道德活动,当然也包括人的一些其他活动,但是,审美的直观判断属于情感活动,因而不是意志领域的"实践"。这比我们今天许多学者仅仅把人制造和使用工具的物质生产活动以及生产斗争、阶级斗争、科学实验等社会性的"大活动"看成实践显然要广泛得多。这些"大活动"固然都是实践,但人的实践决不只限于这样的范围。道德伦理的活动是人生的重要实践;包括艺术和审美活动在内的人的精神生产活动也不能排除在人生实践之外,此外,以社会性的个体存在和生产为目的衣食住行、婚丧嫁娶等日常生活的"杂事"也都是人生实践的题中应有之义。人生实践的范围是非常宽广的。正是在这个意义上我们说人的基本存在方式就是人生实践。

进行审美活动是人生实践的一个基本内容。当人超越了生存的基本功利需要之后,就会产生进行审美活动需要,就会进行形形色色的审美活动。审美活动是众多的人生实践活动中的一种,是人的一种高级的精神需要,而且是见证人之所以为人的最基本的方式之一。它是人与世界的关系由物质层次向精神层次的深度拓展;它与制造工具、生产、科学研究等一样,是人类不可缺少的一种基本的人生实践。一句话,审美活动是人超越于动物、最能体现人的本质特征和生存方式的一种基本的人生实践活动。

3. 广义的美是一种人生境界

人生实践活动是极其丰富的,但这些丰富的实践活动并不是一个层面上的活动,它们是有着不同的层次的。有的是高层次的,有的是低层次的。有的活动是人满足自己最基本的肉体生存需要的活动,比如吃喝、睡眠等生理活动;有的是推动或者阻碍人类社会前进的重大活动,如社会经济改革或破坏、政治革命运动的成败、重要科技创造及其应用活动等。一般说来,满足单纯个人性的生物需要的活动是低层次的,满足推进人类社会进步的活动是高层次的;满足人的物质生活需要的活动虽然最为基本,但层次相对较低,而满足人的精神生活需要的活动则相对层次较高。但不论高低,这些分层次的活动却都是人的生存、存在所必需的活动,人不是只需要高层次的活动而不需要所谓低层次的活动的。人来源于动物就不可能完全消灭他的动物性,只是在一个人身上他的动物性的生物性和社会性的人性所占的比重不同而已,这种不同的比重就把人区分为无数不同的层次,这种不同的层次在一定意义上可以说就是不同的人生境界。我们所说的高的人生境界就是在基本的生物性存在之上,不断远离单纯的生物性而无限趋近于更加丰富的人性活动。因此,人的生存是讲境界的,人是一种境界性的生存。在现实生活中,人往往是有限性的生存,受制于生物性的感官功利的制约或者社会性的道德规范等强制而不自由,而审美活动则是在超脱于主体功利与外界规律基础上的一种精神的自由活动。审美活动是在人满足了基本的生物性生存基础之上的一种活动,是人的一种高层次实践活动的产物,是人不断脱离其单纯动物性存在的结果,是人的生存样态不断丰富的结果。因此,美是一种人生境界的展开,追求美就是追求更高的人生境界。广义的美实际上就是一种人生境界。

人的生存是讲境界的,也只有人的生存是讲境界的。在西方思想世界里,人的生存也是一直有着各种不同的境界的。在柏拉图那里,他重视理性贬低情欲,哲学家的生存是最高境界的,是"理想国"里的王;中世纪要人们抛弃感性,皈依上帝,虔诚的信仰生活是最高境界的生活;在康德知、情、意的世界里,把审美的"情"看作是连接智与意的中间环节,是向最高的道德境界的过渡环节;"美学之父"鲍姆嘉通在理性认识和感性认识的比较中,把审美看成一种低级的感性认识,仍然把理性认识的生活看作最高境界的生活;黑格尔把美、艺术看作通达最高的哲学境界、"绝对精神"的前奏;席勒把审美看作是介于"理性冲动"与"感性冲动"之间的一种"游戏冲动",把审美看作达到"理性人"的过渡环节;存在主义的先驱克尔凯郭尔认为人有三种境界:审美的境界、伦理的境界、宗教的境界,审美境界是达到信仰境界前的一个低级阶段,因为这时人全凭感情、感性而不是理智来处理事情;尼采则把人分成动物、人和"超人"三种境界,"人"仅仅是达到"超人"的一个桥梁,具有"强力意志"的超人才是最高的生存境界。这些思想家都把人的生存分成不同的层次境界,只是在西方传统思想里,一般都把知识、理性、道德、哲学式的生存作为最高境界的生存方式,审美并不是一个理想的生存境界,这是与西方几千年以来的“求真意志”分不开的。但西方思想发展到现代的一个趋势却是对传统的“求真意志”的批判，提高审美在人的生存中的层次，把审美作为拯救在现代技术社会中“异化”的人类的一剂良方，作为一个越来越高的人生境界来追求。

在中国，也是讲生存的境界的。孔子说：三十而立，四十不惑，五十知天命，六十而耳顺，七十从心所欲不愈矩。这实际上就是一个人的不同的人生境界，孔子是向往、赞同那种“从心所欲不愈矩”的自由的，“吾与点也”的那种颇具审美精神的从容境界。庄子所向往的是那种“相忘于江湖”、不“物于物”，“独与天地精神相往来”的物我两忘的自由境界，是一种“游刃有余”的心灵的“逍遥”。这种自由、这种“逍遥”在很大程度上是一种审美精神。中国人所向往的就是这样一种能进能退，“达则兼济，穷则独善”的自由境界，一种天、地、神、人自然和谐相处的境界，即我们传统所说的“天人合一”的境界。诚如冯友兰先生所言，人的境界有自然境界、功利境界、道德境界和天地境界，就如动物性的自然本能地生存，吃饭就吃饭，教书就教书，这是自然境界；而为了自己个人一定的目的而做某事了，这是功利的境界；为了更多的人、为了社会而做某事了，这是道德境界；而似乎没有什么目的却有着更大的目的，不刻意为了某个目的却符合人类生存的整体性目的，这就是天地境界，“从心所欲不愈矩”的境界。而这种最高境界往往是审美式的，或者是同审美状态息息相通的。因此，中国人的生存是讲境界的，而中国人的最高境界往往同时是审美的境界。

就字面意义来讲，“境”，边境，范围，界限的意思，一个省有省境，一个国家有国境；“界”，也是界线、范围的意思，一个县有县界，一个国有国界。境界的意思就是边界、范围的意思。境界高就是可以自由活动的界限宽、空间大；境界低就是界限狭窄，没有足够的大的空间。人生的境界高，就是人生的活动范围无限宽广，具有足够的活动空间，可以无限自由地展示无限丰富的人性。审美活动就是把人从单纯的生物本能活动中提升出来，大大扩展其生存空间的界限，扩展它与自然万物之间的关系的活动。审美活动把人的生存边界和界限大大扩展了，所以审美活动是人的一个高的境界。

四 《美学》：走向实践存在论美学的尝试

正是基于上面的这样一种认识，我们做了一些实际的尝试工作。在主编高校面向21世纪教材《美学》的过程中，我们就力图实现我们对认识论美学框架体系的突破的设想。总体上说，是想建一个审美活动中当下生成的美学。

我们认识到，要想在美学原理的研究领域里有所创新和推进，最紧要的事情就是突破长期以来主客二分的二元对立的思维模式对我们的束缚。因此，我们在反思、总结过去几十年，特别是最近二十年国内美学研究的经验教训和取得的各种成果的基础上，以美是在审美活动中当下生成的实践生存论美学思想作为重新思考美学问题、寻求美学基础理论研究突破的切入点。我们借鉴吸收了西方现象学的某些合理思路，比较自觉地发展蒋孔阳先生以实践论为哲学基础、以创造论为核心的审美关系理论，努力超越主客二分的思维模式和认识论的理论框架，把美与人生实践紧密联系起来，将“审美是一种人生实践”、“广义的美是一种特殊的人生境界”的主旨贯穿全书，以审美活动论为教材编写的中心和逻辑起点，然后从“审美形态论”、“审美经验论”、“艺术审美论”、“审美教育论”等方面展开论述，整个教材从基本思路、逻辑框架到概念范畴等都有一定的创新。

我们这本由高等教育出版社出版的《美学》除导论外共分为五大部分：即审美活动论、审美形态论、审美经验论、艺术审美论和审美教育论。我们把审美活动论作为全书的逻辑起点和核心部分，它提出审美主、客体都是在审美活动中现时地、动态地生成的，审美活动是人类对自己生存方式的一种认同和确证，是人的一种存在方式，是人的一基本的、高级的人生实践活动。在此基础上的人生实践活动在不同层次上的展开，实际上就是各种不同的审美形态，从而把审美形态定义为“不同层次的人生境界的感性的、具体的表现”。审美经验论则强调审美经验必须当主体处在与对象的审美关系或活动中才会形成，它是审美活动中主体对审美对象的反应、感受和体验的过程和结果；审美经验的根本性质是实践，是与人生实践、审美实践活动不可分割地联系在一起的。审美经验不是传统所说的一种关于过去的回忆性的固定体验，而是在审美活动正在进行的过程中才有审美的经验，它是现时生成的。“艺术审美”是人类审美活动的集中体现，我们从存在论的新视角出发追问艺术是怎样存在的，从艺术活动的整体存在来界定艺术，开辟了艺术存在于从艺术创造到艺术作品到艺术接受的动态流程中这一新的解释路径。在审美教育论上，我们以提升人生境界、促进人生全面发展为出发点，指出要使审美活动与人生实践活动有机地统一起来，真正达到人生的最高境界，还要借助于审美教育。这样，我们以审美活动为起点，在审美活动的动态生成过程中把审美的主要问题连接在一起，形成了一个动态生成的体系。

《美学》只是我们初步的尝试，存在问题不少。我们深知，要真正实现我们美学研究的突破性发展还有很长的路要走，要与时俱进，回应时代提出的新挑战，美学界的同仁还需共同努力，继续探索。我们欢迎大家对我们的尝试工作提出批评指导，以便我们共同推进当代中国美学的建设。

原载《湖南师范大学学报》2004 年第 4 期，
人大复印资料 2004 年第 9 期《美学》全文转载，
《新华文摘》2004 年第 18 期论点摘登

寻找生态美学观的存在论根基

一

关于生态美学，我所知甚少，基本上是外行。之所以想做本文这个题目，主要是被来自现实生态问题的日益严重、严峻所激发。2005 年 2 月，我曾经有感而发，写过一篇题为《让“环保风暴”更猛烈、持久地刮吧》的短文，为了说明写作本文的思想历程，特转录如下：

> 近日看到报载，国家环保总局公布了 46 家未启动脱硫项目的火电厂的名单，要求这些单位按规定时间完成脱硫项目的建设，否则其新建、改建、扩建的火电项目将暂停审批；这个名单加上不久前公布的 30 家，总共公布了 76 家火电厂的名单；而且，这次名单中，还包括了华电、华能、国电、中电、大唐等五大发电集团，显示了环保部门的决心和魄力。为此，报纸还用了“环保风暴刮向五大发电巨头”的醒目标题。
>
> 读了这则消息，有几点补充想法要说一说。首先，我觉得这场“环保风暴”刮得好、刮得及时。环保而需要刮风暴，这说明我们所面临的环保形势已经非常严峻、危机已经非常严重。
>
> 先说远的。从全球范围来说，据刚刚公布的由几个国际权威机构完成的一份题为《应对气候挑战》的研究报告指出，全球气候变暖的趋势日益明显，而在今后 10 年之内将达到“不可逆转”的程度。全球气候变暖对人类社会和生态系统将造成“极其重大的”破坏，“例如，将造成广泛的干旱、惨重的农作物歉收、疾病的增加、海平面的上升、原始森林的不可逆毁灭等等，受到水资源问题影响的人们的数量也将大幅增加。”如果放在更大的时间区间来看的话，人类从 1750 年第一次工业革

命起，至今全球的平均气温已经升高了0.8℃，离全球生态达到真正灾难性的危险点（即比那时升高2℃）仅有“1℃之遥”了。换言之，留给我们躲避全球毁灭性的生态灾难的时间已经不多了。与此同时，伴随着大工业的发展，人类活动所产生的二氧化碳（这是全球气候变暖的直接原因）的排放量也大幅上升，不断刷新纪录，目前，大气中二氧化碳的浓度已经从1750年的280 ppm增加到379 ppm，并且继续以每年2 ppm的速度增加，按此推算，10年后世界某些地区二氧化碳的浓度将达到400 ppm的危险点，有可能造成世界性的生态大乱，所以该报告主持人巴亚斯认为，“这是一枚正在滴答作响的生态定时炸弹”。

再看近的。如果把中国目前的环保形势和生态状况放在上述全球生态系统的大背景下看，就更加会感到问题的严重和紧迫。据有关部门提供的材料，仅电力行业，2004年1～11月国家环保总局就受理了200个电站项目的环境影响报告书。如果这200个项目全部上马，预计将增加年耗煤量4亿吨，如不采取防污染措施，将每年新增二氧化硫和烟尘区污染超标；如果把其他行业的环保问题考虑进去，则对生态环境的负面影响就更大了。那就是说，如果我们的工业生产不认真执行《环境影响评价法》，不仅会对我国环境和生态造成严重的破坏，而且会对全球的气温升高和二氧化碳浓度的增加推波助澜，加速、加剧全球的生态危机，而这反过来又会雪上加霜，进一步恶化我国的生态环境，从而形成恶性循环，其后果不堪设想。由此可见，国家环保总局这次刮起的“环保风暴”真是一场及时雨！

但是，这场“环保风暴”在我看来力度、强度还不够大。据讯，第一批30家被叫停的项目中有8个（包括三峡总公司承建的3家）仍然未停，另有一家补办了手续又将重新开工。这就不能不使人担心，这场“环保风暴”会不会虎头蛇尾，半途而废。这里原因也许比较复杂，但是违规成本过低恐怕是最重要的因素之一。据说，目前环保部门对一个违规项目的最高处罚只不过20万元，这对于投资动辄十亿百亿的大项目来说，力度实在太小了，怎么可能镇得住顶风作案者呢？而且环保部门也没有直接追究相关责任人的行政和法律的权力，这也会使“环保风暴”刮不到、也刮不倒相关责任人。相反，相关责任人会因为地区、部门、企业的利益而受到保护，甚至继续受到重用。这就有可能使“环保风暴”中途夭折。

> 另外，我还担心"环保风暴"不能持久。按照常规，既然是"风暴"，总是刮一阵很快会过去的。那时候，各种违反环保法规的行为和事件就必然会卷土重来，甚至愈演愈烈。所以"环保风暴"应当反常规，应当不停地、持久地刮下去，不让任何违反环保法规的行为有可乘之机。怎样才能够做到这一点呢？我以为，唯有尽快加强和完善有关环保的各项法制、法规的建设，并且不断强化执法的力度和强度，以保障环保法规执行的常规化、经常化、持久化。不要等到问题成堆、日趋严重之时，才来刮一次"风暴"。总之，我呼吁：让"环保风暴"刮得更猛烈、更持久些吧！

上面这篇短文虽然没有发表，但确实真实地反映了我当时对于生态和环保问题紧迫性的认识，而且也由此深深感到，生态和环保问题直接关乎人类的生存和发展这样一个存在论问题，进而想到，生态美学观同样不能不在存在论的根基上，加以研究和思考。

二

当代中国美学寻求突破的最重要途径之一就是超越传统认识论，走向存在论。生态美学应当也不例外，而且恐怕更加应当奠基于存在论之上。这里需要说明的是，在我看来，生态美学目前还不能说是一个学科，我们主要还是指从生态的维度来研究美学问题，所以，本文所谈的，实际上是生态美学观的存在论根基问题，而不是就作为学科的生态美学而言的。

我国生态美学的领军人物曾繁仁先生敏锐地指出，当代存在论美学观的提出，是基于美学学科适应当代社会与艺术发展的现实需要，也是美学学科自身突破传统认识论束缚的需要。同时他也指出，由于它作为当代西方哲学—美学理论形态之一，其自身不可避免地存在着片面性。当代美学学科建设应在综合比较方法的指导下，以当代存在论美学为基点，对各种美学见解加以综合吸收，在此基础上创建以马克思主义实践观为指导的符合中国国情的当代存在论美学，实现由认识论到存在论的过渡。① 曾繁仁先生最近对此问题作了更加深入的论述，他明确指出，生态美学观"以人与自然

① 曾繁仁：《试论当代存在论美学观》，《文学评论》2003年第3期。

的生态审美关系为基本出发点……是一种包含着生态维度的当代存在论审美观”，强调应“将我们的生态美学观奠定在马克思的唯物实践存在论的哲学基础之上”①。我完全赞同曾先生的意见。下面拟就生态美学观的哲学基础问题谈一点不一定成熟的看法。

生态美学观，在我看来，在面对和处理人与自然的关系方面，是以追求两者的和谐、协调为最高最终目标的。如果我们把人与自然的关系仅仅局限于认识和改造自然这样一个认识论的框架里，那就会导致对自然的无度开发以及对自然生态的严重破坏，反过来导致人类自身的生存危机，这也就从根本上取消了生态美学存在的根基。所以说，生态美学观寻找存在论的哲学基础，是必然的，是题中应有之义。这方面，西方的现象学特别是海德格尔的存在论有值得我们借鉴之处。

以海德格尔为代表的现象学存在论分为前后两个时期，这两个时期的存在论对生态美学观都有启示。其前期的是“此在的基础存在论”。在此在的存在论中，此在是置于优先的地位。此在是作为“除了其它存在的可能性之外还能够发问存在的存在者”，对于此在之存在意义的追问，也就是对于存在意义追问唯一正确的方式。他认为“各种科学都是此在的存在方式，在这些存在方式中此在也对那些本身无须乎是此在的存在者有所交涉。此在本质上就包括：在世界之中存在。因而这种属于此在的对存在的领会就同样源始地关涉到对诸如‘世界’这样的东西的领会以及对在世界之内可通达的存在者的存在的领会了”②。海德格尔认为此在的存在论就是其他一切存在论所源出的基础存在论，而这种基础存在论就在此在的生存论分析之中。在此，海德格尔提出了此在的存在论的基本命题，即此在“在世界之中存在”（“在世”）。他首先强调这一命题与二元论相反，从其“复合名词的造词法就表示它意指着一个统一的现象”，而非主客二分式的；其次，他又指出，此在“在之中”不是人（身体物）在世界“一个现成存在者‘之中’现成存在”，而是“意指此在的一种存在机制，它是一种生存论性质”，是此在“把世界作为如此这般熟悉之所而依寓之，逗留之”，因而是“融身在世界之中”，所以“此在”与“世界”绝非“现成共处”、“比肩并列”的两个“存在者”；再次，他用“此在生存论上的基本机制的亮光朗照”“此在在世”命题，揭示出此在“能

① 曾繁仁：《当代生态文明视野中的生态美学观》，《文学评论》2005 年第 4 期。

② 海德格尔：《存在与时间》，生活・读书・新知三联书店 1999 年版，第 16 页。

够领会到自己在它的'天命'中，已经同那些在它自己的世界之内同它照面的存在者的存在缚在一起了"，换言之，"这个此在具有在世界之中的本质性机制"。通过这种此在的生存论分析，诸存在者被带上前来，存在者之是什么也被揭示了出来。这就是"此在在世界之中存在"的基本意义。这里，世界与此在的关系不是由认识活动造成的，相反，认识是此在根植在世(在世界之中存在)的一种方式。这样，在传统认识论框架下的人与自然(世界)、主体和客体的对立两分状态被消解了，认识回到本真的存在论层面；而且更重要的是，此在的基础存在论给我们展示的是此在"融身在世界之中"，即人与自然在存在论上交融为一体，不可人为地分割。这实际上与生态美学观所追求的人与自然的和谐、交融完全一致。不过，应当看到，这一"此在的基础存在论"还是有缺陷的。

因为，海德格尔认为，同其他一切存在者相比，此在在存在论上有优先地位，换言之，他实际上最终还是把人的存在视为世界(包括自然)的存在的前提，认为人对自然有先在的优先性，人在存在论上高于、优于自然，而不是与自然平等(这里"平等"一词不是在价值论上、而是在存在论上使用)。所以，这种存在论只能达到对人的存在的揭示，而没有达到"存在"本身，而且，它显然带有某种程度的人类中心主义色彩，缺乏对自然的平等态度。这样的存在论对于生态美学观虽然有重要启发，但还不足以成为生态美学观充分的哲学依据。

海德格尔后期的存在论明显克服了前期这种人类中心主义倾向，而强调了人与自然的和谐统一。这就是 Ereignis(可译为"大道")。海德格尔 Er－eignis 这个词指称的是这样一种思想境界：他认为，以往的"存在"总是从两个维度来确立存在的内涵，要么是世界之外的超验之物，如上帝、绝对精神和理念等；要么是从主体性的"我"，"意志"，"纯思"等来规定存在，现在需要一种能够摆脱二元对立模式，涵盖主客、统一主客的存在观，Ereignis(大道)就是这样一种尝试。Ereignis 这个概念的内涵非常丰富，是一个有机整体。海德格尔提出 Ereignis 这个概念，明显受到道家，特别是老子思想的影响或启示。

限于篇幅，这里只指出，这个概念最深刻的含义体现在"存在"与"时间"在 Ereignis 中达到了统一，它描述着一种时间化了的"存在"。在海德格尔看来，存在总是体现为"曾在"、"现在"、"将在"。"存在"的这三种时间状态是彼此勾连，彼此传递而成为统一体，正是这种传递创造了三者本己的统一性,这种统一性就是本真的时间。由是这种传递也就成了本真时间的一个必不可少的维度,“本真的时间就是四维的”①。存在与时间交互规定着,存在者的存在——在场把时间定为四维(包括“本真的时间”)的,而时间让存在者之存在自行澄明。时间和存在在相互转让、奉献,它们并不彼此给出,而是在相互转让和奉献中构成,并且共属于这种构成之物,“这规定存在与时间两者入于其本己之中即入于其共属一体之中的那个东西,我们称之为Ereignis”。在海德格尔看来,Ereignis不是静止的,它是纯粹的运作,是时间之四维的勾连,是存在与时间的共属一体,是隐与显的交融。在这个概念之中包含着某种被海德格尔称为“诗意”的东西,这诗意就是天地神人四重奏。在Ereignis这种原始的统一性中,天、地、神、人“四方”归于一体。“大地是承受者,开花结果者,它伸展为岩石和流水,涌现为植物和动物”;“天空是日月运行,群星闪烁,四季轮转,是昼之光明和隐晦,是夜之暗沉和启明,是节气的温寒,是白云的飘忽和天穹的湛蓝深远”;“诸神是神性之暗示着的使者。从神性的隐而不显的运作中,神显现而入其当前,或者自行隐匿而入于其掩蔽”;“终有一死者乃是人,人之所以被称为终有一死者,是因为人能够赴死。赴死意味着能够承担作为死亡,唯有人赴死,而且只要人在大地上,在天空下,在诸神面前持留,人就不断赴死。”②这就是四方,当我们思及其中的任何一方时,我们就已经一道思及其他三者,但还没有思及Ereignis、思及四方之纯一性。四方是一个相互勾连的整体,你中有我,我中有你,海德格尔以桥和壶为例“道说”了这种四方的一体实现。桥把河流、河岸和陆地带入相互的邻近关系中,把大地聚集为河流四周的风景,为终有一死的人提供道路,作为飞架起来的通道,桥聚集在诸神面前。“桥以其方式把天地神人聚集于自身。”③同样,壶容纳和承受被注入的东西,然后又倾倒出来,它倾倒出来的,总是天地之产物,总是为人之物,也可用来祭神,在壶中,天地神人四方也聚集为一体。所以,可以说,任何存在者之存在都是四方的

① 海德格尔:《海德格尔选集》,生活·读书·新知三联书店1997年版,第677页。

② 海德格尔:《海德格尔选集》,生活·读书·新知三联书店1997年版,第1192~1193页。

③ 海德格尔:《海德格尔选集》,生活·读书·新知三联书店1997年版,第1196页。

统一。

这样，时间的四维与天地神人的四方一体，构成了海德格尔后期的存在论——Ereignis。和以往的存在观相比，海德格尔对存在的理解是最神奇也是最灵妙的，这里一方面有一种对存在问题的"诗化"倾向，另一方面则完全克服了前期的多少存在的此在中心主义倾向，达到了人与自然、与世界的充满诗意的和谐境界。这种"大道"存在论在某种意义上就是美学的，而且完全符合生态美学的宗旨。在这一点上，我同意曾繁仁先生最近就海德格尔后期的存在论——天地神人"四方游戏"说——所包含的生态美学观的五方面内涵所作的简明而深刻的阐述。① 总之，我觉得，生态美学观完全可以从海德格尔后期的"大道"存在论得到重要的启示。

三

现在的问题是，学界有人担心美学借鉴海德格尔的存在论，会导致离开马克思主义的唯物史观，或者把马克思主义海德格尔化。这种担心当然不无理由。但是，如果我们以马克思主义的唯物史观或实践唯物主义为基础，有批判地借鉴、吸收海德格尔后期存在论中的合理因素，那么，这种担心就没有必要。

我们不应当忽视，马克思主义实践论的唯物史观本身就包含着存在论维度。在马克思那里，实践与存在不是对立的，而是完全可以统一、也应该统一的。我们应该考虑到马克思、恩格斯所处的时代、历史环境。马克思、恩格斯作为革命导师，当时主要关注的还是欧洲无产阶级革命运动，关注现实斗争，因此，在现实可能性和现实必要性上，实践的存在论维度不可能也没有来得及，像后来的海德格尔那样充分地展开。但是，这不等于说马克思主义实践观本身不存在这个维度。

马克思主义的存在论维度就是社会存在，当然与卢卡奇的社会存在本体论还不完全一样。这里，社会存在不是从认识论角度，即不是从社会存在与社会意识关系的角度而言的，而是从人的存在方式即存在论角度而言的。马克思的历史唯物主义，或者说实践的唯物主义，就是以存在论意义上的社会存在为基础的。社会存在本来就是马克思主义实践哲学的一个基本出发

① 曾繁仁：《当代生态文明视野中的生态美学观》，《文学评论》2005年第4期。

点。社会存在离开实践，就没有地方可以依存；实践离开社会存在，就与黑格尔没有本质区分，就谈不上马克思主义的实践观了。在《费尔巴哈论纲》里，马克思批评费尔巴哈只把人看作是感性的对象，而不是感性的活动即实践，没有看到真实存在着的活动的人，没有把感性世界理解为个人的活生生的感性活动，没有从实践活动来理解。当然，马克思所讲的感性与费尔巴哈不同，它是人的现实存在、社会存在的感性，是现实的社会的人的活动。这里，真实存在着的活动的人，就是实践中的人。马克思显然是把实践看作人的感性活动。他还指出，人的本质，就其现实性而言，是社会关系的总和。这就是说，现实的人的本质也是在实践中，在感性活动中得以展开的。现实的人只有在这种感性活动中才存在和发展，这种感性活动是人之所以为人，人类之所以能够发展、文明不断前进的一个重要基础。马克思还明确地说"人们的存在就是他们的实际生活过程"，这应该是马克思的存在论的一个极为重要的表述，人的存在不是固定不变的，而是其"实际生活过程"，亦即实践活动过程。他还有一句话很重要，"社会生活本质上是实践的"，社会生活包括人类生活的方方面面，不只是物质生产劳动。既然实践范畴非常广泛，涵盖基本的主要的人类生活方式，所以人的基本存在方式就是实践。以上两句话联系起来就可以清楚地看到，马克思的实践论是包含着存在论维度的，同样，马克思的存在论的核心就是实践论。所以，我们以马克思的实践唯物主义或唯物史观为基础，适当吸收海德格尔存在论的合理成分，不但是可能的，而且是必要的，但这决不是把海德格尔存在论当成主要的、根本的东西，更不是把马克思主义实践论海德格尔化。正因为马克思的实践唯物主义本来就有存在论的维度，我们借鉴吸收海德格尔存在论思想的一些有价值的因素，阐发马克思没有来得及充分展开的存在论思想的内涵，使马克思的唯物主义实践观得到充分的展开和丰富，我认为，作为一种探索和尝试，这是对马克思主义唯物史观固有的存在论维度的恢复和展开。以上观点对于寻找生态美学观的存在论根基也完全适用。

原载《湘潭大学学报》2006 年第 1 期，收入曾繁仁主编的
《人与自然》一书，河南人民出版社 2006 年 7 月版

关于实践美学发展的构想

实践美学是中国当代美学史上最重要、最有影响的学派，特别是 20 世纪 80 年代以来上升为中国美学的主导学派。实践美学的主流派以李泽厚为代表，刘纲纪、蒋孔阳、周来祥为其中的非主流派。这一具有中国当代特色和原创精神的美学理论，致力于突破机械的反映论和非社会性的主客统一观念，而到人类的社会实践中，到人向人生成、自然向人诞生的历史进程中审察美与美感的发生、建构和流变，从而在人类学本体论层面对美与美感作了相当深刻的阐释和概括。但是，李泽厚的主流派实践美学也有其严重的不足和缺陷。一是把实践概念仅仅限于物质生产劳动，而把人类其他实践形态排除在外；二是偏重于美与美感在人类总体实践中的历史生成，而较为忽略它们在感性个体生存实践中的当下生成；三是有把美的本质与起源混为一谈的倾向；四是其人类学本体论的两个本体说，与其唯物史观一元论立场不尽一致，而且并未真正揭示本体论最核心的存在论层面的内涵意义；五是最重要的是在整体框架上还没有超越认识论美学，在一些重要的基本问题上还存在主客二分的认识论思考方式的痕迹，仍然脱离审美关系和审美活动，把美学理论聚焦在对实体化的客观的美的本质，以及作为对美的反映和认识的美感本质的探求上。这就使得李泽厚的主流派实践美学陷入了停滞不前的状况。

近年来，尽管实践美学遭遇到许多方面的批评和责难，但我并不认为实践美学已经过时。实践美学（无论是主流派还是非主流派）只要加以改造和完善，突破认识论的思路和二元对立（如主客二分）的思维方式，仍然具有强大的生命力和巨大的发展空间。就是说，李泽厚如果能在这个问题上突破自我，主流派实践美学仍有发展的天地；刘纲纪、蒋孔阳、周来祥等非主流派的实践美学思想亦然；特别是蒋孔阳的美学思想，不仅不是实践美学的“终结者”，相反，却是实践美学的突破、更新和发展，为中国美学理论在新世纪的创新和突破指出了方向，奠定了基础，是实践美学内部走向变革与突破的先声。

蒋孔阳从四个方面为实践美学的未来发展指出了方向：第一，“审美关系”说：突破形而上学主客二分思维方式的孕育，将美（审美对象、客体）与美感（审美主体）还原、放置到人与现实的具体的、生成的、变化的审美关系中去，这实际上在某种程度上已包孕着对形而上学实体化、现成论思维方式的超越。第二，“美在创造中”：突破本质主义思路的酝酿，对本质主义“美”论的现成性、凝固性思维进行质疑和挑战。蒋孔阳美学论最核心的命题是“美在创造中”。我认为，在蒋孔阳所说的“创造”中包含着“生成”的意义，体现着对现成论思维方式的突破。第三，“人是世界的美”：对美的存在论根基的探寻。这个命题把美和美感置回到无限丰富的生活之中来加以探讨，它说明：离开人，离开人的具体的审美实践活动，根本无所谓美。他揭示出：美是在人与现实的特定关系中生成和存在的；美的存在，美的意义，美的发生与创造，无不处在人的生存世界之中；只有在这个生存世界中，美之为美才得以绽露、显现出来。第四，美感论：开始从认识论思路超拔。蒋孔阳认为，美感是主体对审美对象“的感受、体验、观照、欣赏和评价，以及由此而在内心生活中所引起的满足感、愉快感和幸福感，外物的形式符合了内心的结构之后所产生的和谐感，暂时摆脱了物质的束缚后精神上所得到的自由感”①。蒋孔阳的美感论不同于一般把美感仅仅看成审美主体对审美对象的反映、感受和体验，即主体对对象的靠拢和倾斜，而是同时强调了对象形式与主体心理的“符合”而形成和谐感，还指出审美应当能够给我们带来自由感，而且，把自由感看成是美感的最高状态、审美的最高境界。这些都明显超越了认识论美学的思路。

总之，美学在蒋孔阳这里成为一个以人为中心，以艺术为主要对象，以人生实践为本源，以审美关系为出发点，以创造—生成观为指导思想和基本思路的理论整体。这个理论整体体现出一种突破形而上学主客二分思维方式的最初尝试，也是为美学的一种新的存在论奠基。这一奠基活动把美从彼岸的“本体”世界、从抽象的永恒世界带回到具体的人生实践和无限丰富的审美现象中来，把创造—生成的思路引入美学研究中，从而把美理解为一

① 蒋孔阳：《蒋孔阳全集》（第3卷），安徽教育出版社2000年版，第269页。

个过程，这就开启和突破了追寻“美本身”的传统形而上美学之门。我们从蒋孔阳的实践美学理论中看到了希望，看到了一条通往未来的道路。

近年来，笔者在重新学习马克思主义唯物史观的同时，也反复研究了海德格尔等人的现象学思想，发现马克思的实践哲学中原本就包含着存在论的维度，只是我们过去没有给予充分注意罢了。于是，笔者尝试将马克思的实践论与存在论在人学基础上结合起来，并努力继承和发扬蒋孔阳美学思想中富有现代性、前瞻性并超越主客二分的认识论思维方式的生成论思想，提出了实践存在论美学的初步构想。我想，这也许可以作为在新世纪发展实践美学的一种尝试吧。下面，简要说明一下实践存在论美学的基本思路和主要观点。这里也包含着我们对实践美学进行发展的基本思路。

第一，深化对实践的理解。实践是人存在的基本方式，实践与存在揭示着人存在于世的本体论含义。“人在世界中存在”（海德格尔称为“此在在世”，张世英概括为“人生在世”）这个命题是海德格尔针对近代认识论主客二分思维方式无根的缺陷，所提出的一个基本本体论（存在论）命题。以此在的生存论即人生在世的存在论取代主客二分的认识论，为哲学、美学的发展指出了一条新路。不过，“人生在世”并不是海德格尔的发明，马克思对此曾作过明确的表述：“人不是抽象的蛰居于世界之外的存在物。人就是**人的世界**”①。只不过马克思没有直接以这一存在论思想来批判近代主客二分的认识论罢了。但是，马克思高于和超越海德格尔之处是用实践范畴来揭示“此在在世”（“人生在世”）的基本在世方式。在马克思看来，人不是作为一种现成的东西摆放在世界上，世界也不是作为一个现成的场所让人随意摆放；相反，人是从事实际活动的人，人“周围的感性世界绝不是某种开天辟地以来就已存在的、始终如一的东西，而是工业和社会状况的产物，是历史的产物，是世世代代的结果”②。这就是说，人在世界中存在，就意味着在世界中实践；实践是人的基本存在方式；实践与存在都是对人生在世的本体论（存在论）陈述。我们用马克思主义实践论来阐释和改造“此在（人生）在世”的观点，结论显然是：实践活动就是人的在世方式，或者更准确地说，“人生在世”的基本方式就是实践。

这样，我们虽然仍然以实践作为美学研究的核心范畴，但突破了主客二

① 《马克思恩格斯选集》第1卷，人民出版社1995年版，第1页。

② 马克思、恩格斯：《费尔巴哈》，人民出版社1988年版，第20页。

元对立的认识论，转移到了存在论的新的哲学根基上。在实践问题上，我们与李泽厚的观点有着很大的区别。李泽厚把实践看得太狭隘了，他一直强调实践只能是物质生产劳动。实质上，马克思对实践概念的理解并不是那样狭隘。马克思在 1845 年《关于费尔巴哈的提纲》中，明确地用“人的感性活动”来定义、解释实践概念，并没有局限于物质生产劳动；而且还科学地指出，“社会生活在本质上是实践的”①。可见，不只是物质生产劳动，人的各种各样活动、人的整个社会生活都是实践的，都属于人类广大的人生实践范围。所以，我们理解的实践是广义的人生实践。它固然以物质生产作为最基础的活动，但还包括人的各种各样其他的生活活动，即包括道德活动、政治活动、经济活动，也包括人的审美活动和艺术活动。

第二，把实践美学的研究对象定位于人的审美活动，确定审美活动是一种人的基本存在方式和基本人生实践。审美活动与其他实践活动一起构成了人类实践的整体，是人生实践不可缺少的有机组成部分。审美活动也是人的生存、发展实践的需要。审美活动是众多的人生实践活动中的一种，是人的一种高级的精神需要，而且是见证人之所以为人的最基本的方式之一。马克思提出，人要全面地占有自己的本质力量，强调自然的彻底的人道主义和人的彻底的自然主义的统一，就是要塑造健全的人、充实的人，而审美在人的整个实践过程中具有不可替代的作用。因此，审美活动不仅是人的存在方式之一，而且与制造工具、生产、科学研究等一样，是人类不可缺少的一种基本的人生实践；它是人超越于动物、最能体现人的本质特征的基本存在方式之一和基本的人生实践活动之一。

第三，引进现代存在论的生成思想来改造实践美学，确认美是生成的，而不是现成的。实践美学应该突破认识论框架，换一种提问方式，如“美是怎样生成并呈现出来的?”但是，要回答美的生成问题，必须从人的审美活动（即人与对象世界之间审美关系的现实展开）入手。我们觉得任何美作为审美对象都不是现成的，而是在审美活动、审美关系中现实地生成的。在此，我要提出“关系在先”（“活动在先”）的原则。就是说，从逻辑上说，是审美关系和活动在先，审美主客体（美和审美的人）都是在审美关系和活动中现实地生成的。“在先”不是指时间上的先后，而是逻辑上的先后。从时间上说，美、审美主体、审美活动三者都是同时进行和产生的，无法严格地去区分。

① 《马克思恩格斯选集》第 1 卷，人民出版社 1972 年版，第 16～18 页。

而从逻辑上说，审美关系、审美活动先于美而存在。没有审美活动，就没有美。没有一个客观固定的美先在地存在于世界某个地方，美是在现实的审美关系和审美活动中生成的。这就是“关系在先”（“活动在先”）原则的基本含义。

第四，重建实践美学的人本关怀，确认审美是一种高级的人生境界。人在各种生存实践活动中，在与世界打交道的过程中，会有各种不同的经历和体验，这各种不同的经历和体验会有各种不同的层次和水准，进而形成不同层次的境界。就是说，在人与世界打交道的丰富复杂的过程之中，会形成不同层次的人生境界，其中就包含着审美境界。

怎样理解人生境界？首先，人生境界不是自然界进化而成的物质实体，也不是主体心灵自生的幻影，而是我们人与世界的相互依存和一体圆融；这种人与世界的统一关系着重体现在人对自身生存实践的觉解与对宇宙人生意义的体悟的不同程度、层次和水平上。其次，境界作为人与世界的交融统一，又不是认识论层面上的主客观统一，即那种外在的客观物理属性与内在的主观心理意识在认识上的统一，而是存在论层面上的统一，即在人与世界相互依存、双向建构的生存活动——人向人诞生、世界向人生成——的人生实践过程中所实现的统一。这种交融统一，体现为人与世界的实践关系。境界在人与世界的实践关系中生成。人生境界是人们通过自身锻炼修养、提高觉解水平而不断生成的。人生境界的生成取决于人们对自身生存实践及其意义的觉解。由于觉解的层次和程度不同，造成人生有多种境界、多重境界。不同的人，对生活的自觉和了解的程度是有区别的，因而，尽管每个人都面对着相同的宇宙，置身于大致相同的生活之流中，但是，生活对每个人却显示出不同的意义，每个人都因而处身于不同的人生境界中。我们认为，在人生实践当中，在人与世界打交道的过程中，会有各种不同的觉解程度和层次，会形成各种不同的人生境界，而审美境界则是其中一个较高层次的精神境界。审美境界较大程度上超越了个体眼前的某种功利性和有限性，而达到相对自由的状态。所以，我们认为，审美境界属于较高层次的人生境界。审美境界高于一般的人生境界，是对人生境界的一种诗意的提升和凝聚，也可以说是一种诗化了的人生境界。

当然，以上几点只是发展实践美学、克服实践美学自身弱点的最初尝试和最主要的构想与思路，许多问题都需重新思考，如审美活动的基本性质和历史发生、中西方重要审美形态、审美经验的构成与过程、艺术存在与活动、审美教育的目的与方式，等等。（可参阅笔者主编的《美学》修订版，高等教育出版社即将出版。）

原载《河北学刊》2007 年第 1 期，
人大复印资料《美学》2007 年第 5 期转载

略谈马克思实践观的存在论维度及其美学意义

在实践美学与后实践美学的讨论中，有学者批评我提出的实践存在论美学把马克思主义唯物史观“降低”到了海德格尔的存在论水平，甚至“把马克思海德格尔化”了。① 我不能同意这种批评。我认为，不是我在把马克思存在论化，而是在马克思的实践学说中早已包含了存在论的维度。不过长期以来，由于种种复杂的历史原因和现实原因，这一维度被自觉不自觉地遮蔽了而已。本文拟对马克思实践观的存在论维度及其美学意义谈一些粗浅的看法，就教于同行方家。

一

众所周知，海德格尔的存在论思想在当代中国日益引起学界关注，我们在提出实践存在论美学观点时也确实曾经受到海德格尔关于“人生在世”的现象学存在论思想的启发。但是，我们真正的理论根据不是来自海德格尔，而是来自马克思。海德格尔的上述观点其实早已在马克思那里以另外一种方式，即历史唯物主义实践观的方式得到了表述。

由笛卡儿“我思故我在”所开启的近代认识论哲学传统，在确立人的主体性的独立地位的同时，也确立了人与世界的现成存在和两者的二元对立。具体来说，第一，它以主客二元对立思维方式为基础，首先将人与世界分为截然对立的两块，同时又将人自身截然分为感性与理性两个部分，人与世界本来丰富多样的生存关系被简化为思维与客体的认知关系；第二，按此思维方式运作，它总体持一种“现成论”思路，即将人与世界从生生不息的生成之

---

① 章辉：《告别实践美学》，《学术月刊》2005 年第 3 期。

流中抽离出来，使之双双变成现成的实体存在者，人被看作先验地具有理性能力的现成主体，世界被看作等待人去感知、认识和理解的现成客体，人与世界的关系被看作一种现成存在物与另一种现成存在物之间的认识关系，其结果便是，人与世界这两者均变成了两地分居的抽象性存在。而马克思的实践论恰恰以独特的方式在存在论维度上超越了这个传统。

首先，马克思根本不同意这种将人与世界作为现成的、不变的主、客体截然割裂开来、对立起来的主客二分的形而上学，他明确地指出："人不是抽象的蛰居于世界之外的存在物。人就是人的世界。"①就是说，在原初意义上，人与世界是一体的、不可分割的，人不能须臾离开世界，只能在世界中存在，没有世界就没有人；同样，世界也离不开人，世界只对人有意义，没有人也无所谓世界，所以，马克思的"人就是人的世界"的概括，典型地体现了现代的存在论思想。

其次，在马克思看来，在这个"人的世界"中，既不存在永恒不变的"抽象的人"，也不存在亘古如一的"抽象的世界"，人与世界是一体的，人在现实性上是"从事实际活动的人"，现实的、社会的人，是"处在现实的、可以通过经验观察到的、在一定条件下进行的发展过程中的人"，而"不是处在某种虚幻的离群索居和固定不变状态中的人"②，就是说，人从来不是离开世界和他人的、固定不变的现成存在者，而是在"现实的生活过程"中存在和发展的。正是人的"这个能动的生活过程"即实践，将人与世界建构成不可分割的一体，也构成了人在世界中的现实存在。

在大约八十年之后，海德格尔也对这种传统认识论的主客二分思维方式从存在论高度作过深刻的批判。在其前期代表作《存在与时间》中，海德格尔通过对存在之意义问题的探讨，对近代以笛卡儿为代表的"知识形而上学"传统的根基进行了彻底的检验和质疑。他指出，作为笛卡儿形而上学之基础的主体与客体二元对立的认识论，在没有理清存在的意义之前就把人与世界设定为现成存在的主客体关系，把这个"主客体关系"设定为某种"不言自明"的东西，而在海德格尔看来，"它们仍旧是而且恰恰因此是一个不祥的前提"，其关于存在的判断是没有根基的，因为它"把这种关系理解为现成存在"，那人（此在）与世界在"实际性"上被分割为"现成存在"的两个"存在

① 《马克思恩格斯选集》第1卷，人民出版社1995年版，第1页。

② 《马克思恩格斯选集》第1卷，人民出版社1995年版，第73页。

者”——主体与客体，海氏认为，这种预设的前提在存在论上是错误的，而且正“由于存在论上不适当的解释，在世（按：即“在世界之中存在”）却变得晦暗不明了”，这导致“人们一任这个前提的存在论必然性尤其是它的存在论意义滞留在晦暗之中”①。因此海德格尔认为，“笛卡儿发现了‘我思故我在’，就认为已为哲学找到了一个可靠的新基地。但他在这个‘基本的’开端处没有规定清楚的正是这个思执的存在方式，说得更准确一些，就是‘我在’的存在意义”②。这种主客二分的认识论，在存在论上是错误的，缺乏存在论的根基。

于是，对“此在”所作的生存论分析就构成了海德格尔现象学的基础本体论（存在论）主张，这一主张的核心命题之一就是“此在（Dasein）在世”。在海德格尔看来，所谓人的存在就是“此在在世”，也就是“人生在世”（人在世界中存在）。海德格尔把人和世界看成是一体的，人的变化带动世界的变化，世界的变化也带动人的变化，而非像认识论思维方式那样主客二分，认为世界外在于人。按照“此在在世”的观点，人跟世界是不能分离的：一方面，人生存在世界之中，世界原初就包含人在里面，人是世界的一部分；另一方面，世界只对人有意义，如果没有人，这个世界也就无所谓意义。

可见，现代存在论的核心思想不是海德格尔首创，而是早在马克思那里就明确提出了。其实，海德格尔自己已经看到了并在一定程度上承认了这一点。他说过：“综观整个哲学史，柏拉图的思想以有所变化的形态始终起着决定性的作用。形而上学就是柏拉图主义。尼采把他自己的哲学标示为颠倒了的柏拉图主义。随着这一已经由卡尔·马克思完成了的对形而上学的颠倒，哲学达到了最极端的可能性。”③海德格尔虽然没有直接提到以笛卡儿为代表的“知识形而上学”，但其实它无疑是被包括在整个形而上学传统中的，更加意味深长的是，海德格尔明确肯定“对形而上学的颠倒”是“由卡尔·马克思完成了的”。明明是马克思的实践观已经首先提出和包含了

① 海德格尔：《存在与时间》，陈嘉映、王庆节译，生活·读书·新知三联书店1999年版，第69页。

② 海德格尔：《存在与时间》，陈嘉映、王庆节译，生活·读书·新知三联书店1999年版，第28页。

③ 海德格尔：《面向思的事情》，孙小文、孙周兴译，商务印书馆1999年版，第70页。

现代存在论思想，海德格尔也承认这一点，为什么有人却偏偏要把恢复马克思实践观本有的存在论维度的努力说成是把马克思降低到海德格尔的水平呢？

二

更重要的是，马克思的“人就是人的世界”存在论思想乃是以实践论为基础、通过实践而实现的，其要旨在于，作为现实的实践活动是人的基本在世方式，这种实际的生存活动彻底改变了人与世界之间对立和相互外在的关系，人与世界在这样的现实实践中获得了统一，并在此永无止息的过程中相互生成。

在马克思看来，“人就是人的世界”这个命题不仅包含着“人在世界中存在”的存在论思想，而且进一步揭示出人最基本的在世方式是实践。他指出，“人们的存在就是他们的现实生活过程”①，而构成人们这种现实的“全部社会生活在本质上是实践的”②。在此，实践作为人的现实生活过程就是人的存在，就是人存在的基本方式。马克思对以费尔巴哈为代表的旧唯物主义的批评似也可以从这个角度去理解。马克思指出它们的主要缺点是“对对象、现实、感性，只是从客体的或者直观的形式去理解，而不是把它们当作人的感性活动，当作实践去理解”，原因在于费尔巴哈由于把“人”看作与社会实践无关的纯然自然的、肉体的、生理的人，即抽象的人，从而否定了人正是通过实践活动建构起人与世界不可分割、相互交织的一体关系。马克思一针见血地批评费尔巴哈“把人只看作‘感性对象’，而不是‘感性的活动’，……没有从人们现有的社会联系，从那些使人们成为现在这种样子的周围生活条件来观察人们……他还从来没有看到现实存在着的、活动的人，而是停留于抽象的‘人’……他没有批判现在的爱的关系。可见，他从来没有把感性世界理解为构成这一世界的个人的全部活生生的感性活动”③。可见，正因为他完全不懂得作为真正感性活动的实践，不懂得正是实践活动“是整个现存感性世界的非常深刻的基础”，所以，他也不懂得人只是通过实

① 《马克思恩格斯选集》第1卷，人民出版社1995年版，第72页。

② 《马克思恩格斯选集》第1卷，人民出版社1995年版，第56页。

③ 《马克思恩格斯选集》第1卷，人民出版社1995年版，第77～78页。

践才生成“人的世界”。据此,我们完全有理由推论:人的生活世界,即人与世界统一的“人的世界”本就生成于实践,奠基于实践、统一于实践,实践就是人生在世的基本在世方式,这些属于存在论维度的思想确实就是马克思本人的思想,而不是我们强加给他的。

而且,马克思还强调了人与世界在实践中统一的在世方式是一个不断创造、生成的过程,在此过程中,人与世界相互牵引,相互改变,在自然与社会的互动中推动着文明的进程。用马克思自己的话说便是,“环境的改变和人的活动或自我改变的一致,只能被看作是并合理的理解为革命的实践”。这里的“革命”按我理解是广义上的,是指实践活动具有不断变革外部世界和人自身的革命意义。由于人的实践活动就发生在现实可触的感性世界中,所以人通过实践在改变外部世界的同时也在改变着自身(内部世界),这乃是同一个过程。就人与自然的关系而言,人在通过实践创造不断改造自然、创造着人类生存新环境的同时,也在实践中不断改造人自身(“自我改变”),改变人自身的“自然”和心灵,使人一步步摆脱原始状态而走向现代。正如马克思所说,通过劳动,“人就使他身上的自然力——臂和腿、头和手运动起来。当他通过这种运动作用于他身外的自然并改变自然时,也就同时改变了他自身的自然,使他自身的自然的沉睡着的潜力发挥出来,并且使这种力的活动受他自己的控制”①。人的生存环境与人自身的双重改变乃是在历史性的、社会性的实践中不断实现的。正是在这个意义上,他才得出“整个世界历史不外是人通过人的劳动而诞生的过程,是自然界对人说来的生成过程”这样一个伟大结论。在此,实践与存在都是对人生在世的本体论(存在论)陈述。海德格尔的存在论始终没有达到马克思的实践论的高度,而马克思则把实践论与存在论有机结合起来,使实践论立足于存在论根基上,存在论具有实践的品格。

就这样,马克思通过对实践作为人的现实的、具体的、历史的生存活动和基本存在方式的确认,不但早海德格尔八十年就已在存在论层面超越了主客二分的认识论传统,而且在历史感方面,也远比海德格尔对人生在世的现象学展示高明。

关于如何理解马克思的实践概念,笔者已有专文讨论,此处不拟展开,只想指出,马克思的实践概念讲的是人的社会性、历史性的存在方式,是人

---

① 《马克思恩格斯全集》第23卷,人民出版社1979年版,第201~202页。

的具体感性的现实活动，它必然是由多层面、多维度、多样态的人的生存、生活活动所组成，物质生产劳动构成其基础部分，却不是实践的唯一或全部，因此，实践可以、而且应当视作广义上的人生实践；人的日常生活活动包括学习、工作、生产、经济、政治、宗教、道德、交往、休闲、体育、艺术、审美等活动在内，都是人生实践活动的组成部分，我们人就是在各种各样的人生实践活动中生存和发展的。

三

以上的简要探讨足以表明，我们提出实践存在论美学的主张，虽然受到海德格尔现象学存在论的启发，但主要依据的是马克思把实践论与存在论有机结合的基本思路。这一思路，对美学研究和美学学科的建设应当是有极其重要的理论意义和现实意义的。

首先，这一思路能够指导我们在美学研究中超越近代以来主客二分的认识论思维方式。因为这种思维方式一是以主客二元对立为中心，在主体方面设定感性与理性、灵与肉的二元对立，在客体方面设定本质与现象、普遍与特殊的二元对立，然后以这一套二元对立模式去解释丰富多彩的审美现象，这就必然造成一种本质主义的美学思路；二是它把审美活动包括审美主客体从生生不息的生成之流中拔离出来，切断主体之为审美主体、客体之为审美客体的“事先情况”，即它们所处的人与现实世界的具体审美关系，也就切断了审美活动的存在论维度，即人生在世的生活活动或人生实践；三是它把审美活动狭隘化为单纯的认识活动，即把美看作先在的、固定不变的审美客体，而美感则是现成的、同样固定不变的审美主体对美的反映和认识。马克思把实践论与存在论有机结合的思路，可以引导我们全面超越上述主客二分的认识论思维方式，为美学开辟一个实践存在论的新境域。

其次，这一思路提示我们，美学研究应当打破现成论的旧框架，建立生成论的新格局。前面已经提到，认识论美学的一个基本立足点就是把“美”作为一个早已客观存在的对象来认识，预设了一个固定不变的“美”的先验、现成存在，同样，它也预设了人作为一个固定不变的审美主体而现成存在，所以它把美学的主要任务确定为给“美”和“美感”下定义，从而总是追问“美”和“美感”是什么、“美的本质”是什么等问题。而从实践存在论出发，审美客体和审美主体、“美”和“美感”都不是现成存在、固定不变的，而是在人与世界审美关系的形成和展开中，在具体的审美活动中现实地生成的。这种生成论思路将会带来美学学科的新变革，美学的研究对象、逻辑起点、基本问题、范畴系统、框架结构等问题，都有进一步反思、变革的必要和可能。

又次，这一思路告诉我们，实践是人类的基本在世方式，艺术和审美活动也是种种人生实践中不可缺少的重要组成部分，因而也是人的基本存在方式和在世方式之一。人通过实践成为人，也通过实践得到了发展，其中就包括艺术和审美实践的作用在内。人类社会就是建立在包括艺术和审美活动在内的无限丰富的人生实践基础上的。人类文明通过实践活动得到建构和提升，作为人类文明标志之一的艺术和审美活动也在人类的实践过程中得到发展。反过来，艺术和审美活动也推进了人类实践整体的发展，推进了人类文明的建设。

再次，这一思路启发我们，在众多的人生实践中，艺术和审美活动是人走向全面、自由发展的非常重要的一个环节和因素。人如果只局限于物质生产劳动，而没有审美活动，那么其实践就是不完整的、片面的，这种实践造就的人也是片面的、不自由的。这一方面确立了艺术和审美活动在整个人生实践和人的在世方式中不可或缺的重要地位，另一方面也指明了审美这种独特的实践方式对于促进人的自由、全面发展具有不可替代的作用。

最后，这一思路还昭示我们，艺术和审美活动总体来说是一种精神性的实践活动，按照马克思的说法是一种“精神生产”，是人与世界之间的一种精神性的对话和交流。它跟物质生产劳动相比，精神性更强，在人的所有实践活动中，审美活动，尤其是艺术活动，是精神性最强的活动之一。而且，它是一种较为高级的、具有自由性、超越性的精神实践。审美活动一方面发生在广义的人生实践之中，另一方面又是对现实生活活动的超越，也是向着作为高级人生境界的审美境界的提升。在人生实践当中，在人与世界打交道的过程中，会有各种不同的层次，形成各种不同的人生境界，而审美境界则是其中一个比较高层次的境界。原因在于审美境界较大程度上超越个体眼前的某种功利性和有限性，达到相对自由的状态。所以，审美境界属于比较高层次的人生境界，审美境界不同于、高于一般的人生境界，可以说是对人生境界的一种诗意的提升和凝聚，也可以说是一种诗化了的人生境界。

总之，在实践存在论的视域下，艺术和审美活动不仅是人的一种高级的精神需要和交流方式，而且是见证人之所以为人的最基本的方式之一，是人超越于动物、最能体现人的本质特征的基本存在方式之一和基本的人生实践活动之一。

在当前实践美学与后实践美学的激烈论争中，发掘和研讨马克思实践观的存在论维度与含义，无疑可以对我国当代美学的建设和发展提供极为重要的理论启示。当然，在这个重大问题上，学界存在不同意见，是很正常的，我觉得是好事情。我希望通过摆事实、讲道理的学术争鸣，逐渐能够增加共识、减少分歧，推动二十一世纪中国美学的健康发展。

原载《马克思主义美学研究》2008 年第 11 辑

我为何走向实践存在论美学

进入新世纪以来，中国当代美学出现了多元展开的新局面：一方面，实践美学与后实践美学之间以及同时批评这两种理论的观点展开了多层次的论争；另一方面，各派都有一些学者在努力做一些建设性的工作，尝试按各自的思路建构比较系统的美学理论。正是在这一学术背景下，作为众多建设性尝试中的一种，我提出了实践存在论美学的构想。我并不认为这一构想已经很成熟，只是自认为实践存在论美学比起现有的四大派美学，包括实践美学，有了一些推进，今后有可能成为建设当代中国美学理论的众多可供参考的思路之一。本文想着重谈一下我是为何以及如何走向实践存在论美学的。

一

众所周知，上世纪五六十年代的美学大讨论，围绕美的本质问题，形成了当代中国美学四大派：以吕荧、高尔泰为代表的主观派美学，以蔡仪为代表的客观派美学，以朱光潜为代表的主客观统一派美学，以及以李泽厚为代表的客观社会派美学，即后来的实践美学。① 四大派在“文革”后或多或少都有发展，特别是通过学习、研讨马克思《1844 年经济学哲学手稿》，除了客观派以外，各派原有观点都发生了一些相互接近的变化，而李泽厚的客观社会派美学则发展为实践美学（虽然李泽厚先生本人一直到 2004 年才接受“实践美学”的提法）。由于种种原因，到 80 年代中后期，其他三派美学的影响逐渐减小，而实践美学则逐渐上升到主流派的地位。

---

① 蒋孔阳：《建国以来我国关于美学问题的讨论》，《蒋孔阳全集》第三卷，安徽教育出版社 1999 年版，第 553～576 页。

但是，与此同时，围绕着实践美学的诸多观点也展开了一系列的争论。80年代后半期，刘晓波向李泽厚发起挑战，他与李泽厚的对话在当时影响颇大。1993年，陈炎先生发表《试论"积淀说"与"突破说"》，批评李泽厚的"积淀说"。"积淀说"是李泽厚实践美学的一个重要观点，认为通过实践，人的主体心理结构在审美方面得以积淀，客体的积淀为主体的，理性的积淀为感性的，集体的积淀为个体的。陈先生提倡"突破说"，批评李泽厚的"积淀说"片面强调渐变，是文化上的保守主义。1994年，杨春时先生发表《走向"后实践美学"》一文，对实践美学提出了十点批评。杨先生认为，李泽厚的实践美学存在的主要问题是：把实践直接作为美学的基础，跳过了很多中介环节，直接推论到美学基本问题；审美强调超越性，而实践没有超越性；审美强调个体性，而实践往往是群体的、集体的、社会的活动；审美强调感性，而实践强调理性，带有目的性。一开始，我为李泽厚先生辩护，先后发表了两篇文章与陈①、杨②两位先生商榷。然而，随着讨论的深入，我发现，李先生的实践美学并非十全十美、无懈可击；而后实践美学似乎破多立少，暂时还无法抗衡、更无法取代实践美学，但他们对实践美学的批评仍然不无合理、可取之处，有的批评确有振聋发聩的功效，虽然从整体上说，我认为他们的批评还未能切中实践美学的要害。这场实践美学与后实践美学长达数年的争论引起了我认真而深入的反思，促进我重新学习有关的马克思主义经典著作，研读西方现当代哲学、美学尤其是现象学的论著，思考当代中国美学应当如何走出沉闷、停滞的现状，真正有所突破、有所推进。

此后几年，我对实践美学的认识发生了一些变化，开始认识到，李泽厚实践美学的某些重要方面确实存在着薄弱环节和缺陷。而且，我愈来愈感到，实践美学并非铁板一块，而是派中有派，除主流派的李泽厚外，还有非主流派的蒋孔阳、刘纲纪、周来祥先生等人，当然他们三位的观点并不完全一样。蒋孔阳先生的美学主张与李泽厚就有很大的不同，蒋先生在美学上，更强调审美的个体性、感性、情感性，强调审美的生成性，认为美不是固定不变的、现成的。他的美学思想中包含着一些现在还可以进一步发展的、非常有

---

① 朱立元：《对"积淀说"之再认识》，载《美学与实践》，广西师范大学出版社1999年版，第10～16页。

② 朱立元：《实践美学的历史地位与现实命运》，载《美学与实践》，广西师范大学出版社1999年版，第22～37页。

价值的观点。我还认为,不但非主流派实践美学有进一步发展的余地,即使是李泽厚的主流派实践美学,同样也可以进一步改进、发展和完善,并非已经过时,更非一无是处。现在对实践美学的批判,在我看来并非都有道理,其中有的批得过了头,有的并没有切中要害,还有的有强加于人之嫌。当然,实践美学的不足和局限是毋庸置疑的,是需要认真反思的。反思正是为了促进实践美学的变革和发展,增强其生命力。

正是在这样一种情况下,我对李泽厚的主流派实践美学,开始从全面辩护到反思其局限,逐步认识到其最主要的问题表现在以下两个方面:第一,没有完全超越西方近代以来主客二分的认识论思维框架,而这是中国美学要真正取得重大突破和发展的主要障碍;第二,对实践的看法失之狭隘,无法真正成为美学的理论根基。

先看第一方面。李泽厚明确讲过,美学的基本问题是认识论问题。李泽厚早期在《论美感、美和艺术》(1956)中就说过:"美学科学的哲学基本问题是认识论问题。美感是这一问题的中心环节。从美感开始,也就是从分析人类的美的认识的辩证法开始,就是从哲学认识论开始,也就是从分析解决客观与主观、存在与意识的关系问题——这一哲学基本问题开始。"①后来,李泽厚对这个问题的看法似乎有所改变,但一直到八十年代末的《美学四讲》中仍然没有放弃或否认把美和美感作为主客关系置于认识论框架内的基本思路。《美学四讲》的逻辑构架就是美—美感—艺术三大块,内中隐含着先有客观的美、再有主观的美感的主客二元对立的认识论思路,所以其虽然强调了人类学本体论的主旨,即以人为本体、以"自然的人化"为中心展开论述,但在美论一开始就提出"美是什么"的问题,即使没有直接替美下定义,且对"美"的含义作了多层次的分析,然而最后还是去寻找抽象的、普遍的"美的本质"(="美的根源"),未能完全摆脱本质主义的理路(虽然从总体上看,李泽厚的主体性实践美学的丰富、深刻内容是超越、突破了认识论的)。

这种仍然保存的认识论美学的思路就其实质而言,乃是未能完全摆脱主客二分的二元对立的思维模式。这种思维模式导致了把"美"和"审美主体"(美感)实体化的倾向。具体来说,李泽厚的实践美学在回答"美是什么"的问题时给出了"美在客观性与社会性统一"的答案,这个回答并没有否认

① 李泽厚:《美学论集》,上海文艺出版社1980年版,第2页。

或取消"美是什么"这种主客二分的提问方式，在根本上仍未跳出认识论的思维框架，只是把作为主体的个人看成社会性的主体，他与作为对象的客体(美)之间仍然是一种认识论的实体性关系。实际上，只要承认"美是什么"的提问方式，也就肯定并预设了"美"是作为客体的实体存在，其回答，实质上仍是一种实体化的回答。这种认识论思路在把"美"实体化的同时，很容易推出美感是对于这种实体化的美的认识、感受和体验的观点。事实正是如此，李泽厚虽然以自然的人化为核心，认为美是外在自然(客体世界)的人化，美感则是对内在自然(主体情感)的人化，但美和美感的关系毕竟仍然是主体心理对客观外在的美的认识、感受、体验；而这仍然未能根本突破对美和美感作主客二分的思考和探讨。这导致李泽厚把认识论看成中国美学的基本哲学问题，于是整个美学的结构框架在实际上仍然被压缩在认识论范围中了。当然，我们不能把李泽厚的实践美学简单地归结为认识论美学，而只是指出其美学的理论架构和逻辑理路没有完全摆脱主客二分的认识论思路。

再看第二方面。李泽厚认为实践就是人的物质生产劳动。在他看来，马克思主义的实践范畴就只是指物质生产劳动，人的其他活动都不算实践。据此，实践只是：人作为工具性本体学会制造和使用工具，改变自然，然后在物质实践过程中创造了美的同时也感受到美。虽然他也强调通过实践，在人与世界之间、人与人之间建立关系，但他理解的世界是客观、现成的，人作为主体也是现成的，因此，人和世界的关系是现成主体对现成客体的认识关系、改造关系，人通过认识自然、改造自然，获得自由，然后进一步再认识、再改造，如此循环往复。审美就在这种物质实践活动中获得了积淀，然后形成审美的心理本体。我认为，李泽厚强调物质生产劳动作为实践的唯一含义，并不符合事实。他把人的精神活动、精神劳动、审美活动、艺术活动都排除在实践之外，既不符合西方思想传统对实践的理解，也不符合马克思(以及后来的毛泽东)的实践观。马克思在《关于费尔巴哈的提纲》中批评机械唯物主义时明确把实践界定为"人的感性活动"，并没有局限于物质生产劳动；并科学地指出"全部社会生活在本质上是实践的"①。可见，不止是物质生产劳动，而且人的各种各样活动，人的整个社会生活，都是实践的，都属于人类广大的实践活动范围。毛泽东对实践的界定更明确，仿佛就是针对李先

① 《马克思恩格斯选集》第1卷，人民出版社1972年版，第56页。

生的实践观似的:“人的社会实践,不限于生产活动一种形式,还有多种其他的形式,阶级斗争,政治生活,科学和艺术的活动,总之社会实际生活的一切领域都是社会的人所参加的。因此,人的认识,在物质生活以外,还从政治生活文化生活中(与物质生活密切联系),在各种不同程度上,知道人和人的各种关系。”①可见,人的实践活动既包括物质生产和生活,也包括精神生产和生活,实践应该是大于物质生产劳动的。除物质生产劳动之外,它还应该包括变革现存制度的革命实践、政治实践、道德实践、审美和艺术实践以及广大的日常生活实践等等。而李先生对实践的理解显然太狭隘了,由此,他对于从物质实践到美和审美,只能绕过很多中介环节,只能通过“心理本体”推论出来。

总之,我认为,李泽厚主客二分的认识论思维模式和狭隘的实践观值得讨论和商榷。而这恐怕也是主流派实践美学的主要局限所在。

开始认识到实践美学主流派存在的这些局限,并不等于找到了克服这种局限的思路和方法,因为我也常常深感自己仍受到主客二分的传统美学思维方式的影响,未能完全突破传统认识论思路的束缚。长期以来,我思考的一个核心问题是如何在维护现有实践美学的实践论哲学基础的同时,对其局限有所突破、有所改造、有所发展。经过多年的研究,我发现,在马克思主义实践观的基础上,引进存在论的维度,将二者有机结合起来,有可能突破主客二分的认识论思维模式,以一种新的思路和方法发展和推进实践美学,使之成为新世纪中国美学多元化发展格局中富有生命力的一环。

二

我思考并提出实践存在论美学大致经历了以下的过程:

开始是从现象学主要是海德格尔的现象学基础存在论那里获得重要启示。海德格尔的基础存在论恰恰要跳出笛卡儿以来的主客二分的认识论,返回到人与世界最本原的存在,即人和世界是不可分割的一体,人就在世界中存在。我借鉴了海德格尔专门对笛卡儿“我思故我在”那个存在着无根的缺陷的命题进行批评的存在论命题——“此在(人)在世”,“人在世界中存在”。他认为:“此在本质上就包括:存在在世界之中。因而这种属于此在的

① 毛泽东:《实践论》,载《毛泽东选集》第1卷,人民出版社1966年版,第260页。

对存在的领会就同样源始地关涉到对诸如‘世界’这样的东西的领会以及对在世界之内可通达的存在者的存在的领会了。”他提出的“此在在世”，即此在(人)“在世界之中存在”(“在世”)是存在论的基本命题。他首先强调这一命题与二元论相反，从其“复合名词的造词法就表示它意指着一个统一的现象”，而非主客二分式的；其次，他又指出，此在“在之中”不是人(身体物)在世界“一个现成存在者‘之中’现成存在”，而是“意指此在的一种存在机制，它是一种生存论性质”，是此在“把世界作为如此这般熟悉之所而依寓之，逗留之”，因而是“融身在世界之中”，所以“此在”与“世界”绝非“现成共处”、“比肩并列”的两个“存在者”；再次，他用“此在生存论上的基本机制的亮光朗照”“此在在世”命题，揭示出此在“能够领会到自己在它的‘天命’中，已经同那些在它自己的世界之内同它照面的存在者的存在缚在一起了”①，换言之，“这个此在具有在世界之中的本质性机制”。海德格尔正是通过这种对此在的生存论分析，阐明了“此在在世界中存在”这个命题的存在论意义。海氏这里强调的是人与世界在原初的不可分离性。人一产生，就离不开世界，人本身是世界的一部分，人与世界，不是先分，然后再寻求合，而先就是合，没有对立的。同时，世界只对人而言才有意义，人只能在世界中存在，人就在世界中，世界只是对人存在，离开了人，无所谓世界。这就意味着不存在现成的孤零零的绝对主体，也不存在现成的、和人截然对立的绝对客体。人与世界在原初存在论上不能分开，确定无疑的存在就是人在世界中存在，然后才能考虑其他问题。这是我近年来研读海德格尔得到的有可能超越主客二分认识论思维模式的重要启发。

在读海德格尔著作时，又发现“人在世界中存在”的思想其实并不是海德格尔的发明，实际上我们的老祖宗马克思比海德格尔早八十多年就已发现并作过明确表述：“人不是抽象的蛰居于世界之外的存在物。人就是人的世界。”②只不过马克思没有直接用这一存在论思想来批判近代主客二分的认识论罢了。但是，马克思高于和超越海德格尔之处是用实践范畴来揭示此在(人)在世的基本在世方式。在马克思看来，人不是作为一种现成的东西摆放在世界上，世界也不是作为一个现成的场所让人随意摆放，相反，人

① 海德格尔：《存在与时间》，陈嘉映、王庆节译，生活·读书·新知三联书店 1999 年版，第 16 页，第 62 页，第 63～64 页，第 66 页。

② 《马克思恩格斯选集》第 1 卷，人民出版社 1995 年版，第 1 页。

是从事实际活动的实践着的人，人在世界中存在，就意味着人在世界中实践；实践是人的基本存在方式；实践与存在都是对人生在世的本体论（存在论）陈述。海德格尔的存在论始终没有达到马克思的实践论的高度，而马克思则把实践论与存在论有机地结合起来，使实践论立足于存在论根基上，存在论具有实践的品格。在这个意义上，虽然海德格尔给了我重要启示，但真正为实践存在论美学提供了直接依据的，乃是马克思。我们正是以马克思关于实践与存在一体的思想为哲学基础，寻求建构实践存在论美学的基本思路。当然，对这一点的认识也有一个深化的过程。经过了较长时间和反复地读原著，我越来越坚信，在马克思的实践学说中其实早已包含了存在论的维度和丰富内涵，也明确地认识到这种存在论的内涵主要在于：实践是人的现实的、具体的、历史的生存在世方式；实践包含人类各种各样的活动形态，由物质生产实践，社会改革、伦理道德实践，精神实践等多层面、多维度的活动方式组成，可以视作广义上的人生实践；实践是人与自然、人与社会、人与自我交往的基本方式。① 学习、研究马克思实践观的存在论维度和内涵，使我对理顺和建构实践存在论美学的思路，超越主客二分的认识论美学的局限，突破和发展现有的实践美学增添了信心。

这里还不能不提到我的导师蒋孔阳先生。从大的方面说，他的以实践论为哲学基础、以创造论为核心的审美关系理论也属于实践美学范围。实践存在论美学的提出，在许多方面直接受到蒋先生的启发和影响。1999 年蒋先生去世后，我重读了他的美学论著，写了系列“新探”文章，认为他的美学是通向未来的美学，在新世纪仍有其生命力。我认为，作为他一生美学思想总结的《美学新论》一书，实际上已从四个层面开始探索实践论与存在论的结合。首先，他从劳动实践入手直探人的存在本质，认为人的本质是从劳动实践中创造出来的，劳动没有止境，人的本质也就没有止境，永远处在创造之中。其次，他揭示了人和世界的多层累性，认为人是一个有生命的有机整体，人的本质力量是生生不已的活泼的生命力量。世界及其向人展示出来的美也是既多层累又无限流变。再次，他揭示出审美现象的生成性质，认为美是人在对现实发生审美关系的过程中诞生的，人作为审美主体不是现成主体，而是审美关系的主体。又次，他一再提出人是世界的美，认为美的

① 详见朱立元、任华东：《试论马克思实践观的存在论内涵》，《河北学刊》2008 年第 2 期。

各种因素都必须围绕人这一中心，人在自己的生存实践中实现自己的本质力量而创造了美。美为人而有、因人而生，人是美的目的和归宿。① 综上可见，蒋先生的美学思想展示出一个以人生实践为本源，以审美关系为出发点，以人和人生为中心，以艺术为典范对象，以创造—生成观为指导思想和基本思路的理论整体。这个理论整体为我们建设和发展实践存在论美学初步奠定了基础。

上面三个方面是启发我形成实践存在论美学观的主要思想来源，当然其中马克思实践观及其所包含的存在论思想乃是核心和基础。不过，关于"实践存在论"的提法，其实不自今日始。回想起来，早在1988年，我已在一篇探讨现实主义哲学基础的文章中使用过"实践存在论"这一说法。

当代现实主义的哲学基础既不是直观反映论或能动反映论，也不是单纯的实践论，或单纯的存在论，或单纯的主体论，而是以人为中心的实践存在论。因此，只有(1)把实践论与存在统一起来，把在实践中主体对现实人生意义的体验看作现实主义的坚实基础和唯一源泉。(2)把实践存在看成本体论与认识论的统一；实践存在是人的自然存在与社会存在的统一，构成了社会(包括自然)历史的本体；实践存在也是人与世界的交流关系、体验关系、意义关系，因而构成了人的认识来源、认识过程与检验、发展认识的标准。(3)把人作为实践存在的价值中心，全部实践存在及其目标就是人的生存与发展。这样一种实践存在论就从认识论、本体论、社会观各方面为当代现实主义提供了哲学基础，也体现了对旧现实主义实证精神与人道主义的继承和发扬。②

不过，在当时，我对此的想法并不成熟，也尚未结合大量理论材料深入论证这个极为重要的问题，只是从现实主义的哲学基础角度作了思考。人的认识是在不断发展深化着的。进入上世纪90年代后，通过与后实践美学和客观派美学的学术论争，我逐渐坚定了突破主客二分形而上学思维方式的信念；而从上面三个方面吸取营养，我终于找到了马克思主义实践观与存在论相结合的理论根据。此时，我觉得用"实践存在论"来概括这个新的理论思路是再合适不过的了。

---

① 以上参见《蒋孔阳全集》第三卷，安徽教育出版社2000年版，第166～188页。

② 朱立元：《关于现实主义问题的哲学反思》，载《理解与对话》，华中师范大学出版社2000年版，第127页。

三

下面，我简要介绍一下实践存在论美学的基本主张。

首先，实践存在论美学仍然以实践论作为哲学基础，但将其根基从认识论转移到存在论上。在实践存在论美学看来，应该从存在论（本体论）角度把实践的内涵理解为人最基本的存在方式，理解为广义的人生实践，从而实现实践论与存在论的有机结合。具体来说，第一，人是在实践过程中才逐渐成其为人的，实践是人之成为人的一个原动力，也是人之为人的一个标志。第二，更重要的是，实践还是人存在的基本方式。我们用马克思主义实践论来阐释和改造海德格尔"此在（人）在世"的观点，实践活动显然就是人的在世方式，或者更准确地说，人生在世的基本方式就是实践。我们每个个人每天都要进行大量的各种各样的实践活动，包括学习、工作、经济、政治、道德、艺术、审美等等活动在内。这里，实践不仅仅是物质生产劳动，虽然物质生产劳动是人整个实践活动中最基础的，却不是全部。我们就是在各种各样的实践活动中生存和发展的。在此意义上，也就是在存在论意义上，我们说实践是人存在的基本方式。

其次，审美活动不仅是人生实践的一个不可缺少的组成部分，而且也是一种人的基本存在方式和基本人生实践。人类社会就是建立在包括审美活动在内的无限丰富的人生实践基础上的。人类的文明通过实践活动而得到建构和提升，作为人类文明标志之一的审美活动也在人类的实践过程中得到发展；反过来，审美活动也推进了人类实践整体的发展，推进了人类文明的建设。而且，审美活动是人走向全面、自由发展之非常重要的一个环节和因素。人如果只局限于物质生产劳动，而没有审美活动，那么其实践就是不完整的、片面的，这种实践造就的人也是片面的、不自由的。总之，审美活动是人的一种高级的精神需要，是见证人之所以为人、人超越于动物、最能体现人的本质特征的基本存在方式之一；它是人与世界的关系由物质层次向精神层次的深度拓展；它与制造工具、物质生产、科学研究、政治活动、道德行为和其他精神文化活动等一样，是人类不可缺少的一种基本的人生实践。

再次，突破单纯的认识论框架，以实践存在论思路建构美学理论，在美学研究对象问题上，超越主客二分的思维模式，改变以往美学多以美或美的本质、规律为主要研究对象的观念，而是以人与世界的审美关系及其现实展开即审美活动为研究对象。人在现实中可以发生多种关系，审美关系是其中之一。审美活动是在人类长期历史实践中，从人与世界的多种关系、多种活动中逐渐独立出来的；美和审美主体都不是先在、现成、固定不变的存在者；只是在审美活动中，现实的美才生成，现实的审美主体才生成。包括实践美学在内的以往各派美学，在解释人对世界的审美关系时，隐含着主客分立在先的观念，即是说，认为先有审美主体和审美客体，而后有认识论意义上的审美关系和审美活动。实践存在论美学则认为，不存在脱离具体审美关系、审美活动的审美主体和审美客体，审美主客体都是在具体的审美关系、审美活动中现实地诞生的。这就是说，在审美活动中，审美客体（美）与审美主体（美感）才同时现实地生成。从时间上讲，审美关系的建构、审美活动的开展与审美主、客体的生成是同步的，没有先后之分；但逻辑上审美关系、活动在先，美和美感在后，而非先有美，再有美感，或者先有美（客体）和美感（主体），后有主体对客体的审美关系和活动。这样，无论从逻辑上还是从时间上讲，在审美关系、审美活动之前和之外，无所谓美（审美客体）和美感（审美主体）。因此，实践存在论美学就把审美活动（审美关系的现实展开）、而不是美和美的本质作为美学研究的主要对象和逻辑起点。这是试图在美学研究对象上超越主客二分的思维模式。

第四，与此紧密相关，实践存在论美学的一个基本主张，是用生成论取代现成论。主客二分的思路必然持现成论的思路。现成论美学的基本立足点，是把“美”作为一个早已客观存在的对象来认识，预设了一个固定不变的“美”的先验存在。由于已经先在地把“美”设定为一个现成的客观的实体，所以必须找到一个唯一的答案，为“美”下定义，从而总是追问“美是什么”、“美的本质是什么”这类问题。这个提问方式就是现成论的。因为在我们追问“美是什么”时，实际上已假定和预设了美的实际存在，已经是现成的对象。实际上，没有一个客观固定的美先在地存在于世界的某个地方，美只能在具体现实的审美关系和活动中动态地生成。所以，用现成论的思考方式是无法解决美学基本问题的。实践存在论美学的思考方式不再问“美是什么”而是问“美何以存在”、“美如何存在”，这个改变乃是从现成论向生成论的重要改变。

第五，对这一问题的解答也可以推及对自然美的看法。我们不同意那种认为自然美是自然界的客观属性，是从来就有、万古不变的，自然界中的美甚至在没有人之前就是美的看法。在实践存在论美学看来，自然美同一切形态的其他美一样，是生成的，而不是现成的。自然是相对于人而言的，在没有人之前，与人相对的自然也不存在，更谈不上自然美了。那时，我们现在称之为自然的存在物就无所谓美不美，因为在人类产生之前，根本没有、也不可能形成一种自然满足人的审美需求的价值关系，即审美关系，外在于审美关系的自然事物就只是自然事物，无所谓美与不美。自然美是人类发展到一定阶段，社会文化、审美活动、各个民族的历史积累等进展到一定的阶段，人与自然开始形成某种超越于实用功利关系的审美关系（或者至少是具有明显审美因素的关系），自然界中一些事物才逐渐成为审美对象或准审美对象。

第六，审美是一种高级的人生境界。人在各种生存实践活动中，在与世界打交道的过程中，会形成与世界不同程度的统一、圆融的关系，这种统一关系着重体现在人对自身生存实践的觉解与对宇宙人生意义的体悟的不同程度、层次和水平上，于是会形成不同层次的人生境界，审美境界是其中一个比较高层次的境界。审美有一个基本条件是要求人与世界之间实现比较高程度的"交融"，即中国美学所说的"物我两忘"、"天人合一"。如果主客体始终处于隔离、割裂、矛盾的状态，那就不太可能是审美的。从心境来说，审美境界较大程度上超越个体眼前的某种功利性和有限性，达到相对自由的状态。所以，我们认为，审美境界属于比较高层次的人生境界，审美境界不同于、高于一般的人生境界之处，在于它是对人生境界的一种诗意的提升和凝聚，也可以说是一种诗化了的人生境界。

第七，实践存在论美学的逻辑建构，遵循上述审美关系、活动在先的原则，并不正面去寻找、界定美的本质，而是首先以审美活动（作为审美关系的具体展开）作为逻辑起点，探讨审美对象和审美主体如何在审美活动中现实地生成，以及审美活动的性质、特点。接着分别从对象形态和主体经验两个方面论述审美形态和审美经验，认为审美形态可理解为人对不同样态的美（广义的美）即审美对象的归类和描述，它是审美活动中当下生成的自由人生境界的对象化、感性表现形式和具体存在状态；而审美经验则体现为在审美活动中主体直观到了超越现实功利、伦理、认识的自由人生境界，体验到了人与世界的存在意义而产生的自由感、幸福感和愉悦感。然后论艺术和艺术活动，由于艺术最集中、典型地体现、凝结了审美活动的诸方面，因此，美学应该通过研究艺术和艺术活动来把握一般审美活动。最后落实到审美教育即美育，美育指有意识地通过审美活动，增强人的审美能力，提高人的整体素质，焕发人的精神风貌，提升人的生存境界，建构人向全面发展成长的存在方式，促进人向理想的、自由的、健康的、精神丰满的人生成。综上所述，实践存在论美学的逻辑构架是：审美活动论—审美形态论—审美经验论—艺术审美论—审美教育论。本人主编的《美学》(修订版，高等教育出版社 2006 年出版)就是按照这一逻辑思路展开论述的。

最近，我和朱志荣教授一起策划的"实践存在论美学丛书"(五本)已经由苏州大学出版社出版了，我们想借此对实践存在论美学思想从不同方面展开一些论证，这同样是我们建设性尝试的一个步骤。我真诚地欢迎各种不同意见的批评指正，以帮助我们改进和完善这个思路；当然，如果最终证明实践存在论美学根本不能成立，我也愿意服从真理，彻底放弃它。

原载《文艺争鸣》2008 年第 11 期，
人大复印资料《美学》2009 年第 1 期全文转载

试论马克思实践唯物主义的存在论根基

——兼答董学文等先生

近几个月来，董学文等先生连续发表了多篇文章①集中从哲学基础方面批评笔者提出的走向“实践存在论美学”的构想。其主要理由是：“实践存在论”“泛化”了马克思的实践观，把完全不相容的马克思彻底唯物主义的“实践观”同海德格尔依托“此在”的存在主义的“存在论”“畸形地”组合在一起，从而“将马克思的实践观淹没和消泯在了海德格尔的‘存在论’之中，……在‘实践存在论’完成了对马克思主义学说的‘海德格尔化’、马克思主义实践观的‘存在论化’之后，势必也就同时完成了对自身的消解与破坏”。对于这些指责，我们已作了部分答复和反驳②，本文拟着重围绕马克思实践唯物主义哲学的存在论根基问题展开讨论，同时回答董学文等先生的指责。

一　马克思“实践的唯物主义”的历史针对性和科学性

关于马克思“实践的唯物主义”是历史唯物主义的另一种表述的观点，已经被我国哲学界大多数学者所认同。但是，董学文等先生却根据德文原文的语法结构进行分析，认为这里“实践的”作为定语只是修饰唯物主义“者”，而不适用于“唯物主义”，所以只承认有实践的唯物主义者，而不承认

---

① 如《“实践存在论”美学、文艺学本体观辨析》(《上海大学学报》2009 年第 3 期)，《“实践存在论”美学何以可能》(《北京联合大学学报》2009 年第 2 期)、《超越“二元对立”与“存在论”思维模式》(《杭州师范大学学报》2009 年第 3 期)、《“实践存在论美学”的缺陷在哪？》(《内蒙古师大学报》2009 年第 4 期)等等。

② 参见朱立元《全面准确地理解马克思主义的实践概念——与董学文、陈诚先生商榷之一》，《上海大学学报》2009 年第 5 期；朱立元、刘旭光《略论马克思主义实践观的存在论维度——与董学文、陈诚先生商榷之二》，《探索与争鸣》2009 年第 10 期。

有作为哲学思想的“实践的唯物主义”存在，并声称“这是‘西方马克思主义’中的某些人生造出来的”。

其实，这种语言游戏式的解读并不高明。即使这里马克思主要说的是实践的唯物主义“者”，但从逻辑上并不能否认既然有实践的唯物主义者，就有实践的唯物主义这样一种推理的合理性。比如说，“直观的唯物主义”、“自然的唯物主义”、“人本学的唯物主义”、“机械的唯物主义”等等，都可以加“者”而成为某一“主义”的倡导者或信奉者，去“者”则成为某一“主义”即思想、学说。这是常识。正是从常识出发，有的学者明确指出，“马克思和恩格斯按照他们所强调的方面，在不同情况下分别称这种新哲学为‘新唯物主义’、‘现代唯物主义’、‘实践的唯物主义’、‘历史唯物主义’、‘唯物辩证法’。毫无疑问，这些名称都能如实地表达马克思和恩格斯所要强调的马克思主义哲学的基本意义”①。还有一个重要证据是，马克思在《德意志意识形态》中紧接着提出“实践的唯物主义者”这个命题之后，并没有提出与之相反、相对立的“理论的”唯物主义“者”加以比较论述，而是马上直接对费尔巴哈的直观的唯物主义观点做出深入的批判，这个命题的实际使用语境恰恰证明“实践的唯物主义”是直接针对“直观的唯物主义”思想体系的，而不仅仅是从属于实践的唯物主义“者”的。

需要强调的是，马克思“实践的唯物主义”的提法是有明确的历史和现实针对性的。一方面，对于当时占主导地位的思辩哲学（黑格尔哲学、青年黑格尔派如布鲁诺·鲍威尔的“自我意识”论、麦克斯·施蒂纳的“唯一者”论及种种观念论哲学），马克思展开了多方面的深入批判，并明确指出：“在思辨终止的地方，在现实生活面前，正是描述人们实践活动和实际发展过程的真正的实证科学开始的地方。”②这样一种把思辩哲学从精神天堂拉到现实人间、着重描述人们的“实践活动”的“实证科学”难道不正是既“实践”又“唯物”的“实践的唯物主义”即历史唯物主义吗？另一方面，也是更重要、更直接的方面，针对当时唯物主义阵营内部以费尔巴哈为代表的直观的唯物主义哲学，马克思在充分肯定其坚持自然的唯物主义、批判黑格尔的思辨唯心主义、反对宗教异化的理论贡献的同时，对他的唯物主义的直观性、非实践性最终导向历史唯心主义的哲学立场进行了深刻的批判。在《关于费尔

① 刘放桐：《重释马克思哲学变革的革命性意义》，《河北学刊》2008 年第 6 期。

② 《马克思恩格斯选集》第 1 卷，人民出版社 1995 年版，第 73 页。

巴哈的提纲》中，马克思批评“费尔巴哈不满意**抽象的思维**而喜欢**直观**；但是他把感性不是看作**实践的**、人的感性的活动”①，在此，马克思与费尔巴哈所持的是两种对立的感性观：前者是人的感性活动即实践，后者是感性的直观；不仅如此，马克思进一步把这两种感性观概括、上升为两种唯物主义哲学（思想、学说）的对立，指出，“直观的唯物主义，即不是把感性理解为实践活动的唯物主义”②，显然，前者是把感性理解为直观的唯物主义，即“直观的唯物主义”，后者相反，“是把感性理解为实践活动的唯物主义”（不是“者”了），同理可简称为“实践的唯物主义”。这不就是《德意志意识形态》中“实践的唯物主义者”提法的直接来源吗？这跟“西方马克思主义中的某些人”有什么相干呢？以上对两种错误思想学说（唯心主义的或者直观的唯物主义的）辩证批判，凸显了“实践的唯物主义”的辩证性和科学性。

董文离开马克思提出“实践的唯物主义”哲学的具体历史语境和现实针对性，仅仅凭借简单的语法分析就想根本否定和取消这一表达马克思新哲学的科学名称，是完全站不住脚的。

二 从存在论根基处重新认识马克思哲学变革的意义

由马克思创建起来的历史唯物主义即实践唯物主义的新哲学实现了划时代的伟大哲学变革，这一点恐怕没有人会有异义。但是，对这种哲学变革的意义的认识和理解并不完全一致。从董学文等先生的几篇文章看，他们一是更强调这种变革的唯物主义方面，而相对轻视其实践的方面，即使讲实践，也偏重于讲其客观方面，而忽视主体方面；二是只强调这种变革的认识论意义，而基本无视其本体论（存在论）意义。这不仅仅反映了他们认识上的片面性，而且实际上在某种程度上遮蔽和贬低了这种变革的革命性意义，其根源在于没有超越近代哲学的视界。

对马克思哲学变革的意义的重新认识，我国哲学界走在了文艺学、美学界的前面，提出了一系列非常重要而深刻的观点。有的学者精辟地指出，“从这一变革的社会历史条件、思想和理论背景以及变革的过程都可以看出，这一变革的根本之点在于把社会实践的观点引入哲学，并当作哲学的根

① 《马克思恩格斯选集》第1卷，人民出版社1995年版，第56页。

② 《马克思恩格斯选集》第1卷，人民出版社1995年版，第56页。

本观点”,“马克思明确地把唯物主义和辩证法都与人的‘感性活动’,即现实生活和实践联系起来”,“他的唯物主义的根本特点是从感性的、实践的观点去认识世界的”,“现实生活和实践的观点是整个马克思哲学的根本观点。它不仅因强调人的实践在认识中的决定作用而具有认识论意义,而且还因强调人的实践使物质的、自然的存在成为具有现实意义的存在而具有存在论(生存论)意义”。① 这就把马克思实践观本有而长期被忽视的存在论思想(维度)揭示出来了,同时也揭示出马克思哲学变革的存在论意义。

承认不承认马克思新哲学有没有存在论根基,他的哲学变革有没有存在论意义,这是一个能否全面、准确地理解马克思唯物史观的原则问题。有的学者在回顾了一个多世纪以来对马克思哲学变革的性质和意义的几种不同理解以后指出,它们实际上“使马克思哲学的阐说陷于现代性意识形态的晦暗之中,亦即陷于现代(modern 近代)哲学的理解框架之中”,据此提出了“重估马克思哲学革命的性质和意义的任务”,并强调“这一任务将不可避免地要求存在论根基处之最彻底的澄清。马克思的哲学革命,从而经由这一革命而在哲学上的重新奠基,从根本上来说,纯全发端于存在论根基处的原则变动——若取消或遮蔽这样的原则变动,则马克思的哲学革命就是不涉及根基的或者本身是完全缺失根基的,从而也就谈不上什么真正意义的哲学革命……只要这一革命确曾发生……对它的任何一种判断和估价都不能不首先是并且最终是存在论性质的”②。笔者完全赞同这个观点。的确,如果不首先并最终从存在论根基处重新认识和解读马克思哲学变革的性质和意义,就有可能甚至必然陷入近代形而上学(既包括主观或客观唯心主义,也包括费尔巴哈及以前的一切旧唯物主义)的思维方式和阐释框架,从而自觉不自觉地遮蔽和否认马克思实践唯物主义新哲学的存在论维度(根基)。

我国许多哲学家在这方面作了可贵而有说服力的探讨和阐释。有的学者概括道,“这种变革的实质在于它使哲学的主题发生了根本的转换,即从‘世界何以可能’转向‘人类解放何以可能’,与此同时,哲学聚焦点从宇宙本体转向人的生存本体,从解释世界转向改变世界”;指出“为了解答‘人类解放何以可能’,马克思主义哲学必须探讨人的存在方式或生存本体”,即存在论(本体论)问题,经过详细论证,他的结论是,“在马克思的哲学视野中,实

① 刘放桐:《重释马克思哲学变革的革命性意义》,《河北学刊》2008 年第 6 期。

② 吴晓明:《重估马克思哲学革命的性质与意义》,《复旦学报》2004 年第 6 期。

践不仅是人的生存的本体,而且是现存世界的本体”。① 这一探讨,使我们清楚地认识到,马克思的实践观确确实实立足于其存在论的根基之上。另一位学者则从马克思把“自由自觉的生命活动”即劳动实践看作人的类本性出发,指出“这意味着马克思完全是从‘生存活动’而不是从‘现成存在者’的角度来理解人的‘本性’的”,换言之,马克思是从自由自觉的实践活动或生存活动来规定人的“生存性”本质,进而把人的本质看成是在实践中生成的,而不是现成的、固定不变的,并揭示出人的生命活动具有“自由开放性”、“全面性和丰富性”、“自我创造、自我超越和自我否定本性”;作者着重揭露批判道,然而在资本的专制统治下,“使人彻底失去了上述自由自觉的生存品性,人沦为与物无疑的‘现成存在者’”,正是通过这样一种存在论的现实剖析,作者认为,“马克思在哲学史上最早阐明了价值虚无主义的思想根源”,“深刻揭示了价值虚无主义的现实根源”②。这两位学者阐释的侧重点不同,但却不约而同地阐述了马克思实践唯物主义的存在论维度,或者说,从存在论根基处阐述了马克思的实践唯物主义,其目的就是消除资本主义现存世界的异化,解放全人类。

我们曾经在多处说明,“实践存在论美学”虽然受过海德格尔存在论的某些启发,但真正使我们获得和转移到的存在论根基,并不是海德格尔的、而是马克思的存在论。然而董文却完全不顾事实,口口声声指责我们所谓“对马克思主义学说的‘海德格尔化’、马克思主义实践观的‘存在论化’”。显然,在他们心目中,存在论是海德格尔的专利,只有海德格尔有存在论,马克思根本没有存在论。所以,当我们努力探讨马克思实践观的存在论维度时,他们或不屑一顾,或置若罔闻,却硬说我们“将马克思的实践观淹没和消泯在了海德格尔的‘存在论’之中”,岂非咄咄怪事!

三 马克思“实践”概念的核心内涵

董文批评笔者“将‘实践’规定为是‘人的感性活动,是人的现实生活过程’,并说这是马克思的观点,是不是多少曲解了《关于费尔巴哈的提纲》中

① 杨耕:《重新理解马克思主义哲学所实现的哲学变革》,《光明日报》2009 年 5 月 19 日 11 版“理论周刊”。

② 贺来:《马克思的哲学变革与价值虚无主义课题》,《复旦学报》2004 年第 6 期。

有关‘实践’阐述的原意了呢？”这里涉及如何全面、准确地理解马克思唯物史观的核心概念之一“实践”的问题。

我们认为，马克思的“实践”概念包含着极为丰富、深刻的内涵。在马克思的著作中，从不同角度、用不同方式和语言规定“实践”性质的命题或提法很多。如从人的主体能动性角度把实践规定为“有意识的生命活动”或“自由的自觉的活动”；从人对世界或自然界的能动关系角度把实践规定为“创造对象世界，即改造无机界”①的活动，或“人的本质力量的对象化”、“自然的人化”等；从“改变世界”、而不仅是“解释世界”的角度，把“革命的实践”规定为“环境的改变和人的活动或自我改变的一致”②；从人类历史形成和发展角度把实践规定为劳动和工业，说“全部人的活动迄今都是劳动，也就是工业”；从资本主义条件下的异化劳动角度，实践又被规定为“人的活动在外化范围内的表现”或“作为生命外化的生命表现”③；如此等等。但是，在我们看来，在诸多对“实践”的规定中，“人的感性活动”是最为核心的规定，也是直接切入马克思实践观的存在论维度的关键点。

首先，把实践规定为“人的感性活动”的，不是笔者，而正是马克思，是他的历史唯物主义的天才纲领《关于费尔巴哈的提纲》（以下简称《提纲》）。《提纲》一开始就批评费尔巴哈不把“对象、现实、感性”“当作感性的人的活动，当作实践去理解”；《提纲》还批评费尔巴哈“把感性不是看作实践的、人的感性的活动”④。只要不抱偏见的话，都不能不承认，在这些表述中，马克思是明白无误地将“实践”界定为“人的感性活动”，并直接在这两个概念之间划了等号。这里何尝有半点“曲解”？

必须指出，马克思将“实践”界定为“人的感性活动”有其明确的现实针对性。既针对黑格尔为代表的唯心主义只肯定人的精神活动的能动的方面，而轻视甚至无视人的现实的、物质的感性活动，指出“唯心主义当然不知道真正现实的、感性的活动本身的”，更直接针对费尔巴哈及一切旧唯物主义的直观性，即“只是从客体的或者直观的形式去理解”“事物、现实、感性”，而忽视了它们的主观的、能动的方面。通过这两方面的批判，马克思把作为

① 《马克思恩格斯全集》第 42 卷，人民出版社 1979 年版，第 96 页。

② 《马克思恩格斯选集》第 1 卷，人民出版社 1995 年版，第 55 页。

③ 《马克思恩格斯全集》第 42 卷，人民出版社 1979 年版，第 127、144 页。

④ 《马克思恩格斯全集》第 1 卷，人民出版社 1995 年版，第 56 页。

“人的感性活动”的实践看成主观和客观统一的活动，既不同于唯心主义绝对精神（思想客体）的自运动、自生展，只是“抽象地”“发展了能动的方面”；更不同于费尔巴哈只研究“跟思想客体确实不同的感性客体，但是他没有把人的活动本身理解为客观的[gegenstandliche]活动”，而是强调既“从主观方面去理解”感性、事物、对象，把它们看作人的能动的感性活动，又把这种感性活动本身也看成“客观的”，因为这种感性活动无论就其受对象的制约而言，还是活动的过程和结果都是对象化、客观化的而言，都是“客观的”。所以，马克思将实践界定为“人的感性活动”正是抓住了它主客观统一的根本特征。

其次，马克思是从人的感性活动即实践出发，揭示人类历史发展的秘密。在《1844年经济学哲学手稿》中，马克思的唯物史观作为历史科学正在孕育和构建之中。马克思批判地吸收了费尔巴哈关于“感性”的某些思想，但赋予其以实践和历史的新内涵，强调指出，“感性（见费尔巴哈）必须是一切科学的基础。科学只有从感性意识和感性需要这两种形式的感性出发，因而，只有从自然界出发，才是现实的科学。全部历史是为了使‘人’成为感性意识的对象和使‘人作为人’的需要[自然的、感性的]需要而作准备的发展史。历史本身是自然史的即自然界成为人这一过程的一个现实部分”。①联系上下文以及《1844年经济学哲学手稿》的全部论述，可以肯定，马克思这里正是对于费尔巴哈对感性的直观性理解的批判性改造，正是从感性活动即实践的意义上，从人的本质力量的对象化或实现上重新解释了感性，并用以阐述人类历史的现实本质。紧接着上面这段话，马克思又说：“自然界是关于人的科学的直接对象。人的第一个对象——人——就是自然界、感性；而那些特殊的人的感性本质力量，正如它们只有在自然对象中才能得到客观的实现一样，只有在关于自然本质的科学中才能获得它们的自我认识。”②这里人感性的本质力量在自然对象中客观的实现，不明白无误地就是说的“人的感性活动”即实践吗？

不仅如此，马克思还从这个角度集中考察了推动人类历史发展的劳动和工业。他明确指出，“全部人的活动迄今都是劳动，也就是工业，就是自身

① 《马克思恩格斯全集》第42卷，人民出版社1979年版，第128页。

② 《马克思恩格斯全集》第42卷，人民出版社1979年版，第129页。

异化的活动";因为"工业是完成了的劳动"①;而对工业的本质,马克思明确"把工业看成人的本质力量的公开展示",并仍然用人的感性活动来解释:"在通常的、物质的工业中,人的对象化的本质力量以感性的、异己的有用的对象的形式,以异化的形式呈现在我们面前";由此,马克思进而得出了以下著名的结论:

> 工业的历史和工业的已经形成的对象性的此在(Dasein),是人的本质力量打开了的书本,是感性地摆在面前的人性的心理学。②

这里,工业的历史就是人的感性活动即劳动实践所展开了的心理学。

再次,马克思也是从人的感性活动即实践入手,来揭露资本主义私有财产的异化本质,进而展示"共产主义是私有财产即人的自我异化的积极的扬弃"。马克思对资本主义条件下"实践的人的活动即劳动的异化行为"的批判性考察同样首先从"工人同感性的外部世界、同自然对象这个异己的与他敌对的世界的关系"入手,揭露出"工人同劳动产品这个异己的、统治着他的对象的关系"以及其他三种异化关系的,并揭示出"异化劳动是私有财产的直接原因"③的秘密:"这种物质的、直接感性的私有财产,是异化了的、人的生命的物质的、感性的表现。私有财产的运动——生产和消费——是以往全部生产的运动的感性表现,也就是说,是人的实现或现实。"④马克思又"从异化劳动同私有财产的关系"进而推出以下伟大的革命性结论:"私有财产的积极扬弃,作为对人的生命的占有,是一切异化的扬弃",这就是共产主义的现实运动,其实质在于"社会从私有财产等等的解放,从奴役制的解放,是通过工人解放这种政治形式表现出来的,而且……工人的解放包含全人类的解放"⑤。

下面,再讨论马克思实践概念的另外一层重要含义——"人的现实生活

---

① 《马克思恩格斯全集》第42卷,人民出版社1979年版,第127、115页。

② 《马克思恩格斯全集》第42卷,人民出版社1979年版,第127页,译文采用邓晓芒先生据德文本所做的改动,参见邓晓芒《马克思论存在与时间》,《哲学动态》2000年第6期。

③ 《马克思恩格斯全集》第42卷,人民出版社1979年版,第101页。

④ 《马克思恩格斯全集》第42卷,人民出版社1979年版,第121页。

⑤ 《马克思恩格斯全集》第42卷,人民出版社1979年版,第121、101页。

过程”。这同样不是笔者的概括，而是马克思自己的观点。

这里首先要弄清马克思的“现实”和“生活”两个概念的基本含义以及“现实生活”概念的主要含义。第一，在马克思那里，“现实”概念一是同“感性”概念相近，属于同一层次的概念，与抽象“理性”概念相对立，可以通过感官、感觉把握的；二是与抽象的“思想”、“观念”概念相对立，是实际存在的、可以用经验观察到的；三是常常与“生活”概念近义或同义。如马克思在谈论货币的创造力时说道：“它把我的愿望从观念的东西，从它们的想象的、表象的、期望的存在，转化成它们的感性的、现实的存在，从观念转化成生活，从想象的存在转化成现实的存在。”①第二，“生活”概念在马克思那里，一表示人的广泛的“日常生活”范围，实际上与“现实生活”同义；二表示人的生产活动、生活活动、生命活动，与“活动”概念相近；三表示人的以劳动生产为基础的实践活动。这三层意义常常交叉、混合使用。比如，马克思在谈到“人们用以生产自己生活资料的方式”时指出，“它在更大程度上是这些个人的一定的活动方式，是他们表现自己生活的一定方式、他们的一定的生活方式”②，这就将生产、生活、活动在同样意义上使用了；又如，马克思谈到自然科学对人的生活的实践意义时指出，“自然科学却通过工业日益在实践上进入人的生活，改造人的生活，并为人的解放作准备”③，这里人的生活和实践紧密地结合在一起了；再如，马克思谈到法国工人阶级联合起来“这一实践运动”的“光辉的成果”时，充满热情地描述了他们的日常生活：“吸烟、饮酒、吃饭等等在那里已经不再是联合的手段，或联络的手段。交往、联合以及仍然以交往为目的的叙谈，对他们说来已经足够了；人与人之间的兄弟情谊在他们那里不是空话，而是真情，并且他们那由于劳动而变得结实的形象向我们放射出人类崇高精神之光。”④第三，“现实生活”的概念，更多地表示与观念、意识相对立的人的物质实践和其他生活实践。有学者专门研究了《德意志意识形态》中“生活”概念的各种使用，指出：“马恩则从‘现实的生活’入手，在《形态》中从多种意义上使用了生活概念：首先，生活是维持人的生存的最基本的物质活动，即衣食住行；其次，生活就是生产实践，即劳动；再次，

---

① 《马克思恩格斯全集》第42卷，人民出版社1979年版，第154页。

② 《马克思恩格斯选集》第1卷，人民出版社1995年版，第67页。

③ 《马克思恩格斯全集》第42卷，人民出版社1979年版，第128页。

④ 《马克思恩格斯全集》第42卷，人民出版社1979年版，第140页。

生活是人的全部生命活动，包括物质生产活动、社会活动、精神活动等；最后生活即是人的日常生活。总之，马恩是以人的'生命活动'为出发点来使用生活概念的。"①我以为，这个概括是符合马恩原意的。而且，上述对"生活"概念四种意义上的使用，归结起来恰好是"实践"概念的主要含义。该文还专门用一节的篇幅令人信服地论证了"生活的实践本质"。因此可以说，在马克思那里，"现实生活"与"实践"的含义是基本一致的。

基于以上的考察，我们可以看到，马克思正是运用"生活"或"现实生活"范畴，从多方面表述和阐述实践唯物主义的新历史观。他说，这个历史观由以出发的"现实的前提""是一些现实的个人，是他们的活动和他们的物质生活条件"；他又说，"一当人开始生产自己的生活资料的时候……人本身就开始把自己和动物区别开来。……同时间接地生产着自己的物质生活本身"，这实际上把人的物质生产实践看成他们的现实生活本身。在马克思看来，"现实生活"就是现实的人的实际生活、活动的过程。现实的人就是马克思所说的"现实中的个人"，"这些个人是从事活动的，进行物质生产的，因而是在一定的物质的、不受他们任意支配的界限、前提和条件下活动着的"，也就是在一定物质条件下从事实际的、能动的物质实践的个人，是"处在现实的、可以通过经验观察到的、在一定条件下进行的发展过程中的人"，而"不是处在某种虚幻的离群索居和固定不变状态中的人"。而"现实生活"就是"现实中的个人"的实际生活、活动的过程，是"那些发展着自己的物质生产和物质交往的人们，在改变自己的这个现实的同时也改变着自己的思维和思维的产物"的过程；"而且，从他们的现实生活过程中我们还可以揭示出这一生活过程在意识形态上的反射和回声的发展"。正是在生活就是实践这个意义上，马克思提出了"不是意识决定生活，而是生活决定意识"，"意识[das bewuβtsein]在任何时候都只能是被意识到的存在[das bewuβte Sein]，而人们的存在就是他们的现实生活过程"这个历史唯物主义的经典命题。这里，"人们的存在就是他们的实际生活过程"正是十分鲜明地体现了马克思实践唯物主义的存在论根基。显然，在马克思那里，由于人们的"全部社会生活在本质上是实践的"，所以"实际生活过程"、"物质生活过程"、"现实生活过程"都是同义的，都同样表述现实的人的能动的实践活动过程。在此，

① 吴宁、张秀启：《〈德意志意识形态〉中的生活哲学思想》，《湖南文理学院学报》2008 年第 5 期。

合乎逻辑的推论只能是:实践就是现实的人的基本存在方式。据此,马克思把历史唯物主义的"实证科学"任务确定为描绘出现实的人的能动的实践活动和生活过程,认为"只要描绘出这个能动的生活过程,历史就不再像那些本身还是抽象的经验论者所认为的那样,是一些僵死的事实的汇集,也不再像唯心主义者所认为的那样,是想象的主体的想象活动"①。

综上所述,我们将实践规定为"人的感性活动,是人的现实生活过程",抓住了马克思马克思实践观的核心含义,因而是完全符合马克思原意的。董文指责我们"歪曲"马克思原意是毫无根据的完全站不住脚的。令人啼笑皆非的是,董文在批评"实践存在论"时又肯定了"马克思主义实践观,明确了人的存在即人的现实生活和生产实践过程,这是对人类历史的产生、发展和变革起决定作用的唯一的东西",这跟笔者反复强调的、而被董文指责为"歪曲"马克思原意的存在论观点不正好完全一致吗?这恰恰暴露出他们对马克思原著极不严肃、不尊重的态度。

附带需要说明一点,董文批评我们对马克思实践概念理解既"狭隘化",又"泛化"或"过分广义化",对这种自相矛盾的指责笔者已作了反驳,这里只是想补充两点:第一,以往笔者针对李泽厚先生对"实践"过于狭隘的理解,提出广义的"人生实践"论:"我们认为,李泽厚的实践观不足有三:其一,把人类除物质生产活动以外的其它所有的实践形态、包括审美活动全部排除在外,把极为丰富驳杂的人类社会实践狭隘化;其二,仅仅从人与自然的关系着眼来界说实践,而悬置了人与世界其它层面的关系;其三也是更重要一点,他对实践的理解仍然没有完全突破认识论的框架,而忽略了实践的存在论维度。……我们理解的实践是广义的人生实践。它固然以物质生产作为最基础的活动,但还包括人的各种各样其它的生活活动,既包括道德活动、政治活动、经济活动等等,也包括人的审美活动和艺术活动。"②这只是如实地将艺术和审美等精神生产活动也纳入人生实践范围内而已,并没有丝毫轻视或贬低物质生产实践的意思。第二,有意思的是,最近董文似乎也将其限定于"物质实践和物质交往"的对"实践"的狭隘理解悄悄地向我们的"泛化"或"过分广义化"的理解靠拢了,作者将作为精神活动的艺术生产也纳入

① 《马克思恩格斯选集》第1卷,人民出版社1995年版,第67、67、71～72、73、73、72、56、73页。

② 朱立元:《简论实践存在论美学》,《人文杂志》2006年第3期。

"实践"范围，提出所谓"艺术实践论"，说"这是一种与一般的物质实践既有相同性又有差异性的实践活动"。我们不禁要问：你们对马克思"实践"概念到底有没有一以贯之的严肃理解？在同一时期甚至同一篇文章中出现这种朝三暮四、前后矛盾的观点，难道是对马克思主义严肃认真的态度吗？

四　马克思实践观的存在论维度不容否定

董文为了否定"实践存在论"的马克思主义理论依据，不惜生造前后期"两个马克思"的神话，说"19 世纪 50 年代之后，马克思基本上已经告别了资产阶级哲学和美学的问题性和提问方式，在他的思考中也很少再使用'实践'、'存在'这类古典哲学概念"就是一个典型例子。事实果真如此吗？否。号称马克思主义理论家的作者应该不会忘记马克思 1859 年发表的《〈政治经济学批判〉序言》这篇经典著作吧。在该文中，马克思对唯物史观作了最经典、最权威的表述，其中就有"物质生活的生产方式制约着整个社会生活、政治生活和精神生活的过程。不是人们的意识决定人们的存在，相反，是人们的社会存在决定人们的意识"两句话，这与《1844 年经济学哲学手稿》、《关于费尔巴哈的提纲》和《德意志意识形态》时期一样，仍然体现出马克思唯物史观的存在论根基；同年恩格斯的《卡尔·马克思〈政治经济学批判〉》一文，在引用了这两句话以后强调指出，这个原理"不仅对于理论，而且对于实践都是最革命的结论"①。在马恩 1859 年的重要著作中"实践"和"存在"这两个所谓"古典哲学概念"不但依然使用着，而且依然作为表述唯物史观最重要内容的范畴在使用着。这有力地证明了"两个马克思"的神话的破产。顺便指出，董文说"19 世纪 50 年代之后，马克思基本上已经告别了资产阶级哲学和美学的问题性和提问方式"，那么上述对"实践"和"存在"这两个所谓"古典哲学概念"依然使用，是否意味着仍然没有告别资产阶级哲学和美学的问题性和提问方式呢？更令人不解的是，此话背后暗含着马克思在 40 年代基本上还保持或沿用了"资产阶级哲学和美学的问题性和提问方式"的判断，那么，这个判断是不是也适合于从《提纲》、《德意志意识形态》、《神圣家族》到《共产党宣扬》、《雇佣劳动与资本》等马克思 40 年代的伟大著作呢？这可是个大是大非的问题，作者竟然轻率地作出如此荒谬的论断，实

① 《马克思恩格斯选集》第 2 卷，人民出版社 1995 年版，第 32、38 页。

在是匪夷所思。

董文还借口在汉语里“存在论”和“本体论”在实际使用上其内涵和侧重点都有所不同，而指责我们用“存在论”“替换”“本体论”是不能成立的。这里需要澄清两点：一是许多重要哲学概念在实际使用上其内涵和侧重点都有所不同，不独 ontology 如此。就以“实践”概念来说，正因为理解的不同，才造成学界的长期争论，也才造成董文自己解释上的自相矛盾。这里不存在什么“替换”问题；二是就学术而言，不能仅仅跟着人们不一致的实际使用走，而应该力求准确地辨析这两个概念的真实内涵，有可能因为理解不同而发生争论，但概念本身的准确内涵及其历史演变应该是有客观依据的。就以海德格尔的存在论而言，译成“本体论”就不那么准确了，当然与我们一般理解的“本体论”、“本体”也并非没有关系。问题是，马克思有没有 Being 意义上的存在论思想？他的实践观有没有存在论的根基？对这个问题的回答要靠事实说话，而不是简单地用译名“替换”的指责所能解决的。

此前，笔者曾尝试对马克思实践唯物主义的存在论思想作过若干探讨①，这里再从几个方面作进一步论述。

在《巴黎手稿》中马克思有一段直接谈存在论的（ontologisch）话，值得我们认真学习、思考：

> 如果人的感觉、情欲等等不仅是[狭]义的人类学的规定，而且是对本质（自然界）的真正本体论的（ontologisch）肯定；如果感觉、情欲等等仅仅通过它们的对象对它们来说是感性的这一点而现实地肯定自己，那么，不言而喻：(1)它们的肯定方式决不是同样的，毋宁说，不同的肯定方式构成它们的此在（Dasein）、它们的生命的特点；对象对于它们是什么方式，这也就是它们的享受的独特方式；(2)凡是当感性的肯定是对独立形式的对象的直接扬弃时（如吃、喝、加工对象等），这也就是对于对象的肯定；(3)只要人是人性的，因而他的感觉等等也是人性的，则别人对对象的肯定同样也是他自己的享受；(4)只有通过发达的工业，

① 注：朱立元、任华东：《试论马克思实践观的存在论内涵》，《河北学刊》2007 年第 4 期；朱立元：《略谈马克思实践观的存在论维度及其美学意义》，《马克思主义美学研究》第 11 辑；朱立元、刘旭光：《略论马克思主义实践观的存在论维度》，《探索与争鸣》2009 年第 10 期。

即通过私有财产的媒介，人的情欲的本体论的(ontologisch)本质才既在其总体性中又在其人性中形成起来；所以，关于人的科学本身是人的实践上的自我实现的产物；(5)私有财产——如果从它的异化中摆脱出来——其意义就是对人来说既作为享受的对象又作为活动的对象的本质性对象的此在(Dasein)。(参看《1844年经济学哲学手稿》刘丕坤译，第103页，《全集》42卷150页，译文采用邓晓芒据德文本改动的译文。)①

这段话比较长，此处不展开分析，只想着重说明几点。第一，马克思在这里两次提到的ontologisch肯定是西方哲学传统直至海德格尔的“存在论”(或是论、在论)问题，而不完全是中译文中人们一般理解的“本体”含义的“本体论”问题。第二，这里已经两次使用了被董文误以为海德格尔最初使用的Dasein(“此在”，或译“定在”、“亲在”等)这个现代存在论的重要概念，也有力地证明了马克思哲学存在论维度的客观存在，不是任何人能够随意否定的。第三，这里，ontologisch是与“人类学的”(或译“人本学的”)相对使用的，“不仅……而且……”的句式则表明马克思把“存在论”的肯定看得高于“人类学”的肯定。第四，马克思的“存在论的”肯定，是从人与对象世界的“感性”关系，更确切地说感性活动的关系来肯定自己的：“感觉、情欲等等仅仅通过它们的对象对它们来说是感性的这一点而现实地肯定自己”。在《手稿》另一处，马克思还从存在论根基处说到人的“激情”：“人作为对象性的、感性的存在物……所以是一个有激情的存在物。激情、热情是人强烈追求自己的对象本质力量。”②因此，人的感觉、情欲、激情、热情正是人追求使自己本质力量对象化、在对象世界中实现自己或者“现实地肯定自己”的内在动力。可见，马克思这里讲的正是人的本质力量对象化即感性活动亦即实践，才构成了人的存在论(而不仅仅是人类学)的根基。这难道还有什么异义吗？而且，从整部《1844年经济学哲学手稿》乃至《关于费尔巴哈的提纲》和《德意志意识形态》来看，马克思对人和世界的本质和关系都不仅是从人类学角度、更是从存在论的根基处加以论述的。第五，据此，马克思哲

① 以上引文均据邓晓芒：《马克思论存在与时间》，见邓晓芒《实践唯物论新解：开出现象学之维》，武汉大学出版社2007年版，第305～306页。

② 《马克思恩格斯全集》第42卷，人民出版社1979年版，第169页。

学的存在论是与其实践观紧密地结合在一起的,其存在论以实践观为依据,而实践观以存在论为根基,两者合为一体、不可分割。这也正是我们构想实践存在论美学的马克思主义理论基础。我确实说过,“实践存在论美学仍然以实践论作为哲学基础,但将其根基从认识论转移到存在论上”,但是,需要再次强调的是,这个存在论根基,决不是董文硬加给笔者的“海德格尔的存在论”,而是马克思与实践观结合为一体的存在论。

董文批评“实践存在论美学”里的“存在论”,“更多地带有海德格尔的意味,带有存在主义的味道”的理由是,“它更强调‘实践’是抽象的主客体相互生成的存在方式,相比‘实践本体论美学’,更强调抽象人性主体的‘主观性’和‘经验性’,而这里的‘经验’,无疑还是抽象的,还是康德意义上的‘共同感’”。这种批评实在是无中生有、强加于人。强调实践是“主客体相互生成的存在方式”正是马克思一系列著作中贯穿的存在论的基本思路和观点,何“抽象”之有?这个问题下面还要详论。至于“更强调抽象人性主体的‘主观性’和‘经验性’”的指责更是莫名其妙,一则笔者有关论著极少强调这两个“性”,特别是“经验性”;二则这个批评跟质疑“主客体相互生成的”批评自相矛盾,既然是主客“相互生成”,又怎么可能只强调其中一方“主观性”呢?遗憾的是,董文中这种自相矛盾的批评委实太多了!而且董文有时似乎忘记了对我们的批评,而同样肯定了主客“相互生成”说,比如他说,“以‘实践’为中介,实现主体与客体、人与世界互动与互容,马克思主义的实践观超越了传统形而上学的二元论和近代认识论哲学的纯粹理性思维”,这岂不是在打自己的嘴巴吗?

五 马克思哲学的根基是与实践观一体的存在论,而不是抽象的“物质本体论”

笔者认为,我们与董文最主要的分歧之一在于,董文依据上述反对用“存在论”“替换”“本体论”的理由,实际上把马克思极为深刻、丰富的存在论思想“替换”为“物质实体论”、“物质一元论”或“物质本体论”。董文认为我们没有“守住唯物主义的底线”,而是“突破‘唯物’和‘唯心’的界线”,陷入了否定“物质第一性”的唯心主义泥潭。董文一方面批评“实践一元论”认为世界和人类社会依据“实践”而存在,“实践”是世界的本原和本体,从而就以“实践一元论”代替“物质一元论”,取消了世界的物质统一性;另一方面明确主张研究马克思主义美学，“其出发点还是应当”“回到物质本体论的维度中来”，因为据说本体论或存在论里的“存在”，“应指世界上一切事物的客观存在”。

笔者首先要声明：我们从来没有怀疑“世界的物质统一性”，没有怀疑物质（自然界）先于（人的）意识而存在。相对于人的主观意识，物质（自然界）的先在性、客观性是不容置疑的。问题是，这是在物质与意识、思维与存在的关系即认识论范围内提出的问题，而不是存在论的提问范围和方式。实际上，董文一开始就把“存在论”问题偷换成“认识论”问题，即把“存在问题”首先看成世界与人的认识、存在与意识的关系问题，把相对于人的意识而言的物质世界在时间上的先在性看成是“存在论”的核心问题，而实际上恰恰把一切存在者（包括自然界和人）的存在（问题）遮蔽了。换言之，在还没有弄明白“存在论”究竟追问什么问题的时候，就想当然地判之为“唯心主义”。董文引用了恩格斯如下一段话来批评我们的所谓的“唯心主义”观点：

> 自然界用了亿万年的时间才产生了具有意识的生物，而现在这些具有意识的生物用几千年的时间就能够有意识地组织共同的活动：不仅意识到自己作为个体的行动，而且也意识到自己作为群众的行动，共同活动，一起去争取实现预定的目标。现在我们已经差不多达到这样的程度了。观察这个过程，眼看我们星球的历史上还没有过的情况日益临近实现，对我来说，这是值得认真观察的景象，而且我过去的全部经历也使我不能把视线从这里移开。①

这一方面是文不对题，因为我们根本没有否认自然界先于人的意识而产生；另一方面，恩格斯这段话从第二句起，恰恰强调了人的有意识的实践活动创造了一个“我们星球的历史上还没有过的”、与原先没有人的自然界完全不同的“人的世界”，这在实际上已经通过“实践”把问题从认识论引向了存在论，并且强调要“认真观察”这个“人的世界”的“景象”。在马克思那里，“实践”不仅是认识论范畴，更主要、更基本是存在论范畴。下面，让我们看看马克思是怎样从“关系”角度论述人与自然界、人与世界的存在论关系的。

① 《马克思恩格斯全集》第 39 卷（上），人民出版社 1979 年版，第 63 页。

首先，马克思认为，人与动物的重要区别之一是人有“关系”，动物没有。他指出，“凡是有某种关系存在的地方，这种关系都是为我而存在的；动物不对什么东西发生‘关系’，而且根本没有‘关系’；对于动物说来，它对他物的关系不是作为关系存在的”。由此可见，在存在论的特定意义上，人也是“关系”的动物，人一旦从动物界分离出来，就有了“关系”——人与动物、人与自然、人与人等等关系——这些关系也就是人之为人、人高于和超越于动物的重要标志。比如，人与自然的关系，在人刚刚从动物界分离出来之际，是一种敌对的关系；自然界作为人的对立面，在很大程度上还没有成为人的实践活动的对象，没有成为人的本质力量的实现和确证，“自然界起初是作为一种完全异己的、有无限威力的和不可制服的力量与人们对立的，人们同自然界的关系完全像动物同自然界的关系一样”①。当然，随着人的实践活动的展开和发展，人与自然的关系也发生着日新月异的变化。恩格斯指出，“随着完全形成的人的出现而产生了新的因素——社会”②。在社会中，人的物质实践的集中体现——工业——推动着这种关系的不断改变，“在工业中向来就有那个很著名的‘人和自然的统一’，而且这种统一在每一个时代都随着工业或慢或快的发展而不断改变，就像人与自然的‘斗争’促进生产力在相应基础上的发展一样”③。

其次，马克思根据上述“关系”说的思想全面论述人与自然界的存在论关系。第一，他指出，“人同自然界的关系直接就是人和人之间的关系，而人和人之间的关系直接就是人同自然界的关系”，“这种关系通过感性的形式”，即人的感性活动(实践)“表现出人的本质在何种程度上对人说来成了自然界，或者自然界在何种程度上成了人具有的人的本质”。显然，马克思不把人和自然界看成现成的、互相分离、孤立不变的存在物，而是看成通过人的感性实践活动互相作用、互相生成的社会关系。这里，自然界与人的存在是互为前提的，脱离了人的自然界和脱离了自然界的人在存在论上都是不可能和不存在的。

第二，马克思认为，由于人直接是自然的存在物，“人靠自然界生活”，“人是自然界的一部分”，同时又是“社会存在物”；而“社会”的含义又紧密联

① 《马克思恩格斯选集》第1卷，人民出版社1995年版，第81页。

② 恩格斯：《自然辩证法》，人民出版社1971年版，第153页。

③ 《马克思恩格斯选集》第1卷，人民出版社1995年版，第76～77页。

系着人的实践活动，马克思说，“我”即使作为个人，“我也是社会的，因为我是作为人活动的”，“而且我本身的存在就是社会的活动”，“我自己是社会的存在物”。所以，马克思又在这个意义上把社会（活动）看成人与自然的统一的存在论根据：

> 只有在社会中，自然界对人说来才是人与人联系的纽带，才是他为别人的存在和别人为他的存在，才是人的现实的生活要素；只有在社会中，自然界才是人自己的人的存在的基础。只有在社会中，人的自然的存在对他说来才是他的人的存在，而自然界对他说来才成为人，因此，社会是人同自然界的完成了的本质的统一，是自然界的真正复活……①

这里说得再明白不过，只有在人类社会和社会的人的实践中，自然界才真正作为属人的自然界而进入人的现实生活，“才是人自己的人的存在的基础”。如果离开了社会的人和人类社会，自然界也就不成其为真正的自然界了，而只能成为无意义的存在物。关于这一点，马克思更清楚的表述是，“如果把工业看成人的本质力量的公开展示”，即看成人的实践活动成果的显现，“那么，自然界的人的本质，或者人的自然界的本质，也就可以理解了”，“在人类历史中即在人类社会的产生过程中形成的自然界是人的现实的自然界，因此，通过工业——尽管以异化的形式——形成的自然界，是真正的人类学的自然界”。这里马克思特别强调的，一是把相对于人而言的自然界看成有一个从无到有的“形成”或“生成”过程，而不是在人以前就已经“存在”的“现成存在物”；二是把自然界对人的生成过程纳入到人类社会的历史中，而把人类历史看成“自然史”即“自然界成为人的这一过程的一个现实部分”②。这样，这个自然界就是人的自然界或“人类学的自然界”，是在人类社会中生成的自然界。离开了人或人的实践活动，这个自然界就不复存在。

第三，据此，马克思以实践为中心和出发点，对人与自然的存在论关系，得出了极为清楚深刻的生成论结论，强调指出，无论人还是自然界，源初都不是二分或对立的现成存在物，而都是通过劳动实践历史地生成的：“整个

---

① 《马克思恩格斯全集》第 42 卷，人民出版社 1979 年版，第 122 页。

② 《马克思恩格斯全集》第 42 卷，人民出版社 1979 年版，第 128 页。

所谓世界历史不外是人通过人的劳动而诞生的过程，是自然界对人说来的生成过程，所以，关于他通过自身而诞生、关于他的产生过程，他有直观的、无可辩驳的证明。因为人和自然界的实在性，即人对人说来作为自然界的存在以及自然界对人说来作为人的存在，已经变成实践的、可以通过感觉直观的。"①可见，人与自然界都不是现成的、固定不变的存在物，它们的现实存在都是通过实践而历史地生成的。在此，马克思贯穿生成性思维的存在论思想正是通过其实践观得以展开和呈现的。马克思也正是借助生成论超越了主客二分的认识论思维方式，达到了实践观与存在论的有机结合。

再次，马克思将这一人与自然关系的存在论思路贯彻到了对人与（整个）世界的关系的论述中。马克思明确指出："人不是抽象的蛰居于世界之外的存在物。人就是人的世界。"②就是说，在原初意义上，人与世界是一体的、不可分割的，人不能须臾离开世界，只能在世界中存在，没有世界就没有人；同样，世界也离不开人，世界只对人有意义，没有人也无所谓世界；同世界不是与人无关、离开人而独立自在、永恒不变的现成存在物一样，人也从来不是离开世界和他人的、固定不变的现成存在者，而是在"现实的生活过程"中存在和发展的。正是人的"这个能动的生活过程"即实践，将人与世界建构成不可分割的一体，也构成了人在世界中的现实存在。所以，马克思的"人就是人的世界"的概括，典型地体现了现代的存在论思想。可是，董文在引用了笔者以前文章中同样内容的一段话后说这是"典型的唯心主义"观点。笔者在说明人与世界原初的一体关系时确实说过，"譬如，人和世界的关系：没有人的时候，有没有自然界都值得怀疑，没有人，自然界充其量只是一种存在而已；有了人才有自然界，人和自然界是同时存在的，当周遭世界都成为人存在的环境、大地时，对人而言，世界才有意义。人与世界在原初存在论上不能分开，确信无疑的存在就是人在世界中存在，然后才能考虑其他问题"，然而，这段话中的一个前提是"没有人的时候"亦即人类形成或产生以前，比如在2.5亿年前的恐龙时代，现在被我们称之为"自然界"的一切事物、存在物都只不过存在着而已，它们不是作为人的生存环境或作为相对于人而言、与人相互作用和相互生成的对象世界而存在的，更不是现在意义上的人的（人类学的）自然界（世界），正是在这个特定意义上，没有人，也就

① 《马克思恩格斯全集》第42卷，人民出版社1979年版，第131页。

② 《马克思恩格斯选集》第1卷，人民出版社1995年版，第1页。

没有相对于人而言的世界(自然界),它们存在着,也只是存在着而已,但是不是真正作为与人相关的世界(自然界)而存在的,不是今天意义上的现实的、人(生活、实践于其中)的世界(自然界)。这丝毫不涉及世界相对于人的意识而言的先在性、客观性问题,因为在人还没有的时候,哪里来人的意识?没有人的(主观)意识,又哪来什么“客观存在”? 所以,董文所谓“典型的唯心主义”的指责不但毫无道理,而且恰恰暴露出他们主张的物质本体论是游离于人和人的社会实践的抽象的自然主义的本体论。对此,下文还要论述。

董文还把马克思“人就是人的世界”的命题与海德格尔的“此在在世界中此在”的命题等量齐观,实际上贬低了这个存在论命题的深刻性。人与世界是不可分的,一方面,人就存在于世界之中,而不在“世界之外”,这似乎与海氏的“此在在世”基本一样;但另一方面,“人就是人的世界”就在三点上高于海德格尔:第一,世界只有一个,就是“人的世界”,没有人以外的世界,自然界只有进入人的社会实践,才成为“人的世界”。第二,“人就是人的世界”中的人和世界都不是孤立的、现成的存在物,人乃是实践着的现实的人,世界是人通过实践活动不断改变着的,同时又不断确证着人的本质力量的属人的对象(自然界),是人与对象通过实践互动共生的、不断生成着的世界。在马克思看来,现存的“人的世界”——人类生活的对象世界、现实的感性世界——“不是某种开天辟地以来就直接存在的、始终如一的东西,而是工业和社会状况的产物,是历史的产物,是世世代代活动的结果。……甚至连最简单的‘感性确定性’的对象也只是由于社会发展、由于工业和商业交往才提供给他的”。第三,“人的世界”就是人的实践活动创造的世界,它是由工业等人的感性的实践活动创造、建构起来的,“这种活动、这种连续不断的感性劳动和创造、这种生产,正是整个现存的感性世界的基础,它哪怕只中断一年,费尔巴哈就会看到,不仅在自然界将发生巨大的变化,而且整个人类世界以及他自己的直观能力,甚至他本身的存在也会很快就没有了”①。这清楚地说明,人的(现存的感性)世界的基础是劳动实践,只有在实践中,整个“人的世界”,包括人和自然界的如此这般的存在,才显现出来。倘若劳动实践一旦中断,整个“人的世界”包括每个个人都将不复存在。可见,劳动实践是人和世界存在的前提,人的存在和世界的存在都不是自在、自明的。我们认为,这就是马克思实践观的存在论维度的核心内涵。

---

① 《马克思恩格斯选集》第 1 卷,人民出版社 1995 年版,第 76、77 页。

董文在"人的世界"问题上指责我们否定了物质第一性(统一性和客观性),实际上恰恰犯了费尔巴哈直观的唯物主义的错误。诚然,马克思肯定了相对于人的"外部自然界的优先地位仍然会保存着"(物质第一性),但是紧接着他强调,"这种区别只有在人被看作是某种与自然界不同的东西时才有意义"。① 这就是说,这种外部世界的优先性只有在人已经把自己与自然界区别开来、把自然界作为自己的认识和实践的对象时才有意义。如果自然界还没有作为与人发生认识和实践关系的对象时,这种优先性就毫无意义。在人类产生之前,这种优先性(客观性)更加无从谈起,因为它的前提都不存在了。正是在这个意义上,马克思尖锐地指出:"被抽象地孤立地理解的、被固定为与人分离的自然界,对人说来也是无。"②马克思也是从这一实践观和存在论一体化的思路出发,深刻地批评费尔巴哈在"人的世界"问题上的直观的、自然的唯物主义,他批评费尔巴哈"从来不谈人的世界,而是每次都求救于外部自然界,而且是那个尚未置于人的统治之下的自然界"③;并一针见血地指出,"先于人类历史而存在的那个自然界,不是费尔巴哈生活其中的自然界;这是除去在澳洲新出现的一些珊瑚岛以外今天在任何地方都不存在的、因而对于费尔巴哈来说也是不存在的自然界"④。马克思说得何等深刻啊,在某种意义上就好像直接针对董文说的。"先于人类历史而存在的那个自然界"或"物质",与人无关,不属于"人的世界",因为人还没有产生,所以不存在对人的"优先地位"问题,就存在论而言,不存在唯物、唯心的问题。

纵观几篇董文,他们主张"回到"的"物质本体论"中的"物质",是脱离了人和人的实践活动的抽象的"物质"。这种抽象的"物质本体论"曾经遭到马克思的批评。马克思指出:"只有当物(die Sache)按人的方式同人发生关系时,我才能在实践上(praktisch)按人的方式同物发生关系。"⑤这一从人的实践出发进行的批评,指出了物质如果不"按人的方式"即实践方式同人发生关系,或者说,人以外或人产生以前的、从未进入人的实践活动(或视野)

① 《马克思恩格斯选集》第1卷,人民出版社1995年版,第77页。

② 《马克思恩格斯全集》第42卷,人民出版社1979年版,第178页。

③ 《马克思恩格斯选集》第1卷,人民出版社1995年版,第97页。

④ 《马克思恩格斯选集》第1卷,人民出版社1995年版,第77页。

⑤ 《马克思恩格斯全集》第42卷,人民出版社1979年版,第124页注2。

的物质，根本无所谓先在性、客观性，因而不具有“本体论的意义”，不能成为“本体”。马克思这里实际上否定了那种把与人和人的实践无关的抽象的“物质本体论”。可以与此相印证的是，马克思还批评了自然科学研究中存在的那种“抽象物质的（abstract materielle）”观点，认为这种物质观就其实质而言，“或者不如说是唯心主义的方向”，因为这种抽象的物质观拒绝“把工业看成人的本质力量的公开的展示”，不承认“自然界的人的本质，或者人的自然界的本质”，一句话，否认物质与人的实践活动的关系，否认自然界与人类历史不可分割的关系，否认自然科学和人的科学是“一门科学”①，实质是否认一般唯物主义和历史的不可分割的关系。这才是真正的唯心主义。正如马克思批评费尔巴哈直观的唯物主义时指出：“当费尔巴哈是一个唯物主义者的时候，历史在他的视野之外；当他去探讨历史的时候，他不是一个唯物主义者。在他那里，唯物主义和历史是彼此完全脱离的。”②由此可见，董文用抽象的物质本体论即一般唯物主义对实践存在论美学所做的批判，同费尔巴哈一样，“唯物主义和历史是彼此完全脱离的”，这不但不符合马克思实践唯物主义即历史唯物主义的观点，而且实际上把马克思主义降低、倒退到了费尔巴哈直观的、自然的唯物主义和一切旧唯物主义的水平。这就是问题的关键所在。

写于 2009 年 10 月

原载《复旦大学学报》2010 年第 1 期

---

① 《马克思恩格斯全集》第 42 卷，人民出版社 1979 年版，第 128 页。

② 《马克思恩格斯选集》第 1 卷，人民出版社 1995 年版，第 78 页。

批评的实践与阅读的感言

老庄人生境界的审美透视

从 2003 年的《修养境界审美》到现在的《澹然无极——老庄人生境界的审美生成》（人民出版社 2006 年版），王建疆一直在进行人生境界与审美境界的研究，并在短短的四年中有两部专著出版，可见他在这方面有比较深厚的学术积累，也体现出他一以贯之的治学特点。

这部新著最主要的成就和创新之处，在于作者把现代生成论思想成功地运用到对人生境界论的考察上。近年来，我在思考中国美学建设和发展问题时，提出了建构实践存在论美学的设想。其中一个基本思路就是用马克思主义观点吸收、改造西方现象学、存在主义的现代生成论思想，并与中国古典美学中的相关思想互动互释、结合起来。建疆这部著作从境界论角度有力地证明了老子和庄子美学内含着的生成论思想，也使我坚定了努力完善实践存在论美学构想的信心。

从现代生成论思想出发，建疆认为，虽然以冯友兰为代表的人生境界论在对中国传统的人生哲学的继承发展方面具有不可磨灭的功绩，但其明显的境界等级论而非境界生成论却是一个思维方式上的重大缺陷。建疆通过对中国古代人生境界的全面考察指出，人生境界具有个体性、内显性和生成性特点。尤其是其中的生成性特点，为人生境界的审美生成找到了合理的解释。事实上，所谓老子的"道德境界"，在现代生成论看来，实质上只是"道"与"德"之间的互动和生成，体现了目的与手段、目的与过程的统一，包含着人生实践美学的核心秘密，而非现在人们心目中一成不变的道德境界；所谓庄子的审美境界，实质上只是人生修养导致的功夫境界向艺术境界的审美转换。从这样的认识高度出发，作者对老子美学和庄子美学中的一系列重要问题展开了深入的探讨，并得出了全新的结论。比如，如何看待老子关于"美"的看法，是一直困扰美学界的难题。最早的看法是围绕老子论美展开的，认为老子是否定美和审美的，因为他讲过"天下皆知美之为美，斯恶已”，又说“五色令人目盲，五音令人耳聋”等，但后来人们又认为老子论美的言论在老子美学中并不重要，因此，老子是否否定美的问题就被搁置了。建疆则从生成论的角度认为，围绕人生境界的是否实现，老子对美的态度有明显的不同。在老子的人生境界没有实现之前，美在被否定的范围之内，而当老子的“小国寡民”的社会理想或人生境界实现时，老子又赞美“甘其食，美其服，乐其居”的日常生活审美，从而显示出老子美学转换生成的特点。再如，说到庄子的“庖丁解牛”，一般都认为这是庄子美学注重技艺锤炼或人生实践的一个显例。但建疆却从生成论的角度指出，庖丁解牛本身只是一个血淋淋的屠宰过程，为什么会成为一个审美创造的显例，关键就在于《庄子》语言对于丑恶的遮蔽和对美妙的张扬，审美是从血淋淋的屠宰中升华而来的，是丑与美之间的转换生成的结果。进而认为，正是庄子美学的这种转换生成，才使得老子和庄子既否定艺术和美又赞美艺术和美的历史悖论有了合理的解释，并由此为艺术的合法性存在打开了一道历史的闸门。当然，这只是其中的几个例子，但已经足够说明生成论思想在研究中国美学史方面是大有可为的。

人生境界问题在时下显得愈益重要。这根源于现实利益与道德要求之间的失衡，也根源于审美感官化与精神境界之间的不和谐。怎样才能通过人生境界重建与审美境界的提升来构筑我们时代的和谐？这本专著通过对老庄人生境界的审美透视，给我们提供了不可多得的参照。

该文是为王建疆《澹然无极》（人民出版社 2006 年版）一书撰写的序言，曾在《光明日报》2006 年 11 月 22 日书评版发表

走近一个真实的鲁迅

——读吴中杰教授的新著《鲁迅传》

真实是文学的生命，无论是现实主义文学、浪漫主义文学，还是现代主义文学，概不例外。真实，更是传记文学生命的核心。缺乏真实性的传记文学就丧失其为传记文学的资格。鲁迅先生去世七十多年以来，关于鲁迅的传记类作品已经出了许多，取得了不小的成绩。但也毋庸讳言，就我们孤陋寡闻，从所读到的有些鲁迅传记作品来看，其塑造的鲁迅形象却往往离真实的生活有距离，要么只是一个缺少人情味的"单面"斗士，要么是一个可敬而不可亲的全知"圣人"，而不是一个有血有肉、活生生的鲁迅。而最近由复旦出版社出版的吴中杰教授的新著《鲁迅传》则以大手笔引领我们走近一个真实鲜活的鲁迅，使我们读之不仅眼睛一亮，而且心灵为之震撼。

《鲁迅传》将鲁迅的一些重要言行放在特定的历史语境中，联系其同一时期的其他言行进行实事求是的具体、历史分析，还它以本来的真实面目，纠正了长期以来被多数人(包括我们自己在内)接受、认可的一些误读。最典型的莫过于对鲁迅提倡"遵命文学"的宣传。这一宣传已经使一代一代的读者形成了习惯的接受心理，很少有人提出怀疑或质问。但中杰先生却以尊重历史、尊重事实、尊重真实为第一原则，在仔细梳理大量资料，反复阅读原始文本的基础上，发现所谓鲁迅提倡"遵命文学"完全不符合，甚至违背了鲁迅的原意。他在指出鲁迅的"遵命"只是"与前驱者取同一步调"的意思，而且是"在特定语境中说的"；他引用《〈农夫〉译后附记》中对"遵命文学"的讽刺作为例证，又引用鲁迅 1932 年一次题为《革命文学与遵命文学》的讲演对"遵命文学"的批评作为旁证，明确指出，鲁迅称自己作品"也可以说，是'遵命文学'，实乃带有调侃之意"，而实际上，"鲁迅对于遵命文学是何等鄙视，何等憎恶，他怎么会提倡遵命文学呢？盖鲁迅好作反讽之语，见者不察，信以为真，或明知其意在彼，而故意曲解为此，使其为我所用"。此言一语中的，既精辟、深刻，又很有说服力。作者还举了好几个例子从侧面证明鲁迅历来“是最反对配合形势，命题作文的”。这样，中杰先生就有力地推翻了长期以来这一“拔高”（当然也有相反意见）鲁迅思想的旧说，恢复了其真实面貌。还有，鲁迅 1921 年 1 月 3 日就《新青年》办刊方案致胡适的信，长期以来也被曲解成对胡适意见的抵制和批判，似乎鲁迅是赞成将《新青年》变成宣传马克思主义的政治刊物的。中杰先生则引用全信后得出相反结论：“其实原信写得很明白，他基本上是赞成胡适的主张的，只是以为不必发表新宣言表明不谈政治而已。……他最后的希望，也只是要求《新青年》的‘学术思想艺文的气息浓厚起来’。”他指出，这种曲解，“这种政治化的做法”，意在拔高鲁迅，“却离开了鲁迅原来的意思”。以上几例都是以实证的方法推翻了通过拔高鲁迅而把鲁迅政治化的主流意见，恢复了鲁迅思想的实际状况和真实面貌。

还有一个也是众说纷纭的关于鲁迅的历史“公案”，即因为鲁迅说过“我以为要少——或者竟不——看中国书，多看外国书”，而误以为鲁迅贬低甚至否定中国传统文化。对此，《鲁迅传》以大量事实给予了非常有说服力的说明。第一，作者把鲁迅这句话放在五四新文化运动反对封建旧文化的大背景下加以考察，并与鲁迅的文化启蒙实践结合起来解读。比如该书指出新文化战士批孔的“着眼点是孔学的现实影响，而非它的教条本身”，鲁迅也是这样，“他从小熟读儒书……但是，在打倒孔家店的高潮中，却从来不去讨论儒学的原教旨，而总是着重批判它在现实生活中的弊害”；又比如对国粹派、学衡派、甲寅派等的批判大致也是如此，作者强调“鲁迅对于国粹派是进行历史分析的”，他不但具体区分了前清末两种“保存国粹”主张的不同，也区分了同一批人前清末和五四时“保存国粹”主张的不同，从而得出“鲁迅总要探究出某些文化口号背后的现实动机，这才是问题的关键所在”；作者更明确指出，鲁迅批判国粹主义，并非不要文化传统，而在于确定“继承文化传统的目的性问题”，“鲁迅的出发点，是民族国家的前途问题”，“有些人害怕失却‘国粹’之后，‘中国人’这名目要消失，而鲁迅所怕的，则是中国人要从‘世界人’中挤出——这也就是后人之所谓要被开除球‘籍’的问题，即此一节，也可以见出鲁迅思想之超前”，此论极为精彩，一语中的，点明了鲁迅批判儒学和国粹主义，决非否定传统文化，而是为了民族国家的前途，为了现代中国的创建。第二，该书纵观鲁迅一生，指出“其实，对于中国书，鲁迅并非一概否定，也不是要青年一概不读，而是根据具体情况，加以区别对待”：

一是区别读经与读史,“反对读经,但却主张读史”;二是区别专业人员与一般青年,认为“鲁迅所说要少读或甚至不读中国书,是对一般青年而言,因为对他们说来,要紧的是‘行’,不是‘言’”,“但对于专修文史的教员和学生来说,自然另当别论”。第三,该书引用了鲁迅早年在《文化偏至论》中一段话:“外之既不后于世界之思潮,内之仍弗失固有之血脉,取今复古,别立新宗”,认为这是鲁迅“宣布了自己的文化指向”和“救国之道”,“他此后的文化工作,也就沿着这一方向进行”。这显然表明,鲁迅绝对没有贬低、否定中国传统文化之意,相反,鲁迅是以传统文化为根底,为“固有之血脉”。实际上,正如该书描述的,鲁迅一生在批判封建专制文化的同时,还做了许多整理、研究、介绍、传播传统文化遗产的工作。可见,鲁迅所反对的只是停滞、倒退、复古,把青年引向旧文化、故纸堆,而忘却现实斗争和社会矛盾的错误倾向,只是打着“国粹”旗号的假古董及其所发出的假毫光。

《鲁迅传》在概括鲁迅早期思想发展线索时,打破了学界普遍认同的“弃医从文”一次转变意见,而是提出鲁迅早期的启蒙思想经历了科学救国—弃医从文两次转变过程的观点,并以丰富材料叙述了这一思想历程。1903 年鲁迅在日本弘文学院学习时,从救国立场出发,他的写作兼及文学与科学。中杰先生明确提出:“运用什么样的武器来拯救祖国?鲁迅当时还在选择中。他虽然很重视文艺的力量,但此时他似乎更关心西方科学思想的介绍,以为这是足以启民智、发民力来解救祖国危亡的东西”,所以,他写了《中国地质略论》、《中国矿产志》等论著,翻译了一些“科学小说”;而且,“正是在科学救国的思想基础上,鲁迅在东京弘文学院结束了预备班的学业之后,就选择了医学作为他从事革命、拯救祖国的职业”。至于鲁迅后来的“弃医从文”是有多方面复杂的原因的,除了众所周知的看到国人看同胞被砍头时的麻木状态的影片备受刺激外,作者还描述了其他一系列事件,特别是鲁迅考试成绩列在中等,就被日本学生匿名信攻击为藤野先生“漏题”的结果,这种民族、国籍的歧视也给鲁迅很大刺激。由此,鲁迅把运用文艺武器“改变他们的精神”作为“第一要著”,走上文艺的道路。这样从科学救国—弃医从文的两次转变过程,更加真实、准确地勾勒出鲁迅思想的前进轨迹。

在我们看来,《鲁迅传》将保持独立的精神、自由的思想作为鲁迅精神的灵魂和贯穿全书的核心线索,来概括鲁迅作为“为真理和正义而搏斗的志士”的基本方面。书中写到,在鲁迅刚刚决定弃医从文之际,在日本的中国留学生学习理工政法的很多,“但没有人治文学和美术”(《呐喊·自序》),抱着以文艺改造国民精神的鲁迅于是处于孤独和不被理解的境地，甚至遭到朋友弄文学只有饿死的奚落，然而鲁迅“依然坚持自己的信念，努力从事文艺工作”，体现了一旦作出选择，就义无反顾地付诸实行的独立精神。后来，“即使在教育部工作或在大学教书时，他也是不受任何体制的约束，不服从长官意志，而始终保持自己的自由思想的。当年作为教育部的官员，而敢于对抗教育总长章士钊命令，坚决支持女师大学生的正义斗争，即是一例”；第十九章对1927年10月、12月鲁迅两篇长期被忽视的重要演讲《关于知识阶级》和《文艺与政治的歧途》做了详细的解析，指出鲁迅揭露了知识与强权（“强有力”）的对立和强权对自由思想的压迫，以及当时维护现状的政治对文艺的排斥，得出了从中可见“鲁迅对于知识分子独立精神的重视和社会使命的认识”；该书二十二章写到左联成立初期，鲁迅对当时受到立三路线“左”倾思想影响的左联提出了一系列中肯的批评和希望，并引用了一条材料——1930年5月7日晚上李立三亲自约见鲁迅，要求鲁迅公开发表声明支持立三路线的政治主张，遭到鲁迅拒绝，鲁迅说，他与李立三，“我们两人，各人谈各人的”，表明了鲁迅对时局的独立判断，不轻易受他人左右。鲁迅晚年对左翼内部“两个口号之争”的态度也突出表现了鲁迅的独立精神。应当说，《鲁迅传》对这次论争来龙去脉的叙述不但清楚细致，而且对双方的是非曲直作出了客观公正的判断，打破了长期以来由于“官本位”作祟而模糊论争是非、各打五十大板的思维定势。该书厘清了大量材料，认定鲁迅等人提出“民族革命战争的大众文学”的口号，与周扬等人的“国防文学”口号相对抗，“是必然的，而且这个口号一定是既体现联合战线精神，同时又有主导方向的”，而“国防文学”口号则一味强调“联合”却取消主导方向。在全面、细致地叙述了“两个口号之争”的整个过程后，中杰先生一针见血地总结道：“鲁迅与周扬等人的矛盾，显然不只是两个口号的论争，也不仅仅是对于抗日统一战线政策的不同理解，而是两种文化思想的冲突。鲁迅是一向坚持知识分子的独立精神和自由思想的，他尊重别人的意见，也希望别人能够尊重他的意见，有事通过协商，他可以让步，但是决不允许别人凌驾在他的头上发号施令。”此言确是精辟之论。

当然，鲁迅不仅仅是一个勇往直前的民主斗士，同时也是一个充满人情味的兄长、丈夫和父亲。过去，人们对这个方面相对比较忽视，好像鲁迅老是“横眉冷对”，刻薄待人，至死不饶人。《鲁迅传》则在很大程度上弥补了这方面的不足，给我们提供了一个更加可敬又可亲的活生生的鲁迅。先看兄弟之情。鲁迅弟兄三人,他作为老大"对于兄弟,一向感情很深",该书详细地描写了鲁迅从小对两个弟弟的关爱,尤其对周作人,更是长期提供经济上的支持,包括对其结婚费用的帮助,"即使在周作人回国之后,他仍以自己的收入负担全家绝大部分费用,还不时接济东京的羽太家(周作人老婆的娘家)"。但是,后来弟兄俩发生"裂变"。裂变的原因众说纷纭,迄无定论。中杰先生在收集、鉴别了大量一手资料的基础上,作出客观公允的推断:"说鲁迅与周作人的矛盾,是因家庭经济的缘故,由周作人的老婆羽太信子所故意引发,应是合理的解释。"鲁迅在此表现得很"传统",很委曲求全。对此,作者还给予鲁迅一点善意的批评:"在家庭问题上,鲁迅也有他自己的责任。鲁迅的失误就在于他对于兄弟过分的溺爱和迁就,在实践上对家族制度的否定不够果决。"在我们看来,这恰恰说明鲁迅不是"圣人"、"超人",而是与我们每一个人一样的常人、凡人。再看父子之情。鲁迅本来并不想要孩子,但一旦老年得子,他对于儿子的爱是深切的,是"用无我的爱"来养育海婴的,诚如《鲁迅传》引鲁迅信中所说,"加倍服劳,为孺子牛耳"。书中通过许多真实的细节描绘了鲁迅对儿子的疼爱,使人读之倍感亲切。这里值得一提的是,作者对鲁迅《自嘲》诗中"横眉冷对千夫指,俯首甘为孺子牛"作出了更加切近实际、切近鲁迅原意的解释:"孺子牛"首先指儿子海婴,当然也可扩大为"所有的孩子";而"上句所谓'千夫指'当是指'千夫所指',即受到众人指责之意,这也符合鲁迅历来的遭遇。鲁迅则横眉冷对,毫无畏惧"。显而易见,"甘为孺子牛"真实地体现出鲁迅爱子的拳拳之心。当然,作者也没有否定毛泽东对这两句诗从无产阶级革命的高度所作的政治阐释,认为这"从接受美学的角度来看,其实也是正常的现象"。至于夫妻之情,限于篇幅,不再举例。

总之,中杰先生的《鲁迅传》为我们塑造了一个真实可信、可敬可亲的鲁迅形象,比之于以往的同类传记著作,确实是推进了一大步。

本文同王文英合撰,发表于《文汇读书周报》2009年4月16日第3版

一部具有原创性的喜剧美学范畴史著作

——评介《幽默理论关键词研究》

当阎广林、徐侗二位好友打电话希望我为他们的新著《幽默理论关键词研究》一书写一篇书评时，我毫不犹豫地接受了。之所以如此爽快，不仅仅因为好友的信任和托付我义不容辞，更因为他们给了我一个绝好的学习机会。坦率地说，我这些年虽然在西方美学和美学理论方面做了一些研究，但对于喜剧、幽默等的了解还相当单薄，甚至可以说比较粗浅。比如我主编的《西方美学范畴史》中“喜剧”范畴比“悲剧”范畴简单得多，所用的材料也多较陈旧，“幽默”更是一笔带过；又如我近年来在给本科生上美学课讲到作为西方重要审美形态的“喜剧”时，也只是与“悲剧”合为一组作简略的讲解，而且自己感到，比起“悲剧”形态来，无论在“史”（历史梳理）还是“论”（理论阐述）的方面都不够深入，虽然我希望尽量增加一些新内容、补充一些新材料，但总觉得捉襟见肘，因为国内可供参考的研究喜剧美学理论的系统专著实在太少（可能是我孤陋寡闻），而国外的相关著作我又没有时间、精力去收集和阅读。我感到，在自己有限的知识仓库中，喜剧美学这一部分更是相对薄弱的，然而却又恰恰是我具有浓厚兴趣的。所以，听说二位好友完成的这部新著，正是我急迫想阅读和学习的，岂能不喜出望外？让我评介，不正可以先睹为快吗？正中下怀，此之谓也！

当这部书送到我手上时，我着实感到了它的厚重分量，不是指它的字数多、篇幅大，而是指它的扎扎实实的学术分量。如上所说，我是带着认真学习的态度和很高的期望值来阅读它的。当我细细地读完了全书后，不但没有一丝一毫的不满足，相反，感到它高于和超过了我的期望，使我获得了近年来阅读理论著作（而不是文学作品）少有的快感和满足。超过我的期望、使我感到满足的理由主要有三条：

首先，我感到《幽默理论关键词研究》一书在一定程度上填补了当代系统研究喜剧美学原理的理论空白。新时期以来，不是没有喜剧美学研究方面的著作，但数量很少，而且大多局限于研究某些具体的理论或创作实践问题，论域比较窄；对喜剧美学原理性问题的探讨更为匮乏，更谈不上全面、系统了。尤其是上世纪90年代以来随着我国市场经济的蓬勃发展、各个领域现代化步伐的日益加快，人们（主要是城市人群）的生活方式也日趋世俗化、消费化、娱乐化、消遣化，在这个本来特别需要喜剧和喜剧美学的时代，却由于上述"四化"造成了美学上的"瘸腿"现象：一方面，各种各样的喜剧、小品包括形形色色后现代样态的喜剧充斥荧屏、舞台、银幕；另一方面，对喜剧美学系统的理论探讨却比以往更加缺少，这是由于人们对理论的兴趣更加淡薄使然。正如广林、徐侗二位在本书前言中所说："及至当下各种器用、实用之说泛起之日，原理性的中国笑论或幽默理论却已荡然。或者说，存在之存在的形上寻根，终极视域的超验追问，显然是一个很重要和很缺乏的理论课题。"他们正是看到了这种"瘸腿"现象，看到了这个理论课题"很重要和很缺乏"，才不避孤独和寂寞，下苦工夫多年，终于在喜剧美学原理性研究几乎"荡然"当代中国，奉献出了这部力作，其填补空白之功显而易见。

然而，此功尚属次要。在我看来，它还在某种意义上对国际喜剧美学原理研究也有填补空白的作用。我这样说，并非无原则吹捧。西方美学两千多年的悠久历史，产生了许多大家大作，取得了丰硕成果，从柏拉图、亚里士多德到康德、黑格尔再到20世纪诸位学术大师，建立起了一个个体大思精的理论体系，一座座结构严谨且独立自足的理论大厦。这个西方美学史的总体面貌是不容置疑的。然而，诚如本书作者指出："与此相比，西方的笑论和幽默理论却要相形见绌了；因为这里不仅有本质的困惑，还有体系的困惑，甚至还有语言的困惑，甚至不仅是困惑而且是散乱，以至于有人将其喻为古希腊神话中的奥吉亚斯牛圈，亟待清理。"作者用大量材料证明了西方喜剧美学理论的这个"散乱"和"困惑"的历史和现状是千真万确的，是整个西方美学宏伟大厦中的薄弱环节。而本书就重点做了这个"清理"工作，把散乱的东西梳理清楚，加以系统化，使之条分缕析，井然有序，同时也就解除了上面种种理论困惑，使西方喜剧美学理论首次以一个完整、清晰、系统的面貌呈现在我们面前。这不正是一种填补空白的特殊方式吗？

其次，这部喜剧美学力作的着"力"点就在于全面、系统。先说全面。在我原有的喜剧美学观念中，能够作为关键词研究的无非是笑（laughter）、可笑性（Ridiculous）、喜剧性（Comic）、幽默（Humour）、讽刺（satire）、滑稽

(Funny)、丑(Ugliness) 等七八个词。但是,本书作者却考虑周详,他们不是想当然地预设几个意义相近的词,再去寻找一点资料加以拼凑,而是,在收集、阅读大量西方有关喜剧美学理论的论著、资料的基础上,从历史实际出发,提炼和概括出二十四个关键词,逐一加以细致梳理、研讨,可以说是把有关喜剧美学的关键词"一网打尽"了。有些词,粗看可以不要列入,如性别(Sex)、民族(Nation)、阶级(Class)等,似乎不单独属于喜剧理论,仔细一读,却感到这些词与喜剧理论的关系实在太密切了,去掉任何一个,都有可能对西方喜剧美学的理解产生偏差,所以,借用一个电影片名来说,就是"一个也不能少"。比如"民族"一词,本书重点描述、分析了幽默的民族特色:从文艺复兴时期开始形成的英国幽默是"一种与讽刺、滑稽颇为不同而与绅士风度颇为相近,或者说,一种以情感主义和理性主义、肯定精神和否定精神为一体的幽默";而"如果说以伏尔泰和斯达尔夫人所代表的法国幽默,是英国绅士风度和高卢快乐精神的结合,那么素来被认为是认真有余而玩笑不足的德国幽默,则显然是英国绅士风度与德意志理性精神的结合"。应该说,这些概括还是很准确和精辟的。本书还批评了认为中华民族是缺乏幽默的民族的观点,论证了处于封闭性和宗法性农业文明中的中华民族共同体的诙谐(约等于西方的幽默)传统,得出了"各个民族都有各自的幽默。历史地而不是现实地来看,不存在缺乏幽默的民族,只存在为另一个民族所不理解的幽默。幽默并非英国特有的民族现象,只不过它在其他的民族中获得了该民族的存在形式"这一重要结论。如此看来,"民族"一词作为幽默理论研究确实不可缺少。

再说系统。本书的系统性集中体现在史与论、历史与逻辑的高度统一。具体而言,就是对西方两千多年大量"散乱"零碎的喜剧美学理论资料加以清理、梳理和提炼,用二十四个关键词加以概括、描述和论述。

本书的写作,一是追本溯源式的历史梳理。作者明白宣告其写作宗旨"并不是本质主义的追问,只是'本来主义'的还原;不是'是其所是',而是'原其所原'"。二十四个关键词,基本上都是遵循着这一"还原"历史的原则展开的。且以"幽默"这个关键词中的关键词为例。本书从指出西方"幽默"一词源于古希腊名医希波克拉底斯作为生物学概念使用开始,继而用大量文学史、文化史资料,列举、引证了包括从莎士比亚和琼生等英语作家到拉伯雷、塞万提斯、薄迦丘等非英语作家的许多作品,指出幽默概念在琼生那里演变为"令人发笑的'癖性'",进而勾勒了 16 世纪或文艺复兴时代,西方传统的幽默概念近代化和从英国向欧洲扩散的演变过程，即“可笑之 humour 已成为文学潮流或文化潮流”的过程；其中，着重论述了“在这过程中，英国王政复辟时期的喜剧作家康格里夫”这一个关键人物将幽默看作特殊而自然的“言谈举止方式”的理论主张及其“被评论者视为英语幽默的始作俑者”的历史地位；接着，本书把在“英国幽默欧洲化”过程中起过重要作用、而并未引起学界重视的 19 世纪德国美学家里普斯的幽默理论做了比较系统的述评，归纳和评论了他关于幽默可以赋予喜剧性以审美价值，幽默是“天真的喜剧性”、是喜剧性最高形式，幽默包括和解幽默或幽默性幽默、挑衅幽默或讽刺性幽默、再和解幽默或反讽性幽默等三种主要类型等相当系统的幽默理论；还详细论述了弗洛伊德关于幽默为“情感消耗的节省”和超我对自我的超越的现代精神分析学理论，给予相当高的评价。令人感兴趣的是，在“幽默”一词的最后，作者没有忘记对中国现代引进和阐发幽默理论的大师林语堂给予了一定的篇幅和公正的评价，批评了全盘否定林语堂幽默理论的正统观点，认为“林语堂倾心于幽默的根本原因，仍然在于反封建的五四精神，在于他对虚伪的封建礼教及其卫道士‘道学先生’的鄙夷，在于他挽救中国文化之颓道的策略，在于幽默的率真”，并精辟地指出，“以简朴驾驭繁复，以轻逸消解疲惫，以嬉戏替代凝滞，幽默最终便通达人类最灿烂的属性——自由。……林语堂关于幽默精神的这种理解，与西方现代心理学关于人类能力的揭示有异曲同工之妙”。正是这样一种从西方到中国层层递进、环环相扣的历史叙述对“幽默”概念含义的演变脉络和进程作出了“原其所原”的历史还原，当然是经过提炼和加工、体现出作者独特理解的历史还原。“幽默”一词如此，其他二十三个关键词也大致如此，尽管每个词所梳理的内容、所使用的材料各不相同（当然也有重叠、交叉），但所体现的历史还原精神则一。其中宏观的史识、新颖的材料、恰当的剪裁、细密的勾连、精彩的评析，俯拾皆是，不胜枚举，读者自可细细品味。

进一步说，我觉得，本书对二十四个关键词的历史梳理和还原，实质上初步建构起了一部内容丰富的喜剧美学范畴史。因为，这二十四个关键词，实际上囊括了整个喜剧美学的各个主要方面，构成了支撑喜剧美学理论框架的所有主要范畴。本书对这些范畴所作的不是自上而下的共时性的理论研究，而主要是自下而上的历时性的历史考察、勾勒和描述，从而完成了本来属于喜剧美学范畴史应该完成的任务。

二是理论的阐发和提升。其实，任何历史梳理和还原都不可能纯客观地“还原”到历史本真的原貌。因为，任何历史学家都不可能不带有他自身观察、选择、认识、解释某一段历史的“前理解”，正是在这个意义上，克罗齐说，任何历史都是当代史；我还要补充一句：任何历史也都是史家自己所理解的历史。我不是鼓吹相对主义，而是说，写任何史当然要本着尽量客观、忠实的态度，但纯客观地“还原”的确是不可能做到的。本书作者当然也不例外。然而，有一点十分清楚，他们是以历史主义的态度进行写作的：第一是尽可能收集第一手的有关历史文献资料，第二是对这些资料进行细致的辨析、选择和合理的安排、组织，第三是把这些资料放到相关的历史文化背景中去考察，以发掘、揭示出它们特定的历史含义。这里，当然始终包含着作者自己的观点和意见。在阅读本书时，我们清楚地看到，全书各个关键词的历史梳理和理论阐发始终贯穿着作者自己的观点和主张；但同时，由于坚持了历史主义的态度，这部著作使人感到它在历史还原方面还是做到了尽可能客观、尽可能接近历史的真实。这样，它就做到了史与论的统一——一方面，体现出尊重历史、历史“在先”（而不是理论“在先”）的原则，理论观点不是主观臆造、强加于历史之上，即所谓“以论带史”实则“以论代史”、将史实降格为理论的附庸或例证，而是在历史事实基础上的理论概括和提升；另一方面，体现出重视理论的态度和精神，不是单纯的史实堆砌和按时间顺序的材料罗列，而是在理论指导下审视、考察、阐述历史，使历史获得当代的新理解、新含义。下面试举一例——玩笑。“玩笑”一词在本书中分成上、下两个关键词来叙述，我本以为可能是篇幅过大才一分为二的，可这样不是要减少一个关键词了吗？读了以后方才明白，“上”是研究中国的“玩笑”，“下”是研究西方的“玩笑”，两个“玩笑”从内涵到演变路线、轨迹都全然不同，不能放在一起打混战。作者说得好：“作为一种特殊的表达方式和交往方式，玩笑的历史和人类的历史同样悠久，而且在古代社会里，同样遭遇到了被主流意识形态所利用和所控制的命运。但是，由于东西方的文化语境不同，玩笑的发展也分别走向德性路线和神性路线，并因此而形成了特色各具的玩笑风格。”所以本书作者把一个“玩笑”分成两个关键词研讨，是有道理的，这本身体现了作者对中西方不同的“玩笑”历史的尊重。在“上”中，作者将孔子和司马迁分别作为中国古代关于玩笑的两种立场和态度的代表，前者要求玩笑必须“谑而不虐”、适度中庸，后者则比较宽容，谈言微中，笑中解纷即可。不过，这两种立场并没有能并驾齐驱地贯穿中国玩笑历史的始终，因为“随着封建体制的完善和加强，随着统治集团的意识形态需求，随着儒家正统的主宰和渗透，前者逐渐获得话语霸权的力量，便是一种历史的必然。此后中国古代士大夫们的玩笑精神，基本上都是在‘谑而不虐’的框架中构建的，并且坚持了言之要有物（讽喻内容），言之要有度（有限形式）的原则，产生了刘勰的‘谐隐’观，形成了关于韩愈《毛颖传》的争论”。本节重点叙述了这一演变的来龙去脉；接着，作者又描述了“玩笑”“从唐宋时期开始向谐趣方向转化，并呈现出去真理化、去政治化和去狂欢化的发展态势”。这里相关的“玩笑”资料被作者有意识地整合到从伦理化向审美化发展的历史趋势中去了；本节以最大的篇幅论述了“对‘谑而不虐’传统形成突破的是明清之际的笑话和笑话理论”，其中尤对“在明清之际的反传统的笑论中，真正触及到玩笑的精神层面并具有解构意义和狂欢意义的言论”的冯梦龙的笑论做了详尽的介绍并给予了极高的评价，认为“谑浪笑傲的冯梦龙，把社会人生当作笑柄、把圣贤君子当作笑柄的冯梦龙”，“特立独行的冯梦龙，代表的是中国古代玩笑精神发展的历程中向市民化演进的一座奇峰”。不过，本节末了总结道：“尽管在空间上，中国民间的玩笑也有欢闹；尽管在时间上，中国文人的玩笑也偶有狂欢，但作为一种主流传统，中国玩笑的基本精神是趣味和谐趣，基本原则是自然适度，基本功能是智者快乐。”这一总结十分精当，既顾及了中国古代民间和文人玩笑中有局部或个别出格的“狂欢”，又强调了主流始终是“谑而不虐”，即这里所说的三个“基本”。这就是作者从史实中概括出来的中国特色的玩笑精神。但是这种概括和提升并不缺乏理论指导，而是包含着二位作者用以考察历史的种种现代理念，诸如来自后现代“去真理化、去政治化和去狂欢化”之类的理论、观念。还需要指出的是，本节的叙述并非对个别孤立史实的强调和描述，而是有主心骨的，这就是隐藏着对历史脉络和历史线索的独特把握，即叙述中自觉地贯穿了“中国玩笑精神是从德性走向诗性，从政治—伦理要求走向了审美要求”的基本轨迹。这样，真正达到了论从史出、史中含论的历史与逻辑的统一。限于篇幅，这里就不再介绍“玩笑”“下”了。只想指出，它同样坚持了“上”的史论结合的思路，整篇“下”的丰富资料就是按“西方的玩笑精神则是从神性走向诗性，从宗教要求走向审美要求，并始终贯穿着人的解放和感性宣泄的精神主线”加以梳理、整合、概括和描述的，正是在这条主线的贯穿下，所有零散的材料才获得了它们历史的和当下的意义。

再次，本书还是一部有学术原创性的著作，这主要指在理论观点上有原创性。这种原创性，不仅仅表现在全书二十四个关键词的总体构架和基本布局上，更重要的是，在不少关键词中作者都提出了自己独特的见解。这里仅举两例：一为“戏仿”(parody)。二为“卡塔西斯”(Catharsis)。“戏仿”一词，一般以为是现代大众文化的产物。本书却追根溯源，考证出“戏仿”最早见于1598年英国学者约翰逊的《牛津英语辞典》，进而指出“现代批评家们不约而同地都把戏仿作为一种滑稽模仿来认识，并且把20世纪之前文学史上出现的‘滑稽模仿’分为四种原型。戏仿乃为其中之一”，“即在自己作品中对其他作品和人物，尤其是对大众耳熟能详的作品和人物的借用，以达到调侃、嘲讽的目的”。作者引用大量材料证明，“戏仿在18和19世纪的英国已蔚然成风”，而“到了20世纪，戏仿风格在作为主流文体的散文和小说中已越来越普遍”，并指出乔伊斯的名著《尤利西斯》在一定意义上就是对荷马史诗《奥德赛》的戏仿。这在外国文学研究上也是一个新观点。更为精彩的是，作者以生动的文学创作资料，令人信服地证明了“在中国文学史上，戏仿现象也不乏其经典之例”，其中，尤其以鲁迅的《故事新编》为例，出色地论证了“鲁迅用戏仿的笔法，生动地解构和颠覆了一大批代表旧制度、旧思想、旧文化的英雄和圣贤。对传统的颠覆，对经典的解构，降格或升格，加冕或脱冕，价值的倒置、规范的瓦解、视点的位移、时空的穿越、语言的狂欢，戏仿、反讽、拼贴、世俗化……深刻的批判精神和后现代主义艺术的诸多特征，在《故事新编》中都得到了淋漓尽致的展现”。用“戏仿”观念对鲁迅作品做这样一种别出心裁的全新诠释，不但体现出作者理论创新的不懈追求，而且为鲁迅研究提供了一个后现代的新视角。

“卡塔西斯”(Catharsis)一词，一般都以为是悲剧理论的专利，西方美学史上这是主流观点。没想到本书却也拿来作为喜剧美学的重要范畴。仅这一点，理论上就有突破。作者着重发掘、考证了西方学术思想史上也始终存在着的另一种声音，即认为卡塔西斯不仅与悲剧相关，而且与喜剧之间亦有深层联系。本书举了符号学的创始人卡西尔、美国加州大学古典学系教授简科、美国当代戏剧理论家苏彤等人观点作为佐证，还以主要篇幅从多方面论证了喜剧同样有“卡塔西斯”的功能。本书深入展开了对这个历史概念的现代思考，提出了自己的一系列独特看法：第一，认为“卡塔西斯”是一种带有普遍性的心理现象，它不仅存在于悲剧中，而且存在于包括喜剧在内的其他艺术种类中。第二，认为在“卡塔西斯”概念之中，既有宣泄之义又有净化、陶冶之情。宣泄是方法，净化是结果，它们共同构成了一种效果显著的心理调节机制。第三，提出和描述了喜剧宣泄和喜剧净化两种“卡塔西斯”

的方式。第四,进一步论述了在结构、制度日益完善和理性规范日益严格的现代社会中,面对着既传统又现代的生存问题,除了向社会体制和理性秩序屈服并牺牲感性资源与之合谋之外,个人还可以多种选择:或者用宗教信仰消弭感性欲望;或者用人道主张抗击理性体制,维护感性生存;或者通过艺术创造的方法,在虚拟的层面上颠覆理性约束的规范秩序,宣泄在日常生活中受到压抑的生命本能,净化精神空间,获得审美感受,获得人的自由。而喜剧的"卡塔西斯"就是能够"最终达到使之得到宣泄和净化的目的"理想方式。本书由此得出结论:"对于具有精神痛苦的观众来说,他们不仅需要悲剧,而且也需要喜剧,悲剧可以使之精神净化,喜剧可以使之精神解放。所不同者仅仅在于,悲剧的卡塔西斯是借助于观众的恐惧和怜悯来实现的,而喜剧的卡塔西斯,则是借助于一升一降的两阶段叙述来实现的。""喜剧比悲剧更具有宣泄和净化的色彩,更能够受到理性主义时代感性个体的欢迎。从这种意义上来看,人类在现代生活中,正经历着一场普遍而深刻的卡塔西斯。大众文化时代的喜剧文化盛况便是最好的证明。推而广之,不仅喜剧具有卡塔西斯作用,所有人类的笑,都有卡塔西斯功能。"这些观点都不但是富有独创性的,而且是非常深刻和发人深省的。

当然,本书也不是完美无缺了。主要的不足,在我看来有两条:一是二十四个关键词总体上都写得不错,但不完全平衡,有少数相对弱一点,有些在观点和材料上略有重叠或重复,有的在论述上还可以深入一些。二是二十四个关键词的整体布局、次序安排等还有可商讨的余地。比如从"笑"这个最表层也最普遍的范畴入手是可以的,接下来民族、阶级、性别范围从大到小也可以,但紧接着的不是可笑性或喜剧性,却是"丑"就有点不顺了;另外,有些联系紧密、不宜分开的范畴,如喜剧和喜剧性、丑和丑角等,本书安排得前后相隔很远,似不甚妥当;最需要改进的是,二十四个关键词(范畴)之间的逻辑联系没有完全考虑清楚,这会在某种程度上削弱全书的逻辑严整性。这些一己之见,未必恰当,仅供二位作者参考。

最后,细心的读者也许已经发现,笔者与本书作者在一个问题上的表述并不一样:作者书名中所概括的"幽默理论"笔者则称之为"喜剧美学"。这里必须作简要说明。其实,两种提法并无正误之分,只是理解上有所不同。广林、徐侗二位作者接受了有的西方学者关于幽默是喜剧最高级形式的看法,而且认为"由于'幽默'概念,已在当代各种笑论中取得了普遍的意义,基本可作'一般'来包括作为'个别'的其他笑论范畴,所以本书'非常名'之为

'幽默'"。然而，笔者认为，幽默范畴产生远晚于喜剧概念，它虽然在当代西方部分学者那里取得了普遍的意义，但尚未在整个学界获得共识，而在中国学界看来，恐怕幽默范围远远小于喜剧，只是喜剧美学的子范畴之一；另外，即使从本书作者提供的材料来看，用喜剧美学来概括、统帅所有这些范畴（关键词）迄今仍然是西方学界的主流看法。这是长期以来约定俗成的结果。所以，笔者认为，如果对本书的成就仅仅用幽默理论研究来概括，在读者心目中反而显得低了；而把本书看成是有原创性的喜剧美学著作，则能够得到更多读者的接受。不知作者以为然否？

拉拉杂杂写了这许多，可以说是读后感，也可以算是书评吧。

该文部分发表于《东岳论丛》2010 年第 11 期